新・日本語能力試驗

# 絕對合格！
## N1.N2單字

哈福編輯部、渡邊由里◎合著

哈福

[前言]

# 跟我這樣讀　絕對一次就合格

台大教授「戈壁領導力」的演講，最令我感動的一句話，就是：只要出發，就會到達。我喜歡把這句話延伸為：只要去做，就會成功。參加<新・日本語能力試驗>檢定考試亦然，只要有讀，就會合格。

當您下定決心參加日語檢定時，首要工作是「幫自己選擇一套優良的新日檢工具書」，才能讓自己一次就合格！本公司出版<絕對合格！N1.N2單字>，就是您最正確選擇。佳評如潮，很多讀者來電，來信致謝：「讓我們花最少的時間，用最輕鬆的心情，省時省力，命中率高，一考就過關。」

「新日語檢定」（新・日本語能力試驗），簡單的說就是「日語版托福」，共分N1，N2，N3，N4，N5。N5最簡單，N1最難！不過，可依個人能力或需要選擇考試級數，不一定要一級一級考上去，所以考生如果覺得自己實力夠，不妨直接挑戰N2或N1！

日檢不論哪個級數，試題內容均含：①「文字・語彙」、②「聽解」、③「讀解・文法」三大項，準備階段可多做模擬考題（考古題也可以），以便「熟悉考試方法和考題方向」，練

就一身膽識，英勇上考場，不致於心慌慌，手茫茫。

誠如**名作家、電視節目主持人吳淡如接受我訪問時說**，她唸北一女時，高一和高二，成績都很不理想，高三急起直追，每天就是做考古題，高三終於名列前茅。最後考上第一志願---台大法律系，就是拜多做模擬試題和考古題之賜。

**台大研究所教授**在第一節上課時，都會先跟同學說明這一學期，期中考和期末考的考試方向，有了方向，朝著目標去準備，合格都沒問題。

以前的舊日檢有出版考古題，現在的新日檢還沒有考古題，但做以前的考古題也是有很大的幫助，了解考試方向和題型，可以先穩定軍心。

以下就我通過N1檢定的經驗，將各級和各項目新日檢，重點準備方向和提示如下，跟著我的腳步走，不論考N幾，一次合格沒問題！

1 **「文字‧語彙」**：文字（單字）及語彙（片語）是構成語言的基礎，學習的要領：除了「背多分」，還是「背多分」！ 對於同為使用漢字國家，「文字‧語彙」可說是送分題，稍微努力就可獲得高分，因日檢有無過關，是按總分計算，不論各科高低，身為中國人，這部份佔了很大的便宜，所以千萬要多加油哦！

日文源於唐朝時期的遣唐使將中文引進日本，學日文就像會晤遠房親戚，同中有異，異中有同！現今使用的日文漢字中，除沿用中國的漢字，還有部份和製漢字，及

外來語。扣除來自中國的漢字、已知的英單字（外來語），要學的只有和製漢字及沒學過的歐美單字和發音了！而且日檢各級「文字‧語彙」有其範圍，準備起來真的不是大海撈針！了解其來龍去脈後，您對「文字‧語彙」，是不是更有把握！

2 **「讀解‧文法」**：「讀解」也就是我們所熟悉的閱讀測驗，閱讀能力好壞和自己所具備的單字、片語量有很大的關係。根據我的經驗，大量閱讀是很重要的，記得不要怕閱讀，因為文章裡頭，大部份都是漢字，夾雜的日文，您只要根據漢字前後文，都可以猜出整句的意思。

有很多人掙扎「學外語要不要學文法？」這個問題當然是「肯定要學」！不學文法如何正確掌握句子所要表達的意思?!對於中國人來説，日文法中最難的恐怕是「五段動詞變化」了，學習日語五段動詞變化時，記得要發揮自己「化繁為簡」的潛力，不要隨著冗長的文字描述團團轉，建議可將重點自製成表格，這樣才可更迅速、有條理地裝進腦袋中。

其實日文文法要學的不多，無需鑽牛角尖，購買文法書時，只要選擇自己覺得最容易看懂的文法書即可，無需一口氣買好幾本，才不會自己嚇自己，會的也變不會了！

3 　**「聽解」**：學習日語的四部曲——聽、說、讀、寫中，「讀與寫」可速成，考前臨時抱佛腳，短期內「賺到」好幾分不無可能。但「聽與說」就得靠平時累積，才會有實力！「說」的部份新日檢不考，在此暫不討論。至於準備「聽解」則別無他法，就是要多聽，讓自己習慣日語的語調。至於要聽什麼？

　　**看電視**——因出題者是日本人，考前當然從日本去尋找題材，建議可多聽日本NHK新聞，重要國際新聞、社會時事是命題中心，同樣的新聞可自行錄音，反複多聽幾次，甚至不看畫面，只用耳朵聽也是很好的聽力訓練方式，因為正式「聽解」考試題目，也只是用聽的而已哦！

　　**上網**——網路無國界，透過網路——Youtube，google翻譯，Facebook交友都是很好日語學習管道。你也可以收看到很多日本即時新聞節目，此外看看自己喜歡的日劇，聽聽自己喜歡的日文歌曲，唱唱卡拉OK，都能寓教於樂，讓日語生活化，發現日語可愛之處，才會愛上日語，促使自己繼續學習下去的動力哦！

編者　謹識

## 日本語能力檢定測驗是一個什麼樣的測驗？

　　日本語能力檢定測驗是由「日本國際教育協會」及「國際交流基金」，分別在日本及世界各地為學習日語的人，測驗日語能力的一種考試。每年7月和12月的第一個星期日。這一考試從1991起首度在台灣舉行，由交流協會主辦，「財團法人語言訓練測驗中心」協辦。每年7月和12月的第一個星期日。

### 日文檢定考有些類似日文版的「托福」

　　「日本語能力檢定測驗」簡單地說，有點類似日文版的「托福」，想到日本留學，就要考「新・日本語能力試驗」；兩者不同的是，新日檢分成5個等級，N5最簡單，N1最難。而且沒有規定必須要一級一級考上去，所以考生如果覺得自己實力夠，可以直接報考N2或N1。

### 日本檢定考的測驗成績有何作用？

　　日檢測驗成績可檢測評量，不是以日語為母語者之能力，無論到日本留學或在日商公司任職，都是日語程度證明的依據。赴日留學時，「新・日本語能力試驗」的成績，就可以作為證明考生的日語能力，以提供學校甄選。通常日本的大學、短大至少都要求N2的程度，而較好的學校當然一定要N1的程度才能申請。除此之外，還可以作為求職時的日語能力證明。

## 考試內容

| 級別 | N1 （學習約900小時） | |
|---|---|---|
| 試題內容 | 言語知識<br>（文字・語彙・文:法） | |
| 考試時間 | 讀解 | 聽解 |
| | 110分鐘 | 60分鐘 |
| 認定標準 | 1. 漢字2000字左右，單字10000字左右。<br>2. 學會高度的文法。<br>3. 具備生活所需、大學基礎學習能力。<br>4. 能理解在廣泛情境之下所使用之日語。<br>5. 在讀解部份，可閱讀報紙社論、評論等論述性文章。<br>6. 能夠閱讀較複雜，以及較抽象之文章，並了解其結構及涵意。<br>7. 在聽解部份，可聽懂常速且連貫性的對話、新聞報導及講課，且能理解話題走向、內容、人物關係及說話內容，並確實掌握其大意。 | |

| 級別 | N2 （學習約600小時） | |
|---|---|---|
| 考試時間 | 讀解 | 聽解 |
| | 105分鐘 | 50分鐘 |
| 認定標準 | 1. 漢字1000字左右，單字6000字左右。<br>2. 學會中高程度文法。<br>3. 具備日常生活會話以及中級書寫文章能力。<br>4. 了解日常生活所使用之日語，和理解較廣泛情境日語會話。<br>5. 在讀解部份，能看懂報紙、雜誌報導、解說、簡易評論等文章。<br>6. 能閱讀一般話題之讀物，理解事情的脈絡和其意涵。<br>7. 在聽解部份，能聽懂日常生活情境會話，和常速、連貫之對話、新聞報導，也可理解其話題內容及人物關係，並掌握其大意。 | |

| 級別 | N3 （學習約450小時） | | |
|---|---|---|---|
| 試題內容 | 言語知識<br>（文字・語彙） | 言語知識(文法)<br>讀 解 | 聽 解 |
| 考試時間 | 30分鐘 | 70分鐘 | 40分鐘 |
| 認定標準 | 1. 漢字600字左右，單字3750字左右。<br>2. 學會中等文法。<br>3. 具備日常生活會話及簡單書寫文章能力，能理解基礎日語。<br>4. 在讀解部份，可看懂基本語彙，及漢字的日常生活話題文章。<br>5. 在聽解部份，可聽懂速度慢之日常會話。 | | |

| 級別 | N4 （學習約300小時） | | |
|------|------|------|------|
| 試題內容 | 言語知識(文字‧語彙) | 言語知識(文法)<br>讀 解 | 聽 解 |
| 考試時間 | 30分鐘 | 60分鐘 | 35分鐘 |
| 認定標準 | 1. 漢字300字左右，單字1500字左右。<br>2. 學會中等文法。<br>3. 具備日常生活會話及簡單書寫文章能力。能理解基礎日語。<br>4. 在讀解部份，可以看懂基本語彙，和漢字描述日常生活相關之文章。<br>5. 在聽解部份，能聽懂速度慢之日常會話。 | | |
| 級別 | N5（學習約150小時） | | |
| 試題內容 | 言語知識(文字‧語彙) | 言語知識(文法)<br>讀 解 | 聽 解 |
| 考試時間 | 25分鐘 | 50分鐘 | 30分鐘 |
| 認定標準 | 1. 漢字100字左右，單字800字左右。<br>2. 學會初級文法。<br>3. 具備簡單交談、閱讀、書寫短句、短文能力。<br>4. 能大致理解基礎日語。<br>5. 在聽解部份，能看懂以平、片假名，和日常生活使用之漢字書寫之詞句、短文及文章。<br>6. 在聽解部份，在課堂上或日常生活中，常接觸之情境會話，如為速度較慢之簡短對話，可了解其中意思。 | | |

# 如何報名參加「新・日本語能力試驗」？

　　新・日本語能力試驗可是不限年齡，不分男女老少的！所以，除了留學及求職外，也可以針對興趣挑戰一下！

## 1. 什麼時候舉行？

每年7月和12月的第一個星期日。

## 2. 在哪裡舉行？

考區分台北、台中與高雄考區。

## 3. 報名方式：通信報名（以郵戳為憑）

　　如要報考<新・日本語能力試驗>，報名一律採網路登錄資料 → 繳費 → 郵寄報名表 → 完成。考生請先購買報名資料（內含「受驗案內」、「受驗願書」）。然後參閱「受驗案內」（報名手冊）的說明，仔細填寫「受驗願書」（報名表），並貼上一吋相片，最後連同測驗費（用郵政匯票）以掛號郵寄：

　　　　　10663台北郵政第23-41號信箱

　　　　　　　　語言訓練測驗中心　　收

## 4. 測驗費和繳費方式

測驗費：每名1,500元
(1) 自動櫃員機(ATM)轉帳；(2) 超商代收：(免手續費)；(3)郵局代收：(免手續費)

## 5. 洽詢單位

a 交流協會台北事務所
地址：台北市松山區慶城街28號通泰商業大樓1樓
TEL:02-2713-8000
FAX:02-2713-8787
網址：www.japan-taipei.org.tw
b 語言訓練測驗中心
地址：10663台北市辛亥路二段170號
電話：(02)2362-6385 傳真：(02)2367-1944
網址： www.lttc.ntu.edu.tw

於報名期間內（郵戳為憑）以掛號郵寄至「10663 台北市辛亥路
二段 170 號 語

言訓練測驗中心 日本語能力試驗報名處」，始完成報名手續。

以上資料若有任何變更，請依簡章上寫的為準。或上「日本語能力
試驗」相關資訊，可查閱「日本語能力試驗公式ウェブサイト」，
網址是：http://www.jlpt.jp/。

## 6. 及格者頒發合格證書

　　N1~N3和N4、N5的分項成績有些不同。成績經交流協會閱
卷後，語言訓練中心會寄「合否結果通知書」（成績單）給
應試者。及格者同時附上「日本語能力認定書」。

　　但要符合下列二項條件才判定合格：①總分達合格分數
以上；②各分項成績，須達各分項合格分數以上。如有一科
分項成績未達合格分數，無論總分多高，也會判定不合格，
或其中有任一測驗科目缺考者，就判定不合格，雖會寄「合
否結果通知書」，不過，所有分項成績，包括已出席科目在
內，均不予計分。

　　N1~N3和N4、N5各等級總分通過標準，與各分項成績合格

分數，如下表：

| 級數 | 總分 | | 分項成績 | | | | | |
| --- | --- | --- | --- | --- | --- | --- | --- | --- |
| | | | 言語知識<br>（文字・語彙・<br>文法） | | 讀解 | | 聽解 | |
| | 總分 | 合格<br>分數 | 總分 | 合格<br>分數 | 總分 | 合格<br>分數 | 總分 | 合格<br>分數 |
| N1 | 180分 | 100分 | 60分 | 19分 | 60分 | 19分 | 60分 | 19分 |
| N2 | 180分 | 90分 | 60分 | 19分 | 60分 | 19分 | 60分 | 19分 |
| N3 | 180分 | 95分 | 60分 | 19分 | 60分 | 19分 | 60分 | 19分 |

| 級數 | 總分 | | 分項成績 | | | |
| --- | --- | --- | --- | --- | --- | --- |
| | | | 言語知識<br>（文字・語彙・文<br>法）・讀解 | | 聽解 | |
| | 總分 | 合格分數 | 總分 | 合格分數 | 總分 | 合格分數 |
| N4 | 180分 | 90分 | 120分 | 38分 | 60分 | 19分 |
| N5 | 180分 | 80分 | 120分 | 38分 | 60分 | 19分 |

# 目錄

## N2單字

□冬
(ふゆ)

【名】冬天，冬季
この辺りは、冬になると雪が降ります。
這附近一到冬天就會下雪。

□フランス
(France)

【名】法國
ヨーロッパでは、フランスが一番好きです。
歐洲我最喜歡法國。

□降る
(ふる)

【自五】(雨、雪等)下，降
雨が降っても行くつもりです。
即使下雨我也準備去。

□振る
(ふる)

【他五】揮動，搖動；撒
手を振って別れました。
揮手告別了。

□古い
(ふるい)

【形】古老，年久；老式
彼らはとても古い家に住んでいます。
他們住在一間古老的房子。

漢字　原文　假名　外來語　詞性　常用字意　第二種解釋　輔助說明

使用說明

符號一覽表

1. 詞類

| 【名】……名詞 | 【代】……代詞 | 【數】……數詞 |
| 【副】……副詞 | 【感】……感嘆詞 | 【形】……形容詞 |
| 【形動】…形容動詞 | 【接尾】……接尾詞 | 【補動】……補助動詞 |
| 【接續】…接續詞、接續助詞 | | |

2. 活用語類

| 【他五】……他動詞五段活用 | 【自五】……自動詞五段活用 |
| 【他上一】…他動詞上一段活用 | 【自上一】……自動詞上一段活用 |
| 【他下一】…他動詞下一段活用 | 【自下一】……自動詞下一段活用 |
| 【他サ】……他動詞サ變活用 | 【自サ】……自動詞サ變活用 |

# N2 單字

□相変わらず
（あいかわらず）
【副】照舊，仍舊
私は相変わらず元気です。
我一切都很好。

□挨拶
（あいさつ）
【名，自サ】問候，寒暄
お友達にあいさつします。
跟朋友打招呼。

□愛する
（あいする）
【他サ】疼愛，愛護
私は兄を愛しています。
我愛哥哥。

□合図
（あいず）
【名，自サ】信號，暗號
兄はちょっと来いと、目で合図をした。
哥哥使個眼色，要我過去。

□生憎
（あいにく）
【名，動，形動】不巧
あいにく父は出かけております。
我父親剛好不在家。

□曖昧
（あいまい）
【形動】曖昧
曖昧な答えをしないように。
請不要曖昧的回答。

□合う
（あう）
【自五】正確，適合
私たちの意見は合います。
我們意見一致。

□青い
（あおい）

【形】青的；未成熟的
青い海が大好きです。
我最喜歡湛藍的大海。

□扇ぐ
（あおぐ）

【自，他五】（用扇子）扇（風）；煽動
うちわで一生懸命扇いでいます。
拼命用扇子扇。

□青白い
（あおじろい）

【形】蒼白的
あの子の顔は青白かった。
那孩子臉色蒼白。

□赤い
（あかい）

【形】紅的
赤い太陽が東から昇ってきました。
火紅的太陽從東邊升起。

□上がる
（あがる）

【自五】上升；完成；抬舉
階段で二階に上がります。
爬樓梯上二樓。

□明るい
（あかるい）

【形】明亮的；開朗的
明るい部屋です。
採光明亮的房間。

□明らか
（あきらか）

【形動】明亮；顯然
彼が間違っているのは明らかです。
很明顯地是他錯了。

□諦める
（あきらめる）

【他下一】死心，放棄
大学受験を諦めました。
我放棄大學聯考。

□飽きる
（あきる）
【自上一】飽，厭煩
このゲームは飽きました。
我已經玩膩這個遊戲了。

□呆れる
（あきれる）
【自下一】吃驚，愕然
あきれるほどひどい成績です。
令人吃驚的爛成績。

□開く
（あく）
【自五】開
窓が開きました。
窗戶打開了。

□空く
（あく）
【自五】閒；缺額
その時間は空いていません。
那時候沒空。

□握手
（あくしゅ）
【名，自サ】握手；合作
握手してあいさつします。。
握手寒暄。

□あくび
【名，自サ】呵欠
彼はいつもあくびをしています。
他總是在打哈欠。

□飽くまで
（あくまで）
【副】徹底，到底
みんなで決めたことだから、あくまで続ける
べきだ。
既然是大家一起決定的事，應該要堅持到底。

□明くる
（あくる）
【連體】次，翌
うちの子は明くる年の三月に卒業した。
我兒子明年三月畢業。

□開ける
（あける）

【他下一】打開；空出

ドアを開けます。
打開門。

□上げる
（あげる）

【他下一】舉，抬

棚に上げておいてください。
請放到架子上。

□憧れる
（あこがれる）

【自下一】渴望；眷戀

歌手に憧れる。
我想當歌手。

□浅い
（あさい）

【形】淺的

この川は浅いです。
這條河很淺。

□あさって

【名，副】後天

あさっては私の誕生日です。
後天是我的生日。

□朝寝坊
（あさねぼう）

【名，形動】起床晚

彼はいつも朝寝坊してしまいます。
他總是會賴床。

□味
（あじ）

【名，形動】味道；體會

塩で味を付ける。
用鹽調味。

□味わう
（あじわう）

【他五】嚐；體驗；風味

辛い思いを味わいました。
嚐過苦頭。

あ
い
う
え
お
か
き
く
け
こ
さ
し
す
せ
そ
た
ち
つ
て
と
な
に
ぬ
ね
の
は
ひ
ふ
へ
ほ
ま
み
む
め
も
や
ゆ
よ
ら
り
る
れ
ろ
わ

□ 預ける
（あずける）

【他下一】寄放
貴重品はフロントに預けます。
把貴重物品寄放在櫃臺。

□ あそこ

【代】那裡
あそこの建物はなんですか？
那是什麼大樓？

□ 遊ぶ
（あそぶ）

【自五】玩
友だちと遊んでいます。
和朋友在玩。

□ 与える
（あたえる）

【他下一】給與
悪い影響を与えます。
給與不良的影響。

□ 暖かい
（あたたかい）

【他下一】溫，熱
今日は暖かいです。
今天很暖和。

□ 暖まる
（あたたまる）

【自五】暖，暖和
ストーブに近付いて暖まります。
靠近暖爐取暖。

□ 暖める
（あたためる）

【他下一】溫；熱，燙
部屋を暖める。
把房間弄暖活。

□ 新しい
（あたらしい）

【形】新的
新しいノートがほしいです。
我想要新筆記本。

□当たる
（あたる）

【自五】照射；碰撞；正當

宝くじで二万円が当たりました。
買彩券中了兩百萬日圓。

□あちら／
あっち

【代】那邊，那人

あちらを見てください。
請看那一邊。

□厚い
（あつい）

【形】厚，深厚

この本は厚いですね。
這本書很厚。

□暑い
（あつい）

【形】熱的

今日は暑いですね。
今天真熱呀！

□熱い
（あつい）

（溫度）熱；熱中

気をつけて。熱いですよ。
很熱！小心點。

□扱う
（あつかう）

【他五】操作；對待

コンピューターを扱っています。
我在用電腦。

□厚かましい
（あつかましい）

【形】厚臉皮的

本当に厚かましい人だ。
真是厚臉皮的傢伙！

□集まる
（あつまる）

【自五】聚集

教室に集まってください。
請到教室集合。

□ 当てる
（あてる）

【他下一】接觸；貼上，放上

熱<ruby>ねつ</ruby>があるから、額<ruby>ひたい</ruby>に冷<ruby>つめ</ruby>たいタオルを当<ruby>あ</ruby>ててください。
因爲發燒，請在額頭放上冷毛巾。

□ あなた

【代】您

あなたの名前<ruby>なまえ</ruby>はなんと言<ruby>い</ruby>いますか？
您貴姓？

□ あの

【連體】那個

あの人<ruby>ひと</ruby>は誰<ruby>だれ</ruby>ですか？
那個人是誰？

□ 暴れる
（あばれる）

【自下一】胡鬧

馬<ruby>うま</ruby>が暴<ruby>あば</ruby>れています。
馬兒抓狂。

□ 浴びる
（あびる）

【他上一】浴；曬；遭受

毎晩遅<ruby>まいばんおそ</ruby>くにシャワーを浴<ruby>あ</ruby>びています。
每晚都很晚才淋浴。

□ 危ない
（あぶない）

【形】危險的

危<ruby>あぶ</ruby>ないですから、横断<ruby>おうだん</ruby>しないでください。
因爲很危險，請不要橫越馬路。

□ あぶる

【他五】烤，烘

海苔<ruby>のり</ruby>を火<ruby>ひ</ruby>であぶって食<ruby>た</ruby>べた。
用火烘烤海苔吃。

□ 溢れる
（あふれる）

【自下一】溢出，充滿

池<ruby>いけ</ruby>の水<ruby>みず</ruby>が溢<ruby>あふ</ruby>れ出<ruby>だ</ruby>した。
池塘的水溢出來了。

□甘い
（あまい）

【形】甜的；天真的；樂觀的
彼女<sub>かのじょ</sub>は甘<sub>あま</sub>いものが大好<sub>だいす</sub>きです。
她喜歡甜食。

□甘やかす
（あまやかす）

【他五】嬌生慣養
子供<sub>こども</sub>を甘<sub>あま</sub>やかして育<sub>そだ</sub>ててはいけませんよ。
教育孩子不可以太嬌慣。

□余る
（あまる）

【自五】剩餘；超過
ミカンが五個<sub>ごこ</sub>余<sub>あま</sub>っています。
還剩五個橘子。

□編む
（あむ）

【他五】編，織
お母<sub>かあ</sub>さんは冬<sub>ふゆ</sub>になるとセーターを編<sub>あ</sub>みます。
媽媽每到冬天就織毛衣。

□危うい
（あやうい）

【形】危險的
危<sub>あや</sub>ういところを、彼<sub>かれ</sub>に助<sub>たす</sub>けてもらいました。
在危急時得到他的幫助。

□怪しい
（あやしい）

【形】奇怪的；靠不住的；暧昧的
窓<sub>まど</sub>の外<sub>そと</sub>に怪<sub>あや</sub>しい人<sub>ひと</sub>がいます。
窗外有一個可疑的人。

□誤る
（あやまる）

【他五】錯誤；道歉
誤<sub>あやま</sub>って、違<sub>ちが</sub>う薬<sub>くすり</sub>を渡<sub>わた</sub>してしまいました。
一時弄錯，給錯了藥。

□荒い
（あらい）

【形】凶猛的，粗野的
思<sub>おも</sub>い切<sub>き</sub>り走<sub>はし</sub>った後<sub>あと</sub>で、息<sub>いき</sub>が荒<sub>あら</sub>い。
拼命跑步後，便上氣不接下氣的。

□争う 【他五】競爭
（あらそう）
みんな先を争ってそこに行こうとした。
大家都爭先恐後地朝那邊去。

□新た 【形動】新的
（あらた）
今月から新たな計画が始まります。
這個月展開新計畫。

□改める 【他下一】改正，修正
（あらためる）
会社の名前を、「日本製菓」と改めました。
公司的名字改爲「日本製果」。

□あらゆる 【連體】一切
事件に関するあらゆる資料を求めています。
需要這件事情的一切相關資料

□表す 【他五】出現，表示
（あらわす）
この記号は、病院を表しています。
這個符號表示醫院。

□現われる 【自下一】出現
（あらわれる）
噂をしているところに、彼が現れた。
正說到他，他就出現了。

□有り難い 【形】難得；值得感謝
（ありがたい）
それはとても有り難い話です。
那太感謝了。

□ありがとう 【感】謝謝
本当にありがとう。助かりました。
眞是謝謝你的幫忙！

□ 有る
（ある）

【自五】有，在

私のところに、いい辞書がありますよ。

我那裡有不錯的辭典。

□ 或いは
（あるいは）

【接・副】或者

私が行くか、或いは、彼に来てもらわなければならない。

是我去呢？還是他必須要來？

□ 歩く
（あるく）

【自五】走

歩いて学校に行きます。

走路上學。

□ アルバイト

【名・自サ】工讀；副業

今どんなアルバイトをしていますか？

現在打什麼工？

□ 荒れる
（あれる）

【自下一】天氣變壞；秩序混亂

台風が近づいて、海が荒れてきました。

颱風將至，海上波濤洶湧。

□ 合わせる
（あわせる）

【他下一】配合

相手に話を合わせる。

附和對方所說的話。

□ 慌ただしい
（あわただしい）

【形】匆匆忙忙的，慌慌張張的

朝はいつも慌ただしい。

早上總是匆匆忙忙的。

□ 慌てる
（あわてる）

【自下一】驚慌，急急忙忙

慌てないで、ゆっくり考えてください。

別慌！慢慢地想。

あいうえおかきくけこさしすせそたちつてとなにぬねのはひふへほまみむめもやゆよらりるれろわ

□哀れ
（あわれ）

【名，形動】容易，可憐

おじさんの哀れな姿を見て、悲しくなった。

看到老人可憐的樣子，感到難過。

□安易
（あんい）

【名，形動】容易，輕而易舉

そんなことを安易に引き受けてはいけません。

那樣的事情不能輕易的接受。

□案外
（あんがい）

【名，形動】意想不到，出乎意外

案外合格しているかもしれませんよ。

說不定還意外錄取呢。

□暗記
（あんき）

【名，他サ】記住，背誦

彼は1ヶ月で2000語の英単語を暗記した。

他一個月背了2000單子。

□安心
（あんしん）

【名，自サ】放心

それを聞いて安心しました。

聽到那話就覺得安心了。

□安定
（あんてい）

【名，自サ】安定，穩定

日本に来てから、やっと生活が安定してきた。

來到日本，終於安定下來了。

□あんな

【連體】那樣的

あんな大きな家に住んでみたいです。

真想住那樣的大房子！

□案内
（あんない）

【名，他サ】嚮導，陪同遊覽

京都を案内してあげましょう。

讓我來陪您遊覽京都。

| □あんなに | 【副】那麼地，那樣地 |
| --- | --- |
| | あんなに高い山に登るんですか？ |
| | 你要爬那麼高的山嗎？ |

| □あんまり | 【形動，副】（不）怎麼樣；太，過於 |
| --- | --- |
| | テニスはあんまり得意じゃありません。 |
| | 我網球打得不太好。 |

□ 言い出す
（いいだす）

【他五】開始說，說出口

私が言い出したことだから、私が責任を持ちます。

因爲是我提議的，我就有責任。

□ 言い付ける
（いいつける）

【他下一】命令，吩咐

それについては、部下に言い付けておきます。

關於那事，我已先吩咐部下了。

□ 生き生き
（いきいき）

【副，自サ】活潑，生氣勃勃

彼の描く絵はとても生き生きしています。

他的畫栩栩如生。

□ 行き成り
（いきなり）

【副】突然，冷不防

いきなり飛び出してくるからびっくりした。

冷不防地跳了出來，所以被嚇了一大跳。

□ 維持
（いじ）

【名，他サ】維持，維護

いいスタイルを維持するために、カロリーに気をつけています。

爲了保持好身材，我很注意熱量的控制。

□ 意識
（いしき）

【名，他サ】意識

人の目を意識しすぎてあがってしまった。

太過在意他人的眼光，所以很緊張。

□勇ましい
（いさましい）
【副】勇敢的；振奮人心的
我が国の軍隊は、とても勇ましいです。
我國的軍隊驍勇善戰。

□苛める
（いじめる）
【他下一】欺負，虐待
若い社員を苛めないでください。
請別欺負新進員工。

□意地悪
（いじわる）
【名，形動】使壞，刁難
彼は意地悪だから、クラスのみんなに嫌われている。
他太壞了，所以全班都很討厭他。

□偉大
（いだい）
【形動】偉大的；魁武的
彼は我が国の偉大な政治家です。
他是我國偉大的政治家。

□抱く
（いだく）
【他五】懷有，懷抱
心に大きな夢を抱く。
心中懷有一個遠大的夢想。

□痛む
（いたむ）
【自五】疼痛；悲痛；苦惱
歯が痛むので、歯医者に行きます。
因為牙痛而去看醫生。

□至る
（いたる）
【自五】到；達到
ここから隣町に至る道は、険しいですよ。
從這裡到鄰村路途險峻。

□位置
（～いち）
【名，自サ】位於
東京は日本のほぼ中央に位置している。
東京大約位於日本的中央。

あいうえおかきくけこさしすせそたちってとなにぬねのはひふへほまみむめもやゆよらりるれろわ

□一応
（いちおう）

【副】（雖然不徹底大致做了）一次；姑且；大致

一応聞いてみますが、彼も知らないと思いますよ。

我想他也不知道，但我還是幫你問一下。

---

□一段と
（いちだんと）

【副】更加，越發

美子さん、一段ときれいになりましたね。

美子小姐變得愈來愈美麗！

---

□一度に
（いちどに）

【副】一次；同時，一下子

一度にそんなに食べたら、おなかを壊します。

一下子吃那麼多，會把肚子搞壞的。

---

□一層
（いっそう）

【副】更，越發

これからも一層努力します。

從現在起要更加努力了。

---

□一旦
（いったん）

【副】一旦；姑且

一旦うちに帰ってから、お電話します。

一但回到家，就給您打電話。

---

□一致
（いっち）

【名，自サ】一致，相符

珍しくみんなの意見が一致した。

很難得大家的意見一致了。

---

□何時の間にか
（いつのまにか）

【副】不知不覺地，不知什麼時候

彼はいつの間にか日本語が上手になりましたね。

不知不覺地，他的日文愈來愈好。

| □何時までも<br>（いつまでも） | 【副】到什麼時候，始終<br>いつまでも忘わすれないでください。<br>不管什麼時候，都請別忘記。 |
| --- | --- |
| □移転<br>（いてん） | 【名，自他サ】轉移<br>最近さいきん、首都機能しゅときのうを郊外こうがいに移転いてんさせる計画けいかくが進すすめられている。<br>最近，進行把首都功能轉移到郊外的計畫。 |
| □移動<br>（いどう） | 【名，自他サ】移動<br>体育たいいくの時間じかんには、みんな体育館たいいくかんに移動いどうする。<br>體育課時大家移動到體育館。 |
| □居眠り<br>（いねむり） | 【名，自サ】打瞌睡<br>電車でんしゃで居眠いねむりをして、終点しゅうてんまで乗のり過すごしてしまった。<br>在電車上打瞌睡，結果坐過頭坐到終點。 |
| □違反<br>（いはん） | 【名，他サ】違反<br>その行為こういは校則こうそく違反いはんしている。<br>那種行為是違反校規的。 |
| □今に<br>（いまに） | 【副】就要，即將<br>今いまに出世しゅっせして、大おおきな家いえを建たてるぞ。<br>事業有成後，我要蓋棟大樓。 |
| □今にも<br>（いまにも） | 【副】馬上，不久<br>彼女かのじょは今いまにも泣なき出だしそうな顔かおをした。<br>她一臉要哭的樣子。 |

あ
い
う
え
お
か
き
く
け
こ
さ
し
す
せ
そ
た
ち
つ
て
と
な
に
ぬ
ね
の
は
ひ
ふ
へ
ほ
ま
み
む
め
も
や
ゆ
よ
ら
り
る
れ
ろ
わ

□ 嫌がる 【他五】討厭
（いやがる）

そんなに嫌がらなくてもいいでしょう？
別一副嫌惡的樣子好嗎？

□ いよいよ 【副】愈發；終於；緊要關頭

いよいよ来週は試験ですね。
下星期的考試終於來了。

□ 依頼 【名，他サ】委託，請求
（いらい）

エアコンが故障したので修理を依頼した。
空調故障了，所以請人來修理。

□ 煎る 【他五】炒，煎
（いる）

胡麻を煎って料理に使う。
炒芝麻做調味用。

□ 祝う 【他五】祝賀，祝福
（いわう）

彼女の誕生日をみんなで祝いましょう。
她生日時受到大家的祝福。

□ 言わば 【副】譬如，打個比方
（いわば）

若いときの恋愛は、言わば麻疹のようなもの
です。
年輕時的戀愛就像麻疹一樣。

□ 所謂 【連體】所謂，一般來說
（いわゆる）

所謂不良債権について、説明してください。
請說明何謂「不良債權」？

□印刷　　　　　【名，他サ】印刷
（いんさつ）
新しい本は、印刷する段階になっている。
新書已進入印刷階段。

□インタビュー　【名，自サ】訪問，採訪
優勝力士にインタビューしました。
採訪冠軍的相撲力士。

□引用　　　　　【名，他サ】引用
（いんよう）
ある小説の一節を引用して、論文を書いています。
引用某本小説的一節撰寫論文。

う

□飢える
（うえる）

【自下一】飢餓，渴望
この国には、飢えている子供がたくさんいる。
這國家有很多三餐不繼的小孩。

□浮かぶ
（うかぶ）

【自五】漂，浮起，想起
彼が喜んでいるようすが目に浮かびます。
眼中浮現他興奮的樣子。

□浮かべる
（うかべる）

【他下一】浮，泛，漂浮
草で作った船を、川に浮かべる。
用草編成的船在河川中漂浮著。

□浮く
（うく）

【自五】浮，愉快，剩餘
人間の体は水に浮きます。
人體可以浮在水面。

□承る
（うけたまわる）

【他五】聽取；遵從，接受
オーダーを確かに承りました。
確實收到您的訂單。

□受け付け
（うけつけ）

【名，他サ】受理申請；受理櫃臺
この紙に書いて、受け付けに出してください。
請填寫這份表格後拿到受理櫃臺。

□受け取る
（うけとる）

【他五】領，接收
書類を受け取ったら、帰っていいです。
領取資料後就可以回去了。

□受け持つ
（うけもつ）

【他五】擔任，擔當

このクラスを一年間受け持つことになりました。

決定我擔任這班的導師一年。

□失う
（うしなう）

【他五】失去，喪失；錯過

たくさんの友達を失ってしまいました。

失去了許多的朋友。

□薄暗い
（うすぐらい）

【副】微暗的

薄暗いから、足下に気をつけて。

光線昏暗，請小心走路。

□薄める
（うすめる）

【他下一】稀釋，弄淡

このソースは、水で薄めて使います。

這醬料要加水稀釋使用。

□疑う
（うたがう）

【他五】疑惑，不相信，猜疑

あなたのことを疑ってごめんなさい。

不好意思懷疑了你。

□打ち合わせ
（うちあわせ）

【名，他サ】商量，洽談

午後から、A社との打ち合わせをすることになっている。

下午跟A公司洽談。

□打ち合わせる
（うちあわせる）

【他下一】使…相碰；（預先）商量，商治

本番の内容について、打ち合わせましょう。

一起討論要播出的內容吧。

☐ 打ち消す
（うちけす）

【他五】否定，消除
<ruby>噂<rt>うわさ</rt></ruby>を<ruby>強<rt>つよ</rt></ruby>い<ruby>調子<rt>ちょうし</rt></ruby>で<ruby>打<rt>う</rt></ruby>ち<ruby>消<rt>け</rt></ruby>す。
以強硬的方式破除謠言。

☐ うっかり

【副，自サ】不注意，不留神，發呆

うっかりして、お<ruby>金<rt>かね</rt></ruby>を<ruby>忘<rt>わす</rt></ruby>れました。
一不留神忘記把錢拿走。

☐ 映す
（うつす）

【他五】映，照；放映
<ruby>鏡<rt>かがみ</rt></ruby>に<ruby>映<rt>うつ</rt></ruby>して、ポーズを<ruby>取<rt>と</rt></ruby>る。
照鏡子，擺姿勢。

☐ 訴える
（うったえる）

【他下一】控告，控訴；求助於
お<ruby>医者<rt>いしゃ</rt></ruby>さんに<ruby>痛<rt>いた</rt></ruby>みを<ruby>訴<rt>うった</rt></ruby>える。
向醫生描述病痛。

☐ 映る
（うつる）

【自五】映，照
<ruby>水<rt>みず</rt></ruby>にみんなの<ruby>姿<rt>すがた</rt></ruby>が<ruby>映<rt>うつ</rt></ruby>っている。
水面映著大家的影子。

☐ うなずく

【自五】點頭表示同意
うなずきながら、<ruby>老人<rt>ろうじん</rt></ruby>の<ruby>話<rt>はなし</rt></ruby>を<ruby>聞<rt>き</rt></ruby>く。
邊點頭邊聽著老人說話。

☐ 唸る
（うなる）

【自五】呻吟
<ruby>病人<rt>びょうにん</rt></ruby>が<ruby>唸<rt>うな</rt></ruby>っている。
病人在呻吟。

☐ 奪う
（うばう）

【他五】剝奪；吸引
お<ruby>金<rt>かね</rt></ruby>を<ruby>奪<rt>うば</rt></ruby>われました。
錢被搶了。

□埋める
（うめる）

【他下一】埋；填補
お金を箱に入れて、庭に埋めました。
把錢放入箱內，然後埋在院子裡。

□敬う
（うやまう）

【他五】尊敬
お年寄りを敬う。
尊敬老人。

□裏返す
（うらがえす）

【他】翻過來
服を裏返して洗濯します。
把衣服翻過來洗。

□裏切る
（うらぎる）

【他五】背叛，出賣；辜負
仲間に裏切られた。
被同伴出賣了。

□占う
（うらなう）

【他五】占卜，占卦，算命
あなたの将来を占ってあげましょう。
我幫你算算你的未來。

□恨む
（うらむ）

【他五】抱怨，恨
彼は両親のことを恨んでいます。
他怨恨他的父母。

□羨ましい
（うらやましい）

【副】羨慕；令人嫉妒
私はあなたがとても羨ましいです。
我很羨慕你。

□羨む
（うらやむ）

【他五】羨慕；嫉妒
他人を羨んでばかりいないで、努力しなさい。
別一味羨慕別人，自己也要好好努力。

□うろうろ 【副，自サ】徘徊；張慌失措

うろうろ歩（ある）いていないで、ここに座（すわ）りなさい。

別一直走來走去，來這裡坐。

□噂

（うわさ） 【名，自サ】傳說，風聲

駅前（えきまえ）にスーパーができるといううわさが広（ひろ）

まっている。

車站前將開一家超市的風聲傳開了。

□うんと 【副】多，大大地；用力，使勁地

うんとたくさん食（た）べてください。

請多吃一點。

□云々

（うんぬん） 【他サ】說長道短

他人（たにん）のことを云々（うんぬん）するものではない。

別說人長短。

□運搬

（うんぱん） 【名，他サ】搬運，運輸

貨物（かもつ）の運搬（うんぱん）には、トラックを使（つか）います。

用貨車搬運貨物。

□運用

（うんよう） 【名，他サ】運用，活用

資金（しきん）の運用（うんよう）を、銀行（ぎんこう）の人（ひと）に相談（そうだん）する。

跟行員商量資金的運用方法。

# え

□影響
（えいきょう）

【名，自サ】影響
大雪の影響で、交通がストップした。
由於大風雪，交通中斷了。

□営業
（えいぎょう）

【名，自サ】營業
本日は10時まで営業いたします。
今天營業到十點。

□描く
（えがく）

【他五】畫；描寫
この映画は、現代の若者を描いている。
這部電影描述時下的年輕人。

□得る
（える）

【他下一】得，得到，理解
日本で学位を得ることが私の目標です。
到日本拿學位是我的目標。

□延期
（えんき）

【名，他サ】延期
雨で試合が日曜日に延期になった。
由於下雨比賽延到星期日。

□援助
（えんじょ）

【名，他サ】援助，幫助
生活費の一部を高橋さんが援助してくれました。
部分生活費是高橋先生援助的。

□演説
（えんぜつ）

【名，自サ】演說，演講
彼の演説は実に見事だった。
他的演講精彩極了。

あ い う え お か き く け こ さ し す せ そ た ち つ て と な に ぬ ね の は ひ ふ へ ほ ま み む め も や ゆ よ ら り る れ ろ わ

□ 演奏　　　　【名，他サ】演奏
（えんそう）　ピアノで名曲を演奏している。
　　　　　　　用鋼琴演奏名曲。

□ 延長　　　　【名，自他サ】延長，延伸
（えんちょう）家の近くまで電車の路線が延長されて、とて
　　　　　　　も便利になった。
　　　　　　　電車線路延伸到家裡附近，方便多了。

# お

□ 追い掛ける
（おいかける）

【他下一】追趕，緊接著

あの車を追いかけてください。
請追那輛車。

□ 追い越す
（おいこす）

【他五】超過，趕快去

ここでは、前の車を追い越してはいけません。
這裡不能超車。

□ 追い付く
（おいつく）

【自五】追上，趕上

やっと先頭のグループに追い付いた。
終於趕上前面的隊伍了。

□ 追う
（おう）

【他五】追求，遵循，趕

すぐに彼らの後を追いましょう。
馬上去追趕他們吧！

□ 応援
（おうえん）

【名，他サ】援助，聲援

あなたのことをずっと応援するから、がんばってね。
我會永遠聲援你的，你要加油喔！

□ 応じる・ずる
（おうじる）

【自上一】答應，接受，因應

お客さまの要求に応じて、商品を開発します。
因應顧客的需求，開發新商品。

□ 横断
（おうだん）

【名，他サ】橫斷；橫越，穿過

道路を横断するときは、気を付けてください。
穿越馬路，要小心點。

□往復
（おうふく）

【名，自サ】往返，來往

そこまで往復、2時間かかります。

到那裡來回需要花兩個小時。

□応用
（おうよう）

【名，他サ】應用，運用

この原理を応用して、重いものを動かすこと
ができた。

應用這個原理，才挪動了笨重的東西。

□大いに
（おおいに）

【副】非常地，大量地

今日は大いに飲んでください。

今天請大家痛快地暢飲一番。

□覆う
（おおう）

【他五】覆蓋，籠罩；掩飾

埃がつくから、布で覆っておきましょう。

因為會蒙上灰塵，請先用布蓋好。

□大雑把
（おおざっぱ）

【副】草率，粗枝大葉

大雑把な人数を教えてください。

請告訴我們大概的人數。

□拝む
（おがむ）

【他五】叩拜，懇求，看

お寺に行って、仏様を拝んできました。

到寺廟去拜拜。

□～おき

【接尾】每隔

私は三日おきに泳ぎに行きます。

我每隔三天去游泳一次。

□補う
（おぎなう）

【他五】補償，貼補

ビタミンを補うために、果物を食べましょう。

為了補充維他命，吃些水果吧。

□お気の毒に
（おきのどくに）

【連語】可憐，令人同情；對不起

お子さんがなくなられて、お気の毒に。

您小孩過世了，眞是遺憾。

---

□怠る
（おこたる）

【他自五】怠慢，疏忽，懶惰

練習を怠ったら、下手になってしまった。

疏於練習，變差了。

---

□押さえる
（おさえる）

【他下一】按，壓；控制

血が出ないように、傷口を押さえましょう。

爲了防止出血，壓住傷口吧！

---

□幼い
（おさない）

【形】幼小的；孩子氣，幼稚的

幼いときの思い出は、いつまでも忘れない。

童年的回憶，直到現在也忘不了。

---

□収める
（おさめる）

【他下一】收，接受；取得，獲得

見事に成功を収めた。

取得了徹底的成功。

---

□惜しい
（おしい）

【形】可惜的

勉強をやめてしまっては惜しいです。

把學業放棄掉眞是可惜。

---

□汚染
（おせん）

【名，自他サ】污染

川が汚染されて、魚が死んでしまった。

河川被污染，魚死了。

---

□恐らく
（おそらく）

【副】恐怕，很可能

今日は恐らく雨は降らないでしょう。

今天也許不會下雨吧。

□ 恐れる 　　　　【自下一】害怕，恐懼
（おそれる）
　　　　　　　　私は死ぬことを恐れています。
　　　　　　　　我很害怕死亡。

□ 教わる 　　　　【他五】受教，跟…學習
（おそわる）
　　　　　　　　昨日は、平仮名の書き方を教わりました。
　　　　　　　　我昨天學平假名的寫法。

□ 穏やか 　　　　【形動】平穩，平靜；溫和，安祥
（おだやか）
　　　　　　　　うちの母は、とても穏やかな性格です。
　　　　　　　　家母個性很溫和。

□ 落ち着く 　　　【自五】（心神，情緒等）穩靜，鎮靜
（おちつく）
　　　　　　　　大丈夫だから落ち着いてください。
　　　　　　　　已經沒關係了，請鎮靜一下。

□ 脅かす 　　　　【他五】威脅，嚇唬
（おどかす）
　　　　　　　　日本語は難しいぞと、彼を脅かした。
　　　　　　　　我嚇唬他說：「日文很難唷！」。

□ 大人しい 　　　【形】老實，溫順
（おとなしい）
　　　　　　　　あの子は行儀がよくて、大人しいです。
　　　　　　　　那小孩又有禮貌，又很老實。

□ 劣る 　　　　　【自五】劣，不如
（おとる）
　　　　　　　　この製品は、他のものより劣っている。
　　　　　　　　這個產品比其他的差。

□ 驚かす 　　　　【他五】嚇唬，驚動
（おどろかす）
　　　　　　　　大きな声を出して驚かさないでください。
　　　　　　　　請不要大叫嚇唬人了。

□溺れる　【自下一】淹死，溺水
（おぼれる）　海で溺れたところを助けてもらいました。
　　　　　　在海邊溺水時被救了上來。

□おめでたい　【形】可喜，可賀
　　　　　　結婚が決まったとは、おめでたい。
　　　　　　婚事決定了，真是可喜可賀。

□思い掛けない　【形】意想不到的，偶然的
（おもいがけない）　彼に出会うとは、思いがけないことでした。
　　　　　　沒想到還會跟他再見面。

□思い切り　【副】狠狠地，痛快地
（おもいきり）　思い切り息を吸い込んでください。
　　　　　　請深呼吸。

□思い込む　【自五】確信，深信，以為；下決心
（おもいこむ）　私は彼が警官だと思いこんでいた。
　　　　　　我以為他是警官。

□思い付く　【自他五】（忽然）想起，想到
（おもいつく）　なかなかいいアイディアを思いつきません。
　　　　　　想不出好的辦法來。

□重たい　【形】分量重的，心情沉重
（おもたい）　とても重たいから、半分置いていきます。
　　　　　　太重了，先放一半下來。

| □思わず<br>（おもわず） | 【副】禁不住，不由得，意想不到地<br>びっくりして、思わず大きな声を出してしまいました。<br>嚇了一跳，不禁大叫起來。 |
| --- | --- |
| □及ぼす<br>（およぼす） | 【他五】波及，影響到<br>彼の発言は、多くの人に影響を及ぼした。<br>他說的話影響了很多人。 |

□カーブ

【名，自サ】彎曲

**線路が大きく右にカーブしている。**
鐵軌向右轉了個大彎。

□外
（がい）

【接尾】外

**時間外の面会は、あちらの入り口からお願いします。**
會面時間外，請從那個入口進入。

□開会
（かいかい）

【名，自サ】開會

**オリンピックの開会式はすごかった。**
奧運會的開幕儀式很精彩。

□改革
（かいかく）

【名，他サ】改革

**徹底的な改革を行わなければならない。**
一定得徹底進行改革。

□解決
（かいけつ）

【名，自他サ】解決

**あの事件は、やっと解決した。**
那件事情終於解決了。

□改札
（かいさつ）

【名，自サ】(車站等)的驗票

**待合わせの場所は、駅の改札口にした。**
集合的地點決定在車站的剪票口。

□解散
（かいさん）

【名，自他サ】解散，(集合等)散會

**部員が減ったため、テニス部を解散した。**
因為會員減少，把網球部解散了。

□ 開始
（かいし）

【名，自他サ】開始
試合は午前十時に開始することになった。
しあい　　　ごぜんじゅうじ　　　　かいし
比賽在早上十點開始。

□ 解釈
（かいしゃく）

【名，他サ】解釋，理解
難しい単語には解釈がついている。
むずか　　たんご　　　かいしゃく
較難的單字附有解釋。

□ 外出
（がいしゅつ）

【名，自サ】出門，外出
田中はただ今 外出しております。
たなか　　　いまがいしゅつ
田中先生現在外出。

□ 改正
（かいせい）

【名，他サ】修正，改正
不適切な規則は改正するべきだ。
ふてきせつ　きそく　　かいせい
不恰當的規則應該修正。

□ 解説
（かいせつ）

【名，他サ】解說，說明
先生は問題の解き方を解説している。
せんせい　もんだい　と　かた　かいせつ
老師正在說明解題方法。

□ 改善
（かいぜん）

【名，他サ】改善
社員の待遇を改善するため、新しい提案が出
しゃいん　たいぐう　かいぜん　　　　あたら　ていあん　だ
された。
為了改善公司職員待遇，而提出新方案。

□ 改造
（かいぞう）

【名，他サ】改造，改組，改建
二階を改造して子供部屋を作る。
にかい　　かいぞう　　　こどもべや　つく
把二樓改建成小孩子的房間。

□ 階段
（かいだん）

【名，自サ】樓梯
長い階段を駆けあがったので、息が切れた。
なが　かいだん　か　　　　　　いき　き
一口氣走完了很長的樓梯，上氣不接下氣。

□回転
（かいてん）
【名，自サ】旋轉，轉動
車輪が回転している。
車輪旋轉著。

□回復
（かいふく）
【名，自他サ】恢復，康復
いったん失った信用は、回復するのに時間がかかる。
一旦失去信用，就得花很長時間才能恢復。

□解放
（かいほう）
【名，他サ】解放，解除
最後に人質はやっと犯人から解放された。
最後人質終於從犯人手中釋放了。

□開放
（かいほう）
【名，他サ】打開，開放
学校の体育館を市民に開放した。
學校的體育館開放給市民使用。

□飼う
（かう）
【他五】飼養（動物等）
猫を三匹飼っています。
養了三隻貓。

□帰す
（かえす）
【他五】讓…回去
5時になったら学生たちを帰します。
到五點便讓學生回去。

□却って
（かえって）
【副】相反地，反而
先生の説明を聞いたら、却ってわからなくなった。
聽了老師的說明以後，反而弄糊塗了。

□返る
（かえる）

【自五】回來
彼に貸した漫画が返ってきました。
借他的漫畫還我了。

□抱える
（かかえる）

【他下一】（雙手）抱著
三人の子供を抱えて苦労しています。
辛苦地扶養三個孩子。

□輝く
（かがやく）

【自五】閃輝
空に星が輝いている。
星星在夜空中閃耀。

□係る
（かかわる）

【自五】關聯，涉及
私はこの件には係りたくありません。
我不想被牽涉進這件事當中。

□限る
（かぎる）

【自他五】限定，限制
２０歳以上の方に限ります。
限２０歳以上的人。

□書く
（かく）

【他五】寫；畫
私は今、推理小説を書いています。
我正在寫推理小說。

□掻く
（かく）

【他五】搔，砍，撥
彼は恥ずかしそうに頭を掻いた。
他搔著頭好像很害羞的樣子。

□確実
（かくじつ）

【名，形動】確實，可靠
佐藤さんの当選が確実になりました。
已確定佐藤先生當選了。

□学習　【名，他サ】學習
（がくしゅう）
今、Ａクラスでは英語を学習しています。
現在Ａ班在上英語課。

□拡大　【名，自他サ】擴大，放大
（かくだい）
写真を引き伸ばして拡大してください。
請把照片放大。

□確認　【名，他サ】證實，判明
（かくにん）
警察は容疑者の身元の確認を急いでいる。
警察急著確認嫌疑犯的身份。

□隠れる　【自下一】躲藏，潛在，隱遁
（かくれる）
子供たちはどこに隠れているんだろう？
孩子躲到哪裡去了？

□掛ける　【他下一】掛，放上，蓋，花費
（かける）
コートはそこに掛けておいてください。
請把外套掛在那裡。

□欠ける　【自下一】弄出缺口，缺
（かける）
彼には行動力が欠けている。
他缺乏行動力。

□囲む　【他五】圍，包圍
（かこむ）
先生を囲んで食事をしましょう。
圍著老師吃飯吧。

□重なる　【自五】重疊，重複
（かさなる）
悪いことがいくつも重なった。
禍不單行。

□ 重ねる
（かさねる）

【他下一】重疊起來，重複

お<ruby>皿<rt>さら</rt></ruby>を<ruby>重<rt>かさ</rt></ruby>ねて<ruby>置<rt>お</rt></ruby>きます。
把碗盤疊好放著。

---

□ 飾る
（かざる）

【他五】裝飾，粉飾

テーブルを<ruby>花<rt>はな</rt></ruby>で<ruby>飾<rt>かざ</rt></ruby>りました。
桌上擺飾著花。

---

□ 賢い
（かしこい）

【形】聰明的，周到

<ruby>犬<rt>いぬ</rt></ruby>はなかなか<ruby>賢<rt>かしこ</rt></ruby>い<ruby>動物<rt>どうぶつ</rt></ruby>です。
狗是很聰明的動物。

---

□ 齧る
（かじる）

【他五】啃，一知半解

りんごを<ruby>齧<rt>かじ</rt></ruby>ったら、<ruby>歯<rt>は</rt></ruby>が<ruby>欠<rt>か</rt></ruby>けてしまった。
啃蘋果時牙齒斷了。

---

□ 貸す
（かす）

【他五】借出，幫助別人

お<ruby>金<rt>かね</rt></ruby>を<ruby>貸<rt>か</rt></ruby>してください。
請借我錢。

---

□ 固い
（かたい）

【形】硬的，堅固的，可靠的

<ruby>固<rt>かた</rt></ruby>い<ruby>煎餅<rt>せんべい</rt></ruby>は<ruby>噛<rt>か</rt></ruby>めません。
硬的仙貝咬不動。

---

□ 片付く
（かたづく）

【自五】收拾，處理好

<ruby>部屋<rt>へや</rt></ruby>が<ruby>片<rt>かた</rt></ruby>づいたら、<ruby>食事<rt>しょくじ</rt></ruby>に<ruby>行<rt>い</rt></ruby>きましょう。
把房間收拾好後吃飯去吧！

---

□ 傾く
（かたむく）

【自五】傾斜

ちょっと<ruby>見<rt>み</rt></ruby>て。あの<ruby>塔<rt>とう</rt></ruby>は<ruby>傾<rt>かたむ</rt></ruby>いているよ。
你看，那座塔是傾斜的。

☐片寄る　　　【自五】偏於，不公正
（かたよる）　片寄った考えを持ってはいけません。
　　　　　　　不能有偏頗的想法。

☐語る　　　　【他五】說，說唱
（かたる）　　今日は、世界情勢について大いに語りましょう。
　　　　　　　今天，我們就世界局勢好好談一談吧。

☐〜がち　　　【接尾，形動】容易，多於
　　　　　　　彼女は学生時代病気がちでした。
　　　　　　　她學生時代體弱多病。

☐勝つ　　　　【自五】勝，克服
（かつ）　　　とうとうチャンピオンに勝つことができた。
　　　　　　　終於贏得比賽冠軍了。

☐がっかり　　【副，形動，自サ】灰心喪氣，筋疲力盡
　　　　　　　不合格だったので、がっかりした。
　　　　　　　因為沒考上，所以灰心喪氣。

☐担ぐ　　　　【他五】扛，挑
（かつぐ）　　荷物は私が担いであげます。
　　　　　　　我來幫你扛行李。

☐括弧　　　　【名，他サ】概括
（かっこ）　　書名を括弧でくくってください。
　　　　　　　請用括弧把書名括起來。

□格好
（かっこう）

【形動】適當，恰好

パーティーには、どんな格好で行ったらいい
ですか？
穿甚麼去參加舞會好呢？

□合唱
（がっしょう）

【名，他サ】合唱，一齊唱

家族全員でクリスマスソングを合唱する。
全家一起合唱聖誕歌。

□活動
（かつどう）

【名，自サ】活動

彼は小説家として幅広く活動している。
他以小說家的身份活躍於各界。

□仮定
（かてい）

【名，自サ】假定，假設

犯人はこの窓から入ったと仮定して、推理を
進める。
假設犯人是從窗戶進入，來進行推理。

□勝手に
（かってに）

【形動】任意，任性

それなら、勝手にやったらいいでしょう。
那麼，就隨你便吧？

□活躍
（かつやく）

【名，自サ】活躍

彼はオリンピックで活躍しました。
他在奧林匹運動會中很活躍。

□悲しい
（かなしい）

【形】悲傷的，遺憾的

そんなことを言われると、悲しくなります。
被別人這樣說，讓我很傷心。

□悲しむ 【他五】感到悲傷
（かなしむ）

あまり悲しまないでください。
請別那麼難過。

□必ず 【副】一定
（かならず）

必ず手紙を書きます。
一定給你寫信。

□必ずしも 【副】不一定，未必
（かならずしも）

必ずしもうまくいくとは限らない。
未必能進行順利。

□かなり 【副，形動，名】相當

あなたのピアノもかなり進歩しましたね。
你琴藝精進多了。

□兼ねる 【他下一】兼備，不能
（かねる）

この書類は、領収書を兼ねています。
這些文件附有收據。

□カバー 【名，他サ】罩，套

本にカバーをかけましょうか？
書要上封套嗎？

□被せる 【他下一】蓋上，（用水）澆沖
（かぶせる）

料理に布をかぶせておきましょう。
把菜餚用布蓋上吧。

□構う 【自他五】（沒）關係，照顧，招待
（かまう）

あんなやつを構うのはやめなさい。
不要理會那傢伙。

□噛む
（かむ）

【他五】咬

よく噛んで食べましょう。
細嚼後再吞下。

□痒い
（かゆい）

【形】癢的

目が痒くてたまりません。
眼睛癢得受不了。

□辛い
（からい）

【形】辣的，嚴格的

四川料理は本当に辛いですね。
四川菜很辣。

□からかう

【他五】嘲弄，逗弄

猫をからかったら、ひっかかれた。
逗弄貓時，被貓抓傷。

□借りる
（かりる）

【他上一】借

ちょっとペンを借りてもいいですか？
筆可以借我一下嗎？

□刈る
（かる）

【他五】割，剪

田んぼへ草刈りをしに行って来ます。
到田裡割草。

□軽い
（かるい）

【形】輕的，清淡的

このかばんは、とても軽くて便利です。
這個皮包又輕又方便。

□枯れる
（かれる）

【自下一】枯萎，老練

庭の木が全部枯れてしまった。
庭園中的樹木全枯萎了。

□可愛い 【形】可愛的
（かわいい）
可愛いお孫さんですね。
您孫兒眞可愛。

□可愛がる 【他五】喜愛，折磨
（かわいがる）
祖父は私をとても可愛がってくれました。
祖父非常疼愛我。

□可哀想 【形動】可憐
（かわいそう）
そんなに苛めたら、可哀想でしょう？
這樣欺負人家，不是很可憐嗎？

□可愛らしい 【形】可愛的，好玩的
（かわいらしい）
まあ、可愛らしい服ですね。
嘩！好可愛的衣服。

□乾かす 【他五】曬乾
（かわかす）
濡れた髪を乾かすのは、時間がかかる。
弄乾頭髮很花時間。

□乾く 【自五】乾
（かわく）
洗濯物が乾いたから、取り込みましょう。
衣服乾了，收進來吧。

□変わる 【自五】變化
（かわる）
この薬品を入れると、液体の色が変わります。
加進這種藥物後，液體會變色。

□考える 【他下一】想，預料，有…想法
（かんがえる）
何を専攻しようか、今考えています。
我正在考慮要研究什麼？

□ 関係　　【名，自サ】關係，有關…的方面
（かんけい）
それはあなたには関係ないでしょう？
那跟你沒有關係吧？

□ 歓迎　　【名，他サ】歡迎
（かんげい）
新入生を歓迎するパーティを開きましょう。
舉辦一次新生歡迎會吧。

□ 感激　　【名，自サ】感激，感動
（かんげき）
友だちのやさしい心遣いに感激した。
對朋友親切的關懷很是感動。

□ 観光　　【名，他サ】觀光，旅遊
（かんこう）
午後から、京都市内を観光するつもりです。
下午打算參觀京都市。

□ 感じる・ずる　　【自他サ】感覺到
（かんじる・ずる）
感じたことを話してください。
請說你的感想。

□ 関する　　【自サ】關於
（かんする）
文学に関する講演があります。
有一個關於文學的演講。

□ 完成　　【名，自他サ】完成
（かんせい）
二年後、ビルがついに完成した。
兩年之後，大樓終於完成了。

□ 乾燥　　【名，自他サ】乾燥
（かんそう）
肌が乾燥して、すごく痒いです。
皮膚很乾，非常癢。

□観測
（かんそく）

【名，他サ】觀察，觀測
星の観測はあそこで行うことにした。
觀察星星的活動決定在那裡舉行。

□簡単
（かんたん）

【名，形動】簡單
料理を作るのは簡単です。
做菜很簡單。

□勘違い
（かんちがい）

【名，自サ】想錯，誤會
勘違いして、一つ手前の駅で降りてしまった。
弄錯了，早了一站下車。

□感動
（かんどう）

【名，自サ】感動
感動のあまり、涙が出てきた。
過於感動而流下眼淚。

□監督
（かんとく）

【名，他サ】監督，督促
野球部の監督は、田中さんです。
棒球隊的教練是田中先生。

□乾杯
（かんぱい）

【名，自サ】乾杯
我々の将来のために乾杯！
為我們的未來而乾杯！

□頑張る
（がんばる）

【自五】努力
頑張って勉強しています。
用功讀書。

□看病
（かんびょう）

【名，他サ】看護
弟といっしょに父の看病をした。
和弟一起看護父親。

□ 管理　　　　　【名，他サ】管理
　（かんり）
とうきょう で 　　　　じぶん 　けんこう かんり
東京に出たら、自分の健康管理をちゃんとし
てくださいね。
到了東京之後，請好好注意自己的身體健康。

□ 完了　　　　　【名，自他サ】完了，完畢
　（かんりょう）
きぐ 　てんけん 　かんりょう 　　こうじょう で
器具の点検を完了して、工場から出た。
檢查完機械，就離開了工廠。

□ 関連　　　　　【名，他サ】關聯
　（かんれん）
かんれんしりょう あつ
関連資料を集めました。
收集相關的資料。

□記憶
（きおく）

【名，他サ】記憶

彼<sub>かれ</sub>のことならはっきり記憶<sub>きおく</sub>に残<sub>のこ</sub>っています。
他的事我記得很清楚。

□効く
（きく）

【自五】有效，奏效

この薬<sub>くすり</sub>は効<sub>き</sub>きますか？
這種藥有效嗎？

□刻む
（きざむ）

【他五】切碎，剁碎

ねぎを細<sub>こま</sub>かく刻<sub>きざ</sub>みます。
把蔥剁碎。

□着せる
（きせる）

【他下一】給，穿上（衣服）

人形<sub>にんぎょう</sub>に洋服<sub>ようふく</sub>を着<sub>き</sub>せます。
幫娃娃穿上洋裝。

□期待
（きたい）

【名，他サ】期待，期望

彼女<sub>かのじょ</sub>は親<sub>おや</sub>の期待<sub>きたい</sub>に反<sub>はん</sub>して、女優<sub>じょゆう</sub>になった。
她違背了父母的期待，成了女演員。

□帰宅
（きたく）

【名，自サ】回家

父<sub>ちち</sub>はいつも１２時<sub>じ</sub>すぎに、帰宅<sub>きたく</sub>する。
父親經常１２點過後才回家。

□きちんと

【副】整齊，乾乾淨淨

きちんと片<sub>かた</sub>づけてください。
請收拾好。

□ きつい　【副】強烈的，屬言的
あなたの言い方はとてもきついです。
你說得太苛薄了。

□ 気付く　【自五】察覺，注意到
（きづく）
私がいけなかったと気づいた。
我發覺是我的不對。

□ ぎっしり　【副】（裝或擠得）滿滿的
本棚に本がぎっしり詰まっている。
書架上擺滿了書。

□ きっと　【副】一定
彼はきっと来るでしょう。
他一定會來的吧！

□ 気に入る　【連語】稱心如意，喜歡
（きにいる）
プレゼントは気に入りましたか？
喜歡這禮物嗎?

□ 記入　【名，自サ】填寫，寫入
（きにゅう）
こちらにお名前を記入してください。
請在這裡填寫你的名字。

□ 記念　【名，自サ】紀念
（きねん）
旅行の記念に駅でスタンプを押した。
爲了記念這次的旅行，在車站蓋了個紀念郵戳。

□ 気の毒　【名，形動】可憐，可悲
（きのどく）
地震で家が壊れたなんて、本当にお気の毒だ。
因地震使得家園遭到破壞，眞是遺憾。

□希望
（きぼう）

【名，他サ】希望，期望

いくら失敗しても、弁護士になる希望はなくしません。

無論怎麼失敗，也不放棄成爲律師的願望。

□休業
（きゅうぎょう）

【名，自サ】停業，歇業

あそこのそばやは、今日休業ですよ。

那家蕎麥麵店今天停業。

□休講
（きゅうこう）

【名，自サ】停課

今日の二限は休講になってますよ。

今天第二堂停課。

□急行
（きゅうこう）

【名，自サ】急往，快車

急行は、品川に停まりますか？

快車停靠品川嗎？

□救助
（きゅうじょ）

【名，他サ】救助，搭救

おぼれかけていた人を漁船が救助した。

漁船把溺水的人救了上來。

□休息
（きゅうそく）

【名，自サ】休息，中止

食後はしばらく、休息をとった方がいいですよ。

飯後最好休息一下。

□急速
（きゅうそく）

【形動】迅速的，快速的

二人は急速に親しくなった。

兩人很快地親密起來。

□急に
（きゅうに）
【副】忽然，突然
急に飛び出してきたからびっくりした。
突然跑出來讓我嚇了一跳。

□休養
（きゅうよう）
【名，自サ】休養
この頃は忙しくて休養を取るひまもないわ。
最近忙得連休息的時間都沒有。

□清い
（きよい）
【副】清徹的，（內心）正派的
彼女の心は清くて汚れがない。
她很純潔。

□強化
（きょうか）
【名，他サ】強化
日本チームは、投手陣を強化している。
日本隊加強了投手陣容。

□供給
（きょうきゅう）
【名，他サ】供給，供應
貧しい地域にヘリコプターで食糧を供給している。
用直升機提供食物給貧窮的地區。

□強調
（きょうちょう）
【名，他サ】強調
「ここはポイントだ」と先生は強調した。
老師強調：「這裡是重點」。

□共通
（きょうつう）
【名，形動，自サ】共同，通用
これは両国に共通する問題だ。
這是兩國共同的問題。

□共同
（きょうどう）
【名，自サ】共同
大学と企業が共同で研究する。
大學與企業共同進行研究。

□協力　【名，自サ】協力，合作
（きょうりょく）　途上国の開発に協力する。
致力於開發發展中國家。

□行列　【名，自サ】行列
（ぎょうれつ）　おいしい店に行列する。
好吃的店等候的人排成一列。

□嫌う　【他五】嫌惡，厭惡
（きらう）　私は彼に嫌われています。
他討厭我。

□～切る　【接尾】（接助詞運用形）表示達到極限，完
（きる）　こんなにたくさんあったら食べきれない。
那麼多東西吃不完。

□綺麗　【形動】美麗，漂亮；乾淨
（きれい）　きれいな花が咲いています。
美麗的花朵綻放著。

□記録　【名，他サ】記錄，記載
（きろく）　彼は今回の水泳競技でいい記録を出したいと
言っている。
他說要在這次的游泳比賽中游出好成績。

□議論　【名，自他サ】爭論
（ぎろん）　パンダとコアラはどちらがかわいいかで、ぼ
くと弟は議論をした。
我與弟弟爭論著貓熊跟無尾熊，那種比較可
愛。

□禁止　　　　　【名，他サ】禁止

（きんし）　　　このマンションでは<ruby>犬<rt>いぬ</rt></ruby>を<ruby>飼<rt>か</rt></ruby>うことは<ruby>禁止<rt>きんし</rt></ruby>され

　　　　　　　　ています。

　　　　　　　　這幢大樓禁止飼養動物。

□緊張　　　　　【名，自サ】緊張

（きんちょう）　<ruby>試験<rt>しけん</rt></ruby>の<ruby>前<rt>まえ</rt></ruby>は<ruby>緊張<rt>きんちょう</rt></ruby>してのどが<ruby>渇<rt>かわ</rt></ruby>いた。

　　　　　　　　考試之前心情緊張而感到口渴。

□切れる　　　　【自下一】中斷；銳利

（きれる）　　　このはさみはよく<ruby>切<rt>き</rt></ruby>れますよ。

　　　　　　　　這把剪刀很銳利。

□食う
（くう）

【他五】（俗）吃，（蟲）咬
犬が肉を食っている。
狗在吃肉。

□空想
（くうそう）

【名，他サ】空想，幻想
実行しないと、空想に終わってしまうよ。
不實際去做的話，最後也只成空想罷了。

□区切る
（くぎる）

【他四】（把文章）斷句，分段
文章を二つに区切ります。
把文章分成二段。

□崩す
（くずす）

【他五】拆毀，粉碎；倒塌；（錢）找零
荷物の山を崩してしまった。
如山般的行李倒塌了。

□崩れる
（くずれる）

【他】崩潰，倒塌
裏山が崩れたので、避難した。
後山崩塌了，於是避難去了。

□苦心
（くしん）

【名，自サ】苦心，費心
これは姉の苦心の作です。
這是姐姐煞費心思的作品。

□砕く
（くだく）

【他五】打碎，弄碎
氷を砕いてコップに入れる。
把冰塊打碎放進杯子裡。

□砕ける
（くだける）
【自下一】破碎，粉碎
壺が落ちて砕けてしまった。
茶壺掉到地上碎了。

□くたびれる
【自下一】疲勞，疲乏
一日中仕事をして、くたびれてしまった。
整天工作，累垮了。

□下らない
（くだらない）
【連語，形】無價值，無聊
私はそんな下らない本は読みたくありません。
那麼荒誕無稽的書我才不想讀。

□ぐっすり
【副】熟睡，酣睡
昨夜はぐっすり寝られましたか？
您昨天睡得好嗎？

□くっ付く
（くっつく）
【自五】緊貼在一起，附著
くっ付いて取れなくなってしまった。
緊貼著撕不下來。

□くっ付ける
（くっつける）
【他下一】把…粘上，把…貼上；使靠近
のりで二枚の紙をくっつける。
用膠水把兩張紙黏起來。

□くどい
【形】冗長乏味的；（味道）過於膩的
あの人は話がくどいから、面倒くさい。
那人的話冗長沒趣，很麻煩。

□工夫
（くふう）
【名，自サ】設法
工夫して作った箱を、先生に褒められた。
花了工夫做的箱子，被老師稱讚了。

□区分
（くぶん）

【名，他サ】區分，分類

図書を作者によって、日本と外国とに区分する。

圖書按照作者，分成日本和國外兩類。

□区別
（くべつ）

【名，他サ】區別，分清

男女の区別なく全員グランドを一周した。

不分男女全部人跑了運動場一周。

□組み立てる
（くみたてる）

【他下一】組織，組裝

この家具は、自分で組み立てることができます。

家俱可以自行組裝。

□組む
（くむ）

【自五】聯合，組織起來

チームを組んで、調査をしましょう。

組隊伍進行調查吧！

□汲む
（くむ）

【他五】打水，取水

水を汲んできてくれますか？

可以幫我打水來嗎?

□曇る
（くもる）

【自五】天氣陰，朦朧

午後から曇ってくるそうです。

聽說從下午開始天氣會轉陰。

□悔しい
（くやしい）

【形】令人懊悔的

試合に負けて悔しいです。

比賽失敗感到很懊悔。

| | |
|---|---|
| □悔やむ<br>（くやむ） | 【他五】懊悔的，後悔的<br>今更悔やんでもしょうがない。<br>現在後悔也無濟於事。 |
| □暮す<br>（くらす） | 【自他五】生活，度日<br>彼女は、両親と一緒に暮らしています。<br>她和父母親一起住。 |
| □比べる<br>（くらべる） | 【他下一】比較，對照<br>東京と比べると、大阪は物価が安いです。<br>和東京比較，大阪的物價較爲便宜。 |
| □繰り返す<br>（くりかえす） | 【他五】反覆，重覆<br>もう一度繰り返して練習しましょう。<br>再重複一次練習吧！ |
| □苦しむ<br>（くるしむ） | 【自五】感到痛苦，感到難受<br>一人で苦しまないで、誰かに相談したらどうですか？<br>不要一個人煩惱，找個人談談如何？ |
| □苦しめる<br>（くるしめる） | 【他下一】使痛苦，欺負<br>私を苦しめないでください。<br>不要再增加我的痛苦了。 |
| □包む<br>（くるむ） | 【他五】包，裹<br>紙に包んでしまっておく。<br>先用紙包好。 |
| □くれぐれも | 【副】反覆，周到<br>お母さんにくれぐれもよろしく。<br>請務必幫我跟您母親問好。 |

□苦労
（くろう）

【名，形動，自サ】辛苦，辛勞

若いころ勉強をしなければ、将来きっと苦労するよ。

年青不用功，將來會很苦的。

□加える
（くわえる）

【他下一】加，加上

ちょっと砂糖を加えると、ずっとおいしくなりますよ。

只要加一點糖，就好吃多了。

□銜える
（くわえる）

【他下一】叼，銜

お父さんは煙草を口に銜えている。

父親嘴裡叼著香煙。

□加わる
（くわわる）

【自五】增加，參加

歴史研究のグループに加わっています。

加入歷史研究小組。

□訓練
（くんれん）

【名，他サ】訓練

軍隊で軍事訓練をします。

在軍中進行軍事訓練。

# け

□ 経営
（けいえい）

【名，他サ】經營，管理

<ruby>女<rt>おんな</rt></ruby>の<ruby>身<rt>み</rt></ruby>で<ruby>会社<rt>かいしゃ</rt></ruby>をうまく<ruby>経営<rt>けいえい</rt></ruby>しています。

以女性的身份把公司經營得很好。

□ 警告
（けいこく）

【名，他サ】警告

<ruby>赤信号<rt>あかしんごう</rt></ruby>を<ruby>無視<rt>むし</rt></ruby>して<ruby>警官<rt>けいかん</rt></ruby>に<ruby>警告<rt>けいこく</rt></ruby>されました。

闖紅燈被警察警告。

□ 掲示
（けいじ）

【名，他サ】牌示，佈告

<ruby>会社<rt>かいしゃ</rt></ruby>で、<ruby>今週<rt>こんしゅう</rt></ruby>の<ruby>目標<rt>もくひょう</rt></ruby>が<ruby>掲示<rt>けいじ</rt></ruby>されました。

公司公佈了本週的目標。

□ 継続
（けいぞく）

【名，自他サ】繼續，繼承

<ruby>契約<rt>けいやく</rt></ruby>を<ruby>来年<rt>らいねん</rt></ruby>まで<ruby>継続<rt>けいぞく</rt></ruby>してください。

請把契約延到明年。

□ 契約
（けいやく）

【名，自他サ】契約，合同

<ruby>取引先<rt>とりひきさき</rt></ruby>と<ruby>契約<rt>けいやく</rt></ruby>を<ruby>結<rt>むす</rt></ruby>びました。

跟客戶簽了約。

□ 経由
（けいゆ）

【名，自サ】經過，經由

この<ruby>電車<rt>でんしゃ</rt></ruby>は<ruby>横浜<rt>よこはま</rt></ruby>を<ruby>経由<rt>けいゆ</rt></ruby>して、<ruby>小田原<rt>おだわら</rt></ruby>まで<ruby>行<rt>い</rt></ruby>きます。

這電車行經橫濱一直到小田原。

☐下車
（げしゃ）

【名，自サ】下車
途中下車をしたりして、のんびりした旅行をしたいです。
有時候中途下車，來個輕鬆的旅行。

☐計画
（けいかく）

【名，他サ】計畫，規劃
帰国してからの計画を教えてください。
告訴我回國後的計畫。

☐結果
（けっか）

【名，自他サ】結果，結局
思ったより悪い結果になりました。
結果比所想的更壞。

☐決心
（けっしん）

【名，自他サ】決心，決意
大学受験をすることに決心しました。
決定報考大學。

☐決定
（けってい）

【名，自他サ】決定，確定
今年の夏休みは、みんなでハワイに行くことに決定しました。
大家決定今年暑假去夏威夷旅行。

☐結論
（けつろん）

【名，自サ】結論
この会議ではまとまった結論が出せません。
這次會議得不到結論。

☐下品
（げひん）

【形動】卑鄙，下流
そんな下品なことは言わないで。
不要說那種下流的話。

□蹴る
（ける）
【他五】踢
ボールを蹴ったら、塀を越えていってしまった。
球一踢就越過圍牆了。

□けれど /
けれども
【接，接助】但是
日本語は難しいですけれど、一所懸命勉強します。
日語雖很難，但我會用心學習。

□険しい
（けわしい）
【形】崎嶇的，嚴峻的
険しい山道を歩いて、ここまで来ました。
越過崎嶇的山路，就來到了這裡。

□謙虚
（けんきょ）
【形動】謙虛
彼の態度はとても謙虚だった。
他的態度十分謙虛。

□健康
（けんこう）
【形動】健康的，健全的
健康に気をつけてがんばってください。
請注意身體健康。

□検査
（けんさ）
【名，他サ】檢查，檢驗
今年の夏には、身体検査をする予定です。
預定在今年夏天做身體檢查。

□厳重
（げんじゅう）
【形動】嚴重的
今度からやらないように、厳重に注意します。
我會很注意下次不再這麼做了。

□謙遜
（けんそん）

【名，形動，自サ】謙遜

彼は、ほめられても、しきりに謙遜していました。
他即使被讚美，還是很謙遜。

□建築
（けんちく）

【名，他サ】建築，建造

このビルは例の建築会社が建築したものです。
這大樓就是上次所提的建築公司所蓋的。

□検討
（けんとう）

【名，他サ】研討

これはみんなで検討した結果です。
這是大家檢討後的結果。

# こ

□恋しい
（こいしい）

【形】思慕的
故郷の山が恋しいです。
懷念故郷的山巒。

□強引
（ごういん）

【形動】強行，強制
強引に誘ったら、きっと彼も来るでしょう。
極力邀他，他一定會來吧。

□講演
（こうえん）

【名，自サ】演說，報告
先生は二時限目に広場で講演するそうです。
聽說第二堂課老師要在廣場上演講。

□豪華
（ごうか）

【形動】奢華的
たいへん豪華なプレゼントが当たります。
中了一份相當華麗的禮物。

□交換
（こうかん）

【名，他サ】交換，互換
この服は汚れていますから、交換してください。
這件衣服有髒點，我要退換。

□合計
（ごうけい）

【名，他サ】共計，合計
合計で九百九十円になります。
共計九百九十日圓。

□攻撃
（こうげき）

【名，他サ】攻擊，進攻
日本チームは攻撃し始めました。
日本隊開始進攻了。

□広告　【名，他サ】廣告
（こうこく）
新製品だから、広告した方がいいですよ。
這是新產品，最好做個廣告。

□交際　【名，自サ】交際，交往
（こうさい）
会社では社員同士が男女交際をすることが禁
じています。
公司內禁止男女職員交往。

□交替　【名，自サ】換班，輪流
（こうたい）
選手の一人を交替させます。
換上了一位選手。

□肯定　【名，他サ】肯定，承認
（こうてい）
あのうわさを肯定するんですか？
你肯定那個謠言嗎？

□行動　【名，自サ】行動
（こうどう）
積極的な行動をします。
做出積極的行動。

□合同　【名，自サ】合併，聯合；迭合
（ごうどう）
この二つの図形は合同です。
這兩個圖形全等。

□交流　【名，自サ】交流，往來
（こうりゅう）
パネル討論会で東西文化の交流を論じます。
在專題研討會上討論東西文化的交流。

□考慮
（こうりょ）

【名，他サ】考慮
母親は子どものことでたくさんの注意事項を
考慮しなければなりません。
母親爲了孩子必須考慮到很多注意事項。

□肥える
（こえる）

【自下一】肥，肥沃
ここの畑の土は肥えています。
這田地的土壤很肥沃。

□コーチ

【名，他サ】教練，指導
あのコーチは鬼というあだながあるそうです。
聽說那教練有個外號叫「鬼」。

□誤解
（ごかい）

【名，他サ】誤解，誤會
あなたは私のことを誤解していませんか？
你是不是誤會我了？

□焦がす
（こがす）

【他五】弄糊，烤焦
パンをうっかり焦がしてしまいました。
不小心把麵包烤焦了。

□呼吸
（こきゅう）

【名，自他サ】呼吸
人間は呼吸しなければ生きられませんよ。
人不呼吸就不能生存。

□漕ぐ
（こぐ）

【他五】划船
船を漕いで向こう岸に行きます。
划船到對岸去。

□極 　　　　　【副】非常，最
（ごく）
　　　　　　このことは極 少数の人しか知りません。
　　　　　　這件事只有極少數的人知道。

□焦げる 　　　【自下一】烤焦
（こげる）
　　　　　　おもちが焦げています。
　　　　　　麻薯烤焦了。

□ご苦労さま 　【名，形動ダ】受累，辛苦
（ごくろうさま）
　　　　　　ご苦労さまでした。また明日。
　　　　　　今天辛苦了，明天見。

□凍える 　　　【自下一】凍僵
（こごえる）
　　　　　　あまり寒くて、凍えてしまった。
　　　　　　天氣太冷，身體都凍僵了。

□心得る 　　　【他下一】懂得，領會
（こころえる）
　　　　　　やり方はすっかり心得ていますから大丈夫で
　　　　　　す。
　　　　　　我知道作法，你不用擔心

□腰掛ける 　　【自下一】坐下
（こしかける）
　　　　　　ここに腰掛けてはいけません。
　　　　　　這裡不能坐。

□ こしらえる 【他下一】製造

新しい服をこしらえた。
做了新的衣服。

□ 越す 【自他五】越過；遷居
（こす）
彼らは隣町に越した。
他們搬去隔壁的城鎮。

□ 擦る 【他五】擦，揉
（こする）
擦っても汚れが落ちません。
擦不掉污漬。

□ ご馳走 【名，他サ】好飯菜；款待
（ごちそう）
ご馳走をたくさん用意して待っています。
準備了豐盛的菜餚等你來。

□ ご馳走様でした 【連語】承蒙您的款待
（ごちそうさま・でした）
今日はご馳走様でした。
謝謝你今天的款待。

□ こっそり 【副】悄悄地，偷偷地

自分の部屋でこっそりお菓子を食べた。
偷偷地在自己的房裡吃糖果。

□ 言付ける 【他下一】托帶口信
（ことづける）
彼はいなかったので、同僚にメッセージを言
付けました。
他不在所以留言給他同事。

□異なる
（ことなる）

【自五】不同

私と異なる考えを持つ人は、たくさんいます。
有很多人跟我的想法不同。

□好む
（このむ）

【他五】愛好，喜歡

彼は甘いものを好みます。
他很喜歡甜食。

□零す
（こぼす）

【他五】潑撒，把…灑落

テーブルにお茶をこぼしてしまった。
茶翻倒在桌子上。

□溢れる
（こぼれる）

【自下一】壞，損壞

グラスからジュースが溢れてしまいました。
茶杯摔壞了。

□転がす
（ころがす）

【他五】滾動

ボーリングのボールを転がす。
滾動保齡球。

□転がる
（ころがる）

【自五】滾動

山の上から石が転がってきました。
石頭從山上滾了下來。

□殺す
（ころす）

【他五】殺死，致死

犯人に殺されたのは、何人ですか？
犯人殺了多少人？

□転ぶ
（ころぶ）

【自五】滾

滑って転んでしまいました。
滑倒了。

□ 混合
（こんごう）

【名，自他サ】混合
<ruby>二<rt>ふた</rt></ruby>つの<ruby>液<rt>えき</rt></ruby>を<ruby>混合<rt>こんごう</rt></ruby>すると、<ruby>化学反応<rt>かがくはんのう</rt></ruby>を<ruby>起<rt>お</rt></ruby>こします。
兩種液體一混在一起，就產生了化學變化。

□ 混雑
（こんざつ）

【名，自サ】混亂，混雜
<ruby>通勤<rt>つうきん</rt></ruby>ラッシュで<ruby>道路<rt>どうろ</rt></ruby>は<ruby>車<rt>くるま</rt></ruby>で<ruby>混雑<rt>こんざつ</rt></ruby>しています。
上班的尖峰時間，路上擠滿了車輛。

□ 困難
（こんなん）

【名，形動】困難
<ruby>勉強<rt>べんきょう</rt></ruby>しないで、<ruby>合格<rt>ごうかく</rt></ruby>することは<ruby>困難<rt>こんなん</rt></ruby>です。
不讀書很難考上的。

□ 婚約
（こんやく）

【名，自サ】訂婚
<ruby>彼氏<rt>かれし</rt></ruby>と<ruby>来月中旬<rt>らいげつちゅうじゅん</rt></ruby>に<ruby>婚約<rt>こんやく</rt></ruby>する<ruby>予定<rt>よてい</rt></ruby>です。
準備下個月中旬和男朋友訂婚。

□ 混乱
（こんらん）

【名，自サ】混亂
そんなにしゃべったら、<ruby>頭<rt>あたま</rt></ruby>が<ruby>混乱<rt>こんらん</rt></ruby>するじゃないの。
你說那麼多，不是叫人搞混了嗎？

## さ

□在学
（ざいがく）

【名，自サ】在校，上學
息子は現在大学の文学部に在学しています。
兒子現在就讀於大學的文學系。

□催促
（さいそく）

【名，他サ】催促
銀行から借りたお金の返済を催促されています。
銀行來催繳借款。

□裁判
（さいばん）

【名，他サ】裁判，審判
民事訴訟の裁判を行います。
進行民事訴訟的審判。

□サイン

【名，自サ】簽名，作記號
あなたのファンです。サインをしてください。
我是你的歌迷，請幫我簽名。

□作業
（さぎょう）

【名，自サ】工作，操作
職員たちは作業に取りかかります。
職員們進行作業。

□裂く
（さく）

【他五】撕開
布を裂いて、ひもを作る。
撕開布作成繩子。

□削除
（さくじょ）

【名，他サ】刪掉，刪除
必要のない部分を削除します。
把不要的部分刪掉。

□作成　　　【名，他サ】製作，製造
（さくせい）　新たに図表を作成します。
　　　　　　製作新的圖表。

□叫ぶ　　　【自五】喊叫，大聲叫
（さけぶ）　誰かが叫ぶ声が聞こえます。
　　　　　　聽到有人在喊叫的聲音。

□避ける　　【他下一】躲避
（さける）　争いを避けるのが、賢いやり方だ。
　　　　　　避免戰爭是最聰明的做法。

□支える　　【他下一】支撐，維持
（ささえる）　私は多くの人に支えられてがんばっています。
　　　　　　我受到多人的支持，而努力著。

□囁く　　　【自五】低聲自語，耳語
（ささやく）　彼女は、「これは秘密よ。」と囁いた。
　　　　　　她小聲地說:「這是秘密喔!」。

□刺さる　　【自五】刺在…，刺入
（ささる）　指に棘が刺さってしまいました。
　　　　　　手被刺刺到。

□差し上げる　【他下一】舉起
（さしあげる）　この茶碗をあなたに差し上げましょう。
　　　　　　這個茶杯送給你。

□差し引く　【他五】扣除，減去
（さしひく）　税金を差し引くと、２５万５千円になります。
　　　　　　扣除稅金共 25 萬 5 千日圓。

□刺す
（さす）
【他五】刺，穿
フォークで肉を刺して食べます。
用叉子叉起肉吃。

□さす
【他五】指，指示
雨が降ってきたので、傘をさした。
下雨了，所以撐傘。

□流石
（さすが）
【名，形動，副】眞不愧是
彼の英語は流石に上手ですね。
他的英語不愧是高明的。

□誘う
（さそう）
【他五】約，邀請
田中さんもパーティーに誘いましょう。
也一併邀請田中先生參加舞會吧！

□撮影
（さつえい）
【名，他サ】攝影，拍電影
彼女は写真の撮影が大好きです。
她很喜歡照相。

□作曲
（さっきょく）
【名，自他サ】作曲，譜曲
今流れている曲は山田という友人が作曲した
ものです。
現在播放的歌曲是我的一個朋友叫山田作曲
的。

□さっき
【副】剛才，方才
さっき来た人は誰ですか？
剛剛來的人是誰呀？

□ざっと　　　　【副】粗略地，簡略地
資料にざっと目を通しました。
大致把資料看過。

□さっぱり　　　【副】整潔，俐落
風呂に入ってさっぱりしました。
洗完澡後覺得很清爽。

□さて　　　　　【副】一旦，果眞
さて、今日は何を食べましょうか？
接下來，今天吃些甚麼呢？

□錆びる　　　　【自上一】生誘，長誘
（さびる）
自転車が錆びてしまいました。
腳踏車生銹了。

□差別　　　　　【名，他サ】區別，歧視
（さべつ）
どんな場合でも、差別することは悪いことで
す。
不管在甚麼場合，歧視都是不對的。

□冷ます　　　　【他五】冷卻，弄涼
（さます）
料理を冷ましてから冷蔵庫に入れます。
菜涼了再放進冰箱。

□覚ます　　　　【他五】弄醒，喚醒
（さます）
子供が目を覚ましたら、牛乳を飲ませましょ
う。
小孩醒了之後給他喝牛奶。

□妨げる
（さまたげる）

【他下一】阻礙，防礙
<ruby>車<rt>くるま</rt></ruby>の<ruby>通行<rt>つうこう</rt></ruby>を<ruby>妨<rt>さまた</rt></ruby>げないでください。
請不要阻礙車子通行。

□左右
（さゆう）

【名，他サ】支配，操縱
<ruby>彼<rt>かれ</rt></ruby>の<ruby>一言<rt>ひとこと</rt></ruby>が<ruby>計画<rt>けいかく</rt></ruby>の<ruby>流<rt>なが</rt></ruby>れを<ruby>左右<rt>さゆう</rt></ruby>します。
他的一句話左右了整個計劃的流程。

□更に
（さらに）

【副】更加，更進步
<ruby>塩<rt>しお</rt></ruby>と<ruby>胡椒<rt>こしょう</rt></ruby>を<ruby>入<rt>い</rt></ruby>れ、さらにしょう<ruby>油<rt>ゆ</rt></ruby>をたらします。
加了鹽和胡椒之後再淋上油。

□去る
（さる）

【自五】離開
<ruby>彼<rt>かれ</rt></ruby>は<ruby>黙<rt>だま</rt></ruby>って<ruby>去<rt>さ</rt></ruby>っていきました。
他默不吭聲地走了。

□騒がしい
（さわがしい）

【形】吵鬧的
<ruby>何<rt>なん</rt></ruby>だか<ruby>外<rt>そと</rt></ruby>が<ruby>騒<rt>さわ</rt></ruby>がしいですね。
外面好像很吵的樣子。

□騒ぐ
（さわぐ）

【自五】吵鬧
<ruby>教室<rt>きょうしつ</rt></ruby>で<ruby>騒<rt>さわ</rt></ruby>いではいけません。
不可以在教室裡吵鬧。

□爽やか
（さわやか）

【形動】爽朗的，清爽的
<ruby>爽<rt>さわ</rt></ruby>やかな<ruby>季節<rt>きせつ</rt></ruby>になりました。
涼爽的季節到來了。

□触る　　　　　　【自五】觸碰
（さわる）　　　　そこに触ると感電しますよ。
　　　　　　　　　摸那裡會觸電的。

□参加　　　　　　【名，自サ】參加，加入
（さんか）　　　　次のパーティーには参加します。
　　　　　　　　　參加下次的舞會。

□賛成　　　　　　【名，自サ】贊成，同意
（さんせい）　　　この提案に賛成する人は手を挙げてください。
　　　　　　　　　贊成這提案的人請舉手。

□試合
（しあい）

【名，自サ】比賽
野球の試合に勝ちました。
贏了棒球比賽。

□仕上がる
（しあがる）

【自五】做完，完成
新しい服が仕上がりました。
新的衣服做好了。

□塩辛い
（しおからい）

【形】鹹的
私は塩辛いものが大好きです。
我最喜歡吃鹹的東西。

□司会
（しかい）

【名，自他サ】司儀，主持會議
討論会の司会役を務めさせていただきます。
讓我擔任這次研討會的司儀。

□四角い
（しかくい）

【形】四角的，四方的
実験のために、四角い箱を用意してください。
為了做實驗，請準備四角型的箱子。

□直に
（じかに）

【副】直接地，親自地
彼と直に話がしたいと思います。
我想要親自跟他談。

□しかも

【接】而且
素敵な時計をもらいました。しかもブランド品です。
我收到了一隻很棒的手錶，而且又是名牌的。

あいうえおかきくけこさしすせそたちつてとなにぬねのはひふへほまみむめもやゆよらりるれろわ

| | |
|---|---|
| □叱る<br>（しかる） | 【他五】責備，斥責<br>悪いことをして先生に叱られました。<br>做了壞事被老師罵。 |
| □直<br>（じき） | 【副】很近，就在眼前<br>直に気候もよくなるでしょう。<br>天氣就快變好了吧。 |
| □しきりに | 【副】頻繁地，再三地<br>「遊びに行こう」と子供がしきりに催促する。<br>孩子再三催促説：「去玩啦！」。 |
| □敷く<br>（しく） | 【自五】（作接尾詞用）舖滿；舖，洒<br>ふとんを敷いて寝ましょう。<br>舖上被子睡覺吧。 |
| □刺激<br>（しげき） | 【名，他サ】刺激，使興奮<br>大きな刺激を受けました。<br>受了很大的刺激。 |
| □静まる<br>（しずまる） | 【自五】靜越來，變平靜<br>彼が怒鳴ると、教室が静まった。<br>他一大聲責罵，教室就安靜下來了。 |
| □自殺<br>（じさつ） | 【名，自サ】自殺<br>あの子は学校でのいじめに耐えられずに自殺しました。<br>那孩子受不了在學校被欺負而自殺了。 |
| □支出<br>（ししゅつ） | 【名，他サ】開支<br>この費用は国庫から支出します。<br>這筆費用由國庫支付。 |

□沈む
（しずむ）
【自五】沉沒
戦艦せんかんは、ゆっくりと海うみに沈しずんでいった。
戰艦慢慢地沈入海裡。

□従う
（したがう）
【自五】跟隨
すべてあなたの指示しじに従したがいます。
完全聽從你的指示。

□下書き
（したがき）
【名，他サ】草稿；寫草稿
演説えんぜつの下書したがきをします。
寫演講稿。

□したがって
【接續】因此，所以
とても忙いそがしい。したがって、国くにへ帰かえる時間じかんはない。
因為非常忙，所以沒有時間回國。

□支度
（したく）
【名，自他サ】準備
パーティーの食事しょくじを支度したくします。
準備舞會的餐點。

□親しい
（したしい）
【形】（血緣）近；親近
あなたは彼かれととても親したしいそうですね。
你好像跟他很親近嘛！

□実感
（じっかん）
【名，他サ】眞實感
試合しあいに本当ほんとうに勝かったという実感じっかんがあります。
有真正感受到比賽獲勝的滋味。

□実験
（じっけん）
【名，他サ】實驗
化学かがくの実験じっけんをします。
做化學實驗。

□実現　【名，自他サ】實現
（じつげん）
夢を実現するには努力が必要です。
要實現夢想就必須努力。

□実行　【名，他サ】實行
（じっこう）
彼はいつも口ばかりで実行はしません。
他淨是光説不練。

□実施　【名，他サ】實施，實行
（じっし）
新しい方式は明日から実施されます。
新的方法明天起實行。

□実習　【名，他サ】實習
（じっしゅう）
工場に実習に行きます。
去工場實習。

□実に　【副】實在，的確
（じつに）
今度の作品は実に面白い。
這次的作品實在很有趣。

□失敗　【名，自サ】失敗
（しっぱい）
スペースシャトルの実験に失敗しました。
宇宙航空飛機的實驗失敗了。

□失望　【名，自サ】失望
（しつぼう）
母さんは私の不合格に失望しました。
母親對我沒考上感到失望。

□失恋　【名，自サ】失戀
（しつれん）
彼はまたまた失恋しました。
他又失戀了。

□指定
（してい）

【名，他サ】指定
お客さんにテーブルを指定されました。
客人要指定座位。

□指導
（しどう）

【名，他サ】指導，教導
是非先生に指導していただきたいです。
務必請老師指導。

□芝居
（しばい）

【名，自五】戲劇，戲劇性的
彼女は芝居を見るのが好きです。
她喜歡看戲。

□しばしば

【副】常常，每每
彼はしばしば私を訪ねました。
他常來找我。

□支払い
（しはらい）

【名，他サ】付款，支付
支払いは現金ですか？
你付現嗎？

□支払う
（しはらう）

【他五】支付，付款
料金は、月末に支払います。
月底付費。

□縛る
（しばる）

【他五】綁，捆
紐で縛って、持ちやすいようにしました。
用繩子綁得比較好拿。

□痺れる
（しびれる）

【自下一】麻木
足が痺れて歩けない。
腳痲沒辦法走。

□死亡
（しぼう）

【名，他サ】死亡

交通事故で死亡した。
因交通事故死亡了。

□凋む
（しぼむ）

【自五】枯萎

夕方になって、花はみな凋んでしまった。
一到傍晚花都凋謝了。

□絞る
（しぼる）

【他五】榨，擠

ぞうきんをよく絞って、床を拭きます。
把抹布擰乾擦地板。

□しまう

【自五】結束，完了，收拾

これはいらないから、しまっておきましょう。
這個不用了，把它收起來吧！

□しまった

【連語，感】糟糕，完了

「しまった」と思ったときはもう遅い。
心想「糟了」，就已經來不及了。

□自慢
（じまん）

【名，他サ】自滿，自誇

新しいカバンを自慢しています。
誇示自己的新皮包。

□しみじみ

【副】痛切，深切地

昔のことをしみじみ思い出す。
深深地回憶過去的總總。

□締切る
（しめきる）

【他五】截止，結束

応募は先月で締め切りました。
招募活動已在上個月截止了。

□示す
（しめす）

【他五】出示，拿出來給…看

よくわからないので、例を示してください。

我實在不瞭解，請舉個例。

---

□しめた

【感】太好了，正中下懷

思わず「しめた」と叫んだ。

不由地叫聲：「太好了！」。

---

□占める
（しめる）

【他下一】占領，佔據

平地が国の面積の９０パーセントを占めています。

平地佔全國面積的百分之九十。

---

□湿る
（しめる）

【自五】濕

雨が降ったのか、土が湿っています。

是不是下雨了？土壤濕濕的。

---

□しゃがむ

【自五】蹲下

そんなところにしゃがんで、何をしているの？

你蹲在那裡做什麼？

---

□借金
（しゃっきん）

【名，自サ】借款，欠款

返済できないのなら借金をするな。

還不了錢，就別借錢。

---

□しゃぶる

【他五】含，吸吮

子供があめをしゃぶっている。

小孩嘴裡含著糖。

□収穫
（しゅうかく）

【他サ】収穫
<ruby>留学<rt>りゅうがく</rt></ruby>の<ruby>一番<rt>いちばん</rt></ruby>の<ruby>収穫<rt>しゅうかく</rt></ruby>は<ruby>何<rt>なん</rt></ruby>ですか？
留學最大的收穫為何？

□集金
（しゅうきん）

【名，自，他サ】收款，催收的錢
<ruby>新聞<rt>しんぶん</rt></ruby>の<ruby>集金<rt>しゅうきん</rt></ruby>にまいりました。
來收您報費。

□集合
（しゅうごう）

【名，自，他サ】集合
<ruby>校庭<rt>こうてい</rt></ruby>に<ruby>集合<rt>しゅうごう</rt></ruby>してください。
請到操場集合。

□重視
（じゅうし）

【名，他サ】重視，認爲重要
あなたは、<ruby>何<rt>なに</rt></ruby>を<ruby>一番<rt>いちばん</rt></ruby><ruby>重視<rt>じゅうし</rt></ruby>しますか？
你最重視什麼？

□就職
（しゅうしょく）

【名，自サ】就職，找到工作
<ruby>山田株式会社<rt>やまだかぶしきかいしゃ</rt></ruby>に<ruby>就職<rt>しゅうしょく</rt></ruby>が<ruby>決<rt>き</rt></ruby>まりました。
已經決定要到山田株式會社工作了。

□修正
（しゅうせい）

【名，他サ】修改，修正
この<ruby>字<rt>じ</rt></ruby>が<ruby>間違<rt>まちが</rt></ruby>っているので、<ruby>修正<rt>しゅうせい</rt></ruby>してください。
這個字錯了，請更正。

□渋滞
（じゅうたい）

【名，自サ】停滯不前
<ruby>道路<rt>どうろ</rt></ruby>が<ruby>渋滞<rt>じゅうたい</rt></ruby>していて、<ruby>遅刻<rt>ちこく</rt></ruby>してしまった。
由於路上塞車，所以遲到了。

□重大
（じゅうだい）

【名，形動】重要的，嚴重的
<ruby>首相<rt>しゅしょう</rt></ruby>から、<ruby>重大<rt>じゅうだい</rt></ruby>な<ruby>発表<rt>はっぴょう</rt></ruby>があります。
首相有要事發表。

□集中
（しゅうちゅう）
【名，自，他サ】集中
夏休みに集中的に英語を勉強した。
暑假集中學了英語。

□就任
（しゅうにん）
【名，自サ】就職
彼は先月大統領に就任した。
他上個月就任總統之職。

□重要
（じゅうよう）
【名，形動】重要，要緊
重要なことは、すべて私に報告しなさい。
重要的事，全向我報告。

□終了
（しゅうりょう）
【名，自，他サ】終了，完了
授業が終了したら、お茶を飲みに行きましょう。
課結束後，一起去喝茶吧！

□宿泊
（しゅくはく）
【名，自サ】投宿
この町は、宿泊設備が整っています。
這個城鎮的住宿設備很完善。

□受験
（じゅけん）
【名，他五】參加考試，應試
どの大学を受験しますか？
你要考哪所大學？

□手術
（しゅじゅつ）
【名，他サ】手術
この病状では、手術が必要です。
這樣的病情需要手術治療。

□主張
（しゅちょう）
【名，他サ】主張
憲法改正を主張する。
主張修改憲法。

□出勤
（しゅっきん）

【名，自サ】上班

明日は何時に出勤しますか？
明天幾點上班？

□出場
（しゅつじょう）

【名，自サ】出場（參加比賽）

出場する選手の名前を教えてください。
請告訴我上場選手的大名。

□出張
（しゅっちょう）

【名，自サ】因公前往，出差

来週大阪に出張します。
下星期要到大阪出差。

□出版
（しゅっぱん）

【名，他サ】出版

短編集を出版しました。
出版了短篇作品集。

□循環
（じゅんかん）

【名，自サ】循環

このバスは、町内を循環しています。
這公車路線是環繞全市。

□順々
（じゅんじゅん）

【副】按順序，依次

一列に並んで、順々に中に入ってください。
請排成一列，依序進入。

□順調
（じゅんちょう）

【名，形動】順利地

仕事は順調に進んでいますか？
工作進行順利嗎？

□上下
（じょうげ）

【名，自サ】上和下

身分の上下を気にする人ではありません。
他並非是個介意他人身份尊卑的人。

□乗車
（じょうしゃ）

【名，自サ】乗車

先<ruby>先<rt>さき</rt></ruby>に<ruby>乗車<rt>じょうしゃ</rt></ruby>して<ruby>待<rt>ま</rt></ruby>っていてください。

請先上車等候。

□少々
（しょうしょう）

【名，副】少許，一點

<ruby>少々<rt>しょうしょう</rt></ruby>お<ruby>待<rt>ま</rt></ruby>ちください。

請稍等一下。

□消毒
（しょうどく）

【名，他サ】消毒，殺菌

この<ruby>器具<rt>きぐ</rt></ruby>は、<ruby>消毒<rt>しょうどく</rt></ruby>が<ruby>済<rt>す</rt></ruby>んでいます。

這器具已經消毒過了。

□衝突
（しょうとつ）

【名，自サ】撞，衝撞

トラックと<ruby>乗用車<rt>じょうようしゃ</rt></ruby>が<ruby>衝突<rt>しょうとつ</rt></ruby>しました。

轎車和卡車相撞了。

□承認
（しょうにん）

【名，他サ】批准，同意

<ruby>政府<rt>せいふ</rt></ruby>の<ruby>承認<rt>しょうにん</rt></ruby>がなければ、<ruby>輸入<rt>ゆにゅう</rt></ruby>することはできません。

如果政府不同意的話，就無法進口。

□商売
（しょうばい）

【名，自，他サ】經商，生意

<ruby>彼<rt>かれ</rt></ruby>は<ruby>新<rt>あたら</rt></ruby>しい<ruby>商売<rt>しょうばい</rt></ruby>を<ruby>始<rt>はじ</rt></ruby>めた。

他開始了新的生意。

□蒸発
（じょうはつ）

【名，自サ】蒸發，失蹤

<ruby>水分<rt>すいぶん</rt></ruby>が<ruby>蒸発<rt>じょうはつ</rt></ruby>して、からからになった。

水分蒸發掉了，變得乾乾的。

□消費
（しょうひ）

【名，他サ】消費，耗費

<ruby>消費者<rt>しょうひしゃ</rt></ruby>の<ruby>意見<rt>いけん</rt></ruby>を<ruby>聞<rt>き</rt></ruby>いて<ruby>商品<rt>しょうひん</rt></ruby>を<ruby>開発<rt>かいはつ</rt></ruby>する。

聽取消費者的意見來開發新產品。

□勝負
（しょうぶ）

【名，自サ】勝敗，比賽
一対一で勝負しよう。
來個一對一決勝負吧！

□小便
（しょうべん）

【名，自サ】小便
ここで小便をするな。
此處不准小便。

□消耗
（しょうもう）

【名，自サ】消費，消耗
暑くて体力を消耗しました。
熱得體力都耗盡了。

□将来
（しょうらい）

【名，他サ】將來；傳入
将来はお医者さんになるつもりです。
將來打算當醫生。

□省略
（しょうりゃく）

【名，他サ，副】省略
次の問題は省略します。
下一個問題省略掉。

□徐々に
（じょじょに）

【副】徐徐地，慢慢地
病気は、徐々によくなるでしょう。
病情會逐漸好轉吧！

□署名
（しょめい）

【名，自サ】署名，簽名
署名運動をしています。
正進行簽名連署運動。

□処理
（しょり）

【名，他サ】處理，處置
書類を急いで処理する。
盡快處理文件。

□知らせる
（しらせる）

【他下一】通知，使…得知

何かあったら、すぐに知らせてください。

若有任何問題，請馬上通知我。

□信仰
（しんこう）

【名，他サ】信仰

彼は強い信仰心を持っています。

他有著執著的信仰。

□深刻
（しんこく）

【名，形動】嚴重的，重大的

そんなに深刻な病気ではないから、安心して。

病情沒那麼嚴重，請放心。

□信じる・ずる
（しんじる）

【他サ】相信

私はあなたを信じています。

我相信你。

□新鮮
（しんせん）

【形動】（食物）新鮮

新鮮な魚は、どこで売っていますか？

哪裡有賣新鮮的魚？

□申請
（しんせい）

【名，他サ】申請

奨学金を申請します。

申請獎學金。

□診断
（しんだん）

【名，他サ】診斷

年に一回健康診断をしましょう。

每年要定期健康檢查一次。

□侵入
（しんにゅう）

【名，自サ】浸入

泥棒が家屋に侵入しました。

小偷潛入家中。

□審判　　　【名，他サ】判決
（しんぱん）
うちの父は、野球の審判をしています。
家父是棒球裁判員。

□進歩　　　【名，自サ】進歩
（しんぽ）
世の中の進歩についていけない。
無法跟著世界潮流前進。

□信用　　　【名，他サ】堅信，相信
（しんよう）
あなたを信用して、お金を貸しましょう。
我相信你就把錢借給你吧！。

□信頼　　　【名，他サ】信頼
（しんらい）
信頼を裏切るようなことをしてはいけません。
別做違背信用的事。

す

□炊事　　　　　【名，自サ】烹調
（すいじ）
炊事、洗濯、掃除、何でもやります。
煮飯、洗衣、燒飯，什麼都做。

□推薦　　　　　【名，他サ】推薦
（すいせん）
先生が推薦してくださいました。
是老師幫我推薦的。

□垂直　　　　　【名，形】（數）垂直
（すいちょく）
ＡＢに対して垂直に線を引いてください。
請畫一條垂直於 AB 的直線。

□推定　　　　　【名，他サ】推斷，估量
（すいてい）
彼は無罪になると、私は推定します。
我推斷他無罪。

□水平　　　　　【名，形動】水平；平衡；不升也不降
（すいへい）
水平線の上を船が通っていく。
船通過地平線。

□睡眠　　　　　【名，自サ】睡眠，休眠，停止活動
（すいみん）
睡眠を充分に取ることが必要です。
攝取充分的睡眠是必要的。

□好き好き　　　【名，副，自サ】（名人）不同的愛好
（すきずき）
好き好きですから、この作品を気に入る人もい
るでしょう。
人各有所好，也有人喜歡這幅畫吧！

□透き通る
（すきとおる）

【自五】透明；清澈

かのじょ　　すき　　とお　　　　　　しろ　はだ
彼女は、透き通るような白い肌をしています。
她的肌膚晶瑩剔透般地白晰。

□救う
（すくう）

【他五】拯救，搭救

たいふう　とき　　こども　　すく　　　　　　　　　かれ
台風の時に子供を救ってくれたのは彼です。
颱風時是他救起小孩的。

□少なくとも
（すくなくとも）

【副】至少，最低限度

すく　　　　　　　　　　まんえん
少なくとも１０万円はほしいです。
最少也要個十萬日圓。

□優れる
（すぐれる）

【自下一】出氣，優越

にほん　　でんきせいひん　　　　　　　すぐ
日本の電気製品はとても優れています。
日製的電器品質優良。

□スケート

【名，他サ】冰鞋；滑冰

ふゆ　　　　　　　　　　　　　　　　　　　　い
冬になったら、スケートをやりに行きましょ
う。
冬天去滑冰吧！

□凄い
（すごい）

【形】高明，很棒；可怕的

ほんとう　すご　せんしゅ　　おも
イチローは本当に凄い選手だと思います。
一郎是個優秀的選手。

□少しも
（すこしも）

【副】（下接否定）一點也不

すこ　　　　　じょうず
がんばったけれど、少しも上手にならない。
雖然已經努力了，卻一點也沒進步。

□過ごす
（すごす）

【他五】度，過生活

しょうがつ　りょうしん　いっしょ　　す
正月は両親と一緒に過ごしました。
和雙親一起過了年。

□涼む
（すずむ）
【自五】乘涼，納涼
みんなで庭に出て涼みました。
大家一起到庭院乘涼。

□進める
（すすめる）
【他下一】向前推進，發展
この計画は、どんどん進めてください。
這計畫請儘管向前推進。

□薦める
（すすめる）
【他下一】建議
友人に「A. I.」という映画を薦められました。
朋友介紹我看一部叫「A.I.」的電影。

□スタート
【名，自サ】起動，開始
とてもいいスタートを切りましたね。
起了一個漂亮的開頭。

□すっきり
【副，自サ】舒暢，整潔乾淨
片づけたら、部屋の中がすっきりしました。
收拾過後，屋內整潔多了。

□すっと
【副】動作迅速地
泥棒は音もなくすっと入ってきた。
小偷一聲不響地溜進來了。

□素敵
（すてき）
【形動】絕妙的，極好的
とても素敵なスカートですね。
真是一件漂亮的裙子。

□既に
（すでに）
【副】已經，並且
その書類は、もう既にできています。
那一份文件已經完成了。

あ い う え お か き く け こ さ し す せ そ た ち つ て と な に ぬ ね の は ひ ふ へ ほ ま み む め も や ゆ よ ら り る れ ろ わ

□ ストップ　　【自サ】停止，中止
大きな車が店の前でストップしました。
一輛大車子在店前停了下來。

□ 素直　　【形動】坦率的，不隱瞞的
（すなお）
親の忠告は素直に聞きなさい。
要坦率地聽父母親的勸告。

□ スピーチ　　【名】演講，致詞
結婚式のスピーチを頼まれました。
受託在結婚典禮上致詞。

□ 済ませる　　【他五】弄完，還清
（すませる）
手続きを済ませたら、こちらへ来てください。
手續辦完後，請到這邊來。

□ 澄む　　【自五】清澈，澄清
（すむ）
湖の水はとても澄んでいました。
湖水非常清澈。

□ ずらす　　【他五】挪一挪
紙をちょっとずらして、下の紙にサインして
ください。
請把紙稍微往上挪，然後在下面的紙上簽名。

□ ずらり　　【副，自サ】一大排，成排地
有名人がずらりと並んでいます。
站了一排名人。

□ 刷る　　【他五】印刷
（する）
この版画は、全部で１００枚刷りました。
這幅畫全部要印 100 幅。

□ずるい　　　【形】狡猾，奸詐
かれ　　　　　　　ひと
彼はずるい人です。
他是個狡猾的人。

□鋭い　　　　【形】尖的，鋒利的
（するどい）
すると　かんが
それは鋭い考えですね。
那想法很敏銳。

□擦れ違う　　【自五】交錯，錯過去
（すれちがう）
す　ちが　　ひと　　　びじん
さっき擦れ違った人は、美人でしたね。
剛剛擦身而過的女孩真美！

□ずれる　　　【自下一】移動，離開
せん
線がちょっとずれていますよ。
脫線了唷！

□ 請求
（せいきゅう）

【他サ】請求，要求
料金は、会社に請求してください。
費用請向公司申請。

□ 清潔
（せいけつ）

【副】乾淨的，清潔的
病気を防ぐために、清潔にしましょう。
為了預防生病，請保持清潔。

□ 制限
（せいげん）

【他サ】限制
年齢の制限はありません。
年齡不限。

□ 成功
（せいこう）

【自サ】成功，成就
あなたの成功を心から祈っています。
誠心地祝福你成功！

□ 制作
（せいさく）

【他サ】創作
テレビ番組を制作しています。
正在製作電視節目。

□ 生産
（せいさん）

【他サ】生產
うちの工場は生産を停止しました。
我家工廠已經停止生產了。

□ 正式
（せいしき）

【形動】正式的，正規的
今日から正式にこの会社の社員になりました。
今天開始正式成為這家公司的職員了。

□清書
（せいしょ）

【他サ】謄寫

この文章を清書してください。
請謄寫這篇文章。

□成人
（せいじん）

【自サ】成年

息子が成人したら、仕事を勤めるつもりです。
兒子長大後，我打算出去工作。

□清掃
（せいそう）

【他サ】打掃

ビルの清掃のアルバイトをしています。
兼差清掃大樓。

□背負う
（せおう）

【他五】背，擔負

彼は大きな荷物を背負っています。
他背著一個巨大的行李。

□積極的
（せっきょくてき）

【形動】積極的

授業では、積極的に発言しましょう。
上課中請踴躍發言吧。

□接する
（せっする）

【自，他サ】接觸，遇上

お客さまに接するときには、言葉に気をつけましょう。
接待客人要注意用詞！

□せっせと

【副】拼命地，一個勁兒地

みんなでせっせと片づけています。
大家努力地收拾著。

□製造
（せいそう）

【他サ】製造，生產

この工場では、何を製造していますか？
這家工廠生產什麼？

あいうえおかきくけこさしすせそたちつてとなにぬねのはひふへほまみむめもやゆよらりるれろわ

□生存
（せいぞん）

【自サ】生存

<ruby>会社<rt>かいしゃ</rt></ruby>は、<ruby>生存<rt>せいぞん</rt></ruby>の<ruby>危機<rt>きき</rt></ruby>に<ruby>直面<rt>ちょくめん</rt></ruby>しています。

公司正面臨存亡的緊要關頭。

□贅沢
（ぜいたく）

【形動】奢侈

そんな<ruby>高<rt>たか</rt></ruby>いものは、<ruby>私<rt>わたし</rt></ruby>には<ruby>贅沢<rt>ぜいたく</rt></ruby>です。

這麼昂貴的東西，對我來説太奢侈。

□成長
（せいちょう）

【自サ】成長

お<ruby>宅<rt>たく</rt></ruby>の<ruby>息子<rt>むすこ</rt></ruby>さんも<ruby>立派<rt>りっぱ</rt></ruby>に<ruby>成長<rt>せいちょう</rt></ruby>しましたね。

令郎已經長成一個這麼有為的青年了。

□整備
（せいび）

【他サ，自サ】配備，整理

<ruby>私<rt>わたし</rt></ruby>は<ruby>飛行機<rt>ひこうき</rt></ruby>の<ruby>整備<rt>せいび</rt></ruby>をしています。

我從事飛機的維修工作。

□整理
（せいり）

【名，他サ】整理

<ruby>部屋<rt>へや</rt></ruby>の<ruby>整理<rt>せいり</rt></ruby>ができたらあなたを<ruby>招待<rt>しょうたい</rt></ruby>します。

房子整理就緒，就請你來坐坐。

□成立
（せいりつ）

【名，自サ】成立

これで<ruby>両者<rt>りょうしゃ</rt></ruby>の<ruby>間<rt>あいだ</rt></ruby>に<ruby>契約<rt>けいやく</rt></ruby>が<ruby>成立<rt>せいりつ</rt></ruby>しました。

這樣雙方的契約就算生效了。

□折角
（せっかく）

【副】特意地

<ruby>折角<rt>せっかく</rt></ruby><ruby>来<rt>き</rt></ruby>たのに、<ruby>彼<rt>かれ</rt></ruby>は<ruby>留守<rt>るす</rt></ruby>だった。

特地過來找他，他卻不在家。

□接近
（せっきん）

【名，自サ】接近

<ruby>台風<rt>たいふう</rt></ruby>が<ruby>接近<rt>せっきん</rt></ruby>しているので、<ruby>気<rt>き</rt></ruby>をつけましょう。

颱風將至，請小心防範。

□設計　【名，他サ】設計，規則
（せっけい）
このビルは、**有名な建築家**が設計しました。
這棟大樓是由名設計師設計的。

□接続　【名，他サ，自サ】連接，連續，
（せつぞく）
**新宿**で**急行電車**に接続します。
在新宿連接快車。

□セット　【名，他サ】一組；裝配
**三つ**セットで**二千円**です。
三組兩千日圓。

□設備　【名，他サ】設備
（せつび）
**新しい**設備を**整え**ました。
已籌備好了新的設備。

□是非とも　【副】一定，無論如何
（ぜひとも）
あなたには是非とも**参加**してほしい。
請您務必參加。

□迫る　【他下一】攻打，責備
（せまる）
**期限**が迫っているから、**急いで**ください。
時間緊迫，請盡快處理。

□責めて　【副】至少，最少
（せめて）
せめて**手紙**ぐらい**書き**なさい。
至少寫封信呀。

□責める　【他下一】責備，責問
（せめる）
**上司**に責められて、**会社**をやめたくなった。
被上司責罵而想辭職。

□世話　　　　【名，他サ】照顧，幫助
（せわ）　　　赤ちゃんの世話をします。
　　　　　　　照顧小寶寶。

□選挙　　　　【名，他サ】選舉
（せんきょ）　二十歳になれば選挙で投票することができます。
　　　　　　　滿 20 歲就可以投票選舉了。

□専攻　　　　【名，他サ】專門研究
（せんこう）　私の専攻は国文学です。
　　　　　　　我主修日本文學。

□前進　　　　【名，他サ】前進
（ぜんしん）　車を前進させてください。
　　　　　　　請讓車子往前移動。

□戦争　　　　【名，自サ】戰爭
（せんそう）　戦争が起こらないように祈っています。
　　　　　　　祈求戰爭不要發生。

□選択　　　　【名，他サ】選擇，挑選
（せんたく）　三つの色の中から、一つを選択できます。
　　　　　　　三種顏色中可以挑選一種來。

□宣伝　　　　【名，他サ】宣傳
（せんでん）　うちの商品を大いに宣伝してください。
　　　　　　　請多為我們的商品做宣傳。

## そ

□そう言えば
（そういえば）

【接續】這麼說來

そう言えば、今日は田中さんは休みですね。
這麼説來，今天田中先生沒來囉。

□増加
（ぞうか）

【名，他サ】增加

エイズの患者が増加しました。
愛滋病的病患增加了。

□増減
（ぞうげん）

【名，他サ，自サ】增減

季節によって、生産量を増減します。。
按照季節來增減生產量。

□操作
（そうさ）

【名，他サ】操作

コンピューターの操作は、とても難しい。
操作電腦很難。

□創作
（そうさく）

【名，他サ，自サ】（文學作品）創作，捏造

この作家は、まだ創作活動を続けています。
這位作家還繼續從事創作活動。

□造船
（ぞうせん）

【名，自サ】造船

日本は造船業がとても盛んでした。
日本的造船業很興盛。

□想像
（そうぞう）

【名，他サ】想像

龍は想像上の動物です。
龍是非想像可及的動物。

□騒々しい
（そうぞうしい）

【形】吵鬧的，喧囂的

このうちは子供が多くて騒々しい。

這家孩子眾多很吵鬧。

---

□増大
（ぞうだい）

【名，他サ】增多

負債がますます増大してきました。

負債越來越多了。

---

□装置
（そうち）

【名，他サ】裝置，設備

最新式の装置を備えています。

備有最新式的設備。

---

□そうっと

【副】悄悄地；輕輕地

壊れやすいから、そうっと触りましょう。

因為很容易壞要輕輕的觸摸。

---

□相当
（そうとう）

【名，自サ】適合

仕事内容に相当する報酬を与えます。

按工作的內容給相當的報酬。

---

□送別
（そうべつ）

【名，自サ】送行

先輩に送別の言葉を送ります。

跟學長姐送別致意。

---

□属する
（ぞくする）

【自サ】屬於

あなたはどの部門に属していますか？

你是屬於那一個部門？

---

□続々
（ぞくぞく）

【副】連續不斷地

新しい製品が続々と出ています。

新的產品不斷地推出。

---

□速達
（そくたつ）

【名，他サ，自サ】快速

この手紙は速達で送った方がいいと思う。

這封信最好以快遞寄出。

---

□測定
（そくてい）

【名，他サ】測定，測量

体力測定をしますから、集まってください。

因為要做體能測驗，請大家集合。

---

□測量
（そくりょう）

【名，他サ】測量

あの人たちは、測量の仕事をしています。

那些人是從事測量工作。

---

□そこで

【接續】因此，所以

この案はダメだと言われました。そこで、別
の案を考えました。

這個方案不行，因此，想了別的方案。

---

□組織
（そしき）

【名，自サ】組織，組成

組織の中で働くのは、とても疲れます。

在組織中做事是很累的。

---

□注ぐ
（そそぐ）

【自五，他五】注入，流入

ポットにお湯を注ぎましょうか？

在壺裡注些熱水吧？

---

□そそっかしい

【形】冒失的，輕率的

本当にそそっかしいやつだな。

真是個冒失的傢伙。

---

□育つ
（そだつ）

【自五】成長，發育

子供たちは元気で丈夫に育ちました。

孩子健康地成長著。

---

115

□ そっくり 【形動，副】一模一樣，原封不動

あなたはお姉さんにそっくりですね。
你長得跟你姐姐一模一樣呢。

□ 率直 【形動】坦率
（そっちょく）
みなさんの率直な意見が聞きたいです。
我想聽聽大家坦誠的意見。

□ そっと 【副】悄悄地，偷偷地

赤ちゃんが寝ているから、そっと歩いてください。
嬰兒在睡覺，走路請放輕腳步。

□ 備える 【他下一】準備
（そなえる）
地震に備えて 食料を買いました。
買了食物以防地震的發生。

□ そのまま 【副】照樣的，原封不動的

そのままそこにすわっていてください。
請坐在那裡不要動。

□ 剃る 【他五】剃，刮
（そる）
床屋でひげを剃りました。
在理髮店剃了鬍子。

□ それぞれ 【名，副】每個，各自

それぞれの考え方に従ってください。
請按照各自的想法去做。

□ それでも 【接續】儘管如此

難<sup>むずか</sup>しいとわかっています。それでも挑戦<sup>ちょうせん</sup>します。

雖然知道很難，但還是去挑戰。

□ それなのに 【接續】雖然那樣

天気予報<sup>てんきよほう</sup>では晴<sup>は</sup>れと言<sup>い</sup>っていました。それなのに雨<sup>あめ</sup>が降<sup>ふ</sup>りました。

天氣預報說是晴天，但卻下了雨。

□ それなら 【接續】要是那樣

今日<sup>きょう</sup>は忙<sup>いそが</sup>しいですか？それなら明日<sup>あした</sup>はどうですか？

今天很忙嗎？如果是這樣，那明天如何？

□ それはいけませんね 【感】（表示同情）那可不好，那就糟啦

風邪<sup>かぜ</sup>を引<sup>ひ</sup>きましたか？それはいけませんね。

你感冒了嗎？那可不好了。

□ 逸れる
（それる）
【自下一】偏離

ボールが右<sup>みぎ</sup>に逸<sup>そ</sup>れました。

球往右偏移了。

□ 揃う
（そろう）
【自五】備齊

必要<sup>ひつよう</sup>なものは揃<sup>そろ</sup>いましたか？

必要的東西都備齊了嗎？

□ 揃える
（そろえる）
【他下一】使…備齊，使…一致

書類<sup>しょるい</sup>を揃<sup>そろ</sup>えて提出<sup>ていしゅつ</sup>してください。

資料請備齊後提出。

□存在　　　　【名，自サ】存在，人物，存在的事物
（そんざい）
そんな人は存在しません。
這裡沒那樣的人。

□尊重　　　　【名，他サ】尊重，重視
（そんちょう）
みんなの意見を尊重します。
尊重大家的意見。

□退屈
（たいくつ）

【名，自サ】無聊，鬱悶
いつも<ruby>同<rt>おな</rt></ruby>じ<ruby>事<rt>こと</rt></ruby>の<ruby>繰<rt>く</rt></ruby>り<ruby>返<rt>かえ</rt></ruby>しで<ruby>退屈<rt>たいくつ</rt></ruby>だ。
經常做同樣的事情真是無聊。

□滞在
（たいざい）

【名，自サ】旅居，逗留
<ruby>日本<rt>にほん</rt></ruby>に<ruby>三日<rt>みっか</rt></ruby><ruby>滞在<rt>たいざい</rt></ruby>する<ruby>予定<rt>よてい</rt></ruby>です。
預定停留日本三天。

□大した
（たいした）

【連體】非常的，了不起的
それは<ruby>大<rt>たい</rt></ruby>したことではありません。
那沒什麼了不起的。

□対照
（たいしょう）

【名，他サ】對照，對比
<ruby>日中<rt>にっちゅう</rt></ruby><ruby>対照<rt>たいしょう</rt></ruby>の<ruby>辞典<rt>じてん</rt></ruby>がほしいです。
我想要本中日辭典。

□対する
（たいする）

【名，他サ】對照，對比
<ruby>質問<rt>しつもん</rt></ruby>に<ruby>対<rt>たい</rt></ruby>する<ruby>答<rt>こた</rt></ruby>えを<ruby>書<rt>か</rt></ruby>いてください。
請填寫問題的答案。

□大層
（たいそう）

【形動，副】非常的，過份的
<ruby>彼<rt>かれ</rt></ruby>はいつも<ruby>大層<rt>たいそう</rt></ruby>おもしろいことを<ruby>言<rt>い</rt></ruby>いますね。
他總是說些有趣的事。

□代表
（だいひょう）

【名，他サ】代表
<ruby>会社<rt>かいしゃ</rt></ruby>を<ruby>代表<rt>だいひょう</rt></ruby>して<ruby>会議<rt>かいぎ</rt></ruby>に<ruby>出席<rt>しゅっせき</rt></ruby>します。
代表公司出席會議。

た

あいうえおかきくけこさしすせそたちつてとなにぬねのはひふへほまみむめもやゆよらりるれろわ

□逮捕
（たいほ）

【名，他サ】逮捕

しんはんにん を たいほ しました。
真犯人を逮捕しました。
逮捕了真正的犯人。

□平ら
（たいら）

【形動】平坦的，平靜的

うんどうじょう を たい らにならします。
運動場を平らにならします。
運動場壓得平平的。

□代理
（だいり）

【名，自サ】代理

しゃちょう の だいり で ぶちょう が しゅっせき しています。
社長の代理で部長が出席しています。
部長代理社長出席。

□対立
（たいりつ）

【名，他サ】對立，對峙

せいけんえんぜつ の ば で りょうこうほ しゃ の いけん が たいりつ しまし
政見演説の場で両候補者の意見が対立しまし
た。
兩位候選人在政見發表會中意見對立。

□田植え
（たうえ）

【名，他サ】插秧

おじいちゃんは いなか で たう えをしています。
おじいちゃんは田舎で田植えをしています。
爺爺在鄉下種田。

□絶えず
（たえず）

【副】不斷地，經常地

おんせん の ゆ が たえず わ き出 ています。
温泉の湯が絶えず湧き出ています。
溫泉的泉水不斷地湧出。

□高める
（たかめる）

【他下一】提高，抬高

いっしょうけんめいべんきょう して ちしき を たか めます。
一生懸命勉強して知識を高めます。
努力學習以提高知識。

□耕す
（たがやす）

【他五】耕作

のうふ が あさはや くから はたけ を たがや しています。
農夫が朝早くから畑を耕しています。
農夫一早就在田裡耕種。

□炊く
（たく）
【他五】煮
毎日ご飯を炊きます。
每天煮飯。

□抱く
（だく）
【他五】抱，懷有
お母さんが赤ん坊を抱いています。
母親抱著嬰兒。

□貯える
（たくわえる）
【他下一】儲蓄，儲備
アリは冬にそなえて食物を貯えています。
螞蟻儲存食物準備過冬。

□だけど
【接續】然而，可是
雨が降っていました。だけど、すぐに止みました。
下了雨，但是馬上停了。

□確か
（たしか）
【形動】確實的
確かそのとき雨が降っていました。
當時的確下著雨。

□確かめる
（たしかめる）
【他下一】查明，確認
登録している人を確かめます。
查明有登記的人。

□多少
（たしょう）
【名，副】多少
日本語には多少自信があります。
日語多少有些自信。

□助かる
（たすかる）
【自五】得救，救助
おかげさまで、命が助かりました。
託你的福，救了我的一命。

あいうえおかきくけこさしすせそたちってとなにぬねのはひふへほまみむめもやゆよらりるれろわ

□戦う
（たたかう）

【自五】作戰，戰爭
最後まで戦います。
奮戰到底。

□但し
（ただし）

【接續】但是，可是
明日は休日です。但し管理職は出勤しなければなりません。
明天是假日。但是主管階級得上班。

□直ちに
（ただちに）

【副】立即，立刻
用意ができたら、直ちに出発しましょう。
如果準備好了，就馬上出發吧！

□立ち上がる
（たちあがる）

【感】站起，開始行動
彼は名前を呼ばれて立ちあがりました。
他被點到了名就站了起來。

□立ち止まる
（たちどまる）

【自五】站住，停步
誰かに呼ばれて立ち止まりました。
不知道是誰在叫我，我停了下來。

□たちまち

【副】轉眼間，一瞬間
新入社員の山田君はたちまち人気者になった。
新進員工的山田，馬上就得到大家的喜歡。

□達する
（たっする）

【他サ，自サ】到達，達成
登録者は一万人に達しました。
登記的人達到一萬人。

□たった 【副】僅，只

たった一人(ひとり)で海外旅行(かいがいりょこう)をします。

隻身到國外旅行。

□だって 【接只】（表示反對、反駁對方或不可能）話雖如此

だって仕方(しかた)がありませんよ。

話雖如此，但也沒辦法呀！

□たっぷり 【副，自サ】足夠，充份

時間(じかん)はたっぷりあります。

有充裕的時間。

□たとえ 【副】縱然，即使

たとえ雨(あめ)が降(ふ)っても行(い)きます。

即使下雨也要去。

□例える
（たとえる）
【他下一】比喻，比方

あなたの優(やさ)しさは例(たと)えようもありません。

你的溫柔是無人可以比的。

□頼もしい
（たのもしい）
【形】靠得住的；前途有爲的

あなたは頼(たの)もしい青年(せいねん)だから、この仕事(しごと)を是非(ぜひ)やってもらいたい。

你是個靠得住的青年，這個工作請你務必幫個忙。

□度々
（たびたび）
【副】屢次，常常

度々(たびたび)ご迷惑(めいわく)をかけて、申(もう)しわけございません。

經常跟您添麻煩，真是抱歉。

□騙す 【副】欺騙
（だます）
悪徳商法にまんまと騙されました。
被缺德的販賣方法巧妙地騙了。

□偶に 【他五】偶而，稀少
（たまに）
彼はたまにしか電話をかけてきません。
他偶而才打電話來。

□堪らない 【形】受不了，不得了
（たまらない）
歯が痛くて堪らないんです。
牙齒痛得受不了。

□溜まる 【自五】積存，事情積壓
（たまる）
道に水が溜まっています。
道路積水。

□黙る 【自五】沉默，不說話
（だまる）
質問があるかどうか聞きましたが、みんな
黙っています。
問大家有沒有問題，大家卻默不吭聲。

□躊躇う 【自五】猶豫，躊躇
（ためらう）
大学の入学試験を受けるかどうか躊躇ってい
ます。
要不要考大學正猶豫著。

□溜める 【他下一】積，存
（ためる）
旅行のためにお金を溜めています。
為了去旅行而存錢。

□頼る
（たよる）
【自五】依靠，依賴
マニュアルに頼ってコンピューターを操作しています。
靠著説明書操作電腦。

□だらしない
【形】散慢的，沒出息的
だらしない服装で出勤するのはやめてください。
別穿那種邋遢的衣服來上班。

□足る
（たる）
【自五】足夠，值得
バスに乗るなら、十元あれば足りますよ。
坐公車十元就夠了。

□単純
（たんじゅん）
【名，形動】單純，簡單
単純なことだから、複雑に考えないでください。
事情很單純，不要想得那麼複雜。

□誕生
（たんじょう）
【名，自サ】誕生，創立
優秀な野球選手が誕生しました。
誕生了優秀的棒球選手。

□ダンス
【名，自サ】跳舞
毎日ダンスホールに行っています。
每天都到舞廳。

□断水
（だんすい）
【名，他サ，自サ】停水，斷水
水道工事のために断水します。
由於水管工程而停水。

□断定　　　【名，他サ】斷定，判斷
（だんてい）　犯人は家族の中のだれかと断定しました。
　　　　　　斷定犯人是家中的某人。

□担当　　　【名，他サ】擔任
（たんとう）　この仕事の担当は私です。
　　　　　　這件工作是我負責的。

□単なる　　【連體】僅，只
（たんなる）　そういうことは単なる迷信にすぎません。
　　　　　　那樣的事只不過是迷信。

□単に　　　【副】單，只
（たんに）　これは単に君だけの問題ではありません。
　　　　　　這不單只是你的問題。

# ち

---

☐ 違いない
（ちがいない）

【形】一定是…的

あの足音は彼に違いありません。
那一定是他的腳步聲。

---

☐ 誓う
（ちかう）

【他五】發誓

タバコをやめることを誓います。
我發誓戒掉煙。

---

☐ 近々
（ちかぢか）

【副】不久，過幾天

近々お伺いしてもいいですか？
這幾天拜訪您方便嗎？

---

☐ 近づく
（ちかづく）

【自五】接近，靠近

成田空港に近づいています。
接近成田機場。

---

☐ 近付ける
（ちかづける）

【他下一】挨近，靠近

鼻を近づけるといい匂いがします。
鼻子靠近聞可以聞到香味。

---

☐ 近寄る
（ちかよる）

【自五】走近，靠近

男の人が近寄ってきます。
有個男人走過來了

---

☐ 力強い
（ちからづよい）

【形】有信心的；強而有力的

とても力強い返事をしてくれました。
很有信心的答覆。

---

☐ ちぎる 【他五】撕碎，掐碎

彼女からの手紙を細かくちぎってしまいました。

把她寫來的信撕碎了。

☐ 遅刻
（ちこく） 【名，自サ】遲到

学校には絶対に遅刻しないこと。

在學校絕不遲到。

☐ 縮む
（ちぢむ） 【自五】縮小，縮短

この服を洗濯したら縮んでしまいました。

這件衣服洗了以後就縮水了。

☐ 縮める
（ちぢめる） 【他下一】縮小，縮減

亀はいきなり首を縮めました。

烏龜突然把頭縮了進去。

☐ 着々
（ちゃくちゃく） 【副】逐步地

プロジェクトは着々と進んでいます。

計畫逐步地進行著。

☐ ちゃんと 【副】端正地，規矩地

ちゃんと記録すれば、こんなミスは犯しませんでした。

確實做紀錄的話，就不會有這樣的錯誤了。

☐ 中止
（ちゅうし） 【名，他サ】中止停止

雨が降ったら、運動会は中止します。

下雨的話運動會就停止。

□駐車
（ちゅうしゃ）

【名，自サ】停車

私はちょっと車を駐車してきます。

我去停一下車。

□注目
（ちゅうもく）

【名，他サ，自サ】注目，注視

花道を歩いている主役はみんなの注目を浴び
ています。

所有觀眾的眼光都注視著走在花道上的主角。

□注文
（ちゅうもん）

【名，他サ】點餐，訂購；希望，要求

いっぺんに注文したら、ウエイターは混乱し
てしまいました。

一次大量的叫菜，服務生都搞糊塗了。

□超過
（ちょうか）

【名，自サ】超過

荷物は二キロ超過しています。

行李超過兩公斤。

□彫刻
（ちょうこく）

【名，他サ，自サ】雕刻

仏像の彫刻は職人しかできません。

雕刻佛像只有專業藝匠才會做。

□調査
（ちょうさ）

【名，他サ】調査

専門家たちは地質を調査しています。

專家們正在考查地質。

□調整
（ちょうせい）

【名，他サ】調整，調節

エンジニアは一生懸命機械を調整しています。

工程師努力地在調整機械。

あいうえおかきくけこさしすせそたちってとなにぬねのはひふへほまみむめもやゆよらりるれろわ

□調節
（ちょうせつ）

【名，他サ】調節，調整

リモコンでクーラーを調節します。
用遙控器來調節冷氣的溫度。

□頂戴
（ちょうだい）

【名，他サ】（もらう、食べる的謙虛說法）
領受，吃

遠慮なく頂戴いたします。
那我就不客氣接受了。

□直通
（ちょくつう）

【名，自サ】直達

この番号は、私のデスクに直通です。
這電話號碼直撥我的位子。

□散らかす
（ちらかす）

【他五】弄得亂七八糟

部屋中にゴミを散らしています。
房中垃圾狼藉。

□散らかる
（ちらかる）

【自五】零亂

少しぐらい散らかっている漫画本を片づけた
ら？
收拾一下散亂的漫畫，可以嗎？

□散らす
（ちらす）

【他五】把…分散開，撒開

秋の風が枯葉を散らしています。
秋風吹散了落葉。

□散る
（ちる）

【自五】凋謝，散漫

桜の花びらが散っています。
櫻花的花瓣散落。

□追加
（ついか）

【名，他サ】追加
ちゅうもん　ついか
注文を追加します。
追加訂貨。

□通過
（つうか）

【名，自サ】通過，經過
きゅうこう　　えき　つうか
急行はこの駅を通過してしまいます。
快車經過這個車站。

□通学
（つうがく）

【名，自サ】通勤
まいあさ しちじ　でんしゃ つうがく
毎朝七時の電車で通学しています。
每天坐七點的電車上學。

□通勤
（つうきん）

【名，自サ】通勤，上下班
つうきん
バスで通勤します。
坐公車上班。

□通行
（つうこう）

【名，自サ】通行，一般通用
みち　　いっぽうつうこう
この道は一方通行です。
這條路是單行道。

□通じる
（つうじる）

【自上一】通往，精通，理解
みち　　　　　い　　えき　つう
この道をまっすぐ行けば駅に通じています。
沿著這條路直走，可以通往車站。

□通信
（つうしん）

【名，自サ】通訊聯絡
かいがい　こがいしゃ　　　　つうしん
海外の子会社との通信がうまくいきません。
不能與國外分公司有良好的通訊。

□通知
（つうち）

【名，他サ】通知

月例会の通知が来ました。

每月例會的通知已到。

□通訳
（つうやく）

【名，他サ】口頭翻譯

通訳を使って海外の企業と取引をしています。

透過口譯人員與海外的企業進行交易。

□通用
（つうよう）

【名，自サ】通用，通行

この国では英語が広く通用しています。

這個國家英語很通行。

□捕まる
（つかまる）

【自五】抓住，被捉住

犯人は駅のホームで捕まりました。

犯人在月台被逮捕了。

□掴む
（つかむ）

【他五】抓，抓住

彼女は一生懸命努力して幸せを掴みました。

她很努力而抓住幸福了。

□次々
（つぎつぎ）

【副】一個接一個，接二連三地

例の小説家は次々と新しい作品を発表しています。

那小説家接二連三地發表新的作品。

□突く
（つく）

【自上一，他五】扎，刺，戳

彼に痛いところを突かれた。

被他刺到痛處。

□次ぐ
（つぐ）

【自五】接著，暨…之後

優勝者に次ぐ成績を収めました。

得到了僅次於優勝者的成績。

□注ぐ
（つぐ）

【他五】注，倒入
上司の杯にお酒を注ぎます。
把酒倒入上司的酒杯裡。

□〜続ける
（つづける）

【他下一】繼續，接連不斷
こんなに食べたのに、まだ食べ続けています
よ。
吃那麼多了，還繼續吃著。

□突っ込む
（つっこむ）

【他五，自五】衝入，闖入
車は猛スピードで川に突っ込んでいきました。
那車子高速衝進河裡。

□包む
（つつむ）

【他五】打包，籠罩
きれいな包装紙で包みます。
用漂亮的包裝紙包裝。

□勤める
（つとめる）

【他五】工作，在…任職
外資企業に勤めています。
在外商公司上班。

□繋がる
（つながる）

【自五】連接，聯繫
高速で車が何台も繋がって走っています。
車子一台台快速呼嘯而去。

□繋ぐ
（つなぐ）

【他五】連接，維繫
親子が手を繋いで公園を散歩しています。
母子手牽手在公園散步。

□繋げる
（つなげる）

【他五】連接，維繫
二つのコンピューターを繋げました。
兩台電腦連線了。

□常に
（つねに）

【副】時常，經常

それは常にあることです。

這是常有的事。

---

□潰す
（つぶす）

【他五】毀壞，弄碎

力持ちの彼は手でリンゴを潰しました。

強而有力的他用手把蘋果擠碎了。

---

□潰れる
（つぶれる）

【自下一】壓壞，破產，失去作用

きれいな箱が潰れてしまいました。

漂亮的箱子壓壞了。

---

□躓く
（つまずく）

【自五】絆倒；失敗

石に躓いてしまいました。

被石頭絆倒。

---

□つまり

【副】總之，終究

つまり今日中に提出しなければいけないので

すね？

換言之，一定要在今天交出吧？

---

□詰まる
（つまる）

【自五】擠滿，塞滿

カバンのなかに本がぎっしり詰まっています。

書包中塞滿了書。

---

□罪
（つみ）

【名，形動】罪過，冷酷無情的，

罪を犯してはダメですよ。

不能犯罪。

---

□積む
（つむ）

【他サ，自サ】累積，堆積；積蓄

そんなに積むと危ないですよ。

堆積那麼多很危險的。

□詰める
（つめる）
【他下一，自下一】守候，值勤，裝入
箱に洋服を詰めます。
把衣服裝進箱裡。

□強気
（つよき）
【名，形動】強硬，堅決
彼はいつも強気で勝負しています。
他總是不甘示弱地決勝負。

□辛い
（つらい）
【形】痛苦的，難受的
辛い経験がいっぱいあります。
有很多痛苦的經驗。

□釣り合う
（つりあう）
【自五】平衡，均衡
お互いの実力は釣り合っています。
彼此實力相當。

□吊る
（つる）
【他五】吊，懸掛
彼女は目が吊っているので、きつい感じがする。
她眼角翹起來，給人很嚴肅的感覺。

□吊るす
（つるす）
【他五】懸起，吊起，掛著
赤ちょうちんが吊るしてあります。
掛著燈籠。

て

□出会う
（であう）

【自五】相遇，相逢

こんな人には初めて出会いました。

第一次遇到那種人。

□提案
（ていあん）

【名，他サ】提案，建議

その提案には無理があります。

那提案有些強人所難。

□低下
（ていか）

【名，自サ】降低，下降

気温が段々低下しています。

氣溫逐漸下降。

□抵抗
（ていこう）

【名，自サ】抵抗，抗拒

犯人が警官に抵抗しています。

犯人抵抗警官。

□停止
（ていし）

【名，他サ，自サ】停止，禁止，停住

電車がホームに停止しています。

電車停在月台上。

□停車
（ていしゃ）

【名，他サ，自サ】停車

バスが急に停車しました。

公車突然停了下來。

□提出
（ていしゅつ）

【名，他サ】提出，交出

報告書を上司に提出します。

向上司提出報告書。

□停電
（ていでん）

【名，自サ】停電，停止供電

今日から三日間停電します。

從今天起停電三天。

□出入り
（でいり）

【名，自サ】出入

お客の出入りが激しい。

客人進出頻繁。

□出かける
（でかける）

【自下一】出門，出去

父は朝早く出かけました。

父親一大早就出門了。

□出来上がる
（できあがる）

【自五】完成，做好

出来上がるのは一週間後になります。

一週後做完。

□的確
（てきかく）

【形動】正確，恰當

ものごとを的確に判断すべきだ。

應該正確的去判斷事物。

□適する
（てきする）

【自サ】適宜，適應

今度の会には、どんな服が適していますか？

這次會中要穿甚麼才適合？

□適用
（てきよう）

【名，他サ】適用，應用

この規則は今月から適用されます。

這條規則從這本月開始適用。

□凸凹
（でこぼこ）

【名，自サ，形動】凹凸不平，高低不等

この道は凸凹ですね。

這條道路凹凸不平。

□手頃
（てごろ）

【形動】合手，合適，相當
手頃な値段の品がそろっています。
賣有很多便宜的貨品。

□徹夜
（てつや）

【名，自サ】通宵，熬夜
受験のために毎日徹夜で勉強しています。
為了考試每天熬夜讀書。

□照らす
（てらす）

【他五】照耀，滲照
暗やみを照らします。
照亮黑暗。

□照る
（てる）

【自五】照耀，晒，晴天
夏の太陽が照っています。
夏日的陽光照耀著。

□展開
（てんかい）

【名，他サ，自サ】展現，展開
面白い展開になってきました。
演變得越來越有趣了。

□伝染
（でんせん）

【名，自サ】傳染
風邪は空気伝染します。
感冒會透過空氣傳染。

□点々
（てんてん）

【副】點點地；滴滴地往下落
初春は桜の花が点々と咲いています。
初春的櫻花一朵朵的綻放著。

□転々
（てんてん）

【副，自サ】轉來轉去，輾轉
彼は職業を転々としています。
他一次又一次地換工作。

□統一
（とういつ）

【名，他サ】統一，一致
意見を統一したら次に進みましょう。
意見統一了就往下一步進行吧！

□統計
（とうけい）

【名，他サ】統計
統計の結果、赤字が増えたことがわかりました。
統計結果顯示赤字增加了。

□投書
（とうしょ）

【名，他サ，自サ】投書，投稿，
朝日新聞に投書しました。
向朝日新聞投稿。

□登場
（とうじょう）

【名，自サ】新產品登場，出場，登台，
次は主人公が登場します。
接著是主角出場。

□到着
（とうちゃく）

【名，自サ】到達，抵達
飛行機は定時に到着します。
飛機準時抵達。

□投票
（とうひょう）

【名，自サ】投票
幹事長を選ぶのに投票を行います。
為選理事長而進行投票。

□透明
（とうめい）

【形動】透明
透明な器は何個ありますか？
有幾個透明的器皿？

□ どうも 【副】實在，眞

言っている意味がどうも理解できません。

你說的話我實在無法理解。

□ 同様
（どうよう）

【名，形動】同様

今日も昨日と同様に残業します。

今天和昨天一樣要加班。

□ 通す
（とおす）

【他五】穿過，通過

山の間に鉄道を通します。

鐵路從山谷間通過。

□ 通りかかる
（とおりかかる）

【自五】恰巧，路過

会場の受付の前を通りかかったときに友人に
呼ばれました。

路過會場的受理櫃臺時，被朋友叫住。

□ 通り過ぎる
（とおりすぎる）

【自上一】走過，越過

急行に乗ったら、降りたい駅を通り過ぎてし
まいました。

坐到急行列車，結果過了自己要下車的站。

□ 溶かす
（とかす）

【他五】溶解，融化

太陽の光が雪を溶かし始めました。

太陽開始融化冰雪了。

□ 尖る
（とがる）

【自五】尖；發怒

鉛筆の先は尖っているから気をつけて。

鉛筆的筆芯很尖銳，要小心。

□溶く
（とく）
【他五】溶解，化開
薬を水で溶きます。
用水把藥溶解。

□解く
（とく）
【他五】解開，解除，解答
数学の問題を解きます。
解答數學問題。

□退く
（どく）
【自五】讓開，離開
ちょっと退いてくれませんか？
可以讓開一下嗎？

□読書
（どくしょ）
【名，自サ】讀書
読書は私の趣味です。
讀書是我的興趣。

□特定
（とくてい）
【名，他サ】特別指定，特別規定
会社の制服は特定の店で作ってもらいます。
公司的制服請特約店做。

□特売
（とくばい）
【名，他サ】特別賤賣
この店ではイタリア製のスーツの特売をしています。
這家店的意大利西裝在大拍賣。

□独立
（どくりつ）
【名，自サ】獨立，自立
長男は独立した家屋を建てて住んでいます。
長子蓋了一間獨立的房屋住著。

□溶け込む
（とけこむ）
【自五】融合，融洽
編入生はクラスの雰囲気に溶け込んでいます。
插班生融入班上的氣氛中。

□溶ける
（とける）

【自下一】溶化

さとうは水に溶けます。

砂糖溶於水中。

□退ける
（どける）

【他下一】挪開，移開

ちょっと、この車を退けてくれますか？

可以把車子稍微挪開一點嗎?

□ところで

【接續】轉換話題的語氣，可是

ところで、あの子は結婚しましたか？

對了，她結婚了嗎?

□登山
（とざん）

【名，自サ】登山

日曜日は友だちと登山しに行きました。

星期天與朋友一起去爬山。

□途端
（とたん）

【名，他サ，自サ】剛…的時候，正當…的時候

ドアを開けた途端、わんちゃんが飛び込んで
きました。

一開門，狗就向我撲了過來。

□とっくに

【他サ，自サ】早就，好久以前

お金はとっくに使いはたしました。

早就把錢花光了。

□突然
（とつぜん）

【他サ，自サ】突然，忽然

突然のことだから、あまり覚えていません。

事出突然，不怎麼記得了。

□どっと
【他サ，自サ】哄然，哄堂
そんなに面白くないのに、みんながどっと笑いました。
雖不怎麼好笑，但是大家卻哄堂大笑。

□整う
（ととのう）
【自五】整齊端正，協調
引っ越して半年経って、家具がやっと整いました。
搬家半年，家具終於齊全了。

□留まる
（とどまる）
【自五】停留，留下
部屋に留まって、会議に参加しました。
留在屋裡參加會議。

□怒鳴る
（どなる）
【自五】大聲喊叫，大聲申訴
お父さんはなぜかんかんになって怒鳴っているのですか？
父親為甚麼大發雷霆?

□とにかく
【他サ，自サ】總之，無論如何
とにかくやってから話しましょう。
總之做了之後再說吧

□飛ばす
（とばす）
【他五】使…飛，放走
紙飛行機を飛ばします。
放紙飛機。

□飛び込む
（とびこむ）
【自五】跳進，突然闖入
蝶々が部屋の中に飛び込んできました。
蝴蝶飛進屋子裡。

□飛び出す
（とびだす）

【自五】飛出，飛起來

ホースから水が飛び出して、通行人にかかっ
てしまいました。

水從水管噴出，濺到行人。

□ともかく

【他サ，自サ】暫且不論，姑且不談

ともかく計画に沿ってやりましょう。

總之就按計劃來做吧。

□共に

【他サ，自サ】共同，一起，都

共に頑張りましょう。

共同努力吧。

□捕らえる
（とらえる）

【他下一】捕捉

雀を捕らえて家で飼っています。

捉了麻雀養在家裡。

□取り上げる
（とりあげる）

【他下一】拿起，舉起；採納

会議中にはみんなの意見を取りあげます。

會議上採納大家的意見。

□取り入れる
（とりいれる）

【他下一】採用，拿進來

主婦は洗濯物を取り入れます。

主婦把衣服收起來。

□取り消す
（とりけす）

【他五】取消，作廢

さっきの発言を取り消します。

取消剛剛所說的話。

□取り出す
（とりだす）

【他五】取出，拿出

引き出しからきれいなメモ用紙を取り出します。

從抽屜裡拿出漂亮的記事用紙。

□トレーニング

【名，他サ】訓練

夏休みにテニスの集中トレーニングをします。

暑假進行密集的網球訓練。

□取れる
（とれる）

【自下一】脱落，掉下

スーツのボタンが取れてしまいました。

西裝扣子掉了。

□どんどん

【他サ，自サ】順利地，接連不斷地

新装開店初日はお客がどんどん入ってきます。

新開幕的第一天，客人便源源不絕。

□どんなに

【他サ，自サ】多麼，如何

どんなに苦労したのかをわかってほしいです。

希望你能明白我是多麼的辛勞。

な

□ なお
【他サ，自サ】仍然，還
この話は、今もなお語り継がれています。
這故事現在仍然被傳誦著。

□ 仲直り
（なかなおり）
【名，自サ】和好
友だちと仲直りします。
與朋友和好。

□ 長引く
（ながびく）
【自五】拖長，延長
ひどい雨が降って、野球のオールスター戦が
長引いてしまいました。
因為下大雨，棒球明星賽要延長了。

□ 眺める
（ながめる）
【他下一】眺望，注意看
彼女は鏡の前で自分の顔をつくづく眺めてい
ます。
她鏡子前面仔細地看自己的臉。

□ 慰める
（なぐさめる）
【他下一】安慰，慰問，慰勞
大学受験で不合格だった友だちを慰めます。
安慰沒考上大學的朋友。

□ 殴る
（なぐる）
【他五】毆打，揍
学校でけんかして殴られました。
在學校與人吵架而被毆打。

□なだらか　　　【形動】坡度小，不陡

なだらかな坂道を上ってつきあたりのところにあります。

登上小坡道後就在路的盡頭。

□懐かしい　　　【形】懷念的，令人懷念的
（なつかしい）

懐かしい音楽を聞いて、若いころのことを思い出します。

聽到叫人懷念的音樂，想起年輕時。

□納得　　　　　【名，他サ】理解，領會
（なっとく）

そんな説明では納得できません。

這樣的說明我不能理解。

□撫でる　　　　【他下一】摸，撫摸
（なでる）

母はいつも、「いい子だね。」と言いながら僕の頭を撫でます。

母親常常一邊摸我的頭，一邊說：「真是乖孩子」。

□斜め　　　　　【名，形動】斜，傾斜
（ななめ）

あのビルは地震で斜めになってしまいました。

那幢大樓因地震而傾斜了。

□何しろ　　　　【副】不管怎樣，總是；由於
（なにしろ）

何しろ電車の中は人がいっぱいなので、身動きもできません。

由於電車上人很多，叫人動彈不得。

□生　　　　　　【名，形動】生的
（なま）

私は生ものが食べられません。

我不吃生的東西。

□悩む
（なやむ）
【自五】煩惱，苦惱
受験に受かるかどうかを毎日悩んでいます。
每天都煩惱著考試是不是有被錄取。

□生る
（なる）
【自五】結果
今年の蜜柑はよく生っています。
今年的柑桔結實纍纍。

□何で
（なんで）
【副】爲什麼
何で改善しないのですか？
為什麼不改善呢？

□何でも
（なんでも）
【副】不管怎樣，無論怎樣
私は好き嫌いがなく、何でも食べられますよ。
我不挑三揀四的，甚麼都吃。

□何とか
（なんとか）
【副】設法，想辦法
そこで黙っていないで、何とか言ったらどうですか？
別在那裡默不吭聲的，你説話啊?

□何となく
（なんとなく）
【副】總覺得
何となく気にかかります。
總覺得放不下心。

□なんとも
【副】真的，實在
旅行中にパスポートをなくして、何とも困りました。
旅行中護照掉了，真是傷腦筋。

# に

□似合う
（にあう）

【自五】合適，相稱

その新しい髪型は似合いますよ。

那新髮型很適合你呢。

□煮える
（にえる）

【自下一】煮熟

おでんがよく煮えて味がしみていますよ。

黑輪煮入味了。

□匂う
（におう）

【自五】散發香味

何か匂いませんか？

你沒聞到什麼味道嗎?

□逃がす
（にがす）

【他五】放掉，跑掉

海で釣った魚をみんな逃がしてやりました。

海上釣的魚都給放生了。

□憎む
（にくむ）

【他五】憎恨

人の立場を考えないで勝手にしゃべっている
やつを憎みます。

我憎惡那些不考慮別人的立場，而淨胡說八道
的人。

□憎らしい
（にくらしい）

【形】可憎的，令人嫉羨的

人のいやがることばかりする憎らしい男の子
ですね。

那可憎的男人只會做些讓人憎惡的事。

| | |
|---|---|
| □ 濁る<br>（にごる） | 【自五】混濁，污濁<br>この工事のためにうちの水道水が濁りました。<br>由於工程的關係，自來水都混濁了。 |
| □ にっこり | 【副，自サ】微笑<br>よくやったと上司に言われて、思わずにっこりしちゃいました。<br>被主管讚美，自己也忍不住微笑起來。 |
| □ 鈍い<br>（にぶい） | 【形】鈍，動作遲鈍<br>彼は鈍いから、なかなか女性の気持ちがわからない。<br>他很遲鈍，總無法了解女人的心情。 |
| □ 入場<br>（にゅうじょう） | 【名，自サ】入場<br>選手団が入場を開始します。<br>選手們開始進場。 |
| □ 睨む<br>（にらむ） | 【他五】瞪眼<br>怖い目で睨まないでください。<br>請不要用那種可怕的眼睛瞪我。 |
| □ 煮る<br>（にる） | 【自五】煮，燉<br>小豆を煮る時には砂糖を入れます。<br>煮紅豆的時候要放砂糖。 |
| □ にわか | 【名，形動】立刻，突然<br>雲が切れて、あたりがにわかに明るくなりました。<br>雲散去後，四周突然變得很明朗。 |

| | |
|---|---|
| □縫う<br>（ぬう） | 【他五】縫，縫紉<br>おばあちゃんは毎年 新しい着物を縫います。<br>外婆每年都縫製新衣服。 |
| □抜く<br>（ぬく） | 【他五】抽出，拔去<br>栓抜きで瓶の栓を抜きます。<br>用開瓶器打開瓶蓋。 |
| □抜ける<br>（ぬける） | 【自下一】脫落，掉落<br>年をとるに連れて髪の毛が抜けていきます。<br>隨著年齡的增長，頭髮也開始脫落了。 |
| □濡らす<br>（ぬらす） | 【他五】浸濕，淋濕<br>濡らしたタオルで腫れたところを冷やします。<br>用濕毛巾去冷敷腫起來的部位。 |

# ね

□ 願う
（ねがう）

【他五】請求
友だちが助かることを願っています。
祈求朋友能獲救。

□ 捩じる
（ねじる）

【他五】扭，擰
針金をねじります。
扭彎鐵絲。

□ 熱する
（ねっする）

【自サ，他サ】熱中，興奮，加熱
太い針金を熱すると柔らかくなります。
粗的鐵絲加熱之後就會變軟。

□ 熱中
（ねっちゅう）

【名，自サ】熱中，著迷
弟はプラモデルに熱中しています。
弟弟熱中模型。

□ 寝坊
（ねぼう）

【名，自サ，形動】晚起，貪睡
彼はいつも朝寝坊します。
他經常晚起。

□狙う
（ねらう）

【他五】瞄準，把…當做目標

射撃の選手は的を狙う時、息を止めて集中します。

射擊選手在瞄準目標時，停止呼吸以集中精神。

□年中
（ねんじゅう）

【副】一年到頭地

このデパートは年中無休です。

這間百貨公司終年營業。

□載せる　【他下一】放在…上，裝載，刊登
（のせる）　重い荷物を電車の網棚に載せます。
　　　　　　把沈重的行李放在電車架上。

□覗く　　【他五，自五】窺視，往下看
（のぞく）　開けたドアの隙間から覗きます。
　　　　　　從門縫中往裡窺視。

□除く　　【他五】消除，刪除
（のぞく）　植木のまわりに生えた雑草を除きます。
　　　　　　拔除盆栽周圍的雜草。

□望む　　【他五】指望，希望
（のぞむ）　屋上から高い山々を望みます。
　　　　　　從屋頂上眺望遠處的群山峻嶺。

□伸ばす　【他五】伸展，擴展
（のばす）　疲れた手足を伸ばすと気持ちがいいですよ。
　　　　　　伸展一下疲倦的手足會很舒服的。

□述べる　【他下一】敘述，陳述
（のべる）　彼は会議中に意見を述べました。
　　　　　　他在會議中說出自己的意見。

□載る（のる）　【自五】放，裝載
　　　　　　妻が投稿した文章が雑誌に載りました。
　　　　　　妻子投稿的文章被登在雜誌上。

□鈍い （のろい）

【形】緩慢的，慢吞吞的
彼は亀のように動きが鈍いです。
他像烏龜一樣行動遲緩。

□のろのろ

【副，自サ】遲緩，慢吞吞地
各駅停車の電車はのろのろ運転しています。
慢車遲緩地向前進。

□呑気 （のんき）

【名，形動】悠閑；不慌不忙；馬虎，粗心
うちの妻はのんきな性格です。
妻子的性格無憂無慮。

□のんびり

【副，自サ】舒適，逍遙
定年退職してしばらくのんびりします。
退休後暫且逍遙度日。

# は

□ 売買
（ばいばい）

【名，副】買賣，交易
不動産屋さんは家を売買します。
房地產仲介公司從事房屋的買賣。

□ 這う
（はう）

【自五】爬，爬行
赤ん坊は部屋中を這い回ります。
孩子在屋裡爬來爬去。

□ 生える
（はえる）

【自下一】（草，木）等生長
庭に雑草が生えています。
庭院裡雜草叢生。

□ 剥がす
（はがす）

【他五】剝下，揭下
貼ったラベルを全部剥がしてください。
請把貼紙全部撕掉。

□ 馬鹿らしい
（ばからしい）

【形】愚蠢的，無聊的
馬鹿らしいことを言わないでください。
請別淨說些蠢話。

□ 計る
（はかる）

【他五】計算，量
ここから目的地までかかった時間を計ります。
計算從這裡到目的地所需花的時間。

□ 吐く
（はく）

【他五】吐，吐出
食べたものを全部吐いてしまいました。
吃的東西全都吐了出來。

| | |
|---|---|
| □爆発<br>（ばくはつ） | 【名，自サ】爆炸，爆發<br>不注意で工場内のガスタンクが爆発しました。<br>由於一時的疏忽讓工廠内的瓦斯爆炸了。 |
| □挟まる<br>（はさまる） | 【自五】夾，夾在中間<br>電車のドアにカバンが挟まりました。<br>皮包被電車門給夾住了。 |
| □挟む<br>（はさむ） | 【他五】夾，夾住，隔<br>電車を降りるとき足がドアに挟まれました。<br>下電車時被門夾到腳。 |
| □破産<br>（はさん） | 【名，自サ】破産<br>会社の経営が悪くて破産しました。<br>公司營運不當導致破産。 |
| □外す<br>（はずす） | 【他五】解開，取下<br>席を外しています。<br>他不在位上。 |
| □外れる<br>（はずれる） | 【自下一】脱落，掉下；落空<br>彼のねらいはよく外れます。<br>他的瞄準的目標總是落空。 |
| □果たして<br>（はたして） | 【副】果然，果真<br>彼の性格で果たしてうまくいくでしょうか？<br>以他這樣的個性真能做得好嗎？ |
| □発音<br>（はつおん） | 【名，他サ】發音<br>林さんは日本語の発音を練習しています。<br>林先生在練習日語發音。 |

□バック 【名，自サ】後退
車がバックしていますから、気をつけて。
車子在倒車，小心點。

□発見 【名，他サ】發現
（はっけん）
古い遺跡を発見しました。
發現了古蹟。

□発行 【名，自サ】發光
（はっこう）
新しい切手が発行された。
發行了新的郵票。

□発射 【名，他サ】發射
（はっしゃ）
ミサイルは今朝零時に発射されました。
今天凌晨零點發射飛彈。

□罰する 【他サ】處罰，處分
（ばっする）
法律に反した者を罰します。
違法的人要被罰。

□発想 【名，他サ】構想，主意
（はっそう）
面白い発想ではありませんか？
挺有趣的想法，不是嗎？

□発達 【名，自サ】發展，發達
（はったつ）
著しい技術の発達は、研究を重ねた成果です。
技術顯著地發展，是不斷研究的成果。

□ばったり 【副】突然停止、相遇、倒下
買い物の途中で友達にばったり会いました。
出去購物途中碰巧遇到朋友。

□発展
（はってん）
【名，自サ】擴展，發展
計画は思いがけない方向へ発展した。
計畫朝向始料所不及的方向發展。

□発電
（はつでん）
【名，他サ】發電
自然の力で発電します。
利用自然的力量發電。

□発売
（はつばい）
【名，他サ】賣，出售
新しい商品は今日から発売されます。
今天開始發售新產品。

□発表
（はっぴょう）
【名，他サ】發表，宣布
環境保護について論文を発表します。
發表有關環境保護的論文。

□発明
（はつめい）
【名，他サ】發明
科学者たちはどんどん新製品を発明していま
す。
科學家們陸陸續續發明新產品。

□派手
（はで）
【名，形動】鮮艷的，華麗的
となりのおばあさんはいつも派手な服で出か
けます。
隔壁的婆婆經常衣著光鮮的出門。

□離す
（はなす）
【他五】使…離開，使…分開
板前は素早く魚の身と骨を離していきます。
大廚師以敏捷的手法將魚肉跟骨頭分開。

□甚だしい 　　【形】非常，很
（はなはだしい）昼夜の温度差が甚だしく大きいです。
日夜溫差相當大。

□離れる 　　　【自下一】脱離，相距
（はなれる）　地方の大学に合格して、親もとを離れて暮ら
しています。
考上鄉下大學，離開家人獨立生活。

□跳ねる 　　　【自下一】跳，飛濺
（はねる）　　子どもたちは砂場でとんだり跳ねたりしてい
ます。
小孩子們在砂堆裡跳來跳去。

□省く 　　　　【他五】省，節省
（はぶく）　　仕事内容についていちいち説明することは省
きます。
工作內容就省略不一一說明了。

□嵌める 　　　【他下一】嵌上，鑲上
（はめる）　　はずれたボタンを嵌めます。
縫補掉下來的扣子。

□払い戻す 　　【他五】退還（多餘的錢）
（はらいもどす）多く払った会費が払い戻されました。
多付的會費被退回來了。

□張り切る 　　【自五】拉緊，綁緊
（はりきる）　決勝戦を目指して、選手たちが張り切って
練習に励みます。
選手們為了參加總決賽邁力地練習。

| | |
|---|---|
| □張る<br>（はる） | 【自五，他五】延申，伸展；擴張<br>おなかが張って苦しいです。<br>肚子漲得好難過喔。 |
| □反映<br>（はんえい） | 【名，他サ，自サ】反映，反射<br>みなさんの意見を政策に反映させます。<br>大家的意見我會反映到政策上。 |
| □パンク | 【名，自サ】爆胎，脹破<br>タイヤがパンクしたので、交換した。<br>爆胎了，所以把它給換了。 |
| □反抗<br>（はんこう） | 【名，自サ】反抗，對抗<br>若いころよく親に反抗していました。<br>年輕時經常反抗父母。 |
| □ハンサム | 【名，形動】帥<br>彼女の彼氏はハンサムです。<br>她的男朋友很帥唷。 |
| □反省<br>（はんせい） | 【名，感】反省，檢查<br>悪いことをしたのに、どうして反省しないのですか？<br>做錯事了，為什麼不反省呢？ |
| □判断<br>（はんだん） | 【名，他下一】判斷，推斷<br>例の件は社長の判断に任せます。<br>那件事就讓老闆決定吧。 |

□ 販売　　　【名，他サ】販賣，出售
（はんばい）　新しい商品は今日から販売し始めました。
　　　　　　　新產品今天開始發售。

□ 反発　　　【名，他サ，自サ】回彈，排斥
（はんぱつ）　陰極同士は反発し合います。
　　　　　　　相同的陰極會互相排斥。

□日帰り 　　【名，自サ】當天回來
（ひがえり）　日帰りツアーに参加しました。
　　　　　　　參加一日遊的旅行團。

□比較 　　　【名，他サ】比，比較
（ひかく）　　二つを比較しながら報告書を書きます。
　　　　　　　邊比較兩者邊寫報告。

□比較的 　　【副】比較的
（ひかくてき）先生がくれた辞書は比較的引きやすいです。
　　　　　　　老師給我的辭典比較好查。

□ぴかぴか 　【副，自サ】雪亮地
　　　　　　　お父さんはくつをぴかぴかに磨いてくれました。
　　　　　　　爸爸幫我把皮鞋擦得好亮。

□引き受ける 【他下一】承擔，擔保
（ひきうける）複雑な仕事を引き受けました。
　　　　　　　承接了複雜的工作。

□引き返す 　【自五】返回，折回
（ひきかえす）天気が急に変わったので、遠足の途中で引き返しました。
　　　　　　　由於天氣突然轉壞，遠足途中就折回來了。

163

| | |
|---|---|
| □引き出す<br>（ひきだす） | 【他五】拉出，抽出，激發<br>自分の潜在 能力を引き出します。<br>激發自己的潛力。 |
| □引き止める<br>（ひきとめる） | 【他下一】制止，拉住<br>彼が辞表を出そうとしたので、私は引き止め<br>ました。<br>當他想提出辭呈時，我制止了他。 |
| □卑怯<br>（ひきょう） | 【名，形動】怯懦<br>何て卑怯な人でしょう。<br>他怎麼那麼軟懦呀！ |
| □轢く<br>（ひく） | 【他五】壓，軋<br>不注意で車で猫を轢いてしまいました。<br>車子不小心壓死了貓。 |
| □飛行<br>（ひこう） | 【名，自サ】飛行<br>飛行時間は、２時間です。<br>飛行時間是兩小時。 |
| □ぴたり | 【副】恰合；突然停止；緊貼地<br>彼の占いは、ぴたりと当たりますよ。<br>他算命非常準。 |
| □引っ掛かる<br>（ひっかかる） | 【自五】掛起來，掛上<br>魚が漁師のかけた網に引っかかりました。<br>魚被漁夫灑的網給捕獲了。 |
| □筆記<br>（ひっき） | 【名，他サ】記筆記<br>筆記用具を、必ず持ってきてください。<br>請務必攜帶書寫文具來。 |

□びっくり 【名，自サ】吃驚，嚇一跳

いきなり大きな声が聞こえてきてびっくりしました。

突然一聲巨響給嚇了一跳。

□引っくり返す 【他五】顛倒過來，推翻，弄倒
（ひっくりかえす）

ＣＤはレコードと違ってひっくり返さなくていいから、とっても便利です。

CD 跟唱片不一樣，它不用翻面，方便多了。

□引っくり返る 【自五】翻過來，倒下
（ひっくりかえる）

うちのワンちゃんのひっくり返った寝姿が好きです。

我喜歡我家小狗的朝天睡相。

□引っ込む 【自五】引退，退居；塌陷
（ひっこむ）

日曜日は天気が悪かったから、家に引っ込んでいました。

星期天天氣不好，就窩在家裡。

□必死 【名，形動】拼命
（ひっし）

大学受験のため、必死になって勉強しています。

爲了大學聯考，拼命讀書。

□ぴったり 【副，自サ】緊緊地

このくつは私の足にぴったりです。

這雙鞋子很合我的腳。

□否定　【名，他サ】否定
（ひてい）
成功したのだから、彼の能力を否定すること
はできません。
他成功了，所以不能否定他的能力。

□酷い　【形】無情的，粗暴的
（ひどい）
ひどい雨で運動会が中止になりました。
由於豪雨所以中止運動會。

□等しい　【形】相等的，一樣的
（ひとしい）
彼ら二人の体重はほぼ等しいです。
他們倆的體重差不多。

□一先ず　【副】暫且，姑且
（ひとまず）
発表者の話は打ち切って、ひとまずみんなの
意見を聞きました。
請發表者暫停一下，暫且聽聽大家的意見。

□一休み　【名，自サ】休息一會兒
（ひとやすみ）
そろそろお昼ですから、とりあえず一休みし
ましょう。
快午休了，就先休息一下吧！

□独りでに　【副】自行地，自然而然也
（ひとりでに）
私は風邪のとき薬を飲まなくてもひとりでに
治ります。
感冒的時候，不用吃藥自然就好了。

□皮肉
（ひにく）

【名，形動】控告，諷刺

大学受験では、皮肉にも力を入れて勉強したところは全部できませんでした。

大專聯考時，最諷刺的是加強的地方竟然一題也不會。

□捻る
（ひねる）

【他五】扭，擰

おじいちゃんはいつもひげを捻っています。

爺爺經常捏擰他的鬍子。

□批判
（ひはん）

【名，他サ】批評，批判

どんな批判があっても前向きで頑張ります。

無論什麼批評，也都很積極努力。

□批評
（ひひょう）

【名，他サ】批評，批論

先生は生徒に厳しい批評を加えた。

老師給學生嚴屬的評語。

□微妙
（びみょう）

【形動】微妙的

会社で、彼は今、微妙な立場にあります。

現在他在公司裡處於相當微妙的立場。

□評価
（ひょうか）

【名，他サ】評估，評價

私の論文は学会で高い評価を受けました。

我的論文在學會裡得到很高的評價。

□表現
（ひょうげん）

【名，他サ】表現，表達

表現の優れた文章は雑誌に載ります。

將表現突出的文章刊登在雜誌上。

| □平等<br>（びょうどう） | 【名，形動】平等，同等<br>お金を平等に配分します。<br>將錢平均分配。 |
|---|---|
| □広がる<br>（ひろがる） | 【自五】放寬，展開；蔓延；擴大<br>あの変なうわさがいっそう広がってしまいました。<br>那奇怪的謠言傳得更大了。 |
| □広げる<br>（ひろげる） | 【他下一】打開，展開<br>持ってきた物を机の上に広げました。<br>把帶來的東西攤在桌上。 |
| □広々<br>（ひろびろ） | 【副，自サ】寬闊的，遼闊的<br>坂を上ってみたら、広々とした平地が広がっていました。<br>爬上斜坡，就看到一片廣闊的平地。 |
| □広める<br>（ひろめる） | 【他下一】擴大，增廣；普及，推廣<br>たくさんの本を書いて、思想を広めます。<br>撰寫很多書，以宣傳思想。 |

---

□不安
（ふあん）

【名，形動】不安，不放心

あまり勉強していないから、今回のテストは不安です。

由於沒什麼唸書，所以對這次的考試有點擔心。

---

□不運
（ふうん）

【名，形動】運氣不好的，倒楣的

楽しい登山なのに、不運にも転んで骨を折ってしまいました。

登山原本很愉快的，倒楣的是卻摔一跤折斷骨頭。

---

□不規則
（ふきそく）

【名，形動】不規則，無規則

今回の地震は不規則な揺れが続きました。

這一次的地震，不規則的搖晃不斷持續著。

---

□普及
（ふきゅう）

【名，自サ】普及

高等教育が普及しています。

普及高等教育。

---

□吹
（ふく）

【他五，自五】颳，吹

風が強く吹いてきます。

颳強風。

---

□複写　　　　【名，他サ】複寫，複制
（ふくしゃ）　このページも複写してください。
　　　　　　　這一頁也複印一下。

□含む　　　　【他五】含有，包含
（ふくむ）　　消費税を含んだ値段です。
　　　　　　　這是内含消費税的價錢。

□含める　　　【他下一】包含，含括
（ふくめる）　私を含めて三人です。
　　　　　　　連我算在裡面是三個人。

□膨らます　　【他五】弄鼓，吹鼓
（ふくらます）風船を膨らましています。
　　　　　　　吹大氣球。

□膨らむ　　　【自五】鼓起，膨脹
（ふくらむ）　子どもたちの夢は大きく膨らみます。
　　　　　　　小孩們的夢想無限地擴大。

□塞がる　　　【自五】關閉
（ふさがる）　あいにくその時間は塞がっています。
　　　　　　　很不巧那個時候我有事情。

□塞ぐ　　　　【他五，自五】塞閉，堵
（ふさぐ）　　鼠が入ってこないように、穴を塞いだ。
　　　　　　　爲了不讓老鼠進來，把洞穴給封住了。

□ふざける　　【自下一】開玩笑
　　　　　　　宴会で山田さんはふざけてみんなを笑わせました。
　　　　　　　山田先生在宴會上開玩笑讓大家很開心。

□無沙汰
（ぶさた）

【名，自サ】久未通信，久違

ご無沙汰しております。

好久不見。

□無事
（ぶじ）

【名，形動】平安無事

毎日を無事に過ごせますように。

祈求您每天平安無事。

□不思議
（ふしぎ）

【名，形動】不可思議，奇怪

生き物の生命に不思議を感じます。

對動物的生命感到不可思議。

□不自由
（ふじゆう）

【名，形動，自サ】不自由，不如意，不方便

工事のために断水が続いて生活が不自由になりました。

由於施工不斷停水，妨礙了生活機能。

□不正
（ふせい）

【名，形動】不正當，不正派

不正行為を行えば、司法機関が罰します。

不法行為將被執法機構懲罰。

□不足
（ふそく）

【名，形動，自サ】不足，不夠

猫の手も借りたいぐらい人手が不足しています。

人手不足，忙得昏頭轉向。

□付属
（ふぞく）

【名，自サ】附屬

このコードは、コンピューターの付属品です。

這條電線是電腦的附屬品。

□再び
（ふたたび）

【副】再，又；重新

再びミスを起こさないように。

希望不要再犯同樣的錯誤了。

□普段
（ふだん）

【名，副】平常，平日

うちのアパートのまわりは、普段は静かなところです。

我住的公寓，周邊環境平常都很安靜。

□普通
（ふつう）

【名，形動，副】一般，通常，普通

この製品は普通のものより優れている。

這產品比一般的要好很多了。

□ぶつける

【感】扔投，擲，打

原付を壁にぶつけてしまいました。

機車撞上牆壁了。

□ぶつぶつ

【名，副】嘮叨

おじいさんはなぜぶつぶつ言っているのですか？

為什麼爺爺自言自語呢？

□ふと

【副】忽然

夜更けにふと目が覚めると、外はひどい雨でした。

深夜忽然醒來，外面正下著大雨。

□太い
（ふとい）

【形】粗，肥胖

公園には太い松の木があります。

公園裡有一棵粗大的松樹。

□不満
（ふまん）
【名，形動】不滿足，不滿
不満を感じた弟は「不公平だ」と言いました。
感到不滿的弟弟說：「不公平」。

□ぶら下げる
（ぶらさげる）
【他下一】佩帶，懸掛
買い物袋をぶら下げて出かけました。
提著購物袋出門去了。

□プラス
【名，他サ】加號，正數，有好處，利益
この経験は、あなたにとってきっとプラスになるでしょう。
這個經驗對你一定會有好處。

□不利
（ふり）
【名，形動】不利
彼は不利な証言をされました。
別人說出了對他不利的證言。

□振り向く
（ふりむく）
【自五】回顧，回頭過去
何もないのに、なぜ彼は急に振り向いたのでしょう。
根本沒什麼事，為什麼他突然回頭呢？

□プリント
【名，他サ】印刷，印照片
教室で先生からプリントをもらいました。
老師在教室發講義給我們。

□振る舞う
（ふるまう）
【自五，他五】行為，動作；請客，招待
うちの子は家ではわがままに振る舞っています。
我們家小孩在家很任性。

□ 触れる
（ふれる）

【他サ，自サ】接觸，碰

作品に手を触れないでください。

請不要觸摸作品。

□ ふわふわ

【副，自サ】輕飄飄地

風船が風に吹かれてふわふわ飛んでいきます。

氣球輕飄飄地被風吹走了。

□ 噴火
（ふんか）

【名，自サ】噴火

フィリピンの火山は昨日の午後、噴火しました。

昨天下午菲律賓火山爆發了。

□ 分解
（ぶんかい）

【名，他サ，自サ】拆開，拆卸，分解

車を修理するため、エンジンを分解しています。

爲了修理車子，而拆開引擎。

□ 分析
（ぶんせき）

【名，他サ】分解，分析，剖析

細かい分析が必要です。

需要詳細分析。

□ 分布
（ぶんぷ）

【名，自サ】分布，散布

支店は全国に分布しています。

分店分佈在全國各地。

□ 分類
（ぶんるい）

【名，他サ】分類

形によって分類します。

依形狀分類。

□閉会　　　　【名，他サ，自サ】閉幕，會議結束
（へいかい）　学会は明日の午後に閉会式を行います。
　　　　　　　明天下午舉行學會的閉幕典禮。

□平気　　　　【名，形動】不在乎，無動於衷
（へいき）　　彼は平気でうそをつきます。
　　　　　　　他説謊説得臉不紅氣不喘的。

□平均　　　　【名，他サ，自サ】平均，平衡
（へいきん）　全科目の平均点は６４点です。
　　　　　　　總科目的平均分數是六十四分。

□平行　　　　【名，自サ】平行
（へいこう）　高速道路は多摩川に平行して走っています。
　　　　　　　高速公路跟多摩川平行。

□平凡　　　　【名，形動】平凡的
（へいぼん）　平凡な暮らしをしたいのです。
　　　　　　　想過平凡的生活。

□凹む　　　　【自五】凹下，屈服
（へこむ）　　弟が投げた野球のボールでドアがへこんでし
　　　　　　　まいました。
　　　　　　　弟弟丟棒球把門給弄了個凹洞。

□隔てる　　　【他下一】隔開，時間，相隔
（へだてる）　先生と机を隔てて向かい合います。
　　　　　　　我跟老師隔著一張桌子面對面坐著。

175

□ 変化　　　【形，自サ】變化，改變
（へんか）　季節が変わるに連れて木の葉の色も変化して
きます。
随著季節不同樹葉的顏色也跟著變化。

□ 変更　　　【名，他サ】變更，更改
（へんこう）　運動会の開会式は十時に変更になった。
運動會的開幕儀式改爲十點。

□ 編集　　　【名，他サ】編輯
（へんしゅう）　私は編集の仕事をしています。
我從事編輯工作。

あ
い
う
え
お
か
き
く
け
こ
さ
し
す
せ
そ
た
ち
つ
て
と
な
に
ぬ
ね
の
は
ひ
ふ
へ
ほ
ま
み
む
め
も
や
ゆ
よ
ら
り
る
れ
ろ
わ

## ほ

□冒険
（ぼうけん）

【名，自サ】冒険

そのプロジェクトは冒険ですが、実行する価値
があります。

那個企畫案雖有些冒險，但有進行的價值。

□報告
（ほうこく）

【名，他サ】報告

職員の報告を受けます。

接受員工的報告。

□防止
（ぼうし）

【名，他サ】防止

危険防止のために、ヘルメットを被ります。

為了預防危險，戴上安全帽。

□放送
（ほうそう）

【名，他サ】廣播，播放

新しいドラマが放送されました。

播放新的連續劇。

□膨大
（ぼうだい）

【形動】龐大的

膨大な資金を投入しました。

投入龐大的資金。

□豊富
（ほうふ）

【形動】豐富

豊富な資源を有しています。

擁有豐富的資源。

□訪問
（ほうもん）

【名，他サ】訪問

訪問する前にアポイントを取ります。

拜訪前要事先預約。

□放る
（ほうる）

【他五】抛，扔；放置不顧。
子どもたちは石を放っています。
小孩把石頭丟在那裡。

□吠える
（ほえる）

【自下一】吠，吼
真夜中に犬が吠えています。
半夜狗吠著。

□朗らか
（ほがらか）

【形動】明朗，開朗
朗らかな歌声が聞こえます？
可以聽見爽朗的歌聲。

□募集
（ぼしゅう）

【名，他サ】募集，征募
この店はパートを募集しています。
這家店在應徵工讀人員。

□保証
（ほしょう）

【名，他サ】保証擔保
この製品は一年の保証があります。
這個產品有一年的保證期限。

□保存
（ほぞん）

【名，他サ】保存
保存期限を一週間も過ぎましたよ。
保存期限超過一個禮拜了。

□解く
（ほどく）

【他五】解開
母さんは姉の着物を解いて仕立て直します。
媽媽拆開姊姊的衣服重新裁縫。

□ほぼ

【副】大約，大致
弟の身長は私とほぼ同じです。
弟弟的身高跟我差不多。

□微笑む
（ほほえむ）

【自五】微笑

可愛い女の子を見て思わず微笑みます。

看到可愛的女孩忍不住微笑了一下。

□掘る
（ほる）

【他五】掘

犬は前足で穴を掘ります。

狗用前足挖洞。

□彫る
（ほる）

【他五】雕刻

絵馬の上に願い事を彫ります。

在匾額上寫自己的心願。

□翻訳
（ほんやく）

【名，他サ】翻譯

その小説は、翻訳で読みました。

我看了那本小説的翻譯本。

□ぼんやり

【名，副，自サ】模糊，不清楚

ビルの屋上から遠くの山々がぼんやり見えます。

從屋頂上隱約可以看到遠處的群山。

# ま

□ マイナス
【名，他サ】減，減號，負數
彼を入社させたことは、会社にとってマイナスだった。
對公司而言，錄取他沒有正面的作用。

□ 任せる
（まかせる）
【他下一】委託，託付
この仕事は私に任せてください。
這份工作請讓我來做。

□ 蒔く
（まく）
【他五】播種
春には花の種を蒔きます。
春天撒花的種子。

□ まごまご
【他サ，自サ】不知如何是好
野球を観戦しに行って、帰るときに出口がわからずまごまごしました。
去看棒球比賽，回家時找不到出口不知如何是好。

□ 摩擦
（まさつ）
【名，自他五】摩擦，不和睦
日本とアメリカの間で、経済摩擦が起こりました。
日美之間，產生經濟摩擦。

□まさに 【副】正好
大人になったらわかると母が言いましたが、正にその通りでした。
媽媽說長大了你就知道，媽媽說的一點也沒錯。

□混ざる
（まざる）
【自五】混雜
白い玉と赤い玉が混ざっていました。
紅白球混在一起。

□雑じる
（まじる）
【自五】夾雜，摻混
保母さんが子供にまじって遊んでいます。
幼稚園老師跟小孩混在一起玩耍。

□増す
（ます）
【自五】增加，增長
味が薄いので、ちょっとしょう油を増してみましょう。
味道太淡了，加些醬油吧！

□貧しい
（まずしい）
【形】貧窮的
貧しい生活をしています。
過著貧困的生活。

□ますます 【副】越發，更加
彼の話を聞くとますますわからなくなります。
聽他說的越發不明白了。

□混ぜる
（まぜる）
【他下一名】攪混，攪入
粉と水をよく混ぜてください。
水跟粉好好攪拌一下。

□またぐ 【他五】跨過
昨日の雨で水たまりができたので、それを
またいで歩きました。
路上積著昨天的雨水，所以跳過走路。

□待ち合わせる 【他下一】等候，會面
（まちあわせる） 駅の前で彼女と待ち合わせます。
在車站前與她會合。

□間違う 【他五，自五】做錯，錯誤
（まちがう） テストの答えはほとんど間違っていました。
考試的答案幾乎都錯了。

□祭る 【他五】祭祀，供奉
（まつる） お盆には祖先を祭ります。
于蘭盆會是祭祖的節日。

□纏まる 【自五】集中起來，統一
（まとまる） Aプロジェクトに関する意見がまとまりまし
た。
整理了有關 A 計畫的意見。

□纏める 【他下一】整理，歸納
（まとめる） みんなの意見をまとめて報告書を提出しま
す。
整理大家的意見後再提出報告書。

□学ぶ 【他五】學習
（まなぶ） 高校で日本語を学びます。
在高中學日語。

□真似
（まね）

【名，他サ，自サ】模仿
彼は物真似が好きです。
他喜歡模仿藝人。

□招く
（まねく）

【他五】招呼，邀請
偉い先生を招きます。
招待偉大的老師。

□真似る
（まねる）

【他下一】模仿
子供は親の行動をまねるものです。
小孩會模仿父母的行為。

□眩しい
（まぶしい）

【形】耀眼，刺眼的
夏の太陽はまぶしいです。
夏天的太陽很耀眼。

□間も無く
（まもなく）

【副】馬上，一會兒
まもなく桜が咲きます。
櫻花馬上就會綻放了。

□丸で
（まるで）

【副】完全，簡直；好像，宛如
私の話はまるで違っていました。
我的話完全不對。

□まれ

【形動】稀少，稀奇
父が早く帰ってくることはまれです。
父親很少早歸。

□ 万一　　　　　　【名，副】萬一，倘若
　（まん(が)いち）　万が一はずれたらどうします？
　　　　　　　　　萬一預測錯了怎麼辦？

□ 満足　　　　　　【名，他サ，自サ，形動】滿足，令人滿意的
　（まんぞく）　　お客さんはみんな満足した顔でお帰りになり
　　　　　　　　ました。
　　　　　　　　客人都心滿意足地回家了。

| | |
|---|---|
| □見上げる<br>（みあげる） | 【他下一】仰視，尊敬<br>空を見上げると珍しい蝶々が飛んでいきました。<br>仰望天空，一隻稀有的蝴蝶飛走了。 |
| □見下ろす<br>（みおろす） | 【他五】俯視，往下看，輕視<br>頂上から山麓の湖を見下ろします。<br>從山頂俯視山麓的湖泊。 |
| □見事<br>（みごと） | 【形動】美麗的<br>一郎は見事に三冠王を取得しました。<br>一郎漂亮地取得了三冠王的頭銜。 |
| □ミス | 【名，自サ】失敗，差錯<br>大きなミスで退職させられました。<br>犯了大錯被革職。 |
| □自ら<br>（みずから） | 【名，副】自己，親自<br>所得税は自ら申告します。<br>所得税要親自申報。 |
| □満ちる<br>（みちる） | 【自上一】充滿，月圓，潮漲<br>旧暦の十五日は潮が満ちます。<br>舊歷十五日滿潮。 |
| □見っとも無い<br>（みっともない） | 【形】難看的，不像樣的<br>みっともないことをしてはいけません。<br>別做不可告人的事。 |

□見詰める
（みつめる）
【他下一】凝視，注視
なぜ彼は可愛い子をじっと見つめるのですか？
他為什麼目不轉睛地望著那可愛的女孩呢？

□認める
（みとめる）
【他下一】看見，看到；承認
自分のミスをきちんと認めます。
自己犯的錯要誠實承認。

□見直す
（みなおす）
【他五】重看，再看
今回のプロジェクトは見直す必要があります。
這一次的企畫必須重新評估。

□見慣れる
（みなれる）
【自下一】看慣，眼熟
見慣れない人が会社の前に立っています。
有個陌生人站在公司前面。

□醜い
（みにくい）
【形】難看的，醜的
相続問題で家族は醜い争いをしています。
因繼承問題家族陷入一場醜陋的戰爭。

□実る
（みのる）
【自五】成熟，結果
台湾ではいろいろな果物が実ります。
台灣結滿了各式各樣的水果。

□見舞う
（みまう）
【他五】問候，探望
入院中の友人を見舞います。
去探望住院的朋友。

□妙
（みょう）
【名，形動】奇怪的，異常的，巧妙的
山田さんに妙な話を聞かされました。
山田先生問了我一些奇怪的問題。

# む

□向かう
（むかう）

【自五】向著，往…去
私たちは今そちらに向かっています。
我們現在正朝著那裡走。

□剥く
（むく）

【他五】剝，削
オレンジの皮をむいています。
剝橘子皮。

□無限
（むげん）

【名，形動】無限，無止境
子どもの潜在能力は無限です。
小孩有無限的潛能。

□無視
（むし）

【名，他サ】忽視
上司に無視されて可哀相ですね。
被上司忽視真可憐。

□蒸し暑い
（むしあつい）

【形】悶熱
今日は蒸し暑いですね。
今天好悶熱。

□矛盾
（むじゅん）

【名，自サ】矛盾
彼の言うことは矛盾しています。
他說得很矛盾。

□寧ろ
（むしろ）

【副】與其…，不如
そんなことをするなら、むしろ何もしない方がいいです。
與其那麼做，倒不如不做。

□蒸す　　　【他五，自五】蒸，悶熱
（むす）　　蒸した魚の味は格別です。
　　　　　　清蒸魚味道更為特別。

□無数　　　【名，形動】無數
（むすう）　田舎の夜空には無数の星が輝いています。
　　　　　　鄉下的夜空有無數的星星閃爍著。

□結ぶ　　　【他五】結，繫，結合
（むすぶ）　新しい契約を結びます。
　　　　　　締結新契約。

□無駄　　　【名，形動】徒勞，無益
（むだ）　　無駄なお金を使わないでください。
　　　　　　請別浪費金錢。

□夢中　　　【名，形動】熱中，沉醉
（むちゅう）妹はアニメに夢中です。
　　　　　　我妹妹熱中於漫畫。

□明確
（めいかく）

【名，形動】明確，準確

責任の所在を明確にしなければなりません。

需明確劃分好責任之所在。

□命令
（めいれい）

【名，他サ】命令，規定

上司の命令で書類を作りました。

遵從上司的命令製作資料。

□恵まれる
（めぐまれる）

【自下一】受到恩惠

運動会は閉会式までいい天気に恵まれました。

天公做美連運動會的閉幕典禮天氣都很好。

□巡る
（めぐる）

【自五】循環，環繞

夏休みには日本の城を巡るつもりです。

暑假準備巡遊日本城堡。

□目指す
（めざす）

【他五】以…為努力的目標

お医者さんを目指しています。

以當醫生為目標。

□目立つ
（めだつ）

【自五】顯眼，引人注目

猿の群の中では白い猿が目立ちます。

猿群中白猿特別醒目。

□めちゃくちゃ

【名，形動】亂七八糟

交通事故で車がめちゃくちゃにつぶされました。

因交通事故車子被撞得一塌糊塗。

□めっきり 【副】變化明顯，劇烈

台湾では、六月になってめっきり暑くなりました。

一到六月台灣就明顯地變熱了。

□目出度い 【形】可喜可賀，幸運的
（めでたい）

お嬢さん、目出度く卒業なさいましたね。

恭喜令愛畢業了。

□免許 【名，他サ】批准，許可
（めんきょ）

自動車の運転免許をなくしました。

我丟了汽車駕照。

□免税 【名，他サ，自サ】免税
（めんぜい）

空港内で免税品を買います。

在機場購買免税商品。

□面接 【名，自サ】面試，接見
（めんせつ）

明日は就職先で面接をします。

明天到準備就職的公司接受面試。

□面倒 【名，形動】麻煩，費事
（めんどう）

これは面倒な仕事です。

這工作很麻煩。

□面倒臭い 【形】非常麻煩，費事的
（めんどうくさい）

とっても疲れたから、食べることさえ面倒くさくなりました。

累得連吃東西都感到麻煩。

□儲かる
（もうかる）

【自五】賺錢；撿便宜

面白い商品を売ったら儲かりました。

賣了些有趣的商品竟賺了錢。

□設ける
（もうける）

【他下一】準備；設立

新しい支社を設けます。

設立新的分公司。

□潜る
（もぐる）

【自五】潛入，藏入

海女さんは海に長い時間潜ります。

潛水女長時間潛入海裡。

□もしかしたら

【連語】或許，可能

もしかしたらこれは彼女の写真ですか？

這不會是你女朋友的照片吧？

□もしかすると

【連語】也許，或許

もしかすると運転免許を持ってないの？

你不會是沒駕照吧！

□もしも

【副】如果，萬一

もしもの時にはあとの事は頼みますよ。

萬一發生了什麼事，後事就麻煩你了。

あいうえおかきくけこさしすせそたちつてとなにぬねのはひふへほまみむめもやゆよらりるれろわ

□もたれる 【自下一】依靠；消化不良
彼の宴会で食べ過ぎておなかがもたれています。
昨天的宴會吃太多了肚子消化不良。

□モダン 【名，形動】現代的，流行的
彼女はいつもモダンな服を着ています。
她總是穿得很時髦。

□持ち上げる 【他下一】舉起，抬起
（もちあげる）
彼は力持ちだからすごく重いものを簡単に持ち上げます。
他力大無比所以要抬笨重的東西是很容易的。

□用いる 【自五】使用，採用
（もちいる）
一番有効な政策を用います。
運用最有效的政策。

□もったいない 【形】可惜的，不敢當
彼女は私にはもったいない女性です。
我配不上她。

□最も 【副】最，頂
（もっとも）
スポーツの中で最も好きなのはスキーです。
運動項目中我最喜歡滑雪。

□尤も 【形動，接續】理所當然的
（もっとも）
彼女は可愛いから、みんなに好かれるのももっともです。
她長得可愛，所以被大家喜愛是理所當然的。

□戻す
（もどす）

【他五】還，退回

使ったものはちゃんと元に戻しなさい。
用過的東西要歸回原位。

□基づく
（もとづく）

【自五】根據，按照

アンケートに基づいて改善していきます。
根據問卷調查加以改善。

□求める
（もとめる）

【他下一】想要，要求

最も便利なものを求めます。
想要最方便的東西。

□元々
（もともと）

【名，副】原來，本來

ダメで元々だから、とりあえずやってみましょう。
反正本來就不看好了，所以就先做做看吧！

□物語る
（ものがたる）

【他五】談，說明

彼は留学中のことを物語ってくれました。
他告訴我他留學中的事情。

□物凄い
（ものすごい）

【形】可怕的，猛烈的

赤い車がものすごいスピードで走っていきます。
紅色的汽車飛嘯而過。

□燃やす
（もやす）

【他五】燃燒

母は枯葉を庭で燃やしています。
母親在庭院燃燒枯葉。

□盛る 　　　　　【他五】盛滿，盛
（もる） 　　　おいしそうな料理を皿に盛ります。
　　　　　　　　美味可口的佳餚盛進盤裡。

□問答 　　　　　【名，自サ】問答，爭論
（もんどう） 　彼らの不思議な問答を聞いていました。
　　　　　　　　聽到了他們一些匪夷所思問答。

□やがて 【副】不久，馬上
ゆうびんきょく　い
郵便局へ行ったので、やがて帰ってくるで
かえ
しょう。
他去郵局，不久就會回來了吧！

□やかましい 【形】吵鬧的，嚴厲的
ぼうそうぞく　　　　　　　　　ね
暴走族がやかましくて寝られません。
飛車黨喧囂吵鬧，叫人無法入睡。

□約 【名，副】大約，大概
（やく）
たいわん　じんこう　やく　にせんまん
台湾の人口は約二千万です。
台灣人口大約有二千萬人。

□訳す 【他五】翻譯
（やくす）
にほんご　ちゅうごくご　やく
日本語を中国語に訳します。
把日文翻成中文。

□やたらに 【形動，副】胡亂的，隨便的
にもつ　つ　こ
やたらに荷物を詰め込まないでください。
行李不要隨便硬塞。

□厄介 【名，形動】麻煩，令人煩惱
（やっかい）
やっかい　しごと
厄介な仕事をやらせられましたよ。
被指派做些煩索的事。

□雇う 【他五】雇用
（やとう）
かいしゃ　たすう　がいこくじん　やと
この会社では多数の外国人を雇っています。
這家公司雇用了很多外國人。

| | |
|---|---|
| □ 破く<br>（やぶく） | 【他五】撕破，弄破<br>破いた障子を張り換えます。<br>更換撕破的紙拉門。 |
| □ 破れる<br>（やぶれる） | 【自下一】破損，損傷<br>転んでズボンが破れました。<br>跌了一跤褲子破了。 |
| □ やむを得ない<br>（やむをえない） | 【形】不得已的，沒辦法的<br>滑り止めしか受からなかったけれど、やむを得ません。<br>雖只考上最後一個志願，但也沒辦法。 |
| □ 止める<br>（やめる） | 【他下一】停止，放棄<br>突然病気になって、旅行を止めました。<br>突然生病了，所以放棄旅行。 |
| □ やや | 【副】稍微<br>私よりやや低いです。<br>比我稍微矮一點。 |

□有効
（ゆうこう）

【名，形動】有効的

有効期限はまだ一週間残っています。
有効期限還剩一週。

□優秀
（ゆうしゅう）

【名，形動】優秀

あなたのクラスには優秀な生徒がいっぱいいますね。
你班上有很多優秀的學生呢！

□優勝
（ゆうしょう）

【名，自サ】優勝，取得冠軍

今年こそ優勝をします。
今年一定要奪得冠軍。

□郵送
（ゆうそう）

【名，他サ】郵寄

この荷物を郵送してください。
請郵寄這樁貨物。

□有能
（ゆうのう）

【名，形動】有才能的，能幹的

この学校には有能な先生がたくさんいます。
這所學校擁有許多有才能的老師。

□有利
（ゆうり）

【名，形動】有利

会社が有利になるように交渉してください。
請以公司的利益為前提，進行交涉。

□譲る
（ゆずる）

【他五】讓給，傳給

年寄りに座席を譲ります。
讓位給年老的人。

□輸送　【名，他サ】輸送，傳送
（ゆそう）
<ruby>材木<rt>ざいもく</rt></ruby>を<ruby>輸送<rt>ゆそう</rt></ruby>する<ruby>船<rt>ふね</rt></ruby>は<ruby>明日<rt>あす</rt></ruby><ruby>入<rt>はい</rt></ruby>ってきます。
運送木材的貨船明天會入港。

□油断　【名，自サ】缺乏，警惕
（ゆだん）
<ruby>油断<rt>ゆだん</rt></ruby><ruby>一秒<rt>いちびよう</rt></ruby>、<ruby>怪我<rt>けが</rt></ruby><ruby>一生<rt>いっしよう</rt></ruby>。
一時疏忽，抱憾終生。

□ゆっくり　【副，自サ】慢慢地，從容地

ゆっくり<ruby>お話<rt>はな</rt></ruby>しください。
我們慢慢談吧！。

□茹でる　【他下一】煮，炸
（ゆでる）
お<ruby>湯<rt>ゆ</rt></ruby>で<ruby>野菜<rt>やさい</rt></ruby>を<ruby>茹<rt>ゆ</rt></ruby>でます。
用熱水燙青菜。

□容易
（ようい）
【名，形動】容易，簡單
この仕事を完成するのは容易ではありません。
要完成這件工作是很不簡單的。

□要求
（ようきゅう）
【名，他サ】要求，需求
もっと小遣いをもらいたいと父に要求しました。
向父親要求多一點零用錢。

□用事
（ようじ）
【名】（必須辦的）事情、工作
急な用事ができたので、先に失礼します。
因為突然有事，先告辭了。

□用心
（ようじん）
【名，自サ】注意，警惕
火の用心の看板が立っています。
立著一個小心火燭的告示牌。

□要するに
（ようするに）
【副，接續】總而言之
要するに彼を説得するのは時間の無駄なのです。
總而言之，要說服他只是浪費時間而已了。

□幼稚
（ようち）
【名，形動】年幼的，幼稚的
そんな考え方は幼稚すぎます。
那樣的想法太幼稚了。

□ようやく 【副】漸漸，總算

ようやく帰れることになりました。

總算能回來了。

□欲張り
（よくばり）

【名，形動】貪婪的，貪得無厭

欲張りの子は大嫌いです。

我最討厭貪得無厭的人。

□余計
（よけい）

【形動，副】多餘的，無用的

余計な口を挟むな。

請不要插嘴。

□遣す
（よこす）

【他五】寄來，派來

バスケットボールをこちらへよこせ。

把籃球傳過來。

□止す
（よす）

【他五】停止，戒掉

外は暑いから、出かけるのを止しましょう。

外面很熱，不要出去了。

□寄せる
（よせる）

【自下一，他下一】靠近，湧來；聚集，匯集

いすを隅に寄せてください。

讓椅子靠在角落。

□予測
（よそく）

【名，他サ】預測，預料

専門家の予測によると今年の下半期の景気は

よくなるそうです。

根據專家的預測，今年下半年景氣會好轉。

□呼び掛ける
（よびかける）

【他下一】招呼

イチローに「がんばれ！」と呼びかけます。

向一郎喊：「加油！」。

□呼出す
（よびだす）

【他五】喚出
先生に呼び出されました。
被老師叫去了。

□余分
（よぶん）

【名，形動】剩餘，額外的
余分なお金を貯金しました。
把剩餘的錢存起來。

□予報
（よほう）

【名，他サ】預報
今晩十時以降、大雨が降るとの予報が出されました。
天氣預報今晚十時以後會下大雨。

□予防
（よぼう）

【名，他サ】預防
病気を治すより予防が第一です。
預防勝於治療。

□蘇る
（よみがえる）

【自五】甦醒，復活
若いころの写真を見て懐かしい思い出が蘇ります。
看到年輕時的照片，便想起了以前的事。

□因る
（よる）

【自五】由於，按照
暑さによる死者が出ました。
天氣太熱而導致有人死亡。

## ら

□来日
（らいにち）

【名，自サ】（外國人）來日本

アメリカの<ruby>有名<rt>ゆうめい</rt></ruby>な<ruby>歌手<rt>かしゅ</rt></ruby>が<ruby>来日<rt>らいにち</rt></ruby>しました。

美國的名歌手來到了日本。

□落第
（らくだい）

【名，自サ】不及格，留級

<ruby>彼<rt>かれ</rt></ruby>は<ruby>大学一年<rt>だいがくいちねん</rt></ruby>の<ruby>時<rt>とき</rt></ruby><ruby>落第<rt>らくだい</rt></ruby>しました。

他大一時留級了。

□乱暴
（らんぼう）

【名，形動，自サ】粗暴的，蠻橫的

<ruby>彼<rt>かれ</rt></ruby>は<ruby>お酒<rt>さけ</rt></ruby>を<ruby>飲<rt>の</rt></ruby>むと<ruby>乱暴<rt>らんぼう</rt></ruby>になるそうです。

聽說他一喝酒就會變得很粗暴。

□リード 【名，他サ，自サ】領導，帶領
**巨人<ruby>巨人<rt>きょじん</rt></ruby>が三点<ruby>三点<rt>さんてん</rt></ruby>リードしています。**
巨人隊領先三分。

□理解 【名，他サ】理解，領會
（りかい）
**日本語<ruby>日本語<rt>にほんご</rt></ruby>があまり難<ruby>難<rt>むずか</rt></ruby>しくて、話<ruby>話<rt>はなし</rt></ruby>の内容<ruby>内容<rt>ないよう</rt></ruby>が理解<ruby>理解<rt>りかい</rt></ruby>できません。**
日語太難了，無法理解説話的内容。

□利口 【名，形動】伶利的
（りこう）
**このワンちゃんはとても利口<ruby>利口<rt>りこう</rt></ruby>ですね。**
那隻狗很伶利。

□略する 【他サ】省略，簡略
（りゃくする）
**部分的<ruby>部分的<rt>ぶぶんてき</rt></ruby>に略<ruby>略<rt>りゃく</rt></ruby>しましょう。**
省略一部份吧。

□流行 【名，他サ】流行，時髦
（りゅうこう）
**流行<ruby>流行<rt>りゅうこう</rt></ruby>の服<ruby>服<rt>ふく</rt></ruby>を買<ruby>買<rt>か</rt></ruby>いましょう。**
購買流行服裝吧！

□領収 【名，他サ】收到
（りょうしゅう）
**代金<ruby>代金<rt>だいきん</rt></ruby>は確<ruby>確<rt>たし</rt></ruby>かに領収<ruby>領収<rt>りょうしゅう</rt></ruby>いたしました。**
貸款確實跟您收到了。

# れ

□冷静
（れいせい）

【名，形動】冷靜，鎮靜

あなたはよく冷静な態度でいられますね。

你還真夠冷靜的。

□冷凍
（れいとう）

【名，他サ】冷凍

冷凍食品は便利ですよ。

冷凍食品很方便。

□レポート

【名，他サ】報告

期末試験はレポートに変更になりました。

期末考改交報告。

□連合
（れんごう）

【名，他サ，自サ】聯合，團結

駅前の店が連合して商店委員会を作りました。

車站前面的商店聯合起來組成商店委員會。

□連想
（れんそう）

【名，他サ】聯想

真っ白い雲を見て綿菓子を連想しました。

看了白雲使人聯想到綿花糖。

□連続
（れんぞく）

【名，他サ，自サ】合作，提攜

イチローは三年連続してオールスター戦に出場しています。

一郎先生連續三年出戰明星賽。

ろ

□労働
（ろうどう）

【名，自サ】勞動，工作
毎日肉体労働をして疲れます。
每天做勞動的工作很累人。

□論争
（ろんそう）

【名，自サ】爭論
討論会で専門家が激しい論争をしました。
討論會上專家們論爭極為激烈。

わ

□ わがまま 　【名，形動】任性，放肆

うちの子はわがままでしようがありません。
我家小孩很任性真拿他沒辦法。

□ 若々しい 　【形】年輕有朝氣的
（わかわかしい）
婆ちゃんは髪型を変えて、ずいぶん若々しく
なりました。
奶奶改了髮型以後，變得年輕多了。

□ 態と 　【副】特意地，故意地
（わざと）
昨日の試合で巨人はわざと負けました。
昨天的比賽巨人隊故意輸球。

□ 僅か 　【副，形動】少，一點也
（わずか）
僅かの点数で試合に負けました。
比賽輸了，就只差一點分數。

□ 詫びる 　【自五】道歉，賠不是
（わびる）
私のミスで大きな損になったことをお詫びし
ます。
因為我的疏忽而導致那麼大的損失，真是抱
歉。

□ 割引 　【名，他サ】打折，減價
（わりびき）
バーゲンセールだからすべての商品を割引し
ます。
因為大減價所有貨品都打折了。

# N1 單字

あ

□愛想
（あいそう）

【名】會交際；親切；接待；算帳

陳さんはいつも愛想がいい。
陳先生總是很會交際。

□間柄
（あいだがら）

【名】關係；交情

林さんと私は、何でも話せる間柄です。
林先生和我的交情好到什麼都可以說。

□合間
（あいま）

【名】空隙；餘暇

仕事の合間に、友達に電話した。
趁工作的空檔打電話給朋友。

□垢
（あか）

【名】污垢；污點

風呂に入れなかったので、垢だらけだ。
因爲沒洗澡，全身髒兮兮的。

□赤字
（あかじ）

【名】赤字；入不敷出

このままでは、家計は赤字です。
這樣下去，家裡的開支會入不敷出。

□上がり
（あがり）

【名】往上；上漲（物價）；完成

仕事の上がりがとてもきれいなので、彼に
頼もう。
因爲他工作做得很好，還是拜託他吧！

□諦め
（あきらめ）

【名】死心；想得開

物事は、諦めが大切ですよ。
凡事想開最重要。

□悪
（あく）

【名】惡；壞人；憎惡

とうとう悪の道に入ってしまった。
終於走上歧途了。

□アクセル
（accelerator）

【名】（汽車的）加速器

アクセルを思い切り踏んで、スピードを上げた。
不顧一切猛踩油門，加快速度。

□顎
（あご）

【名】額；下巴

硬い肉をかんで、顎が疲れてしまった。
咬了太硬的肉，下巴都痠了。

□憧れ
（あこがれ）

【名】憧憬；嚮往

憧れの人に、とうとう会うことができました。
我終於能見到嚮往以久的人了。

□麻
（あさ）

【名】麻；麻紗

麻のシャツは、気持ちがいいです。
麻製的襯衫穿起來很舒服。

□あざ

【名】痣；青斑

転んで、ひざにあざができました。
跌了一下，膝蓋都瘀青了。

□味わい
（あじわい）

【名】味；趣味

なかなか味わいのある作品ですね。
真是值得品味再三的作品呢！

209

□値
(あたい)

【名】價值；價錢

<ruby>全部<rt>ぜんぶ</rt></ruby><ruby>合計<rt>ごうけい</rt></ruby>して、<ruby>値<rt>あたい</rt></ruby>を<ruby>記入<rt>きにゅう</rt></ruby>してください。

全部計算一下，把總價記下來。

---

□当たり
(あたり)

【名】碰；打中；中獎

<ruby>当<rt>あ</rt></ruby>たりの<ruby>券<rt>けん</rt></ruby>を、<ruby>賞品<rt>しょうひん</rt></ruby>と<ruby>引<rt>ひ</rt></ruby>き<ruby>換<rt>か</rt></ruby>える。

拿中了的獎券去換獎品。

---

□悪化
(あっか)

【名・自サ】惡化；變壞

<ruby>病気<rt>びょうき</rt></ruby>の<ruby>悪化<rt>あっか</rt></ruby>が<ruby>心配<rt>しんぱい</rt></ruby>です。

我擔心病情會惡化。

---

□扱い
(あつかい)

【名】使用；接待；處理

<ruby>壊<rt>こわ</rt></ruby>れやすいから、<ruby>扱<rt>あつか</rt></ruby>いに<ruby>気<rt>き</rt></ruby>をつけて。

因為容易壞，所以要小心使用。

---

□斡旋
(あっせん)

【名、他サ】幫助；居中調解；介紹

<ruby>友達<rt>ともだち</rt></ruby>の<ruby>斡旋<rt>あっせん</rt></ruby>で、<ruby>仕事<rt>しごと</rt></ruby>についた。

因為朋友的介紹而找到工作。

---

□圧倒
(あっとう)

【名、他サ】壓倒；勝過；超過

<ruby>相手<rt>あいて</rt></ruby>チームは、<ruby>圧倒<rt>あっとう</rt></ruby><ruby>的<rt>てき</rt></ruby>に<ruby>強<rt>つよ</rt></ruby>かった。

對手隊伍是壓倒性的強悍。

---

□圧迫
(あっぱく)

【名、他サ】壓力；壓迫

<ruby>圧迫<rt>あっぱく</rt></ruby>による<ruby>骨折<rt>こっせつ</rt></ruby>ですね。

這是重壓造成的骨折吧！

---

□アップ
〔up〕

【名、自他サ】提高；增高

アップの<ruby>写真<rt>しゃしん</rt></ruby>を<ruby>撮<rt>と</rt></ruby>ってほしいです。

我想拍特寫照。

□圧力
（あつりょく）

【名】壓力；制伏力

この機械は、水の圧力で動きます。
這個機器是利用水壓運作。

□当て
（あて）

【名】目的；依賴；撞

手伝ってもらう当てはありますか？
有可以幫忙的人手嗎？

□当て字
（あてじ）

【名】借用字；別字

当て字を書かないでください。
請不要寫別字。

□跡継ぎ
（あとつぎ）

【名】後繼者；後代

この子が、我が家の跡継ぎです。
這孩子是我們家的繼承人。

□後回し
（あとまわし）

【名】往後推；緩辦

それは後回しでいいから、こっちを先に
やって。
那個稍後再做沒關係，這個要先趕。

□油絵
（あぶらえ）

【名】油畫

叔母は油絵の先生です。
阿姨是教油畫的老師。

□アプローチ
(approach)

【名、自サ】接近；探討

あなたのアプローチのし方はおもしろい。
你的接近方法真有趣。

□あべこべ 【名】(順序，位置) 顛倒

生徒に教えてもらうなんて、あべこべです
ね。

竟然還被學生上了一課，可說是立場顛倒
了。

□雨具 【名】防雨的用具
(あまぐ)

雨が降りそうだから、雨具を持っていった
ほうがいいですよ。

看樣子似乎快下雨了，還是帶雨具出去比較
好。

□甘口 【名】帶甜味；花言巧語
(あまくち)

このカレーは甘口です。

這個咖哩的口味是甜的。

□アマチュア 【名】業餘愛好者；外行
(amateur)

彼はアマチュアのカメラマンです。

他是業餘的攝影家。

□網 【名】網；法網
(あみ)

網で魚をとる。

用網捕魚。

□あやふや 【名、形動】含糊，模稜兩可；靠不住

その点があやふやなので、確認しておきま
す。

那一點很不清楚，我去確認一下。

□過ち 【名】錯誤；過失
(あやまち)

過ちは誰にでもありますよ。

誰都會犯錯的。

□歩み
（あゆみ）

【名】步行；步調；進度；歷程

学校の今までの歩みについて、まとめました。

關於學校至今的歷程，已經整理出來了。

□争い
（あらそい）

【名】爭吵；爭奪

土地を巡って、争いが起こりました。

針對土地引起了紛爭。

□アラブ
（Arab）

【名】阿拉伯人

彼はアラブ人です。

他是阿拉伯人。

□霰
（あられ）

【名】（較冰雹小的）霰；粒雪

霰が降ってきましたね。

下霰了耶！

□有様
（ありさま）

【名】樣子；情況；狀態

その時の有様について、説明してください。

請針對那個時候的情況，做一個說明。

□ありのまま

【名】據實；事實上

事実をありのまま書きました。

據實地寫下來。

□アルカリ
（Alkali）

【名】鹼；強鹼

アルカリ性の洗剤を使って洗う。

使用強鹼洗潔劑清洗。

□アルコール
（Alcohol）

【名】酒精；酒

アルコールで消毒しましょう。

用酒精來消毒吧！

□アルミ
(aluminium)

【名】鋁

ビールの缶<sup>かん</sup>は、アルミでできています。
啤酒罐是鋁製的。

---

□アワー
(hour)

【名】時間；小時

ラッシュアワーは、何時<sup>なんじ</sup>から何時<sup>なんじ</sup>までですか？
巔峰時刻是幾點到幾點？

---

□アンケート
(法 enquete)

【名】調查；民意測驗

教育<sup>きょういく</sup>について、アンケートをとりました。
做了一個關於教育的問卷調查。

---

□アンコール
(法 encore)

【名、自サ】再來一次；呼聲

アンコールの拍手<sup>はくしゅ</sup>が続<sup>つづ</sup>いている。
安可的掌聲不斷。

---

□暗殺
（あんさつ）

【名、他サ】暗殺；行刺

ケネディ大統領<sup>だいとうりょう</sup>の暗殺<sup>あんさつ</sup>について、研究<sup>けんきゅう</sup>しています。
針對甘迺迪總統的暗殺事件做研究。

---

□暗算
（あんざん）

【名、他サ】心算

彼<sup>かれ</sup>は暗算<sup>あんざん</sup>が得意<sup>とくい</sup>です。
他的心算很厲害。

---

□暗示
（あんじ）

【名、他サ】暗示；示意；提示

私<sup>わたし</sup>は、暗示<sup>あんじ</sup>にかかりやすい。
我很容易被暗示。

---

□安静
（あんせい）

【名】安靜、靜養

しばらく安静<sup>あんせい</sup>にしていてください。
請暫時靜養。

# い

□異
（い）
【名】不同；奇異
上司の意見に異を唱える。
和上司持不同意見。

□意
（い）
【名】心意；想法；意思
大臣の意に沿わないことは言えない。
不能說出不合大臣心意的話。

□言訳
（いいわけ）
【名、自サ】辯解；道歉
言訳ばかり言わないで、さっさとやりなさい。
不要再辯解了，趕快做吧！

□医院
（いいん）
【名】（私人）醫院；診療所
彼は、医院を開業しました。
他開了一家醫院。

□イエス
（yes）
【名】是；同意
イエスかノーか、はっきりしなさい。
要或不要，趕快決定！

□家出
（いえで）
【名、自サ】逃出家門；出家為僧
子どもが怒って、家出してしまいました。
孩子生氣地離家出走了。

□怒り
（いかり）
【名】憤怒；生氣
社長は、怒りで顔を真っ赤にしている。
社長氣得滿臉通紅。

□粋
（いき）

【名】漂亮；瀟灑

先生の着物姿は、とても粋ですね。
老師的和服打扮，眞的好漂亮！

□異議
（いぎ）

【名】異議；不同的意見

その結論には、異議があります。
我對那個結論有異議。

□生き甲斐
（いきがい）

【名】生存的意義；活得起勁

孫の世話をするのが生きがいです。
我的生存意義是照顧孫子。

□行き違い
（いきちがい）

【名】走岔開；不和

二人の話には行き違いがある。
兩個人的話有出入。

□育成
（いくせい）

【名、自他サ】培養；扶植

人材の育成のために、学校を作った。
爲了培育人材而創建學校。

□幾多
（いくた）

【名】許多，多數

幾多の苦難を経て、ようやく成功した。
經過了眾多苦難，終於成功了。

□異見
（いけん）

【名】不同意見，異議

いろいろな異見を聞きたい。
我想聽聽各種不同的意見。

□意向
（いこう）

【名】打算；意圖

本人の意向を聞いて見なければなりませんね。
不問問本人的意願不行呢！

□移行
（いこう）

【名、自サ】轉變；移位

新しい体制への移行は、時間がかかる。
要轉換到新的體制，需要時間。

□意地
（いじ）

【名】心術；固執；逞強心

あのおじいさんは、意地が悪い。
那個老爺爺心地很壞。

□移住
（いじゅう）

【名、自サ】移居

いつアメリカへの移住を決めたのですか？
什麼時候決定要移民美國的？

□衣装
（いしょう）

【名】衣服；盛裝

結婚式の衣装は、ホテルで借ります。
結婚典禮的禮服，是在旅館借的。

□異性
（いせい）

【名】異性；不同性質

異性を意識する年齢になりました。
已經到了會意識到異性的年齡了。

□遺跡
（いせき）

【名】遺跡；古蹟

インドネシアの遺跡を見に行くつもりです。
我打算去參觀印尼的古蹟。

□依存
（いぞん）

【名、自サ】依存，依靠

親への依存が、子どもの独立を妨げる。
對父母的依賴會妨礙孩子的獨立。

□委託
（いたく）

【名、他サ】委托

この会社は自動車会社から委託されて、
部品を作っている。
這家公司是接受汽車公司的委託製作零件。

| | |
|---|---|
| □ いただき | 【名】頂部；頂峰<br>山のいただきまで、競走しよう。<br>我們來賽跑到山頂吧！ |
| □ 市<br>（いち） | 【名】市場；市街<br>ここには、週に一度市が立ちます。<br>這裡每週會出現一次市集。 |
| □ 一同<br>（いちどう） | 【名】大家；全體<br>我々一同からのお祝いです。<br>這是我們大家全體的祝賀。 |
| □ 一部分<br>（いちぶぶん） | 【名】一冊，一份，一套；一部份<br>まだ一部分しか読んでいません。<br>我還只讀了一部份而已。 |
| □ 一別<br>（いちべつ） | 【名】一別；分別<br>彼には、一別以来会っていない。<br>和他自從那一別後就沒再見面了。 |
| □ 一面<br>（いちめん） | 【名】一面；另一面；全體<br>あたりは一面雪景色だった。<br>四周是一片雪景。 |
| □ 一目<br>（いちもく） | 【名、自他サ】一隻眼睛，一看；一項<br>先輩には、一目置いている。<br>我不如前輩。 |
| □ 一律<br>（いちりつ） | 【名】同樣的音律，一樣<br>一律一万円ずつもらった。<br>一律拿了一萬日元。 |

□一連
(いちれん)

【名】一連串，一串

一連の事件には、関連があることがわかった。

得知這一連串的事件是有關連的。

□一括
(いっかつ)

【名、他サ】總括；全部

一括で払いますか？分割ですか？

是一次付清？還是分期付款？

□一見
(いっけん)

【名、他サ、副】看一次；一瞥；初看

あの展覧会は、一見の価値がある。

那個展覽有一看的價值。

□一切
(いっさい)

【名】一切；完全（接否定）

私は一切手伝わないから、自分でやりなさい。

我一概不幫忙，自己去做。

□一帯
(いったい)

【名】一帶；一片；一條

このへん一帯は、緑が多い。

附近這一帶綠意盎然。

□一変
(いっぺん)

【名、自他サ】一變；突然改變

車は人の暮らしを一変させるほどの大発明だった。

車子是完全改變人類生活的大發明。

□意図
(いと)

【名、他サ】心意，主意，企圖

首相の発言の意図がわからない。

首相發言的意圖不明。

□異動　【名】變動；調動
（いどう）
人事異動は、いつ発表されますか？
人事異動什麼時候公佈？

□稲光　【名】閃電，閃光
（いなびかり）
突然の稲光に、びっくりした。
突然打雷，嚇了一跳。

□祈り　【名】祈禱；禱告
（いのり）
みんなの祈りが、天に届いたかもしれない。
大家的禱告，也許會蒙上天垂聽。

□鼾　【名】鼾聲
（いびき）
彼の鼾がうるさくて、眠れなかった。
他的鼾聲太吵，讓我睡不著。

□移民　【名、自サ】移民；僑民
（いみん）
あの人たちは、隣国からの移民です。
那些人是鄰國來的移民。

□意欲　【名】意志，熱情
（いよく）
仕事をする意欲が湧かなくて困る。
湧不起工作的熱情，真傷腦筋。

□衣料　【名】衣服；衣料
（いりょう）
衣料品はどこで買いますか？
衣料要去哪裡買？

□威力　【名、自サ】
（いりょく）
機関銃の威力はものすごい。
機關槍的威力十分驚人。

□衣類
（いるい）

【名】衣服，衣裳

夏の衣類をそろそろしまいましょう。
夏天的衣服差不多該收起來了。

□異論
（いろん）

【名】異議，不同意見

異論がないようなので、決定といたします。
既然好像沒異議，就決定了。

□印鑑
（いんかん）

【名】印；圖章，印鑑

印鑑と身分証明書をお持ちください。
請帶印章和身份証。

□隠居
（いんきょ）

【名、自サ】隱居；退休

彼はもう隠居生活をしています。
他已經在過退休生活。

□インターチェンジ
（interchange）

【名】高速公路的出入口（交流道）

次のインターチェンジで、高速を降りま
しょう。
在下一個交流道，下高速公路吧！

□インターフォン
（interphone）

【名】內部對講機

インターフォンで、子どもたちを呼びま
しょう。
用對講機叫孩子們吧！

□インテリ
（intelligentsiya）

【名】知識份子

あいつはインテリだから、本ばかり読んで
いる。
因為那傢伙是知識份子，所以總是在看書。

あいうえおかきくけこさしすせそたちつてとなにぬねのはひふへほまみむめもやゆよらりるれろわ

| □インフォメー ション (information) | 【名】消息；服務台；見聞<br>その件については、インフォメーションが不足している。<br>關於那件事，資訊十分不足。 |
|---|---|
| □インフレ (inflation) | 【名】通貨膨脹<br>インフレになって、生活が苦しくなった。<br>通貨膨脹使生活很困苦。 |

**【比較看看】**

◎「意義」話裡等所表現的內容、意思。事情、言語、行動等實際上所擁有的價值。

「威儀」舉止動作有禮貌或合乎禮節的裝扮。

「異議」不同意見。反對意見。

「異義」不同意思。

◎「一括」是全部一包在內，總括起來。

「一切」全部。一個也不剩。

「一帶」那附近，綿延不斷的樣子。

「一変」突然全完改變。

# う

□受け入れ
（うけいれ）

【名】接受，收入；答應

うちの大学では、留学生の受け入れに積極的だ。

我們大學很積極地招收留學生。

□受け身
（うけみ）

【名】被動；守勢；招架

受け身にならずに、自分からやりなさい。

不要太被動，自己主動去做。

□受け持ち
（うけもち）

名】擔任；主管人

受け持ちの先生は誰ですか？

級任老師是誰？

□動き
（うごき）

【名】活動；變化；調動

疲れて、動きが鈍くなってきた。

因爲疲倦而動作遲鈍。

□渦
（うず）

【名】漩渦；混亂狀態

川の水が渦を巻いています。

河水呈漩渦狀。

□嘘つき
（うそつき）

【名】說謊

彼は嘘つきだから嫌いです。

因爲他會說謊，所以我不喜歡他。

□転寝
（うたたね）

【名、自サ】打瞌睡

あまり気持ちがいいので、転寝をしてしまった。

因爲太舒服而打起了瞌睡。

あいうえおかきくけこさしすせそたちつてとなにぬねのはひふへほまみむめもやゆよらりるれろわ

□打ち消し
（うちけし）

【名】消除，否認，否定

「ない」は、打ち消しのときに使います。

「不」是否定時使用的。

□団扇
（うちわ）

【名】圓扇

暑そうだから、うちわで扇いであげる。

因爲你看起來很熱，用扇子幫你搧搧。

□内訳
（うちわけ）

【名】細目，明細

支出の内訳を書いてください。

請寫出支出明細。

□写し
（うつし）

【名】拍照，攝影；抄本

証明書の写しを持ってきました。

我把証明書的影本拿來了。

□訴え
（うったえ）

【名】訴訟，控告；訴苦

あなたの訴えは、退けられました。

你的控告被撤消了。

□空
（うつろ）

【名】空，空心；空虛

木の内部が腐ってうつろになった。

木頭的內部因爲腐爛而變中空。

□器
（うつわ）

【名】容器，器具；才能

きれいな色の器ですね。

顏色很漂亮的容器。

□腕前
（うでまえ）

【名】能力，本事，才幹

彼の料理の腕前には感心した。

他做菜的才能令人佩服。

□雨天
（うてん）

【名】雨天

雨天の場合も、予定通り行ないます。

即使遇到雨天，也照預定舉行。

□自惚れ
（うぬぼれ）

【名】自滿，自負；自大

あの人はうぬぼれが強すぎるから嫌いです。

因為那個人太自負了，所以令人討厭。

□生まれつき
（うまれつき）

【名】天性；天生；生來

私は生まれつき、体が弱いです。

我天生就身體很弱。

□梅干
（うめぼし）

【名】鹹梅，醃的梅子

梅干のおにぎりが一番好きです。

我最喜歡包酸梅的飯糰。

□裏返し
（うらがえし）

【名】表裡相反

シャツを裏返しに着ていますよ。

我把襯衫穿反了。

□売り出し
（うりだし）

【名】開始出售；減價出售

彼は今売り出し中の新人歌手です。

他是剛出道的新歌手。

□浮気
（うわき）

【名、自サ、形動】見異思遷；外遇

奥さんに浮気がばれて、怒られた。

外遇被太太發現，被發了一頓脾氣。

□運営
（うんえい）

【名、他サ】經營；管理

会社の運営は、すべて友人に任せている。

公司的經營全交給朋友。

□運送
（うんそう）

【名、他サ】運送，搬運

<ruby>運送<rt>うんそう</rt></ruby><ruby>会社<rt>がい</rt></ruby>は、どこを<ruby>使<rt>つか</rt></ruby>いましょうか？

我們要用哪一家搬運公司？

□運賃
（うんちん）

【名】票價；運費

<ruby>往復<rt>おうふく</rt></ruby>で、<ruby>運賃<rt>うんちん</rt></ruby>はいくらかかりますか？

來回的票價多少錢？

□運搬
（うんぱん）

【名、他サ】搬運，運輸

<ruby>運搬<rt>うんぱん</rt></ruby><ruby>費用<rt>ひよう</rt></ruby>は、<ruby>相手<rt>あいて</rt></ruby>が<ruby>払<rt>はら</rt></ruby>ってくれます。

搬運費對方會付。

□運命
（うんめい）

【名】命運，將來

それが<ruby>運命<rt>うんめい</rt></ruby>が<ruby>決<rt>き</rt></ruby>まった<ruby>瞬間<rt>しゅんかん</rt></ruby>だった。

那是決定命運的瞬間。

□運輸
（うんゆ）

【名】運輸，搬運

<ruby>今<rt>いま</rt></ruby>、<ruby>運輸<rt>うんゆ</rt></ruby><ruby>業<rt>ぎょう</rt></ruby>はとてもたいへんです。

現在，運輸業也很辛苦。

□運用
（うんよう）

【名、他サ】運用，活用

<ruby>資金<rt>しきん</rt></ruby>の<ruby>運用<rt>うんよう</rt></ruby>を、<ruby>銀行<rt>ぎんこう</rt></ruby>と<ruby>相談<rt>そうだん</rt></ruby>しようと<ruby>考<rt>かんが</rt></ruby>えています。

我考慮和銀行商量一下資金的運用。

# え

---

□柄
(え)

【名】柄，把

包丁を使うときは、柄をしっかり持ってください。

使用菜刀時，要握緊把柄。

---

□エアメール
(airmail)

【名】航空郵件，航空信

台湾まで、エアメールでお願いします。

寄到台灣的航空信。

---

□英字
(えいじ)

【名】英語文字（羅馬字）；英文

毎日英字新聞を読んで、英語の勉強をしています。

每天讀英文報來學習英語。

---

□映写
(えいしゃ)

【名、他サ】放映（影片等）

映画会をするので、映写機を貸してください。

我要舉辦電影放映會，請借我放映機。

---

□衛星
(えいせい)

【名】衛星；人造衛星

衛星放送で、いろいろな番組が見られます。

衛星傳播可以看到各種節目。

---

□映像
(えいぞう)

【名】映像；形象

ロシアから送られてくる映像を、そのまま放映しています。

這是俄國傳過來的影像，可以直接播放。

□ **英雄**
（えいゆう）

【名】英雄

その人物、わが国建国の英雄です。
那個人物是我國的開國英雄。

---

□ **液**
（えき）

【名】汁液，液體

二つの液を混ぜると、爆発しますよ。
把兩個液體混合在一起，會爆炸哦！

---

□ **閲覧**
（えつらん）

【名、他サ】閲覽；查閱

本の閲覧は、あちらの部屋でお願いします。
書的查閱請到那邊的房間。

---

□ **獲物**
（えもの）

【名】獵物；掠奪物；戰利品

今日の獲物は、うさぎと鹿です。
今天的獵物是兔子和鹿。

---

□ **襟**
（えり）

【名】領子；脖頸

寒いので、襟を立てて歩きました。
因為很冷，所以把領子豎起來走路。

---

□ **縁**
（えん）

【名】關係；血緣；廊子

私と妻は、縁があって結婚しました。
我和妻子是因為緣份而結婚。

---

□ **縁側**
（えんがわ）

【名】廊子；走廊

縁側でおしゃべりをしながらお茶を飲む。
在走廊一邊聊天一邊喝茶。

---

□ **沿岸**
（えんがん）

【名】沿岸

太平洋沿岸は、波が高くなっています。
太平洋沿岸的浪變高了。

□婉曲　　　　　　　【名】婉轉，委婉
（えんきょく）
婉曲に言わないと失礼ですよ。
不婉轉地說是很失禮的。

□演出　　　　　　　【名、他サ】演出，上演
（えんしゅつ）
その芝居は、誰の演出ですか？
那齣戲是誰演出？

□エンジニア　　　　【名】工程師，技師
（engineer）
将来は、エンジニアになりたいと思います。
我將來想當工程師。

□沿線　　　　　　　【名】沿線
（えんせん）
小田急線沿線に住みたいのですが。
我想住在小田急線的沿線上。

□縁談　　　　　　　【名】親事，提親
（えんだん）
娘に、いい縁談がたくさん来ています。
女兒有很多人來提親。

□遠方　　　　　　　【名】遠方，遠處
（えんぽう）
遠方から、わざわざありがとうございます。
特地從遠處光臨，不勝感激。

□円満　　　　　　　【名】圓滿，美滿，完美
（えんまん）
夫婦円満が一番幸せです。
夫婦美滿是最幸福的了。

# お

□尾
（お）

【名】尾巴，尾部

犬が尾を振って飛んできました。

狗兒搖著尾巴飛奔而來。

□応急
（おうきゅう）

【名】應急，救急

応急手当をしたので、あとはお医者さんに見せてください。

已經做了緊急治療，之後請給醫生看。

□黄金
（おうごん）

【名】黃金，金錢

あの大陸には、黄金がたくさんあると言われています。

那塊大陸上，據說有許多黃金。

□往診
（おうしん）

【名、自サ】出診

熱が高かったので、往診を頼みました。

因為熱度很高，所以拜託醫師出診。

□応募
（おうぼ）

【名、自サ】報名參加

応募者が多数の場合は、抽選をします。

如果報名參加的人很多，就用抽籤的。

□大方
（おおかた）

【名】大部分；一般人

大方の予想では、貴乃花が優勝すると言われています。

根據大部份人的預測，是貴乃花會優勝。

| | |
|---|---|
| □大柄<br>（おおがら） | 【名】身材大；大花樣<br><ruby>大柄<rt>おおがら</rt></ruby>な<ruby>女性<rt>じょせい</rt></ruby>は<ruby>誰<rt>だれ</rt></ruby>ですか？<br>あの大柄な女性は誰ですか？<br>那個高大的女性是誰？ |
| □オーケー<br>（OK） | 【名、自サ、感】好，行；同意<br><ruby>上司<rt>じょうし</rt></ruby>からオーケーが<ruby>出<rt>で</rt></ruby>たので、<ruby>計画<rt>けいかく</rt></ruby>を<ruby>進<rt>すす</rt></ruby>めよう。<br>因為上司已經同意了，就照計畫進行吧！ |
| □大筋<br>（おおすじ） | 【名】內容提要，主要內容；要點<br><ruby>両国<rt>りょうこく</rt></ruby>は、<ruby>大筋<rt>おおすじ</rt></ruby>で<ruby>合意<rt>ごうい</rt></ruby>しました。<br>兩國在主要內容已經獲得共識。 |
| □大空<br>（おおぞら） | 【名】太空，天空<br><ruby>大空<rt>おおぞら</rt></ruby>に<ruby>白<rt>しろ</rt></ruby>い<ruby>雲<rt>くも</rt></ruby>が<ruby>浮<rt>う</rt></ruby>かんでいる。<br>天空中飄著白雲。 |
| □オートマチック<br>（automatic） | 【名】自動裝置<br>オートマチックの<ruby>車<rt>くるま</rt></ruby>を<ruby>買<rt>か</rt></ruby>おうと<ruby>思<rt>おも</rt></ruby>います。<br>我想買有自動裝置的車。 |
| □オープン<br>（open） | 【名、自他サ、形動】開放，公開<br><ruby>店<rt>みせ</rt></ruby>のオープンを<ruby>記念<rt>きねん</rt></ruby>して、パーティを<ruby>開<rt>ひら</rt></ruby>いた。<br>為了紀念店的開張，而舉行派對。 |
| □オーバー<br>（over） | 【名、自他サ、形動】外套<br><ruby>寒<rt>さむ</rt></ruby>くなったから、オーバーを<ruby>出<rt>だ</rt></ruby>しましょう。<br>因為變冷了，把外套拿出來吧！ |

□ 大幅
（おおはば）

【名】寬幅，大幅度

電車が大幅に遅れました。

電車慢了好久。

□ 大水
（おおみず）

【名】大水，洪水

川の水が溢れて、大水になった。

河水暴漲，變成洪水。

□ 公
（おおやけ）

【名】政府機關，公共；公開

そろそろこの事件の内容を公にしましょう。

差不多該將這個事件的內容公開了。

□ 臆病
（おくびょう）

【名】膽小，怯懦

そんなに臆病では、何もできませんよ。

那麼膽小，什麼事都不能做哦！

□ 遅れ
（おくれ）

【名】落後，畏縮

1時間ぐらいの遅れは気にしない。

遲了一個小時左右，不用在意。

□ 行い
（おこない）

【名】行為，品行

行いを改めることにした。

我改邪歸正了。

□ お産
（おさん）

【名、他サ】生孩子

お産のために実家に帰った。

為了生孩子而回娘家。

□ 教え
（おしえ）

【名】教導，指教；教義

先生の教えは、一生忘れません。

我一生都不會忘記老師的教誨。

□雄
（おす）

【名】雄，公；牡

その犬は雄ですか？
那隻狗是公的嗎？

□お世辞
（おせじ）

【名】恭維（話）

あなたはお世辞がじょうずですね。
你真會說好聽話。

□恐れ
（おそれ）

【名】害怕，恐怖；擔心

今日は雪が降る恐れがあります。
今天恐怕會下雪。

□落ち着き
（おちつき）

【名】鎮靜，沈著；穩妥

最近の子どもは、落ち着きがない。
最近的小孩子一點都不穩重。

□落ち葉
（おちば）

【名】落葉，淺咖啡色

落ち葉をはいて、焚き火をした。
把落葉掃一掃，來升火吧！

□乙
（おつ）

【名】乙、別緻、有風味

なかなか乙な味ですね。
真是別緻的風味。

□お使い
（おつかい）

【名】被打發出去辦事

銀行に、お使いに行ってきました。
我被打發去銀行辦事。

□お手上げ
（おてあげ）

【名】束手無策

問題が難しすぎてお手上げです。
問題太困難，我束手無策了。

□お供
（おとも）

【名、自サ】陪伴，跟隨

今日の社長のお供は、田中部長と鈴木課長
です。

今天陪社長的是田中部長和鈴木課長。

□驚き
（おどろき）

【名】驚恐，吃驚

その事件は、私にとって大きな驚きでした。

那個事件對我來說是很大的震驚。

□同い年
（おないどし）

【名】同年齡

彼と私は同い年です。

他和我同年。

□お袋
（おふくろ）

【名】母親，媽媽

お袋に、親孝行しようと思います。

我很想孝順我老媽。

□覚え
（おぼえ）

【名】記憶；記憶力；體驗

学生たちは、覚えが悪いので困ります。

學生們的記憶很差，真傷腦筋。

□おまけ

【名、他サ】減價；贈送；附加

三つ買ったら、一つおまけにあげる。

買三個就附贈一個。

□お宮
（おみや）

【名】神社

お宮参りに行きましょう。

去參拜神社吧！

□おむつ

【名】尿布

赤ちゃんのおむつを換えています。

正在換嬰兒的尿布。

□思い付き 【名】想起；主意
（おもいつき）

ただの思いつきですが、こうしたらどうで
しょうか？
我突然想到，這樣做如何？

□趣 【名】旨趣；趣味；風格
（おもむき）

お宅の庭は、趣がありますね。
貴宅的庭院，別有情趣呢！

□親父 【名】父親，我爸爸
（おやじ）

うちの親父は怒ると恐いです。
我老爸生起氣很可怕。

□折 【名】折；紙盒；機會
（おり）

東京にいらした折には、是非遊びに来てく
ださい。
趁來東京的機會，一定要來我家玩。

□檻 【名】籠，鐵檻；牢房
（おり）

虎が檻の中でほえている。
老虎在鐵籠裡吼叫。

□オリエンテー 【名】定向；新人教育，事前說明會
ション
（orientation）

イベントが始まる前に、オリエンテーショ
ンがあります。
在活動開始前，有一個事前說明會。

□織物 【名】紡織品
（おりもの）

私の町は、織物で有名です。
我們鎮上紡織品很有名。

□俺
（おれ）

【名】我，俺

それじゃ、俺がやってやるよ。
那麼，就我來做吧！

□負んぶ
（おんぶ）

【名、他サ】背；依靠別人

疲れたなら、負んぶしてあげましょう。
如果累了，我來背你吧！

□オンライン
(on-line)

【名】落在線上；在線上

銀行はすべてオンラインになっています。
銀行已經全部連線了。

---

【比較看看】

◎「映像」由光的曲折或反射而映出的形像、東西。
　「影像」繪畫、雕刻、照片等上面的畫像、雕像、肖像。

◎「獲物」打獵或捕魚中所捕獲的動物或海鮮。
　「得物」最得意拿手的技巧；手中的武器。

◎「往診」醫生到病患的家應診。
　「往信」要求回信而發出的去信；往復明信片的去信部分。

◎「恐れ」是害怕，恐怖的感覺。
　「畏れ」驚訝於對方的能力跟力量。

# か

□カーペット
(carpet)

【名】地毯

部屋にカーペットを敷きましょう。
在房間裡鋪地毯吧！

□改悪
(かいあく)

【名、他サ】改壞了

今回の改正は、改悪と言えるでしょう。
這次的修改，可以說是改壞了。

□海運
(かいうん)

【名】海運

この都市は海に面しているので、海運が盛んになった。
因為這個都市面海，所以海運很盛行。

□外貨
(がいか)

【名】外幣；外匯

国の発展のために、外貨を稼がなければならない。
為了國家的發展，必須要賺外匯。

□改革
(かいかく)

【名、他サ】改革；革新

改革と言うのは易しいが、改革するのは難しい。
改革說起來容易，做起來就難了。

□貝殻
(かいがら)

【名】貝殼

海辺で貝殻を拾って遊びました。
在海邊撿貝殼玩。

あいうえおかきくけこさしすせそたちつてとなにぬねのはひふへほまみむめもやゆよらりるれろわ

| □外観 | 【名】外觀，外表 |
| (がいかん) | このビルは、外観はすばらしいが、中はきたない。 |
| | 這棟大樓外表看起來很漂亮，內部卻很髒。 |

| □階級 | 【名】級別；階級；等級 |
| (かいきゅう) | この国は、階級社会だと言われています。 |
| | 這個國家可以說是階級社會。 |

| □海峡 | 【名】海峽 |
| (かいきょう) | 海峡の向こうは、外国です。 |
| | 海峽對岸是外國。 |

| □会見 | 【名、自サ】會見，會面 |
| (かいけん) | 記者会見が行なわれた。 |
| | 舉行了記者會。 |

| □介護 | 【名、他サ】照顧病人或老人 |
| (かいご) | 両親の介護のために、会社を休んでいます。 |
| | 為了照顧雙親，而沒有去上班。 |

| □開催 | 【名、他サ】開會，召開；舉辦 |
| (かいさい) | 次のオリンピック開催はいつですか？ |
| | 下次奧運什麼時候舉辦？ |

| □回収 | 【名、他サ】回收，收回 |
| (かいしゅう) | 廃品回収の仕事をしています。 |
| | 我做的是資源回收的工作。 |

| □改修 | 【名、他サ】修理，修訂 |
| (かいしゅう) | 橋の改修にはいくらかかりますか？ |
| | 修橋需要花多少錢？ |

□怪獣　【名】怪獣
（かいじゅう）
怪獣の中では、ゴジラが一番好きです。
在怪獸中，我最喜歡酷斯拉。

□解除　【名、他サ】解除；廢除
（かいじょ）
台風の警戒警報が解除になった。
颱風警報解除了。

□外相　【名】外交大臣，外相
（がいしょう）
5カ国の外相が集まって、会議を行なった。
五國的外交部長集合在一起開會。

□概説　【名、他サ】概説，概述
（がいせつ）
まず、日本経済について概説をお話しします。
首先，先對日本經濟做一個概要說明。

□回送　【名、他サ】空車調回；轉送
（かいそう）
回送電車ですから、乗れません。
因爲是回送電車，所以不能做。

□階層　【名】階層，層
（かいそう）
社会の様々な階層の人に、話を聞きたい。
我想聽聽社會各階層人們的話。

□開拓　【名、他サ】開墾，開闢
（かいたく）
私の祖父は、開拓団に参加して北海道に渡った。
他的祖父參加拓荒團，而去了北海道。

| | |
|---|---|
| □会談<br>（かいだん） | 【名、自サ】面談，會談；談判<br>会談の結果はどうでしたか？<br>面談的結果如何了？ |
| □改定<br>（かいてい） | 【名、他サ】重訂<br>バスの運賃が改定になるそうだ。<br>公車的票價聽說要重訂。 |
| □改訂<br>（かいてい） | 【名、他サ】修訂<br>その辞書は、来年改訂版が出るはずだ。<br>那部字典明年應該會出修訂版。 |
| □ガイド<br>（guide） | 【名、他サ】導遊；指南；引導<br>京都に行きたいのですが、ガイドをしてもらえませんか？<br>我想去京都，可不可以麻煩你當嚮導？ |
| □街道<br>（かいどう） | 【名】大道，大街<br>街道に沿って、たくさんの旅館が並んでいる。<br>沿著街道，並排著許多旅館。 |
| □該当<br>（がいとう） | 【名、自サ】適合，符合<br>該当者は手を挙げてください。<br>符合的人請舉手。 |
| □街頭<br>（がいとう） | 【名】街頭，大街上<br>政治家が街頭で、演説をしている。<br>政治家在街頭演說。 |

□ガイドブック　【名】指南，入門書
(guide book)

ガイドブックを<ruby>見<rt>み</rt></ruby>ながら、ニューヨークの<ruby>街<rt>まち</rt></ruby>を<ruby>歩<rt>ある</rt></ruby>いた。
一邊看指南，一邊走在紐約街頭。

□介入　【名、自サ】介入，參與，染指
（かいにゅう）

<ruby>政府<rt>せいふ</rt></ruby>の<ruby>介入<rt>かいにゅう</rt></ruby>は<ruby>必要<rt>ひつよう</rt></ruby>でしょうか？
政府有必要介入嗎？

□概念　【名】概念；概念的理解
（がいねん）

<ruby>概念<rt>がいねん</rt></ruby>としてはわかりますが、もっと<ruby>具体的<rt>ぐたいてき</rt></ruby>に<ruby>説明<rt>せつめい</rt></ruby>してほしい。
概念大致了解了，但還需要更具體的說明。

□開発　【名、他サ】開發；發展
（かいはつ）

<ruby>最近<rt>さいきん</rt></ruby>は、<ruby>地方<rt>ちほう</rt></ruby>の<ruby>開発<rt>かいはつ</rt></ruby>が<ruby>進<rt>すす</rt></ruby>んでいる。
最近地方也持續在開發。

□海抜　【名】海拔
（かいばつ）

このへんは<ruby>海抜<rt>かいばつ</rt></ruby>100メートルほどです。
這附近是海拔100公尺左右。

□介抱　【名、他サ】護理，服侍
（かいほう）

<ruby>病人<rt>びょうにん</rt></ruby>の<ruby>介抱<rt>かいほう</rt></ruby>をするのは<ruby>大変<rt>たいへん</rt></ruby>なことです。
護理病人是很辛苦的事。

□解剖　【名、他サ】解剖；分析
（かいぼう）

<ruby>理科<rt>りか</rt></ruby>の<ruby>時間<rt>じかん</rt></ruby>に、かえるの<ruby>解剖<rt>かいぼう</rt></ruby>をしました。
上自然課時，解剖了青蛙。

□外来
（がいらい）

【名】外來，舶來

外来の患者さんは、何人ぐらい来ています
か？
外面的病人大約來了幾個？

□回覧
（かいらん）

【名、他サ】傳閱；巡視

回覧が回ってきませんでしたか？
傳閱的東西有在輪嗎？

□概略
（がいりゃく）

【名】概略，概要

私が概略をお話ししてから、先生に詳しい
ことをお話しいただきます。
我先說明概要，再請老師做詳細說明。

□海流
（かいりゅう）

【名】海流

海流の関係で、海の水がとても温かい。
因爲海流的關係，海水十分溫暖。

□改良
（かいりょう）

【名、他サ】改良，改善

改良を重ねて、すばらしい商品ができた。
不斷改良再改良，做出了很棒的商品。

□回路
（かいろ）

【名】回路，線路

まったく、彼の思考回路は理解できない。
他的思考模式眞令人難以理解。

□海路
（かいろ）

【名】海路

行きは飛行機でしたが、帰りは海路にしよ
うと思います。
雖然去的時候是搭飛機，但回來想走海路。

□顔付
（かおつき）

【名】相貌；表情

不思議そうな顔付をしている。
露出一副不可思議的表情。

□課外
（かがい）

【名】課外

課外授業で、ダンスを習いました。
在課外教學學了跳舞。

□かかと

【名】腳後跟；鞋後跟

靴のかかとが取れてしまった。
鞋後跟掉了。

□踵
（かかと）

【名】腳後跟

歩きすぎて、かかとが痛いです。
走太多路，腳後跟很痛。

□角
（かく）

【名】角；四方形；隅角

三角形の三つの角の和は180度である。
三角形的三個角總和是180度。

□核
（かく）

【名】（細胞）核；（植）核；核武器

核戦争は起きてほしくない。
不希望引起核子戰爭。

□格
（かく）

【名】格調；規則

このレストランより、あちらの方が少し格が高いです。
比起這家餐廳，那邊那家格調比較高。

□学芸
（がくげい）

【名】學術和藝術；文藝

学芸会で劇をやりました。
在文藝會中表演戲劇。

243

□格差
（かくさ）

【名】級別；差價；資格差別

<ruby>学生<rt>がくせい</rt></ruby>によって、<ruby>知識<rt>ちしき</rt></ruby>の<ruby>格差<rt>かくさ</rt></ruby>が<ruby>激<rt>はげ</rt></ruby>しい。

不同學生，知識的程度差別很大。

---

□拡散
（かくさん）

【名、自サ】擴散

<ruby>水<rt>みず</rt></ruby>に<ruby>落<rt>お</rt></ruby>としたインクの<ruby>拡散<rt>かくさん</rt></ruby>の<ruby>様子<rt>ようす</rt></ruby>を<ruby>観察<rt>かんさつ</rt></ruby>しましょう。

來觀察掉入水中的墨水擴散狀態。

---

□学士
（がくし）

【名】學者；（大學）學士畢業生

<ruby>来年<rt>らいねん</rt></ruby>、ようやく<ruby>学士<rt>がくし</rt></ruby>の<ruby>資格<rt>しかく</rt></ruby>が<ruby>取<rt>と</rt></ruby>れます。

明年終於可以取得學士資格了。

---

□各種
（かくしゅ）

【名】各種；各樣

<ruby>各種<rt>かくしゅ</rt></ruby>の<ruby>文房具<rt>ぶんぼうぐ</rt></ruby>をそろえています。

各種文具都齊備。

---

□隔週
（かくしゅう）

【名】每隔一週

<ruby>隔週<rt>かくしゅう</rt></ruby>で、イタリア<ruby>語<rt>ご</rt></ruby>の<ruby>勉強<rt>べんきょう</rt></ruby>をしている。

我隔週去學義大利文。

---

□確信
（かくしん）

【名、他サ】確信，堅信

あなたの<ruby>言葉<rt>ことば</rt></ruby>で、<ruby>推測<rt>すいそく</rt></ruby>が<ruby>確信<rt>かくしん</rt></ruby>に<ruby>変<rt>か</rt></ruby>わりました。

你的話，從推測變為確實了。

---

□革新
（かくしん）

【名、他サ】革新

<ruby>今度<rt>こんど</rt></ruby>の<ruby>首相<rt>しゅしょう</rt></ruby>は、<ruby>革新<rt>かくしん</rt></ruby><ruby>的<rt>てき</rt></ruby>な<ruby>考<rt>かんが</rt></ruby>えの<ruby>持<rt>も</rt></ruby>ち<ruby>主<rt>ぬし</rt></ruby>です。

這一任的首相，是具有創新思想的人物。

---

□学説　【名】學說
（がくせつ）
新しい学説について説明しよう。
根據新學說來做說明。

□確定　【名、自他サ】確定；決定
（かくてい）
山田一郎さんは、当選が確定です。
山田一郎確定當選。

□カクテル　【名】雞尾酒
（美 cocktail）
どんなカクテルが好きですか？
你喜歡什麼樣的雞尾酒？

□獲得　【名、他サ】獲得，取得，爭得
（かくとく）
賞金の獲得額を教えてください。
請告訴我，你獲得的獎金。

□楽譜　【名】譜，樂譜
（がくふ）
楽譜を見ながら、ピアノをした。
一邊看譜，一邊彈鋼琴。

□確保　【名、他サ】牢牢保住，確保
（かくほ）
食料の確保が一番大切です。
確保食物是最重要的。

□革命　【名】革命
（かくめい）
革命が起こったら、参加するつもりだ。
如果革命興起，我打算參加。

□確立　【名、自他サ】確立，確定
（かくりつ）
今後の方針を確立する。
確立今後的方針。

□学歴
（がくれき）

【名】學歴

最終 学歴をここに書いてください。
請在這裡寫下最高學歷。

---

□賭け
（かけ）

【名】打賭；賭（財物）

うまくいくかどうかは、賭けですね。
會不會順利，是一種賭注。

---

□崖
（がけ）

【名】斷崖，懸崖

崖に追い詰められて、海に飛び込んだ。
被追逼到懸崖，而跳海了。

---

□駆け足
（かけあし）

【名、自サ】快跑；快步；策馬飛奔

毎朝駆け足で駅まで行きます。
每天早上都跑著去車站。

---

□家計
（かけい）

【名】家計，家庭經濟狀況

リストラされて、家計が苦しくなりました。
被裁員，使家計陷入困難。

---

□かけっこ

【名、自サ】賽跑

駅までかけっこをしましょう。
來賽跑到車站吧！

---

□加工
（かこう）

【名、他サ】加工

日本は、加工貿易で発展してきました。
日本是從加工貿易發展起來的。

---

□化合
（かごう）

【名、自サ】化合

酸素と水素の化合についての実験をした。
做了氧氣和氫氣的合成實驗。

□箇条書
（かじょうがき）

【名】逐條地寫；引舉

問題点を箇条書きにしました。
逐條列出問題點。

□頭
（かしら）

【名】頭；首領；頭一名

10歳を頭に、5人の子どもがいる。
以10歲爲最大，共有5名子女。

□火星
（かせい）

【名】火星

火星には、人が住んでいると思いますか？
你認爲火星上有人住嗎？

□化石
（かせき）

【名】化石；變成石頭

石器時代の化石が見つかった。
發現了石器時代的化石。

□河川
（かせん）

【名】河川

河川が氾濫して、町が沈んでしまった。
河川氾濫，小鎮沉入了河底。

□化繊
（かせん）

【名】化學纖維

化繊のブラウスはありますか？
有化學纖維的襯衫嗎？

□過疎
（かそ）

【名】過稀，過少

この村は過疎に悩まされています。
這個村子正爲人口過少煩惱。

□課題
（かだい）

【名】課題，題目；任務

先週の課題をやってきましたか？
上週的功課做了嗎？

□片思い 【名】單戀
（かたおもい）

私はあの人に片思いなんです。
我單戀那個人。

□片言 【名】隻字片語；單字羅列
（かたこと）

彼は片言の日本語を話します。
他只會說隻字片語的日文。

□片付け 【名】整理，收拾
（かたづけ）

仕事の片付けはもう終わりましたか？
工作的整理完成了嗎？

□傍ら 【名】旁邊，在…同時還…
（かたわら）

祖母の傍らで、猫がぐっすり眠っています。
貓在祖母的旁邊熟睡著。

□花壇 【名】花壇，花圃
（かだん）

花壇には、いろいろな花が咲いています。
在花圃裡，許多花盛開著。

□家畜 【名】家畜
（かちく）

牛や豚などの家畜を飼育しています。
飼養著牛或豬等家畜。

□画期 【名】劃時代
（かっき）

それは画期的なできごとでした。
那是劃時代的事。

□合唱 【名、他サ】合唱
（がっしょう）

私は合唱団で歌を歌っています。
我在合唱團裡唱歌。

| □合致<br>（がっち） | 【名、自他サ】一致，符合<br>意見の合致がないと、一緒に仕事はできない。<br>意見不一致，無法一起工作。 |
|---|---|
| □勝手<br>（かって） | 【名】廚房；情況；任意<br>お母さんは、御勝手で夕飯を作っています。<br>媽媽正在廚房做晚飯。 |
| □カット<br>(cut) | 【名、他サ】切；刪除<br>髪をショート・カットにした。<br>把頭髮剪短了。 |
| □カップ<br>(cup) | 【名】量杯；茶杯；獎盃<br>戸棚の中から、カップを一つ取り出した。<br>從櫃子裡拿出一個杯子。 |
| □合併<br>（がっぺい） | 【名、自他サ】合併<br>企業の合併が盛んだ。<br>企業合併正盛。 |
| □カテゴリー<br>(德 Kategorie) | 【名】範疇<br>この用語は、どのカテゴリーに入れたらいいですか？<br>這個用語要分到哪個範圍裡好嗎？ |
| □金槌<br>（かなづち） | 【名】釘槌，榔頭<br>金槌で釘を打ちました。<br>用槌子釘釘子。 |

□加入　【名、自サ】加上，參加
（かにゅう）

組合の加入者の名簿を作ってください。

請做出工會參加者的名冊。

□株式　【名】股份；股權；股票
（かぶしき）

私は、自分の会社の株式を所有しています。

我擁有自己公司的股票。

□花粉　【名】花粉
（かふん）

花粉の飛ぶ季節になると、くしゃみが出ます。

一到花粉亂飛的季節，就會打噴嚏。

□貨幣　【名】貨幣
（かへい）

わが国の貨幣価値が、すっかり下がってしまった。

我國的貨幣值，整個下跌了。

□構え　【名】架構；姿勢；準備
（かまえ）

徹底的に戦う構えです。

徹底的戰鬥準備。

□加味　【名、他サ】調味；添加
（かみ）

まじめな小説に、少しユーモアを加味しました。

在嚴肅的小說裡，加入了一點幽默。

□過密　【名】過密，過於集中
（かみつ）

東京は、人口過密都市だ。

東京是人口過密的都市。

□カムバック
(comeback)

【名、自サ】重回政壇；東山再起

彼女のカムバックを、昔のファンは喜んでいる。

她的東山再起，從前的影迷們一定很高興。

□カメラマン
(cameraman)

【名】攝影師，攝影記者

この写真をとったカメラマンは誰ですか？

拍這張照片的攝影師是誰？

□粥
(かゆ)

【名】粥

おなかを壊したので、お粥を食べています。

因為吃壞肚子，所以喝粥。

□体付き
(からだつき)

【名】體格；體型；姿態

彼はスポーツマンらしい体付きをしていますね。

他有一付運動家的體型呢！

□借り
(かり)

【名】假的；恩情

この借りはきっと返しますよ。

這個恩情我一定會還的。

□狩り
(かり)

【名】打獵

王様は、お供を連れて狩に出かけました。

國王帶著跟班去打獵了。

□カルテ
(德 Karte)

【名】病歷

医者は、患者の話を聞きながらカルテに何か書いた。

醫生一邊聽著病人的話，一邊在病歷表上寫著什麼。

□カレー
(curry)

【名】咖哩

夕飯はカレーでいいですか？
晚飯吃咖哩好嗎？

□ガレージ
(garage)

【名】車庫

お宅のガレージに立派な車が停まっていますね。
貴宅的車庫裡停著好氣派的車子呢！

□過労
(かろう)

【名】勞累過度

彼のお父さんは、過労で入院してます。
他的父親因為過度疲勞而住院了。

□官
(かん)

【名】官；官吏

官民が一体となって事に当たる。
官民一體去承擔事情。

□管
(かん)

【名】管子；筆管；管樂器

水道管が壊れて、水が溢れ出した。
水管壞了，水都溢了出來。

□癌
(がん)

【名】癌；癥結

胃癌になったので、手術をした。
因為得了胃癌而動手術。

□簡易
(かんい)

【名】簡易；簡單

お客様が泊まるので、簡易ベッドを出してきました。
因為客人要住下來，而拿出了簡便的床。

□灌漑
（かんがい）

【名、他サ】灌漑

うちの村は、灌漑設備が整っている。

我們村子的灌漑設施做得很完善。

□眼科
（がんか）

【名】眼科

叔父は眼科の医者です。

我叔叔是眼科醫師。

□眼球
（がんきゅう）

【名】眼球

眠っているときの眼球の運動について研究しています。

我在研究睡眠時眼球的運動。

□玩具
（がんぐ）

【名】玩具

子供用の玩具を作っている会社です。

那是製作兒童玩具的公司。

□簡潔
（かんけつ）

【名】簡潔

文章を書くときは、簡潔を旨とするべきだ。

寫文章時，以簡潔爲主旨。

□還元
（かんげん）

【名、自他サ】歸還；還原

会社の利益を社会に還元したいと思います。

我想將公司的利潤回歸到社會上。

□看護
（かんご）

【名、他サ】護理（病人）

彼女の看護がよかったので、すぐに元気になった。

因爲她看護得很好，很快就恢復元氣了。

| □漢語<br>（かんご） | 【名】中國話；音讀漢字 |
|---|---|
| | <ruby>先生<rt>せんせい</rt></ruby>の<ruby>書<rt>か</rt></ruby>く<ruby>文章<rt>ぶんしょう</rt></ruby>は<ruby>漢語<rt>かんご</rt></ruby>が<ruby>多<rt>おお</rt></ruby>い。<br>老師寫的文章有很多漢字。 |

| □頑固<br>（がんこ） | 【名】頑固；固執 |
|---|---|
| | おじいさんは<ruby>本当<rt>ほんとう</rt></ruby>に<ruby>頑固<rt>がんこ</rt></ruby><ruby>者<rt>もの</rt></ruby>だ。<br>爺爺真是個頑固的人。 |

| □刊行<br>（かんこう） | 【名、他サ】刊行；出版發行 |
|---|---|
| | <ruby>御著書<rt>おちょしょ</rt></ruby>の<ruby>刊行<rt>かんこう</rt></ruby>を<ruby>記念<rt>きねん</rt></ruby>して、お<ruby>祝<rt>いわ</rt></ruby>いをしましょう。<br>爲了紀念您的寶貴著作發行，來慶祝吧！ |

| □慣行<br>（かんこう） | 【名】例行，習慣行爲 |
|---|---|
| | <ruby>新<rt>あたら</rt></ruby>しく<ruby>入<rt>はい</rt></ruby>った<ruby>部員<rt>ぶいん</rt></ruby>は、<ruby>部室<rt>ぶしつ</rt></ruby>の<ruby>掃除<rt>そうじ</rt></ruby>をするのが<ruby>慣行<rt>かんこう</rt></ruby>となっている。<br>慣例是要由新加入的團員，來打掃社團教室。 |

| □勧告<br>（かんこく） | 【名、他サ】勸告，說服 |
|---|---|
| | <ruby>医者<rt>いしゃ</rt></ruby>の<ruby>勧告<rt>かんこく</rt></ruby>を<ruby>無視<rt>むし</rt></ruby>して<ruby>酒<rt>さけ</rt></ruby>を<ruby>飲<rt>の</rt></ruby>むから、こういうことになるんだ。<br>因爲不聽醫生的勸告喝酒，才會變成這樣。 |

| □換算<br>（かんさん） | 【名、他サ】換算，折合 |
|---|---|
| | <ruby>円<rt>えん</rt></ruby>への<ruby>換算<rt>かんさん</rt></ruby><ruby>率<rt>りつ</rt></ruby>はどのぐらいですか？<br>換算成日幣的匯率是多少？ |

| □監視<br>（かんし） | 【名、他サ】監視 |
|---|---|
| | <ruby>親<rt>おや</rt></ruby>の<ruby>監視<rt>かんし</rt></ruby><ruby>下<rt>か</rt></ruby>で、しっかり<ruby>勉強<rt>べんきょう</rt></ruby>させられた。<br>在父母的監視下，實實在在被要求讀書。 |

□慣習
（かんしゅう）

【名】習慣；慣例

結婚式のときはみんなで手伝うのが、この
村の慣習だ。

結婚時大家一起幫忙，是這個村子的習慣。

□観衆
（かんしゅう）

【名】觀眾

すばらしいゴールに、観衆は大騒ぎした。

精彩的射門，讓觀眾引起大騷動。

□願書
（がんしょ）

【名】申請書

大学受験の願書は提出しましたか？

你提出大學考試的申請書了嗎？

□干渉
（かんしょう）

【名、自サ】干預，參與；干涉

他国からの干渉は迷惑だ。

從他國來的干涉令人困擾。

□感触
（かんしょく）

【名】感觸，感受；觸感

取引先との話し合いでは、いい感触を得た。

和客戶對談的感覺十分不錯。

□肝心・肝腎
（かんじん）

【名】肝臟與心臟；首要；感激

何事も初めが肝腎だ。

凡事都是開始最重要。

□歓声
（かんせい）

【名】歡呼聲

ケーキを持っていったら、子どもたちが
歓声を上げた。

一把蛋糕拿去，孩子們就歡呼了起來。

あいうえおかきくけこさしすせそたちつてとなにぬねのはひふへほまみむめもやゆよらりるれろわ

□ 関税
（かんぜい）

【名】關稅，海關稅

輸入関税は、どのぐらいかかりますか？

進口關稅要徵多少？

□ 岩石
（がんせき）

【名】岩石

このへんは岩石が落ちてくることがあるの
で、気をつけてください。

這附近會有岩石掉落，請小心。

□ 感染
（かんせん）

【名、自サ】感染；受影響

病気の感染経路を調べている。

正在調查疾病的感染途徑。

□ 幹線
（かんせん）

【名】主要線路

幹線道路作るために、住民が転居させられた。

為了開闢幹線道路，而讓居民搬遷。

□ 簡素
（かんそ）

【名】簡單樸素

日本では簡素な生活を送った。

在日本過著簡樸的生活。

□ 観点
（かんてん）

【名】觀點

別の観点からの意見も聞いてみたい。

我也想聽聽其他觀點的意見。

□ 感度
（かんど）

【名】敏感程度

このカメラは、感度がいいね。

這個照相機的靈敏度很夠。

□ カンニング
（cunning）

【名、自サ】（考試時的）作弊

カンニングが見つかると、零点になりますよ。

一被發現作弊，就是零分哦！

□元年
(がんねん)
【名】元年
平成元年に、あなたは何歳でしたか？
平成元年時你是幾歲？

□幹部
(かんぶ)
【名】主要部分；幹部
会社の幹部に、意見を言おうと思う。
我想向公司的幹部說我的意見。

□完璧
(かんぺき)
【名】完善無缺
この仕事は、完璧が要求される。
這個工作要求完美。

□勘弁
(かんべん)
【名、他サ】饒恕；明辨是非
今度ばかりは勘弁できない。
這次就饒了我吧！

□勧誘
(かんゆう)
【名、他サ】勧誘；邀請
映画愛好会への勧誘を断れなくて困っている。
我推不掉電影愛好會的邀請。正在傷腦筋。

□関与
(かんよ)
【名、自サ】干與；參與
事件への関与について、警察に聞かれた。
被警察詢問了和事件的關係。

□慣用
(かんよう)
【名、他サ】慣用，慣例
彼は、英語の慣用語をたくさん知っています。
他知道很多英文的慣用句。

あいうえおかきくけこさしすせそたちつてとなにぬねのはひふへほまみむめもやゆよらりるれろわ

□寛容
（かんよう）

【名】寛容，容忍

ご寛容のほど、お願い申し上げます。

請您海量包涵。

□観覧
（かんらん）

【名、他サ】觀覽，參觀

博物館の観覧は五時までです。

博物館的參觀只到五點。

□官僚
（かんりょう）

【名】官僚

官僚の考え方は、硬直していると思う。

官僚的思考十分僵化。

□慣例
（かんれい）

【名】慣例

慣例のクリスマスパーティーをやろうと思います。

我想舉辦慣例的聖誕派對。

□還暦
（かんれき）

【名】花甲；滿60周歲的別稱

父の還暦のお祝いをした。

慶祝父親的六十大壽。

□貫禄
（かんろく）

【名】尊嚴；威信

しばらく会わないうちに、貫禄がつきましたね。

才一段時間不見，看起來有威嚴多了。

□緩和
（かんわ）

【名、自他サ】緩和，放寬

症状の緩和のために、薬を飲んだ方がいいです。

為了緩和症狀，還是吃個藥比較好。

# き

□議案
（ぎあん）

【名】議案

本<ruby>議会<rt>ほん ぎかい</rt></ruby>では、三つの<ruby>議案<rt>ぎあん</rt></ruby>が<ruby>通過<rt>つうか</rt></ruby>しました。

這次的議會通過了三個議案。

□危害
（きがい）

【名】危害，禍害

うちの<ruby>犬<rt>いぬ</rt></ruby>はおとなしいから、<ruby>人間<rt>にんげん</rt></ruby>に<ruby>危害<rt>きがい</rt></ruby>を<ruby>加<rt>くわ</rt></ruby>えることはありません。

我家的狗很乖，不會危害人類的。

□企画
（きかく）

【名、他サ】規劃，計畫

<ruby>新<rt>あたら</rt></ruby>しい<ruby>企画<rt>きかく</rt></ruby>を<ruby>社長<rt>しゃちょう</rt></ruby>に<ruby>見<rt>み</rt></ruby>せようと<ruby>思<rt>おも</rt></ruby>います。

我想拿新企畫給總經理看。

□規格
（きかく）

【名】規格；標準；規範

<ruby>政府<rt>せいふ</rt></ruby>の<ruby>決<rt>き</rt></ruby>めた<ruby>規格<rt>きかく</rt></ruby>に<ruby>合<rt>あ</rt></ruby>った<ruby>商品<rt>しょうひん</rt></ruby>でなければなりません。

必須要是符合政府既定規格的商品。

□気兼
（きがね）

【名、自サ】多心，客氣

<ruby>友達<rt>ともだち</rt></ruby>のうちに<ruby>泊<rt>と</rt></ruby>まっているので、<ruby>気兼<rt>きが</rt></ruby>ねをしてしまいます。

因為是住在朋友的家，所以有些顧忌。

□器官
（きかん）

【名】器官

こちらの<ruby>器官<rt>きかん</rt></ruby><ruby>図<rt>ず</rt></ruby>を<ruby>ご覧<rt>らん</rt></ruby>になってください。

請看這裡的器官圖。

□季刊
（きかん）

【名】季刊

この雑誌は、年四回発行する季刊誌です。

這個雜誌是一年發行四次的季刊。

□危機
（きき）

【名】危機，險關

会社の経営は今、危機に陥っている。

公司的經營現在陷入危機。

□聞き取り
（ききとり）

【名】聽懂，聽力

今から聞き取りテストをします。

現在開始進行聽力測驗。

□効き目
（ききめ）

【名】效力，效果

漢方薬の効き目が現れました。

中藥的效果出現了。

□帰京
（ききょう）

【名、自サ】回首都，回東京

帰京というのは都、つまり東京に帰ること
です。

所謂回京，就是回首都；也就回東京的意思。

□戯曲
（ぎきょく）

【名】劇本，腳本

これはシェークスピアの書いた戯曲です。

這是莎士比亞所寫的劇本。

□基金
（ききん）

【名】基金

新しい孤児院を建てるための基金を集めて
います。

正在募集建設新孤兒院的基金。

□喜劇
（きげき）

【名】喜劇；滑稽的事情

私は喜劇より悲劇の方が好きです。

比起喜劇，我比較喜歡悲劇。

□議決
（ぎけつ）

【名、他サ】議決，表決

過半数の賛成によって、この問題は議決されました。

因為過半數的人贊成，使這個問題得到表決議。

□棄権
（きけん）

【名、他サ】棄權

怪我をしたため、試合を棄権しました。

因為受傷而放棄比賽。

□起源
（きげん）

【名】起源

生命の起源を探るため、この研究を始めた。

為了探討生命的起源，而開始這個研究。

□機構
（きこう）

【名】機構，組織；結構

経済政策について考える機構を、新たに作りました。

重新組織了一個籌畫經濟政策的機構。

□既婚
（きこん）

【名】已婚

結婚している人は、既婚欄に丸をつけてください。

已經結婚的人。請在已婚欄上畫一個圈。

□記載
（きさい）

【名、他サ】刊載，寫上

名簿上の記載が間違っています。

名冊上的記載錯了。

□兆し
（きざし）

【名】預兆，徵兆

天候が悪くなる兆しがありました。
出現了天候變壞的徵兆。

□気質
（きしつ）

【名】氣質，脾氣；風格

相手の気質を考えて話をするべきです。
應該考慮對方的脾氣再說話。

□期日
（きじつ）

【名】日期；期限

レポートの提出期日が迫っています。
報告的交件日逼進了。

□議事堂
（ぎじどう）

【名】國會大廈；會議廳

国会議事堂に、見学に行きました。
我去參觀了國會大廈。

□記述
（きじゅつ）

【名、他サ】描述，記述；闡明

この部分の記述は正しいですか？
這個部份的記述正確嗎？

□気象
（きしょう）

【名】氣象

漁師なので、気象の変化にいつも注意して
います。
因為是做漁夫，所以對氣象變化很注意。

□規制
（きせい）

【名、他サ】規定，規章，限制

規制が行なわれる前に、輸入してしまいま
しょう。
在實施限制之前，先進口吧！

□犠牲
（ぎせい）

【名】犠牲，代價

今回の火事で、多くの人が犠牲になった。
這次的火災，犠牲了很多人。

□汽船
（きせん）

【名】輪船

汽船に乗って、世界一周した。
搭乘汽船繞行世界一周。

□寄贈
（きぞう）

【名、他サ】捐贈，贈送

彼の名前は寄贈者名簿に載っている
他的名字登記在捐贈人名冊上。

□偽造
（ぎぞう）

【名、他サ】偽造，假造

偽造コインを使って、捕まってしまった。
使用偽幣而被逮捕。

□貴族
（きぞく）

【名】貴族

彼の先祖は貴族だそうです。
聽說他的祖先是貴族。

□議題
（ぎだい）

【名】議題

今日の会議の議題は、プリントに書いてあります。
本日會議的議題，有寫在講義上。

□気立て
（きだて）

【名】性情，性格

気立てのいい人と結婚したいですね。
真想和性格好的人結婚呢！

□几帳面
（きちょうめん）

【名】規規矩矩，一絲不苟

彼は非常に几帳面です。
他非常一絲不苟。

□規定
（きてい）

【名、他サ】規則，規定

参加したからには、会の規定を守ってください。

既然參加了，就請遵守大會的規定。

□起点
（きてん）

【名、自サ】起點，出發點

東海道新幹線の起点は東京駅だ。

東海道新幹線的起點是東京車站。

□軌道
（きどう）

【名】軌道，正軌

商売がやっと軌道に乗った。

買賣總算上軌道了。

□技能
（ぎのう）

【名】技能，本領

陶芸の技能が評価された。

陶藝的技術獲得了評價。

□規範
（きはん）

【名】規範，模範

規範に従わないと罰せられる。

不遵守規範會被罰。

□気品
（きひん）

【名】文雅，高雅

とても気品のある作品で、私は好きです。

非常文雅的作品，我喜歡。

□気風
（きふう）

【名】風氣，習氣；風度

この学校の気風は明るくて活発だ。

這個學校的風氣很明朗活潑。

□起伏
（きふく）

【名、自サ】起伏，波瀾

このあたりは起伏が激しい。

這附近地形起伏激烈。

□規模
（きぼ）

【名】規模，範圍

どのぐらいの規模の工場を作るのですか？
要建多大規模的工廠？

□気紛れ
（きまぐれ）

【名】反覆無常，忽三忽四

ほんの気紛れで始めた油絵だが、すっかり
夢中になってしまった。
只是一時興起而開始的油畫，沒想到完全熱
中了起來。

□生真面目
（きまじめ）

【名】一本正經

武君は生真面目すぎて、話をしていても
窮屈な感じがする。
武同學太過一本正經，和他說話很無趣。

□期末
（きまつ）

【名】期末

期末試験はいつからですか？
期末考什麼時候開始？

□記名
（きめい）

【名、自サ】記名，簽名

記名投票ですので、必ず名前を書いてくだ
さい。
因為是記名投票，請一定要寫上名字。

□規約
（きやく）

【名】規則，規章

規約を守らない人は、やめてもらいます。
不遵守規章的人，我們會請他離開。

□脚色
（きゃくしょく）

【名、他サ】（小説等）改編成電影或戲劇

魯迅の小説を脚色して上演しました。
將魯迅的小說改編上演。

| | |
|---|---|
| □逆転<br>（ぎゃくてん） | 【名、自他サ】倒轉；倒退<br>見事な逆転 優勝です。<br>成功地反敗爲勝。 |
| □脚本<br>（きゃくほん） | 【名】劇本；脚本<br>脚本ができないので、なかなか練習できない。<br>因爲劇本還沒完成，一直不能練習。 |
| □客観<br>（きゃっかん） | 【名】客觀<br>客観的な意見を聞かせてください。<br>請讓我聽聽客觀的意見。 |
| □キャッチ<br>(catch) | 【名、他サ】抓住；接球<br>劇的な瞬間をカメラでキャッチした。<br>用照相機抓住了戲劇性的一刻。 |
| □キャリア<br>(career) | 【名】履歷；職業<br>キャリアを積んで、もっといい会社に転職します。<br>累積經歷，跳槽到更好的公司。 |
| □救援<br>（きゅうえん） | 【名、他サ】救援；救濟<br>救援を待っていたほうがいいでしょうか？<br>是否等待救援會比較好？ |
| □休学<br>（きゅうがく） | 【名、自サ】休學<br>病気になったので、休学 届を出した。<br>因爲生病，而申請休學。 |

□究極
（きゅうきょく）

【名】畢竟；最終

究極の選択を迫られた。
被迫做出最後決定。

□窮屈
（きゅうくつ）

【名】窄小；感覺受拘束

狭い家だから、少々の窮屈はがまんしなければならない。
因為家中狹窄，多少得忍受一些拘束感。

□球根
（きゅうこん）

【名】球根

チューリップの球根を植えた。
種了鬱金香的球根。

□救済
（きゅうさい）

【名、他サ】救濟

これは貧しい人々の救済にあてるお金です。
這是要用來救濟窮人的錢。

□給仕
（きゅうじ）

【名、自サ】伺候（吃飯）；工友；服務生

ホテルのレストランで、給仕をしています。
在旅館的餐廳做服務員。

□給食
（きゅうしょく）

【名、自サ】供餐

息子の学校では、給食が出ます。
我兒子的學校有供餐。

□休戦
（きゅうせん）

【名、自サ】休戰

疲れたから、ちょっと休戦にしましょう。
因為累了，稍微停戰一下吧！

□宮殿
（きゅうでん）

【名】官殿；祭神殿

宮殿のように立派な家でした。
像宮殿一樣氣派的房子。

□旧知
（きゅうち）

【名】故知，老友

私と彼女は旧知の仲です。
我和她是舊相識了。

□窮乏
（きゅうぼう）

【名、自サ】貧窮，貧困

彼らの窮乏を救えるのは、政府しかない。
能救助他們貧窮的，只有政府。

□丘陵
（きゅうりょう）

【名】丘陵

丘陵地帯にたくさんの人が住んでいます。
丘陵地帶住了許多人。

□寄与
（きよ）

【名、自サ】貢獻，奉獻

文化に対する寄与を認められて、勲章をもらった。
對文化的貢獻被肯定，而得到勲章。

□驚異
（きょうい）

【名】驚異，奇事

あんな状況で生きていたとは、まったく驚異だ。
在那樣的狀況還能生還，眞令人驚異。

□教科
（きょうか）

【名】教科，學科

どの教科を教えていらっしゃいますか？
您是教那一門學科呢？

□協会
（きょうかい）

【名】協會

文化交流協会で働いています。
在文化交流協會工作。

□共学
（きょうがく）

【名】（男女）同校，同班（學習）

うちの<ruby>学校<rt>がっこう</rt></ruby>は、<ruby>男女<rt>だんじょ</rt></ruby><ruby>共学<rt>きょうがく</rt></ruby>です。

我們學校是男女合校。

□共感
（きょうかん）

【名、自サ】同感

<ruby>主人公<rt>しゅじんこう</rt></ruby>のまじめな<ruby>生<rt>い</rt></ruby>き<ruby>方<rt>かた</rt></ruby>に<ruby>共感<rt>きょうかん</rt></ruby>を<ruby>覚<rt>おぼ</rt></ruby>える。

對主角踏實的生活方式產生共鳴。

□協議
（きょうぎ）

【名、他サ】協議，協商

<ruby>協議<rt>きょうぎ</rt></ruby>の<ruby>結果<rt>けっか</rt></ruby>、<ruby>協力<rt>きょうりょく</rt></ruby>し<ruby>合<rt>あ</rt></ruby>うことになりました。

協議的結果，決定要共同合作。

□境遇
（きょうぐう）

【名】境遇，處境

<ruby>彼<rt>かれ</rt></ruby>の<ruby>不幸<rt>ふこう</rt></ruby>な<ruby>境遇<rt>きょうぐう</rt></ruby>について<ruby>聞<rt>き</rt></ruby>きました。

聽到了關於他的不幸遭遇。

□教訓
（きょうくん）

【名、他サ】教訓，規戒

<ruby>今度<rt>こんど</rt></ruby>のことは、いい<ruby>教訓<rt>きょうくん</rt></ruby>になりました。

這次的事成爲很好的教訓。

□強行
（きょうこう）

【名、他サ】強行，硬幹

<ruby>強行<rt>きょうこう</rt></ruby><ruby>採決<rt>さいけつ</rt></ruby>が<ruby>行<rt>おこ</rt></ruby>なわれた。

採取強行通過。

□教材
（きょうざい）

【名】教材

<ruby>日本語<rt>にほんご</rt></ruby>のいい<ruby>教材<rt>きょうざい</rt></ruby>を<ruby>探<rt>さが</rt></ruby>しています。

正在找好的日語教材。

□凶作
（きょうさく）

【名】災荒

<ruby>今年<rt>ことし</rt></ruby>は<ruby>米<rt>こめ</rt></ruby>が<ruby>凶作<rt>きょうさく</rt></ruby>だ。

今年的米欠收。

あ
い
う
え
お
か
き
く
け
こ
さ
し
す
せ
そ
た
ち
つ
て
と
な
に
ぬ
ね
の
は
ひ
ふ
へ
ほ
ま
み
む
め
も
や
ゆ
よ
ら
り
る
れ
ろ
わ

□業者
（ぎょうしゃ）

【名】（工商）業者；同業者

今年、小売業者が相次いで倒産した。

今年，小賣業者一個接一個的破產。

---

□享受
（きょうじゅ）

【名、他サ】享受，享有

利益を享受する。

享受利益。

---

□教習
（きょうしゅう）

【名】訓練

自動車の教習を受けている。

我在學開車。

---

□郷愁
（きょうしゅう）

【名】（懷念）故鄉

このような風景を見ていると郷愁を感じる。

這樣的景色，不禁讓人想起故鄉。

---

□教職
（きょうしょく）

【名】教師的職務

教職につくために、一生懸命勉強しています。

為了能當老師，努力學習。

---

□強制
（きょうせい）

【名、他サ】強制，強迫

これは強制ではないから、参加しなくてもかまいません。

這並沒有強制性，不參加也沒關係。

---

□行政
（ぎょうせい）

【名】行政

この国の行政機関が全然働かない。

這個國家的行政機構完全起不了作用。

□業績
（ぎょうせき）

【名】業績，成績

先生の業績についてまとめた。
整理老師的研究成果。

□共存
（きょうぞん）

【名、自サ】共存

人間と野生動物の共存は難しい。
人類很難跟野生動物共存。

□協調
（きょうちょう）

【名、自サ】協調

うちの子は、協調性がないと言われた。
家中小孩被人認為協調性不夠。

□協定
（きょうてい）

【名、他サ】協定

年間の漁獲量についての協定会議が行われ
ている。
就年間的漁獲量舉辦協定會議。

□郷土
（きょうど）

【名】郷土；故郷

郷土文学について研究しています。
研究鄉土文學。

□脅迫
（きょうはく）

【名、他サ】強迫，逼迫

犯人からの脅迫状が届いた。
收到犯人寄來的威脅書。

□業務
（ぎょうむ）

【名】業務

今年の目標は、業務を更に広げることです。
推廣業務是今年的目標。

□共鳴
（きょうめい）

【名、自サ】共鳴，共振

君の意見に共鳴するよ。
你的意見我深有同感。

□郷里　【名】郷里，故郷
（きょうり）
郷里では、今ごろ夏祭りをやっています。
故鄉現在正舉辦夏季慶典。

□共和　【名、自サ】共和
（きょうわ）
わが国は、共和制をとっています。
我國採共和制。

□局限　【名、他サ】侷限，限定
（きょくげん）
疲れが極限に達しました。
疲倦已達到極限。

□極端　【名】極端；頂端
（きょくたん）
君の意見は極端で困ります。
你的意見太極端了，很叫我爲難。

□居住　【名、自サ】居住；住址
（きょじゅう）
雪国に居住している友人から、手紙をもらった。
我收到住在雪國的友人的來信。

□拒絶　【名、他サ】拒絶
（きょぜつ）
助けを申し出たのですが、拒絶に遭いました。
我提出救助需要，但遭到拒絕。

□漁船　【名】漁船
（ぎょせん）
たくさんの漁船が、漁に出て行きます。
許多漁船出去捕魚了。

□漁村
（ぎょそん）
【名】漁村

<ruby>小<rt>ちい</rt></ruby>さい<ruby>頃<rt>ころ</rt></ruby>、<ruby>漁村<rt>ぎょそん</rt></ruby>で<ruby>暮<rt>く</rt></ruby>らしたことがある。

小時候住過漁村。

□拒否
（きょひ）
【名、他サ】拒絕，否決

<ruby>協力<rt>きょうりょく</rt></ruby>を<ruby>申<rt>もう</rt></ruby>し<ruby>出<rt>で</rt></ruby>たが<ruby>拒否<rt>きょひ</rt></ruby>された。

提出與對方共同協力，但遭到拒絕。

□許容
（きょよう）
【名、他サ】容許，寬容

それは<ruby>許容<rt>きょよう</rt></ruby><ruby>範囲<rt>はんい</rt></ruby>を<ruby>越<rt>こ</rt></ruby>えている。

那已超過許可的範圍了。

□義理
（ぎり）
【名】情意，情理；緣由

<ruby>友人<rt>ゆうじん</rt></ruby>に<ruby>義理<rt>ぎり</rt></ruby>を<ruby>欠<rt>か</rt></ruby>くようなことはできない。

我無法做虧欠朋友道義的事。

□気流
（きりゅう）
【名】氣流

<ruby>気流<rt>きりゅう</rt></ruby>の<ruby>悪<rt>わる</rt></ruby>いところを<ruby>通<rt>とお</rt></ruby>って、<ruby>飛行機<rt>ひこうき</rt></ruby>が<ruby>揺<rt>ゆ</rt></ruby>れた。

通過有亂流的地方，使飛機機身搖晃。

□切れ目
（きれめ）
【名】間斷處；段落；結束

<ruby>雲<rt>くも</rt></ruby>の<ruby>切<rt>き</rt></ruby>れ<ruby>目<rt>め</rt></ruby>から、<ruby>太陽<rt>たいよう</rt></ruby>の<ruby>光<rt>ひかり</rt></ruby>が<ruby>射<rt>さ</rt></ruby>している。

太陽從雲層間射出光芒來。

□疑惑
（ぎわく）
【名】疑惑，疑心

みんなが<ruby>疑惑<rt>ぎわく</rt></ruby>の<ruby>目<rt>め</rt></ruby>で<ruby>私<rt>わたし</rt></ruby>を<ruby>見<rt>み</rt></ruby>ている。

大家以疑惑的眼神看著我。

□菌
（きん）
【名】細菌，病菌

<ruby>菌<rt>きん</rt></ruby>を<ruby>培養<rt>ばいよう</rt></ruby>して、<ruby>観察<rt>かんさつ</rt></ruby>してみようと<ruby>思<rt>おも</rt></ruby>う。

我想培養細菌，進行觀察。

| | |
|---|---|
| □ 近眼<br>（きんがん） | 【名】近視眼；目光短淺<br>近眼になったので、眼鏡を買います。<br>近視了，所以買眼鏡。 |
| □ 緊急<br>（きんきゅう） | 【名】緊急，急迫<br>緊急の場合以外は、電話しないでください。<br>除了緊急情況外，請不要打電話。 |
| □ 近郊<br>（きんこう） | 【名】郊區，近郊<br>東京の近郊に住んでいる。<br>我住在東京的郊區。 |
| □ 均衡<br>（きんこう） | 【名、自サ】均衡，平均<br>両者の間の均衡が破られた。<br>打破了兩者間的均衡。 |
| □ 近視<br>（きんし） | 【名】近視，近視眼<br>本ばかり読んでいると近視になりますよ。<br>老看書會近視的。 |
| □ 勤勉<br>（きんべん） | 【名】勤勞，勤奮<br>勤勉と倹約を旨として国家建設に取り組む。<br>以勤奮跟節約為宗旨，致力於國家建設。 |
| □ 吟味<br>（ぎんみ） | 【名、他サ】仔細體會；考慮<br>魚の鮮度をよく吟味してから買いましょう。<br>仔細看好魚的鮮度再買。 |
| □ 勤務<br>（きんむ） | 【名】工作，勤務<br>勤務先の電話番号はわかりますか？<br>你知道上班的電話號碼？ |

| | |
|---|---|
| □禁物<br>（きんもつ） | 【名】嚴禁的事物；忌諱的事物<br><ruby>運転<rt>うんてん</rt></ruby>するとき、<ruby>油断<rt>ゆだん</rt></ruby>は<ruby>禁物<rt>きんもつ</rt></ruby>です。<br>開車時最忌諱疏忽大意了。 |
| □勤労<br>（きんろう） | 【名、自サ】勤勞<br><ruby>彼<rt>かれ</rt></ruby>は<ruby>勤労<rt>きんろう</rt></ruby><ruby>学生<rt>がくせい</rt></ruby>です。<br>他是一個勤勞的學生。 |

【比較看看】

◎「確信」堅決的相信確有其事，毫不懷疑。

　「核心」事物的重要核心、關鍵、要害。

　「隔心」與對方有隔閡，無法放開心胸。

◎「簡易」是簡單、簡便。「安易」是不作深入的思考。

　「容易」是容易、輕而易舉的意思。

◎「慣行」按照以前舊有的習俗、習慣而行。

◎「監視」為防止惡行而注意、監視。

◎「干渉」干預、干涉他人之事。

◎「規制」是作規則加以限定之意。

　「規正」是矯正已定好的規則中，不合理的部分。

◎「起点」是出發點、事物的起點。

　「基点」測量距離或時間時為基準之點。

# く

□ クイズ
(美 quiz )

【名】回答比賽；猜謎；考試

クイズに答えて、ハワイに行こう。
贏得猜謎比賽，來去夏威夷玩吧！

□ 空間
(くうかん)

【名】空間，空隙

空間を利用して、書斎をつくった。
利用空間，做了一個書房。

□ 空腹
(くうふく)

【名】空腹，空肚子

空腹に耐えられなくて、パンを盗んでしまった。
無法忍受餓肚子，去偷了麵包。

□ 区画
(くかく)

【名】區劃；區域

このへんでは、区画整理が行なわれている。
這附近進行區域整理。

□ 区間
(くかん)

【名】區和區之間；區域

このバスは一区間 30 円です。
這輛公車一段三十日圓。

□ 茎
(くき)

【名】莖；梗；柄

花の茎を、もう少し短く切ってください。
花莖請再剪短一點。

□ 区切
(くぎり)

【名】句讀，文章的段落；階段

仕事の区切りがついたら、お茶を飲みに行きましょう。
工作告一段落以後，我們去喝茶吧！

□籤
（くじ）
【名】籤
<ruby>籤<rt>くじ</rt></ruby>を<ruby>引<rt>ひ</rt></ruby>いて、<ruby>当<rt>あ</rt></ruby>たった<ruby>人<rt>ひと</rt></ruby>が<ruby>買<rt>か</rt></ruby>いに<ruby>行<rt>い</rt></ruby>くことにしよう。
抽中籤的人要去買。

□籤引き
（くじびき）
【名】抽籤
<ruby>籤引<rt>くじび</rt></ruby>きで<ruby>決<rt>き</rt></ruby>めませんか？
來抽籤決定，如何？

□愚痴
（ぐち）
【名】愚蠢；牢騷
<ruby>愚痴<rt>ぐち</rt></ruby>ばかり<ruby>言<rt>い</rt></ruby>っていると、みんなに<ruby>嫌<rt>きら</rt></ruby>われますよ。
老發牢騷，會被大家討厭的。

□嘴
（くちばし）
【名】鳥嘴，嘴
<ruby>鶏<rt>にわとり</rt></ruby>に<ruby>嘴<rt>くちばし</rt></ruby>でつつかれた。
被雞嘴給啄了。

□屈折
（くっせつ）
【名、自サ】彎曲；歪曲
<ruby>光<rt>ひかり</rt></ruby>の<ruby>屈折<rt>くっせつ</rt></ruby>によって、<ruby>不思議<rt>ふしぎ</rt></ruby>な<ruby>現象<rt>げんしょう</rt></ruby>が<ruby>起<rt>お</rt></ruby>こります。
由於光的折射，而引起了奇妙現象。

□首飾り
（くびかざり）
【名】項鍊
<ruby>真珠<rt>しんじゅ</rt></ruby>の<ruby>首飾<rt>くびかざ</rt></ruby>りをプレゼントしました。
送珍珠項鍊當禮物。

□首輪
（くびわ）
【名】項鍊；貓等的脖圈
<ruby>犬<rt>いぬ</rt></ruby>の<ruby>首輪<rt>くびわ</rt></ruby>に<ruby>名前<rt>なまえ</rt></ruby>が<ruby>書<rt>か</rt></ruby>いてある。
狗的項圈寫著名字。

あいうえおかきく けこさしすせそたちつてとなにぬねのはひふへほまみむめもやゆよらりるれろわ

□蔵
（くら）

【名】倉庫；財源

蔵の中に、お金がしまってあります。

錢收在倉庫裡。

---

□グレー
(grey; gray)

【名】灰色；銀髮

グレーの背広を着ていきます。

穿著灰色的西裝。

---

□クレーン
(crane)

【名】吊車，起重機

クレーンで木材をつり上げる。

用起重機吊起木材。

---

□玄人
（くろうと）

【名】內行，專家

その品物は玄人の目から見れば、つまらないものです。

內行人來看，那個東西是很不值錢的。

---

□黒字
（くろじ）

【名】黑字；盈餘

今年の売り上げはやっと黒字になった。

今年的銷售額終於變黑字了。

---

□群
（ぐん）

【名】群；類

彼の歌のうまさは、群を抜いている。

他歌聲的美妙，真可謂出類拔萃。

---

□軍艦
（ぐんかん）

【名】軍艦

攻撃するため、軍艦を派遣した。

為了攻擊派遣軍艦。

---

□軍事
（ぐんじ）

【名】軍事

アメリカは軍事衛星を打ち上げた。

美國發射軍事衛星。

□君主
（くんしゅ）

【名】君主，國王

君主<ruby>君主<rt>くんしゅ</rt></ruby>というのは<ruby>国<rt>くに</rt></ruby>を<ruby>治<rt>おさ</rt></ruby>める<ruby>王<rt>おう</rt></ruby>や<ruby>皇帝<rt>こうてい</rt></ruby>のことです。

所謂君主乃是指治理國家的國王或皇帝。

---

□群集
（ぐんしゅう）

【名、自サ】人群

<ruby>群集<rt>ぐんしゅう</rt></ruby><ruby>心理<rt>しんり</rt></ruby>で、つい<ruby>悪<rt>わる</rt></ruby>いことをしてしまった。

由於群眾心理，而做了壞事。

---

□群衆
（ぐんしゅう）

【名】群眾

<ruby>群衆<rt>ぐんしゅう</rt></ruby>が<ruby>広場<rt>ひろば</rt></ruby>をうめつくした。

群眾把整個廣場給淹沒了。

---

□軍備
（ぐんび）

【名】軍備，軍事設施

<ruby>軍備<rt>ぐんび</rt></ruby>を<ruby>縮小<rt>しゅくしょう</rt></ruby>することについて、サミットが<ruby>行<rt>おこな</rt></ruby>われた。

就縮小軍備問題而舉行了高峰會議。

---

□軍服
（ぐんぷく）

【名】軍服，軍裝

<ruby>軍服<rt>ぐんぷく</rt></ruby><ruby>姿<rt>すがた</rt></ruby>の<ruby>兄<rt>あに</rt></ruby>は<ruby>素晴<rt>すば</rt></ruby>らしかった。

哥哥穿軍服的樣子帥斃了。

---

【比較看看】

◎「強制」憑藉力量強行逼迫。「強請」強求、勒索對方拿出錢財等。

◎「共鳴」是贊同別人的作法、想法，並有可能進而行動。
　「共感」是對別人的想法、主張有同感。

◎「局限」是限定在狹窄的範圍以內。

# け

□刑
（けい）

【名】徒刑，刑罰

刑を軽くするため、彼は有名な弁護士を雇った。

為了減輕罪刑，他請了名律師。

---

□芸
（げい）

【名】技能；演技；曲藝

あの男は何の芸もない。

那個男人無一技之長。

---

□経緯
（けいい）

【名】（事情的）經過；經度和緯度

これまでの経緯をご説明いたします。

我來說明整個事情的經過。

---

□経過
（けいか）

【名、自サ】經過；過程

連絡が途絶えてから、一週間も経過した。

從失去聯絡到現在，已經過一週了。

---

□警戒
（けいかい）

【名、他サ】警戒，預防

台風が近づいているので、警戒にあたる。

由於颱風即將登陸，擔任警戒工作。

---

□計器
（けいき）

【名】測量儀器

その飛行機には200以上の計器がついている。

那架飛機載有200個以上的測量儀器。

---

□契機
（けいき）

【名】契機；轉機；動機

株価の下落を契機として恐慌が起きた。

由於股票下跌，引起恐慌。

---

□軽減
(けいげん)

【名、自他サ】減輕

仕事の量を軽減する。

減輕工作量。

□掲載
(けいさい)

【名、他サ】刊登，登載

夫の投書が新聞に掲載された。

外子的投稿被刊登在報上。

□傾斜
(けいしゃ)

【名、自サ】傾斜，傾向

傾斜の急な坂道で、事故が起こった。

由於坡道斜度太陡，而引起車禍。

□形成
(けいせい)

【名、他サ】形式

性格は環境によって形成される。

性格是由環境所形成的。

□形勢
(けいせい)

【名】形勢，局勢，趨勢

試合の形勢が不利になる。

比賽的形勢很不妙。

□携帯
(けいたい)

【名、他サ】攜帶

携帯に便利なパソコンがよく売れている。

攜帶方便的個人電腦銷路很好。

□形態
(けいたい)

【名】型態，形狀，樣子

行政機構の形態を整える。

完備行政機構的形式。

□刑罰
(けいばつ)

【名】刑罰

彼は重い刑罰に処せられた。

他被處以重罰。

□経費
（けいひ）

【名】經費，開銷，費用

不景気の中で、いろいろな経費を節約した。
不景氣之中，節省各種開銷。

□警部
（けいぶ）

【名】警部（日本警察職稱之一）

彼は警部補佐に昇進した。
他晉升爲警部補佐。

□軽蔑
（けいべつ）

【名、他サ】輕視，看不起

援交のことがばれて、軽蔑された。
援助交際一事被揭發，而受人蔑視。

□経歴
（けいれき）

【名】經歷；體驗；周遊

彼の経歴は日本ではほとんど知られていない。
在日本很少人知道他的經歷。

□経路
（けいろ）

【名】路徑，路線

コレラ菌の入ってきた経路を突き止める。
追查霍亂菌進入的途徑。

□ケース
（case）

【名】場合，事件

防災訓練は、実際のいろいろなケースを考えて行う。
防災訓練模擬了各種狀況進行。

□劇団
（げきだん）

【名】劇團

子供は地方まわりの劇団が来るのを楽しみにしています。
孩子們都很期盼巡迴地方演出的劇團的到來。

□激励
(げきれい)
【名、他サ】激勵，鼓勵
先生の激励の言葉に励まされた。
被老師鼓勵的言詞所激勵。

□ゲスト
(guest)
【名】客人；客串演員
講演のゲストはあの有名な企業家です。
演講的貴賓是那位有名的企業家。

□獣
(けだもの)
【名】獸；畜生，野獸
彼は獣のように彼女を襲った。
他像野獸一樣攻擊她。

□決
(けつ)
【名】決定，決斷；表決
それでは決をとって決めましょう。
那麼，就表決吧！

□決意
(けつい)
【名、自サ】決心，下決心
その目の光は彼の決意を語っていた。
他眼中的光芒表明他的決心。

□結核
(けっかく)
【名】結核，結核病
結核は伝染病の一つである。
結核病是傳染病的一種。

□血管
(けっかん)
【名】血管
血管が破裂してしまった。
血管破裂了。

□決議
(けつぎ)
【名、他サ】決議，決定；議決
決議案は賛成多数で通過した。
決議案多數通過了。

□決行
（けっこう）

【名】斷然實行

計画を決行する。
斷然實行計劃。

---

□結合
（けつごう）

【名、自他サ】結合；黏接

水素と酸素が結合する。
合成氧氣和氫氣。

---

□決算
（けっさん）

【名、他サ】結算

決算期は忙しい。
結算期很忙。

---

□月謝
（げっしゃ）

【名】學費，月酬

ピアノの先生に月謝を払う。
付鋼琴老師學費。

---

□決勝
（けっしょう）

【名】決賽，決勝負

準決勝に勝って、決勝に進出した。
贏了準決賽，進入決賽。

---

□結晶
（けっしょう）

【名、自サ】結晶；成果

雪の結晶はきれいです。
雪的結晶很美。

---

□結成
（けっせい）

【名、他サ】結成，組成

野球チームを結成する。
組成棒球隊。

---

□結束
（けっそく）

【名、自他サ】捆綁；團結；打扮

組織の結束がその背景にあった。
組織的團結是有原因的。

| □決断 (けつだん) | 【名、自サ】決斷，當機立斷；裁定<br>彼は意志が強く決断 力のある男だ。<br>他是個意志力很強，有決斷力的男人。 |
| □月賦 (げっぷ) | 【名】按月分配；按月分期付款<br>洋服を月賦で買った。<br>用分期付款買洋裝。 |
| □欠乏 (けつぼう) | 【名、自サ】缺乏，不足<br>栄養 不足によるビタミン欠乏の症状が見られた。<br>判斷是營養不良引起的維他命缺乏症。 |
| □獣 (けもの) | 【名】獸；野獸<br>獣 道のようなところを行く。<br>來到人煙稀少的地方。 |
| □家来 (けらい) | 【名】家臣，臣下；僕人<br>大名の家来になる。<br>成爲諸侯的家臣。 |
| □下痢 (げり) | 【名、自サ】瀉肚，腹瀉<br>生水を飲みすぎて、下痢をした。<br>喝了太多生水而瀉肚子。 |
| □件 (けん) | 【名】事情，事件；件<br>その件について、後ほどご報告いたします。<br>關於那件事，之後會向您報告。 |
| □権威 (けんい) | 【名】權勢；權威<br>彼は物理学の権威です。<br>他是物理學權威。 |

□兼業
（けんぎょう）

【名、他サ】兼營，兼業
文房具屋と本屋を兼業する。
兼賣文具和書籍。

□原形・原型
（げんけい）

【名】原形
車が、原型をとどめないほどに壊れた。
車子壞得不成原形。

□原型
（げんけい）

【名】原形
これが飛行機の原型です。
這是飛機的原型。

□権限
（けんげん）

【名】權限，職權範圍
彼らはこの事件をさばく権限を持たない。
他沒有裁決這件事的權利。

□現行
（げんこう）

【名】現行
九月までは現行の時刻表をお使いください。
到九月前請用現在的時刻表。

□健在
（けんざい）

【名】健在
ご両親はご健在ですか？
雙親都還健在嗎？

□原作
（げんさく）

【名】原著，原文
翻訳では原作の味を伝えにくいです。
翻譯很難傳達原作的風味。

□検事
（けんじ）

【名】檢察官
キムタクが演じた検事は、素晴らしかった。
木村拓哉所演的檢查官非常棒。

□原子
（げんし）
【名】原子；原子核
物体はすべて原子からなる。
所有物質都是原子構成的。

□元首
（げんしゅ）
【名】元首
元首というのは、その国を代表する人である。
所謂元首，就是代表該國的人。

□原書
（げんしょ）
【名】原版本；原文書
原書は英語で書かれている。
原文書是用英語寫的。

□懸賞
（けんしょう）
【名】懸賞，賞金
懸賞をつけて、必ず犯人を捜し出します。
提出賞金，一定要捜出犯人。

□減少
（げんしょう）
【名、自他サ】減少
日本の子供人口が減少している。
日本的小孩人口正在減少中。

□元素
（げんそ）
【名】元素；要素
いくつかの元素に分解する。
分解成好幾個元素。

□現像
（げんぞう）
【名、他サ】顯影，顯像
このフィルムを現像に出してください。
把這卷底片拿去洗。

□原則　【名】原則
（げんそく）

図書館の本は原則として、館外に持ち出してはいけない。

圖書館的書原則上是不能帶出館外的。

---

□見地　【名】觀點，立場
（けんち）

教育的な見地から見れば、好ましくない選択です。

從教育的觀點來看，那不是很令人贊成的選擇。

---

□現地　【名】現場；當地
（げんち）

現地へ行ってみなければ事故の詳しい事情はわからない。

不到現場去看，無法了解車禍的詳細情形。

---

□限定　【名、他サ】限定，限制
（げんてい）

このラーメンは、一日１００食に限定している

這個拉麵限定一天賣100碗。

---

□原点　【名】基準點；出發點
（げんてん）

行き詰まったら、ふたたび原点に戻って考えてください。

如果遇到瓶頸，請重回到原點思考。

---

□原典　【名】原著，原來的文獻
（げんてん）

引用文を原典に当たって調べてみる。

找原著查出引用之處。

---

□減点　【名、他サ】扣分，減少的分數
（げんてん）

間違ったところを減点された。

錯誤的地方被扣分。

□原爆
（げんばく）

【名】原子彈

今も原爆の雲が目に焼き付いている。
即使現在，核爆的蕈形雲仍烙印在心上。

□原文
（げんぶん）

【名】原文

原文に忠実に訳すことが大切です。
忠實譯出原文是很重要的。

□賢明
（けんめい）

【名】賢明，英明，高明

やめた方が賢明だ。
還是別做比較聰明。

□倹約
（けんやく）

【名、他サ、形動】節省，詳約

パソコンを買うために、お小遣いを倹約している。
爲了買電腦而節省零用錢。

□原油
（げんゆ）

【名】原油

原油を輸入して国内で製品を製造する。
進口原油在國內製作產品。

□兼用
（けんよう）

【名、他サ】兼用，兩用

こちらは食堂兼用の台所です。
這是兼作飯廳的廚房。

□権力
（けんりょく）

【名】權力

権力は人を狂わせる。
權力將使人發狂。

□言論
（げんろん）

【名】言論

言論の自由は大切です。
言論自由很重要。

# け

---

□語彙
（ごい）

【名】詞彙；單字

この辞書は語彙が豊富です。
這部字典的單字很豐富。

---

□甲
（こう）

【名】甲，第一名

甲乙がつけがたい。
難分勝負。

---

□好意
（こうい）

【名】好意，善意，好感

ご好意ありがとうございます。
感謝您的好意。

---

□行為
（こうい）

【名】行爲，行動

その行為は明らかに違法である。
那個行爲明顯是違法的。

---

□合意
（ごうい）

【名、自サ】達成協議，意見一致

双方の合意に基づいて調停を行う。
基於雙方的同意進行調停。

---

□交易
（こうえき）

【名、自サ】交易，貿易；交流

あの国との交易は古くから行われていた。
和那一個國家的貿易由來已久。

---

□公演
（こうえん）

【名、自サ】公演，演出

そのコンサートの公演はコマ劇場で行われている。
那場演唱會在小馬劇場演出。

---

□後悔
（こうかい）

【名、他サ】後悔

今ごろ後悔しても遅いですよ。

現在後悔也太遲了。

---

□公開
（こうかい）

【名、他サ】公開，開放

秘密を公開する。

公開祕密。

---

□航海
（こうかい）

【名、自サ】航海

船は、長い航海を終えて帰ってきた。

船隻完成長途航行回來了。

---

□工学
（こうがく）

【名】工學，工程學

彼は工学の博士号を取った。

他取得工學博士學位。

---

□抗議
（こうぎ）

【名、自サ】抗議

リストラされた会社員は、不当な処置に
抗議している。

被裁員的職員，抗議公司處理不當。

---

□合議
（ごうぎ）

【名、自他サ】協議，協商

みんなの合議で決めましょう。

大家一起商量再決定吧！

---

□皇居
（こうきょ）

【名】皇居

あそこは天皇が住んでいる皇居です。

那裡就是天皇居住的皇居。

---

□好況
（こうきょう）

【名】繁榮，景色，興旺

景気が好況に向かっている。

景氣逐漸好轉。

□鉱業　　　　【名】礦業
（こうぎょう）

こうぎょうろうどうしゃ　あくかんきょう
鉱業労働者は悪環境におかれている。
礦工們身處惡劣的環境。

□興業　　　　【名】振興工業，發展事業
（こうぎょう）

さんぎょう　じぎょう　あたら　　おこ　　　　こうぎょう
産業や事業を新しく興すことを興業といい
ます。
重新復興產業或事業，叫做振興工業。

□高原　　　　【名】高原
（こうげん）

こうげん　　　　　　くうき　　むねいっぱい　す
高原のおいしい空気を胸一杯吸う。
深吸一口高原的清新空氣。

□交互　　　　【名】互相，交替
（こうご）

だんじょ　こうご　　すわ
男女交互に坐る。
男女交替著坐下。

□考古学　　　【名】考古學
（こうこがく）

かれ　　こうこがく　　　　　　　べんきょう
彼は考古学について勉強している。
他在研究考古學。

□工作　　　　【名、自サ】（機器等）製作；工事；手工；
（こうさく）　　（暗中）活動

とりひき　　　　　　　　　　こうさく
取引がうまくいくように工作する。
為使交易順利做了許多動作。

□耕作　　　　【名、他サ】耕種
（こうさく）

そろそろ春の耕作を始めましょう。
はる　　こうさく　　はじ
差不多要開始春耕了。

□鉱山
（こうざん）
【名】礦山
鉱山を採掘する。
挖掘礦山。

□講習
（こうしゅう）
【名、他サ】講習，學習
来週は華道の講習が行われる。
下週要舉辦花道講習。

□口述
（こうじゅつ）
【名、他サ】口述；口試
二次試験は口述試験です。
第二次考試是口試。

□控除
（こうじょ）
【名、他サ】扣除
必要な費用を控除してください。
請扣除必要的費用。

□交渉
（こうしょう）
【名、自サ】交渉，談判；關係
仕事の条件は、会社と交渉して決めることになっている。
工作的條件，是和公司交渉後而決定的。

□工場
（こうじょう／こうば）
【名】工場
父は自動車工場で働いている。
父親在汽車工廠工作。

□向上
（こうじょう）
【名、自サ】向上，進步，提高
人々の生活はだんだん向上している。
人類的生活不斷進步。

□行進
（こうしん）
【名、自サ】進行，前進
すばらしい行進曲ですね。
好棒的進行曲哦！

□香辛料
（こうしんりょう）

【名】香辣調味料

インドからの香辛料は日本でよく売れている。

印度來的香料在日本賣得很好。

□降水
（こうすい）

【名】（雪雨等的）降水

今年の降水率は平年より低いです。

今年的降雨率比往年低。

□洪水
（こうずい）

【名】洪水；洪流

橋は洪水によって壊された。

橋被洪水沖壞了。

□合成
（ごうせい）

【名】合成

あれは合成写真です。

那是合成照片。

□公然
（こうぜん）

【名】公然，公開

彼は公然と悪事を行った。

他公然做壞事。

□抗争
（こうそう）

【名】抗爭，對抗，反抗

会社内部の抗争はますますひどくなった。

公司內部的抗爭更加惡化。

□構想
（こうそう）

【名、他サ】（計畫等）設想；（作品等）構思

小説の構想をねる。

琢磨小說的構想。

□拘束
（こうそく）

【名、他サ】約束，束縛；截止

犯人の身柄を拘束する。

拘留犯人。

□後退
（こうたい）

【名、自サ】後退，倒退

前進しなければ、後退するよ。

不前進的話，就會後退哦！

□光沢
（こうたく）

【名】光澤

光沢のある壁はきれいだった。

有光澤的牆壁好漂亮哦！

□公団
（こうだん）

【名】公共企業機構

日本道路公団によると、今年は交通事故の

死者が激増しているそうだ。

根據日本道路公團的發表，今年交通事故的

死亡人數似乎急速增加。

□好調
（こうちょう）

【名】順利，情況良好

このところ、ずっと好調です。

這陣子情況一直十分良好。

□交通機関
（こうつうきかん）

【名】交通工具

大雪に見舞われ、交通機関は混乱状態に

なった。

遇到大雪，交通工具陷入一片混亂。

□口頭
（こうとう）

【名】口頭

その件については、口頭でご報告いたしま

す。

那件事，會用口頭向您頭報告。

□講読
（こうどく）

【名】講解

講読の時間には、シェークスピアを読んで

います。

閱讀課上莎士比亞。

□購読
（こうどく）

【名、他サ】訂閱，購閱

雑誌の購読をやめたいのですが。

我想停止訂閱雜誌。

---

□購入
（こうにゅう）

【名、他サ】購入，買進

高い機械を購入しました。

購入高價的機器。

---

□公認
（こうにん）

【名、他サ】公認，國家機關或政黨正式承認

政府公認の組織ですから、安心です。

因為是政府公認的組織，所以很安心。

---

□光熱費
（こうねつひ）

【名】水電費

東京の光熱費は高いですか？

東京的水電費高嗎？

---

□荒廃
（こうはい）

【名、自サ】荒廢；散漫

人心の荒廃がひどいようだ。

人心非常散漫。

---

□購買
（こうばい）

【名、他サ】購買

材料を購買する。

購買材料。

---

□好評
（こうひょう）

【名】好評，稱讚

展覧会は、好評のうちに終わった。

展覽在一片好評中告終。

---

□交付
（こうふ）

【名、他サ】交付，交給

身分証明書の交付を受けた。

收到對方提交的身份証。

| | |
|---|---|
| □降伏<br>（こうふく） | 【名、自サ】降服，投降<br>悪状況の中でも、彼は降伏せず最後まで戦った。<br>即時在惡劣的狀況中，他也不屈服地奮戰到最後。 |
| □興奮<br>（こうふん） | 【名、自サ】興奮，激昂；情緒不穩定<br>「結婚してください」と言われた彼女は、興奮して泣き出した。<br>聽到「請和我結婚」的她，高興地哭了起來。 |
| □公募<br>（こうぼ） | 【名、他サ】公開招聘，募集<br>あの雑誌は、懸賞小説を公募している。<br>那本雜誌正在公開徵募小説。 |
| □公用<br>（こうよう） | 【名】公用；公務，公事<br>公用で日本へ出かけます。<br>因公事前往日本。 |
| □小売り<br>（こうり） | 【名、他サ】零售，小賣<br>小売り価格はいくらぐらいですか？<br>零售價大約多少錢？ |
| □効率<br>（こうりつ） | 【名】效率<br>このやり方では、効率が悪い。<br>這種作法效率很差。 |
| □公立<br>（こうりつ） | 【名】公立<br>公立大学に行っています。<br>讀公立大學。 |

あいうえおかきくけこさしすせそたちつてとなにぬねのはひふへほまみむめもやゆよらりるれろわ

297

□護衛
（ごえい）

【名、他サ】護衛，保衛

大統領は多くの護衛にかこまれている。
總統被許多護衛包圍著。

□コーナー
（corner）

【名】角，拐角；小賣店

日用品のコーナーはどちらですか？
日用品區在哪裡？

□小柄
（こがら）

【名】身體短小；小花樣

小柄だが力が強い。
雖然身材矮小，力氣卻很大。

□小切手
（こぎって）

【名】支票

小切手で支払います。
請用支票支付。

□語句
（ごく）

【名】語句，詞句

語句の使い方に注意してください。
請注意語句的使用方法。

□国産
（こくさん）

【名】國產

私は国産車が好きです。
我喜歡國產車。

□国定
（こくてい）

【名】國家制訂，國家規定

このあたりは、国定公園に指定された。
這附近被指定為國家公園。

□国土
（こくど）

【名】國土，領土

日本は、国土は狭いが人口は多い。
日本雖然國土狹小，但人口眾多。

□告白
（こくはく）

【名、他サ】坦白，自白；懺悔；
　　　　　　坦白自己的感情

愛の告白をしてしまった。
終於做了愛的告白。

□国防
（こくぼう）

【名】國防

国防費の問題を話し合っている。
正在商討國防經費的問題。

□国有
（こくゆう）

【名】國有

国有企業から民間企業になりました。
從國營企業轉為民間企業。

□極楽
（ごくらく）

【名】極樂世界；天堂

温泉に入っていると、極楽のような気分です。
一泡進溫泉，就好像天堂一樣。

□国連
（こくれん）

【名】聯合國

国連で仕事をしてみたいです。
想在聯合國工作。

□焦げ茶
（こげちゃ）

【名】濃茶色，古銅色

焦げ茶のコートを買う予定です。
買古銅色的外套。

□語源
（ごげん）

【名】語源，詞源

「あんぽんたん」の語源を知っていますか？
你知道「蠢蛋」這個字的來源嗎？

□個々
（ここ）

【名】每個，各個，各自

個々の企業には問題はないが、グループになると困難が多い。

各自的企業都沒有問題，但要組成團體就出現很多困難。

□心地
（ここち）

【名】心情感覺

夢を見ているような心地です。

彷彿做夢一樣的感覺。

□心得
（こころえ）

【名】知識，經驗；規則

母親になるための心得を教えてあげましょう。

教你如何成為一個母親吧！

□心掛け
（こころがけ）

【名】人品，作用；留心；努力

日ごろの心がけがいいから、成功したんですよ。

因為平常都很努力，所以成功了。

□志
（こころざし）

【名】志願；厚意；略表寸意

志を高く持たなければなりません。

必須要抱持高遠的志向。

□試み
（こころみ）

【名】試，嘗試

試みに、一つやってみましょう。

嘗試做一個看看吧！

□快い
（こころよい）

【名、形】高興，愉快，爽快

人の忠告を快く受け入れた。

樂意接受別人的意見。

□誤差
（ごさ）

【名】誤差

この時計は、10年使ってもほとんど誤差が
ありません。

這支錶用了十年，也幾乎沒有誤差。

□孤児
（こじ）

【名】孤兒

中国 残留孤児が、日本に帰国した。

留在中國的遺孤回到了日本。

□故人
（こじん）

【名】故人，舊友、死者

故人の遺言により、葬式はしません。

依死者的遺言，不舉行葬禮。

□梢
（こずえ）

【名】樹梢，樹枝

木の梢にきれいな鳥が止まっている。

樹梢停著一隻美麗的鳥。

□個性
（こせい）

【名】個性，特性

私は個性の強い人が好きです。

我喜歡個性強烈的人。

□戸籍
（こせき）

【名】戶籍，戶口

戸籍謄本を取ってきました。

拿來了戶籍謄本。

□小銭
（こぜに）

【名】零錢；零用錢

小銭を持っていたら、両替してください。

如果你有零錢，請跟我換。

□古代
（こだい）

【名】古代

古代文明に興味を持っています。

對古代文明感興趣。

□炬燵
（こたつ）

【名】被爐，暖爐

こたつに入って、テレビばかり見ている。

總是坐在暖被爐裡看電視。

□誇張
（こちょう）

【名、他サ】誇張，誇大

その話には、少し誇張がありますね。

那些話有一點誇張耶！

□骨
（こつ）

【名】要領，秘訣

こつがつかめれば、すぐにじょうずになり
ますよ。

只要抓到要領，很快就會進步了。

□国交
（こっこう）

【名】國交，邦交

わが国とその国は国交がない。

我國和那個國家沒有邦交。

□骨董品
（こっとうひん）

【名】古董

骨董品を集めています。

收集古董。

□固定
（こてい）

【名、自他サ】固定

椅子を固定させる。

將椅子固定。

□事柄
（ことがら）

【名】事情，情況

お聞になりたいのは、どのような事柄です
か？

您想聽的是哪件事？

| | |
|---|---|
| □孤独<br>（こどく） | 【名】孤獨，孤單<br>彼は生涯孤独な生活を送った。<br>他一生過著孤獨的生活。 |
| □言付<br>（ことづて） | 【名】傳聞；口信，致意<br>何か言付はありますか？<br>有什麼留言嗎？ |
| □碁盤<br>（ごばん） | 【名】圍棋盤<br>この町の道路は、碁盤の目のようになっている。<br>這個城鎮的道路像棋盤一樣。 |
| □個別<br>（こべつ） | 【名】個別<br>進路について、個別に相談に乗ります。<br>有關升學指導，接受個別商談。 |
| □コマーシャル<br>(commercial) | 【名】商業；廣告<br>コマーシャルの出演料は、どのぐらいですか？<br>廣告的演出費是多少？ |
| □コメント<br>(comment) | 【名、自サ】評語，解說<br>その件については、コメントはありません。<br>關於那件事，不予置評。 |
| □固有<br>（こゆう） | 【名】固有，天生<br>ひらがなは日本固有の文字ですが、元々は漢字から作られました。<br>平假名雖是日本固有的文字，但它還是源自漢字。 |

□雇用
（こよう）

【名、他サ】雇用；就業

失業者の雇用がなかなか進まない。
失業者的就業情況一直沒有進展。

□暦
（こよみ）

【名】曆，曆書

暦の上では春ですが、まだ寒いですね。
曆書上雖然已經是春天，但還是很冷耶！

□孤立
（こりつ）

【名、自サ】孤立

グループの中での孤立を恐れている。
害怕在團體中被孤立。

□根気
（こんき）

【名】耐性，毅力，精力

勉強を始めたが、なかなか根気が続かない。
雖開始用功，但總是很難堅持下去。

□根拠
（こんきょ）

【名】根據

なぜそう思うのか、根拠を説明してください。
為什麼會這麼想，你根據什麼。

□混血
（こんけつ）

【名、自サ】混血

彼は、日本人とアメリカ人の混血です。
他是日美的混血兒。

□コンタクト
（レンズ）
(contact)

【名】隱形眼鏡

眼鏡をやめて、コンタクトレンズにしました。
拿掉眼鏡，改戴隱形眼鏡。

□昆虫
（こんちゅう）

【名】昆蟲

私の趣味は、昆虫採集です。
我的興趣是採集昆蟲。

□根底
（こんてい）
【名】根底，基礎
問題の根底に、何か別の原因があるように思われる。
最根本的問題似乎還有其他原因。

□コンテスト
（contest）
【名】比賽；比賽會
ミス・コンテストに出場してみようと思います。
我想參加選美比賽看看。

□混同
（こんどう）
【名、自他サ】混同，混淆
公私混同しないでください。
請不要公私不分。

□コントラスト
（contrast）
【名、自サ】對比；反差
色のコントラストが、とてもきれいです。
顏色的對比很漂亮。

□コントロール
（control）
【名、他サ】支配，控制
工場の機械は、コントロール室で動かしています。
工廠的機械是在控制室開動的。

□コンパス
（荷 kompas）
【名】圓規；羅盤；指南針
山の中では、コンパスを使わないと方向がわからない。
在山裡面，不用指南針會找不到方向。

□根本
（こんぽん）
【名】根本，基礎
教育は国の根本です。
教育是一國之本。

# さ

□財
(ざい)

【名】財寶；財產；商品

この会社は、たわしを売って財をなした。

這家公司是靠賣刷子賺錢的。

□再会
(さいかい)

【名、自サ】重逢，再次見面

彼女との再会は、とても劇的だった。

和她的重逢，十分戲劇性。

□災害
(さいがい)

【名】災害，災難

災害に逢ったときは、落ち着いて行動しなければならない。

遇到災難的時候，必須冷靜的行動。

□細菌
(さいきん)

【名】細菌

病院内で、細菌に感染してしまった。

在醫院裡被細菌感染到了。

□細工
(さいく)

【名、他サ】精細的手藝（品）

この工芸品は、細工が細かいね。

這個工藝品手工很精細。

□採掘
(さいくつ)

【名、他サ】採掘，開採

この町では、石油の採掘が盛んです。

這個城鎮盛行挖掘石油。

□サイクル
(cycle)

【名】周期，循環；自行車

一週間のサイクルで、当番が回ってきます。

每循環一星期，就輪到當班。

□採決
（さいけつ）

【名、自サ】表決

まだ<ruby>採決<rt>さいけつ</rt></ruby>するのには<ruby>早<rt>はや</rt></ruby>いです。
還不到表決的時候。

□再建
（さいけん）

【名、他サ】重新建築；重新建設

<ruby>会社<rt>かいしゃ</rt></ruby>の<ruby>再建<rt>さいけん</rt></ruby>を<ruby>目指<rt>めざ</rt></ruby>してがんばっています。
以重建公司爲目標努力。

□再現
（さいげん）

【名、自他サ】再次出現

ビデオテープで、<ruby>試合<rt>しあい</rt></ruby>を<ruby>再現<rt>さいげん</rt></ruby>する。
以錄影帶重播比賽。

□財源
（ざいげん）

【名】財源

<ruby>大<rt>おお</rt></ruby>きな<ruby>事業<rt>じぎょう</rt></ruby>を<ruby>行<rt>おこ</rt></ruby>なうには、<ruby>財源<rt>ざいげん</rt></ruby>がたりません。
做大事業的話，是不夠資金的。

□在庫
（ざいこ）

【名】庫存

<ruby>今<rt>いま</rt></ruby><ruby>在庫<rt>ざいこ</rt></ruby>がないので、<ruby>一ヶ月<rt>いっかげつ</rt></ruby>お<ruby>待<rt>ま</rt></ruby>ちください。
現在沒有庫存了，請再等一個月。

□採算
（さいさん）

【名】核算，核算盈虧

その<ruby>値段<rt>ねだん</rt></ruby>では、<ruby>採算<rt>さいさん</rt></ruby>が<ruby>合<rt>あ</rt></ruby>わない。
那個價錢是不合算的。

□採集
（さいしゅう）

【名、他サ】採集，搜集

<ruby>子<rt>こ</rt></ruby>どもが<ruby>昆虫<rt>こんちゅう</rt></ruby><ruby>採集<rt>さいしゅう</rt></ruby>をしている。
孩子們在採集昆蟲。

□サイズ
（size）

【名】尺寸，大小

Lサイズもありますか？
有L號嗎？

□再生
（さいせい）

【名、自他サ】重生；新生；再生

このビデオの再生は壊れている。
這個錄放影機的播放功能壞了。

□財政
（ざいせい）

【名】財政；（個人）經濟情況

国の財政を立て直すには、どうしたらいい
でしょう？
要重整國家財政，該怎麼做？

□最善
（さいぜん）

【名】最善，最好

最善を尽くしたから、後悔はない。
已經盡我所能了，我不後悔。

□採択
（さいたく）

【名、他サ】選定，通過

あの提案が採択された。
那個提案通過了。

□栽培
（さいばい）

【名、他サ】栽培，種植

水仙は、水栽培をすることができますよ。
水仙可以用水耕法哦！

□再発
（さいはつ）

【名、他サ】復發；再生

病気が再発してしまった。
病情復發了。

□細胞
（さいぼう）

【名】細胞

顕微鏡で細胞の検査観察をします。
用顯微鏡觀察細胞。

□採用
（さいよう）

【名、他サ】採用（意見）；錄用（人員）

うちの会社は、今年は社員の採用はありま
せん。

我們公司今年不錄用新進人員。

□竿
（さお）

【名】竿子，竹竿；船篙

洗濯物を竿に干す。

將洗衣物曬在竹竿上。

□差額
（さがく）

【名】差額

思ったより安かったので、差額は貯金しよ
う。

因為比想像中便宜，差額就存下來吧！

□杯
（さかずき）

【名】酒杯；推杯換盞

杯を挙げて乾杯した。

舉杯乾杯。

□逆立ち
（さかだち）

【名、自サ】倒立，倒豎

逆立ちをすると、頭に血が上る。

一倒立，血液就跑到頭頂。

□詐欺
（さぎ）

【名】詐欺

詐欺に遭って、大金を取られてしまった。

遇到詐欺，被騙走大筆金錢。

□作
（さく）

【名】作品；耕作；收成

これは、有名な画家の作です。

這是著名畫家的作品。

□策　　　　　【名】計策；手段
（さく）
解決するのに、何かいい策はないかな？
有沒有什麼解決的好辦法？

□柵　　　　　【名】柵欄；城寨
（さく）
馬が柵を越えて走ってきた。
馬跳過柵欄跑走了。

□削減　　　　【名、自他サ】削減
（さくげん）
人員削減で、私も解雇された。
因為精簡人員，我也被解雇了。

□錯誤　　　　【名】錯誤
（さくご）
そんな考えは、時代錯誤だ。
那種想法已經不合時代了。

□作戦　　　　【名】作戰；戰術
（さくせん）
作戦を練ってから出撃しよう。
想好戰術後再出擊吧！

□指図　　　　【名、自サ】指示；指定；圖面
（さしず）
先輩の指図で、みんな一生懸命働いた。
跟著前輩的指示，大家拼命工作。

□差し引き　　【名、自他サ】扣除，餘額；細算
（さしひき）
一万円稼いで、一万二千円使って、差し引
き二千円の赤字だ。
賺一萬元，花一萬二千元，扣除掉是兩千元
的赤字。

□座談会
（ざだんかい）

【名】座談會

政治家を集めて座談会をやろうと思う。
想要集合政治家來舉辦座談會。

□雑貨
（ざっか）

【名】生活雜貨

かわいい雑貨は、女の子に人気があります。
可愛的生活雜貨，很受女孩子歡迎。

□錯覚
（さっかく）

【名、自サ】錯覺

それは目の錯覚ですよ。
那是眼睛的錯覺。

□殺人
（さつじん）

【名】殺人

閑静な住宅街で、殺人が起こった。
平靜的住宅區中發生了謀殺事件。

□雑談
（ざつだん）

【名、自サ】閒談，聊天

暇だったので、みんなの雑談の輪に入った。
因爲很閒，就加入了大家閒聊的圈子。

□最中
（さなか）

【名】最盛期，最高

忙しいさなかに、電話をしてこないでよ。
在最忙的時候，不要打電話來啦！

□座標
（ざひょう）

【名】座標；標準，基準

横の座標軸は、時間を表します。
橫座標軸代表時間。

□様
（さま）

【名】樣子；您

オリンピックの後は、街が様変わりした。
奧運比賽後，街道都變了樣。

□寒気　【名】發冷；發抖
（さむけ）
風邪を引いたのか、寒気がする。
會不會是感冒了，全身發冷。

□侍　【名】近衛；武士
（さむらい）
日本の侍について興味を持っています。
對日本武士有興趣。

□作用　【名、自サ】作用；起作用
（さよう）
この薬は別に悪い作用は起こさない。
這個藥並不會引起不好的副作用。

□酸　【名】酸；酸味
（さん）
牛乳に酸を加えると固まります。
牛奶中加入酸性物就會凝固。

□酸化　【名、自サ】氧化
（さんか）
油はほっておくと酸化してしまいます。
油只要放著就會氧化。

□山岳　【名】山岳
（さんがく）
彼らは山岳地帯に住んでいる。
他們住在山岳地帶。

□参議院　【名】參議院
（さんぎいん）
今度、参議院に出馬しようと思う。
下次想要競選參議員。

□産休　【名】產假
（さんきゅう）
秘書が産休に入ったので、しばらくアルバイトを雇おう。
因為祕書請產假，暫時請個工讀生吧！

□残金
（ざんきん）

【名】餘款；尾欠

残金はいくらですか？
餘款還剩多少？

□産後
（さんご）

【名】分娩之後

産後はとても疲れるので、ゆっくり休んでください。
產後會非常疲累，請慢慢休養。

□産出
（さんしゅつ）

【名、他サ】生產；出產

この山は木材を産出している。
這座山出產木材。

□参照
（さんしょう）

【名、他サ】參照，參看

この項目については 10 ページを参照してください。
這個項目請參閱第十頁。

□参上
（さんじょう）

【名、副、自サ】拜訪

明日お宅まで参上いたします。
明天到府上拜訪。

□残高
（ざんだか）

【名】餘額

預金残高を教えてください。
請告訴我餘額的數目。

□サンタクロース
（Santa Claus）

【名】聖誕老人

サンタクロースに、何をもらったの？
跟聖誕老人拿到什麼了？

あいうえおかきくけこさしすせそたちつてとなにぬねのはひふへほまみむめもやゆよらりるれろわ

□桟橋
（さんばし）

【名】碼頭；跳板

桟橋で、船を見送った。

在碼頭看著船離去。

□賛美
（さんび）

【名、他サ】讚美，讚揚

偉大な作品を賛美する

歌頌偉大的作品。

□山腹
（さんぷく）

【名】山腰

山の山腹に、家が建っているのが見えますか？

山腰上正在蓋房子看到嗎？

□産婦人科
（さんふじんか）

【名】婦產科

子どもができたので、産婦人科に行きました。

因爲懷孕，而去看婦產科。

□産物
（さんぶつ）

【名】產品，物產；產物

この地方の産物では、魚が有名です。

這個地方的產物，魚很有名。

□山脈
（さんみゃく）

【名】山脈

国の中心を山脈が走っている。

山脈橫貫國家的中心地帶。

---

【比較看看】

◎「産後」是分娩之後，產後。

「出産」是生孩子。

「生産」是製造生活上的必需品。

「産出」生產出鐵、木材、石油等等。

し

□死
（し）

【名】死亡；死罪

恩師の死にショックを受けました。
恩師的去世給他很大的打擊。

□師
（し）

【名】師；從事專業技術的人；軍隊

山田氏を師と仰ぐ。
以山田氏為師。

□仕上がり
（しあがり）

【名】做完

なかなかいい仕上がりですね。
完成得很不錯呢！

□仕上げ
（しあげ）

【名、他サ】做完，完成；做出的結果

洋服の仕上げを急いでいる。
趕著做洋裝。

□飼育
（しいく）

【名、他サ】飼養（家畜）

動物園で、熊の飼育をしています。
動物園裡有養熊。

□シート
(seat/sheet)

【名】座位；防水布；帆布

地面にシートをしいて、お弁当を食べました。
在地上鋪上帆布吃便當。

□ジーパン
(jeans pants)

【名】牛仔褲

最近は、どんなジーパンがはやっていますか？
最近流行什麼樣的牛仔褲？

あ
い
う
え
お
か
き
く
け
こ
さ
し
す
せ
そ
た
ち
つ
て
と
な
に
ぬ
ね
の
は
ひ
ふ
へ
ほ
ま
み
む
め
も
や
ゆ
よ
ら
り
る
れ
ろ
わ

□ 潮
（しお）

【名】海潮；海流；時機

潮が満ちてきたから、泳ぐのをやめましょう。

滿潮了，就不要去游泳吧！

□ 歯科
（しか）

【名】歯科

このへんにいい歯科医はありますか？

這附近有好的牙醫嗎？

□ 自我
（じが）

【名】我，自己；自我

自我の確立は、ふつう何歳ぐらいですか？

確立自己的方向，一般大約是幾歲？

□ 市街
（しがい）

【名】城鎮，市街

川の向こう側は市街になっている。

河的另一側是市街。

□ 資格
（しかく）

【名】資格，身份；水準

英語の資格を取ろうと思います。

想取得英檢的資格。

□ 視覚
（しかく）

【名】視覺

視覚検査をしますから、眼鏡をはずしてください。

要檢查視力，請把眼鏡拿掉。

□ 自覚
（じかく）

【名】自覺，覺悟；自我意識

母親としての自覚が、だんだん出てきました。

她漸漸有身為母親的自覺了。

□仕掛
（しかけ）

【名】開始做；找碴；裝置；陷阱

いったいどんな仕掛けがあるんでしょうね。
到底有什麼陷阱呢？

□指揮
（しき）

【名、他サ】指揮

友人は、オーケストラの指揮をしています。
朋友是交響樂團的指揮。

□磁気
（じき）

【名】磁性，磁力

カセットテープは、磁気のある機械のそば
に置かないでください。
請不要把卡帶放在有磁性的機器旁邊。

□磁器
（じき）

【名】瓷器

きれいな磁器のカップを買いました。
買了漂亮的瓷杯。

□色彩
（しきさい）

【名】彩色，色彩；性質

フランスの絵画は、色彩が豊かです。
法國的繪畫色彩很豐富。

□式場
（しきじょう）

【名】舉行儀式的場所

式場まで、タクシーに乗って行きますか？
要坐計程車到會場嗎？

□事業
（じぎょう）

【名】事業；企業

新しい事業を始めました。
開始了新的事業。

□資金
（しきん）

【名】資金，資本

資金は、祖父が出してくれました。
資金是祖父出的。

□軸
（じく）

【名】軸；畫軸；幅

地球は南北 両極を軸として自転する。

地球以南北極為軸自轉。

□仕組み
（しくみ）

【名】結構；計畫

機械の仕組みがよくわかりません。

我不太了解機器的結構。

□死刑
（しけい）

【名】死刑，死罪

このぐらいの罪では、死刑にはならないだろう。

這樣的罪，不至於判死刑吧！

□自己
（じこ）

【名】自己，自我

馬鹿なことをして、自己嫌悪に陥った。

因為做了蠢事，而厭惡自己。

□施行
（しこう）

【名】實行；實施

新しい法律が施行された。

實施了新的法律。

□思考
（しこう）

【名、自他サ】思考；思維

大きな音がしたので、思考が一瞬停止した。

因為發出好大聲響，思考一瞬間停止了。

□志向
（しこう）

【名、他サ】志向；意向

それは私たちの志向するところである。

那是我們的志向。

□嗜好
（しこう）

【名、他サ】嗜好，愛好

彼の嗜好は少し変わっている。

他的嗜好有點奇怪。

□事項
（じこう）

【名】事項

質問のある事項に印を付けてください。
在有疑問的事項上做記號。

□時刻表
（じこくひょう）

【名】時間表

この電車は時刻表に載っていない。
時刻表上沒有這班電車。

□地獄
（じごく）

【名】地獄；苦難

この仕事の大変さはまるで地獄のようだ。
這個工作辛苦得有如地獄。

□時差
（じさ）

【名】時差；各地標準時間的時差

日本とヨーロッパの間の時差はどのぐらい
ですか？
日本和歐洲之間的時差有多少？

□自在
（じざい）

【名】自在，自如

水の中で、自由自在に動くことができます。
可以在水中自由自在的活動。

□視察
（しさつ）

【名、他サ】視察，考察

政府の役人が視察に来ました。
政府官員來視察。

□資産
（しさん）

【名】資產，財產

我が家の資産は、この家だけです。
我家的財產只有這個家了。

□支持
（しじ）

【名、他サ】支持，贊成

私は自民党を支持しています。
我支持自民黨。

□四捨五入　　　【名】四捨五入
（ししゃごにゅう）
小数点以下は四捨五入してください。
小數點以下請四捨五入。

□自主　　　　　【名】自由，自主
（じしゅ）
自主的に勉強会をしている。
自由舉辦讀書會。

□自首　　　　　【名、自サ】自首
（じしゅ）
犯人は自首してきた。
犯人來自首了。

□刺繡　　　　　【名、他サ】刺繡
（ししゅう）
お母さんは、刺繡が得意です。
媽媽很擅長刺繡。

□市場　　　　　【名】市場，集市；交易所
（しじょう）
テロのため、株式市場が混乱状態になって
いる。
因爲恐怖份子，使股票市場陷入混亂狀態。

□辞職　　　　　【名、自他サ】辭職
（じしょく）
父は病気で辞職した。
父親因病辭職。

□システム　　　【名】組織；制度；體系
〔system〕
先にお金を払うシステムになっています。
定爲先付費的制度。

□施設　　　　　【名、他サ】設施；兒童（老人）福利設施
（しせつ）
子どもを施設に預けて働いている。
將小孩寄放在托兒所去工作。

□事前
（じぜん）

【名】事前

そういうことは、事前に言ってもらわなければ困ります。

像這樣的事，不事前說是很令人困擾的。

□子息
（しそく）

【名】兒子

小泉さんのご子息は、俳優になったそうですよ。

聽說小泉先生的兒子，成為演員了。

□持続
（じぞく）

【名、自他サ】持續，堅持

何か始めても、なかなか持続しない。

不管開始做什麼，都無法法持續。

□自尊心
（じそんしん）

【名】自尊心

自尊心を傷つけられた。

自尊心受到了傷害。

□字体
（じたい）

【名、自サ】字體；字形

印鑑は、どんな字体にしますか？

印章要用什麼字體？

□辞退
（じたい）

【名、他サ】辭退，謝絕

彼は、理由があってノーベル賞を辞退した。

他因故辭退了諾貝爾獎。

□下心
（したごころ）

【名】內心；別有用心

あの人が親切なのは、何か下心があるんでしょう。

那個人故作親切一定別有目的。

□下地
（したじ）

【名】基礎；素質；眞心；布等的底色

下地がしっかりしているので、上達が早い。

因爲素質很好，所以進步得很快。

---

□下調べ
（したしらべ）

【名、他サ】預先調查；預習

授業に出る前に、下調べをしておきます。

上課前要先做預習。

---

□下取り
（したどり）

【名、他サ】（把舊物）折價貼換新物

テレビを買うときに、古いのを下取りして

もらいました。

買電視的時候，是拿舊換新。

---

□下火
（したび）

【名】火勢漸弱

日本ブームは、まだ下火になりませんか？

哈日風還沒退燒嗎？

---

□実
（じつ）

【名】實際；忠實；實質

実を言うと、私もお金がないんです。

說實話，我也沒有錢。

---

□実家
（じっか）

【名】娘家；親生父母家

夏休みは、実家に帰りました。

暑假時回老家去了。

---

□失格
（しっかく）

【名、自サ】失去資格

早くスタートしすぎて、失格になりました。

因爲太早起跑，而失去資格了。

---

□質疑
（しつぎ）

【名、自サ】質疑，疑問，提問

最後に質疑応答の時間が30分あります。

最後有三十分鐘發問時間。

□失脚
（しっきゃく）

【名、自サ】失足；下台；賠錢

失脚した大統領は、今故郷でのんびり暮らしている。

失勢的總統，現在在故鄉悠閒度日。

---

□実業家
（じつぎょうか）

【名】實業鉅子

将来は、実業家になりたいと思います。

將來想當實業鉅子。

---

□躾
（しつけ）

【名】教養，禮儀；習慣

うちの母は、躾にとても厳しい。

我媽媽家教很嚴。

---

□実質
（じっしつ）

【名】實質，實際的內容

実質的には結婚しているようなものです。

實質上就等於結婚一樣。

---

□実情
（じつじょう）

【名】實情，真情；實際情況

今の法律は、実情と合っていません。

現在的法律不合乎實際情況。

---

□実践
（じっせん）

【名、他サ】實踐

考える前に、まず実践してみましょう。

考慮之前，先做看看吧！

---

□質素
（しっそ）

【名】素淡的，質樸的

お金持ちなのに、意外に質素な生活をしています。

明明是有錢人，卻過著令人意外的樸實生活。

あいうえおかきくけこさしすせそたちつてとなにぬねのはひふへほまみむめもやゆよらりるれろわ

| □実態<br>（じったい） | 【名】實際狀態，實情<br>現代の高校生の実態を調査した。<br>調査現在高中生的現況。 |
|---|---|
| □失調<br>（しっちょう） | 【名】失衡；失常<br>栄養失調にならないように、しっかり食べましょう。<br>爲了不營養失調，吃時要注意營養均衡。 |
| □嫉妬<br>（しっと） | 【名、他サ】嫉妒<br>あなたの仕事がうまくいっているから、嫉妬しているのです。<br>因爲你的工作很順利而嫉妒。 |
| □実費<br>（じっぴ） | 【名】實際所需費用<br>学費のほかに、テキスト代を実費でいただきます。<br>除了學費，講義費也照實繳交。 |
| □指摘<br>（してき） | 【名、他サ】指出，指摘<br>先生の指摘は、実に鋭い。<br>老師的指摘十分尖銳。 |
| □視点<br>（してん） | 【名】視線集中點；觀點<br>外国人の視点から、意見を述べてください。<br>請從外國人的觀點發表意見。 |
| □自転<br>（じてん） | 【名、自サ】自轉，自行轉動<br>地球は自転している。<br>地球會自轉。 |

□自動詞　　　【名】自動詞
（じどうし）
自動詞と他動詞の区別がわからない。
不懂自動詞和他動詞的分別。

□シナリオ　　【名】劇本，腳本；劇情說明書
（scenario）
シナリオを読むのは楽しいです。
讀劇本很有趣。

□屎尿　　　　【名】屎尿
（しにょう）
患者の屎尿を処理するのが大変です。
處理病人的屎尿很辛苦。

□地主　　　　【名】地主，領主
（じぬし）
おじいちゃんは昔地主だった。
爺爺以前是地主。

□芝　　　　　【名】矮草，短草
（しば）
日曜日には、庭で芝を刈ります。
星期天在家裡的庭院除草。

□始発　　　　【名】始發（車，站）；第一班車
（しはつ）
始発電車は何時に出ますか？
第一班電車是幾點開？

□耳鼻科　　　【名】耳鼻科
（じびか）
耳が痛いので、耳鼻科に行った。
因爲耳朵痛，而去看耳鼻科。

□私物　　　　【名】私有物件
（しぶつ）
会社のものを私物化してはいけません。
不可以將公司的東西做個人使用。

□司法
（しほう）

【名】司法

この事件は司法の裁きに任せることにしよう。
這個事件就交由司法機構去審判吧！

□脂肪
（しぼう）

【名】脂肪

体脂肪を減らすために、毎日走っている。
爲了減少脂肪而每天跑步。

□志望
（しぼう）

【名、他サ】志願，希望

第一志望は、東京大学です。
第一志願是東京大學。

□始末
（しまつ）

【名、他サ】處理，收拾，應付

最後はこんな始末になってしまった。
最後演變成樣的結果。

□使命
（しめい）

【名】使命，任務

彼は政治家としての使命を果たした。
他完成了身爲政治家的使命。

□地元
（じもと）

【名】當地，本地

彼は地元の英雄になった。
他成爲當地的英雄。

□視野
（しや）

【名】視野；見識，眼界

視野を広げるために、いろいろな仕事をし
ました。
爲了拓展視野，而做了許多工作。

□社会科学
（しゃかいかがく）

【名】社會科學

社会科学について勉強しようと思います。
想就社會科學做研究。

□社交
（しゃこう）

【名】社交

私はあまり社交的ではありません。

我不是很擅長社交的。

□ジャズ
(jazz)

【名、自サ】爵士音樂

ジャズのコンサートに行きました。

去參加爵士樂的音樂會。

□謝絶
（しゃぜつ）

【名、他サ】謝絶，拒絶

病気が重いので、面会謝絶です。

因為病重而謝絶會客。

□社宅
（しゃたく）

【名】公司的員工住宅

今、社宅に住んでいます。

現在住在員工宿舍。

□若干
（じゃっかん）

【名】若干，少許

社員を若干名募集しました。

募集了若干名員工。

□三味線
（しゃみせん）

【名】三弦

日本の伝統演劇では、三味線がよく使われ
ます。

在日本的傳統戲劇中，常使用三味線。

□斜面
（しゃめん）

【名】斜面，斜坡

スキー場で、斜面を一気に滑り降りました。

從滑雪場的斜坡一口氣滑下來。

□砂利
（じゃり）

【名】沙礫；碎石子

玄関先に砂利を敷きました。

玄關前鋪上了碎石。

あ い う え お か き く け こ さ し す せ そ た ち つ て と な に ぬ ね の は ひ ふ へ ほ ま み む め も や ゆ よ ら り る れ ろ わ

□ジャンパー　　【名】運動服；夾克
　(jumper)

ジャンパーを着<sup>き</sup>てきました。
穿著運動服來。

□ジャンプ　　　【名、自サ】跳躍
　(jump)

思<sup>おも</sup>いっきりジャンプしなさい。
盡情地跳躍一下。

□ジャンボ　　　【名】巨大
　(jumbo)

ジャンボ・ジェットで、海外旅行<sup>かいがいりょこう</sup>に行<sup>い</sup>きます。
搭乘巨大客機去海外旅行。

□ジャンル　　　【名】種類，部類；風格
　(genre )

どんなジャンルの小説<sup>しょうせつ</sup>が好<sup>す</sup>きですか？
喜歡哪種類型的小說？

□主　　　　　　【名】主人；首領；中心
　（しゅ）

主<sup>しゅ</sup>として、中東方面<sup>ちゅうとうほうめん</sup>の貿易<sup>ぼうえき</sup>を担当<sup>たんとう</sup>しています。
主要是擔任中東方面的貿易。

□種　　　　　　【名】種類；（生物）種
　（しゅ）

この種<sup>しゅ</sup>の動物<sup>どうぶつ</sup>は少<sup>すく</sup>なくありません。
這種動物不少。

□私有　　　　　【名、他サ】私有
　（しゆう）

この土地<sup>とち</sup>は私有<sup>しゆう</sup>財産<sup>ざいさん</sup>です。
這塊土地是私人財產。

□衆
（しゅう）

【名】眾多，眾人；一夥人

今時の若い衆は自分の主張もできない。
現在的年輕人都沒有自己的主張。

□住
（じゅう）

【名】居住，住處

衣、食、住の三つは人間にとって重要なものだ。
衣、食、住三項對人類而言很重要。

□収益
（しゅうえき）

【名】收益

コンサートの収益はすべて被害者の救済に当てられる。
演唱會的收益全用來救災。

□修学
（しゅうがく）

【名、自サ】學習、求學，修學

修学旅行で東京へ行った。
修學旅行去了東京。

□周期
（しゅうき）

【名】周期

この温泉は一時間の周期でお湯を吹き出す。
這個溫泉以一個小時為周期噴出泉水。

□衆議院
（しゅうぎいん）

【名】眾議院

日本には衆議院と参議院の両院があります。
日本有眾議院跟參議院兩院。

□就業
（しゅうぎょう）

【名、自サ】就業（有職業）；開始工作

今年の就業率はかなり下がっています。
今年就業率降低許多。

□従業員　　　【名】員工，職工
（じゅうぎょういん）
従業員がストライキをして、全員首になった。
員工進行罷工，全被革職了。

□集計　　　　【名、他サ】合計，總計
（しゅうけい）
寄付金の集計をしている。
計算救濟金的總數。

□襲撃　　　　【名、他サ】襲擊
（しゅうげき）
敵の襲撃を受けた。
受到敵人的攻擊。

□収支　　　　【名】收支
（しゅうし）
今月の収支を報告してください。
請報告這個月的收支。

□終始　　　　【名、自サ、副】
（しゅうし）
彼は終始落ち着いた態度だった。
他的態度始終都很鎮靜。

□修士　　　　【名】碩士
（しゅうし）
修士論文を書いているところです。
我正著手寫碩士論文。

□従事　　　　【名、自サ】從事
（じゅうじ）
音楽関係の仕事に従事しています。
我從事跟音樂有關的工作。

□終日
（しゅうじつ）

【名】整天，終日

今日は終日 開店していますから、いつでも
来てください。

今天整天開店，請隨時蒞臨本店。

□充実
（じゅうじつ）

【名、自サ】充實，充沛

とても充実した夏休みでした。

暑假過得很充實。

□収集
（しゅうしゅう）

【名、他サ】收集，蒐集

珍しい形の石を収集しています。

我收集珍奇的石頭。

□修飾
（しゅうしょく）

【名、他サ】修飾，裝飾；（文法）修飾

上の言葉が下の言葉を修飾する。

上面的語詞修飾下面的語詞。

□十字路
（じゅうじろ）

【名】十字路，岐路

彼は今、人生の十字路に立っている。

他正站在人生的十字路上。

□執着
（しゅうちゃく／
しゅうじゃく）

【名、自サ】迷戀，留戀

生きることへの執着が病気に勝った。

活下去的意志力，戰勝了疾病。

□柔軟
（じゅうなん）

【名、行動】柔軟；頭腦靈活

どんな問題が起きても、柔軟かつ冷静にこ
とを収める人は少ないです。

無論發生什麼問題，很少人能冷靜且隨機應
變。

331

□重複
（じゅうふく）

【名、自サ】重複

この本は 5 ページ重複している。

這本書有五頁重複。

□収容
（しゅうよう）

【名、他サ】收容，容納；拘留

孤児が施設に収容された。

孤兒被孤兒院收容。

□従来
（じゅうらい）

【名】以來

今回の研究によって、コアラに関する従来
の認識が改められた。

根據這次的研究，改變了以往對無尾熊的認

識。

□修了
（しゅうりょう）

【名、他サ】學完（一定的課程）

博士課程を修了した。

修完博士課程。

□守衛
（しゅえい）

【名】警衛，守衛

会社の安全のため、守衛をおいた。

為了安全雇用警衛。

□主演
（しゅえん）

【名、自サ】主演

主演の女優が彼女に決まった。

決定讓她當女主角。

□主観
（しゅかん）

【名】主觀

物事を客観的に考えて、主観を捨てなさい。

思考事物要客觀，並拋棄主觀。

□修行
（しゅぎょう）

【名、自サ】修（學），練（武），學習（技藝）

僕は先生の元で丸十年も法律の修行を積んできた。

我在老師的門下，整整學了十年的法律。

□塾
（じゅく）

【名】補習班

息子は英会話塾に通っている。

我兒子在英文補習班上課。

□祝賀
（しゅくが）

【名、他サ】祝賀，慶祝

祝賀の挨拶を部長に頼みました。

請部長上台講祝賀詞。

□宿命
（しゅくめい）

【名】宿命

あの出会いは宿命だったのだ。

那次的邂逅是一個宿命。

□手芸
（しゅげい）

【名】手工藝

奥さんは、手芸の先生だそうですね。

聽說尊夫人是手工藝老師。

□主権
（しゅけん）

【名】主權

主権を持つのは国民です。

擁有主權的是國民。

□主催
（しゅさい）

【名、他サ】主辦，舉辦

新聞社の主催で、展覧会が行なわれた。

報社主辦展覽會。

□取材
（しゅざい）

【名、自サ】取材，採訪

優勝力士の取材をしてきます。

採訪了優勝的力士。

□趣旨
（しゅし）

【名】宗旨，趣旨

今度の論文の趣旨を説明してください。
請說明這次論文的宗旨。

□種々
（しゅじゅ）

【名、形動、副】種種，各種，多種

種々の方法を使って、研究を進めた。
使用各種方法，進行研究。

□主食
（しゅしょく）

【名】主食（品）

この国の主食はじゃがいもです。
馬鈴薯是這個國家的主食。

□主人公
（しゅじんこう）

【名】主角

物語の主人公は、10歳の少女です。
故事的主角是一個10歲的少女。

□主体
（しゅたい）

【名】事物的主要部分；主體，有意識的人

この団体はサラリーマンを主体としている。
這團體以上班族為主體。

□主題
（しゅだい）

【名】（文章、作品、樂曲的）主題

文書を書くときは、主題をはっきりさせる
ことだ。
寫文章的時候，主題要很清楚。

□出演
（しゅつえん）

【名、自サ】演出，登台

娘はこの芝居に出演することになりました。
我女兒要演這齣戲。

□出血
（しゅっけつ）

【名、自サ】出血；虧本

けがをして、たくさん出血しました。
受傷流了很多血。

□出現
（しゅつげん）

【名、自サ】出現

新製品が 出現した。
しんせいひん　　　しゅつげん
新產品出現了。

---

□出産
（しゅっさん）

【名、自サ】生育

出産したら、また職場に戻ります。
しゅっさん　　　　　　しょくば　もど
生完小孩，我會再回去工作。

---

□出社
（しゅっしゃ）

【名、自サ】到公司上班

明日は何時ごろ出社しますか？
あす　なんじ　　　しゅっしゃ
你明天幾點上班？

---

□出生
（しゅっしょう／
しゅっせい）

【名、自サ】出生，出生地

あなたの出生地はどちらですか？
しゅっせいち
你在哪裡出生？

---

□出世
（しゅっせ）

【名、自サ】出息，成功，發跡；出生

出世にはあまり興味がありません。
しゅっせ　　　　　きょうみ
成不成功我都不感興趣。

---

□出題
（しゅつだい）

【名、自サ】出題

今度の試験の出題者は山田教授だというこ
こんど　しけん　しゅつだいしゃ　やまだきょうじゅ
とだ。
聽說這次考試的出題者是山田教授。

---

□出動
（しゅつどう）

【名、自サ】（消防隊，警察等）出動

事件が起こって、消防車が出動した。
じけん　お　　　　しょうぼうしゃ　しゅつどう
發生事情，消防車出動了。

---

□出費
（しゅっぴ）

【名、自サ】費用；出支；開銷

今月は、出費がとても多いです。
こんげつ　　　しゅっぴ　　　　おお
這個月的開銷太多了。

335

□出品
（しゅっぴん）

【名、自サ】展出作品，展出產品

<ruby>展覧会<rt>てんらんかい</rt></ruby>に<ruby>作品<rt>さくひん</rt></ruby>を<ruby>出品<rt>しゅっぴん</rt></ruby>する<ruby>予定<rt>よてい</rt></ruby>です。

我預定在展覽會上展出作品。

□主導
（しゅどう）

【名】主導；主動

このプランは、<ruby>彼<rt>かれ</rt></ruby>の<ruby>主導<rt>しゅどう</rt></ruby>で<ruby>行<rt>おこな</rt></ruby>われた。

他主導這個方案。

□主任
（しゅにん）

【名】主任

<ruby>彼<rt>かれ</rt></ruby>は<ruby>主任<rt>しゅにん</rt></ruby>に<ruby>昇進<rt>しょうしん</rt></ruby>した。

他升爲主任。

□首脳
（しゅのう）

【名】首腦，領導人

<ruby>各国<rt>かっこく</rt></ruby><ruby>首脳<rt>しゅのう</rt></ruby>の<ruby>会議<rt>かいぎ</rt></ruby>は<ruby>沖縄<rt>おきなわ</rt></ruby>で<ruby>行<rt>おこな</rt></ruby>われた。

沖繩舉行各國的首腦會議。

□守備
（しゅび）

【名、他サ】守備，守衛

<ruby>僕<rt>ぼく</rt></ruby>たちのチームは<ruby>守備<rt>しゅび</rt></ruby>が<ruby>弱<rt>よわ</rt></ruby>かった。

我隊的守備太弱了。

□手法
（しゅほう）

【名】（藝術表現的）手法

<ruby>新<rt>あたら</rt></ruby>しい<ruby>手法<rt>しゅほう</rt></ruby>を<ruby>試<rt>こころ</rt></ruby>みる<ruby>画家<rt>がか</rt></ruby>たちの<ruby>作品<rt>さくひん</rt></ruby>が<ruby>素晴<rt>すば</rt></ruby>らしかった。

畫家們嘗試新手法的作品，眞是太棒了。

□樹木
（じゅもく）

【名】樹木

<ruby>公園<rt>こうえん</rt></ruby>は<ruby>樹木<rt>じゅもく</rt></ruby>が<ruby>多<rt>おお</rt></ruby>いので、<ruby>散歩<rt>さんぽ</rt></ruby>すると<ruby>気持<rt>きも</rt></ruby>ちがいい。

公園有很多樹木，散起步來眞是舒服。

□樹立
（じゅりつ）

【名、自他サ】樹立，建立

新記録を樹立した。
創新紀錄。

---

□準急
（じゅんきゅう）

【名】準快車，快速列車

準急は、代々木上原に停まりますか？
準快車停靠代代木上原站嗎？

---

□私用
（しよう）

【名、他サ】私用，私事

仕事中に、私用電話はかけないでください。
工作中，不要打私人電話。

---

□仕様
（しよう）

【名】方法，辦法，作法

御社の機械の仕様をファックスで送ってください。
請用傳眞傳貴公司的機器製法。

---

□情
（じょう）

【名】情，情感；同情

彼は情に厚い人だ。
他很重感情。

---

□上位
（じょうい）

【名】上位；上坐

兄は作文コンクールで上位に入賞した。
哥哥作文比賽得到好成績。

---

□上演
（じょうえん）

【名、他サ】上演

その劇は上演を禁止された。
那齣戲被禁演。

□城下
（じょうか）

【名】城下；城市（以諸侯的居住爲中心發展起來的）

ここは昔 大名の城下町でした。
むかしだいみょう　じょうかまち

這裡以前是大名的城邑。

□生涯
（しょうがい）

【名】一生，終生，畢生

その画家は生涯 独身でした。
がか　しょうがいどくしん

那個畫家一輩子都單身。

□消去
（しょうきょ）

【名、自他サ】消失，消去，塗掉

不要な文字を消去する
ふよう　もじ　しょうきょ

去掉不必要的文字。

□上空
（じょうくう）

【名】高空，天空

沖縄の上空を飛行している。
おきなわ　じょうくう　ひこう

在沖繩上空飛行。

□衝撃
（しょうげき）

【名】衝擊，衝撞

事故のニュースに、衝撃を受けました。
じこ　　　　　　しょうげき　う

聽到那個意外事故，受到很大的衝擊。

□証言
（しょうげん）

【名、他サ】證言，證詞

店の人が証言してくれて、無罪が証明された。
みせ ひと しょうげん　　　　　　むざい　しょうめい

店裡的人幫我作證，證明我的清白。

□証拠
（しょうこ）

【名】證據

なにか証拠があるんですか？
しょうこ

有什麼證據嗎？

| | |
|---|---|
| □照合<br>（しょうごう） | 【名、他サ】對照，核對<br>番号を照合して、確認してください。<br>請核對號碼確認一下。 |
| □詳細<br>（しょうさい） | 【名、形動】詳細<br>詳細については、後ほど説明します。<br>詳細內容，稍後再做說明。 |
| □上司<br>（じょうし） | 【名】上司<br>うちの上司は、がんこでいやになる。<br>上司很頑固，真討厭。 |
| □上昇<br>（じょうしょう） | 【名、自サ】上升<br>株価の上昇が気になる。<br>很在意股票上升。 |
| □昇進<br>（しょうしん） | 【名、自サ】升遷，晉升<br>ご昇進、おめでとうございます。<br>恭喜你升遷了。 |
| □情勢<br>（じょうせい） | 【名】形勢<br>台風がやってきそうな情勢ですね。<br>看形勢颱風好像要來了。 |
| □消息<br>（しょうそく） | 【名】消息，信息；動靜<br>大学の友人の消息はありますか？<br>你有大學朋友的消息嗎？ |
| □正体<br>（しょうたい） | 【名】原形，真面目<br>あの男は、まったく正体不明の人物です。<br>那男人的真實身份好像一個謎。 |

□承諾
（しょうだく）

【名、他サ】承諾，應允

その件は、承諾いたしました。
我們同意那件事。

□情緒
（じょうちょ/
じょうしょ）

【名】情緒；情趣，風趣

情緒が不安定になっているので、優しくし
てあげてください。
他情緒很不安定，對他溫柔一點。

□象徴
（しょうちょう）

【名、他サ】象徴

日本の現代社会を象徴するようなできごと
だ。
那個事件似乎象徴現代的日本社會。

□小児科
（しょうにか）

【名】小兒科，兒科

小児科の仕事は、とても忙しいそうです。
小兒科工作，似乎很忙。

□使用人
（しようにん）

【名】佣人，雇工

お宅では、使用人を何人使っていらっしゃ
いますか？
貴府雇用幾個備人？

□証人
（しょうにん）

【名】證人；保證人

わたしが証人になってあげる。
我來當你的證人。

□情熱
（じょうねつ）

【名】熱情，激情

バスケットに情熱を注ぐ。
把洋溢的熱情灌注在籃球上。

□譲歩
（じょうほ）

【名、自サ】讓步

話し合いでは、譲歩する気持ちがなければ
話がまとまらない。

彼此的對話，如果沒有讓步的心態，就無法
談攏。

□照明
（しょうめい）

【名、他サ】照明；舞台燈光

照明係をしています。

我擔任照明幹事。

□条約
（じょうやく）

【名】條約

安全保障条約を締結する。

締結安全保障條約。

□勝利
（しょうり）

【名、自サ】勝利

紅白戦では紅組が勝利をおさめた。

紅白戰紅隊獲勝。

□上陸
（じょうりく）

【名、自サ】登陸，上岸

合法的な上陸でなければ、密航と見なす。

如果不是合法入境，就算偷渡。

□蒸溜
（じょうりゅう）

【名、他サ】蒸餾

蒸溜水を注文する。

訂購蒸餾水。

□奨励
（しょうれい）

【名、他サ】獎勵，鼓勵

交流協会の奨励金を受ける。

接受交流協會的獎學金。

□ショー
(show)

【名】(show)演出，表演；展覽，展覽會

ステージでショーが始まる。
舞台表演開始了。

□除外
（じょがい）

【名、他サ】除外，不在此例

特別の理由がある場合は除外します。
有特別理由的算例外。

□職員
（しょくいん）

【名】職員，員工

職員のなかには企業スパイがいる。
員工裡有企業間諜。

□植民地
（しょくみんち）

【名】殖民地

第二次世界大戦まで日本の植民地だった。
到第二次世界大戰爲止，是日本的殖民地。

□職務
（しょくむ）

【名】職務

職務に責任を持つ。
對工作負責。

□諸君
（しょくん）

【名、代】（一般爲男性用語，對長輩不用）
各位，諸君

優勝したのは諸君の努力のおかげだ。
能夠獲勝是大家的功勞。

□助言
（じょげん）

【名、自サ】建議，忠告；出主意

長老の助言で村の経済がどんどんよくなる。
由於長老的建議，村裡的經濟越發好起來。

□徐行
（じょこう）
【名、自サ】（電車，汽車等）慢行
大雨なので運転手たちは注意深く徐行している。
由於大雨，司機們都注意慢開。

□所在
（しょざい）
【名】地址，下落；所在
彼の会社の所在地は大阪だ。
他的公司在大阪。

□所持
（しょじ）
【名、他サ】所持，所有；攜帶
パスポートを所持していなければ、外国に行けない。
沒有護照，就無法到國外去。

□女史
（じょし）
【名】（敬語）女士，女史
校内の体育館で鈴木女史の講演会がある。
鈴木女士在校內的體育館演講。

□助詞
（じょし）
【名】（文法）助詞
日本語の文法では、助詞の使い方が難しい。
日語文法的助詞用法很難。

□所属
（しょぞく）
【名、自サ】所屬；附屬
交流協会は日本の外務省に所属する。
交流協會屬於日本外務省。

□処置
（しょち）
【名、他サ】處理，處置
寛大な処置に感謝する。
感謝你寬大的處理。

□ショック
(shock)

【名】(shock)震動，刺激

初めて日本に行ってカルチャーショックを
受けた。

初次去日本，受到文化的衝擊。

□所定
(しょてい)

【名】所定，規定

所定のフォントで記入する。

依規定的形式填寫。

□助動詞
(じょどうし)

【名】(文法)助動詞

助動詞は動詞の後につける品詞だ。

助動詞是接在動詞後面的品詞。

□所得
(しょとく)

【名】所得，收入；(納稅時所報的)純收入

毎年の二月ごろに所得申告をする。

每年二月左右申報所得稅。

□処罰
(しょばつ)

【名、他サ】處罰，懲罰

校則に反したら処罰される。

違反校規將被處罰。

□初版
(しょはん)

【名】(印刷物，書籍的)初版，第一版

八月に初版だった本が二週間足らずで十刷
りとなった。

八月初版的書，不到兩週就十刷了。

□書評
(しょひょう)

【名】書評（特指對新刊的評論）

鈴木先生の著書は朝日新聞の書評でいい
評価を受けた。

鈴木老師寫的書，在朝日新聞的書評裡，有
很好的評價。

□処分
（しょぶん）

【名、他サ】處理，處置；處分，處罰

中古車（ちゅうこしゃ）の処分（しょぶん）を業者（ぎょうしゃ）に頼（たの）む。
請業者處理中古車。

---

□庶民
（しょみん）

【名】庶民，百姓

庶民（しょみん）の生活（せいかつ）を守（まも）る。
保護百姓的生活。

---

□庶務
（しょむ）

【名】總務

実績（じっせき）が悪（わる）くて庶務（しょむ）課（か）に異動（いどう）させられた。
業績不好被左遷到庶務課。

---

□所有
（しょゆう）

【名、他サ】所有

この建物（たてもの）の所有（しょゆう）者（しゃ）は射殺（しゃさつ）された。
這棟建築物的所有人被射殺了。

---

□自立
（じりつ）

【名、自サ】自立，獨立

子（こ）どもの自立（じりつ）のために、厳（きび）しくしています。
爲了讓小孩自立，所以很嚴格。

---

□指令
（しれい）

【名、他サ】指令，命令

上官（じょうかん）からの指令（しれい）に従（したが）った。
遵從上司的指示。

---

□陣
（じん）

【名】陣勢；陣地

背水（はいすい）の陣（じん）をしく。
背水一戰。

---

□進化
（しんか）

【名、自サ】進化

人間（にんげん）は去（さ）る昔（むかし）みんな同（おな）じ祖先（そせん）から進化（しんか）してきたそうだ。
據說人類都是從相同的祖先進化而來的。

□人格
（じんかく）

【名】人格

こんな環境では、人は人格が歪んでしまう。

這樣的環境會扭曲人的人格。

□審議
（しんぎ）

【名、他サ】審議

法案の審議はもう十回目になった。

案件的審議已經第十次了。

□進行
（しんこう）

【名、自サ】前進，行進；（病情等）發展，
　　　　　惡化

会議は予定通りに進行した。

會議按照預定計畫進行。

□新興
（しんこう）

【名】新興

海辺には新興住宅地ができた。

海邊蓋了新住宅。

□振興
（しんこう）

【名、自他サ】振興（使事物更爲興盛）

不況のなかで企業の振興に力を尽くす。

不景氣之中致力於企業的振興。

□申告
（しんこく）

【名、他サ】申報

我々は所得の申告をしなければならない。

大家都得申報所得。

□新婚
（しんこん）

【名】新婚

新婚旅行は、どこへ行きましたか？

你新婚旅行到哪裡？

□審査
（しんさ）

【名、他サ】審査

一回目の審査を通った人は、100人です。

共100人通過初審。

□人材
（じんざい）

【名】人才

うちの会社では、有能な人材を必要としている。

我們公司需要能力強的人才。

□紳士
（しんし）

【名】紳士

イギリスは紳士の国と言われています。

英國被譽爲紳士之國。

□真実
（しんじつ）

【名、形動、副】眞實，事實

裁判所では、真実を話さなければなりません。

法院上得說實話。

□信者
（しんじゃ）

【名】信徒；…迷，愛好者

私はキリストの信者です。

我是基督教徒。

□真珠
（しんじゅ）

【名】珍珠

真珠のネックレスを買ってください。

幫我買珍珠項鍊。

□進出
（しんしゅつ）

【名、自サ】進入，打入，擠進；向…發展

この企業はアメリカにも進出している。

這家企業也向美國發展。

□心情
（しんじょう）

【名】心情

事故に巻き込まれてわが子を亡くした友人の心情を思いやる。

體諒被事故牽連而死掉兒子的朋友的心情。

□新人
（しんじん）

【名】新手，新人

クラブの新人を紹介する。
介紹俱樂部的新會員。

---

□神聖
（しんせい）

【名、形動】神聖

ここは神聖な場所ですから、静かにしてください。
這裡是神聖之處，請安靜。

---

□親善
（しんぜん）

【名】親善，友好

フランスチームと親善試合を行なった。
與法國舉辦友誼賽。

---

□真相
（しんそう）

【名】眞相

事件の真相を知りたくありませんか？
你不想知道事件的眞相嗎？

---

□迅速
（じんそく）

【名、形動】迅速

迅速な処理を行なう。
迅速處理。

---

□人体
（じんたい）

【名】人體，人的身體

人体の各部を説明した本がほしいです。
我想要一本說明人體各部位的書。

---

□新築
（しんちく）

【名、他サ】新建，新蓋

新築のマンションを買おうと思います。
我想買一間新公寓。

□心中
（しんじゅう）

【名】心中，內心；一起自殺

二人は結婚に反対されて、心中してしまった。

結婚被反對，雙雙自殺了。

□進呈
（しんてい）

【名、他サ】贈送，奉送

今新製品を買った方に、粗品を進呈します。

現在贈送禮物給購買新產品的人。

□進展
（しんてん）

【名、自サ】發展，進展

仕事の計画に、進展はありましたか？

工作計畫有進展嗎？

□神殿
（しんでん）

【名】神社的正殿

ギリシャの神殿を見学した。

參觀希臘神殿。

□進度
（しんど）

【名】進度

授業の進度を教えてください。

請告訴我上課進度。

□振動
（しんどう）

【名、自他サ】振動；擺動

振動で、棚からものが落ちてきた。

由於振動，東西從架上掉了下來。

□新入生
（しんにゅうせい）

【名】新生

新入生は、みんな新しいかばんを持っている。

每位新生都帶新書包。

□信任
（しんにん）

【名、他サ】信任

村民の信任を得て鈴木さんは高 得票で当選
した。
鈴木先生得到村民的信任而高票當選。

□神秘
（しんぴ）

【名、形動】神秘

わざと神秘化する。
故意把事情神秘化。

□人文科学
（じんぶんかがく）

【名】人文科學

人文科学の分野では、言語学に興味があり
ます。
在人文科學的領域裡，我對語學感興趣。

□辛抱
（しんぼう）

【名、自サ】忍耐，耐心

辛抱が足りない。
我耐力不夠。

□人民
（じんみん）

【名】人民

人民のための政治を行なわなければならな
い。
政治需為人民著想。

□真理
（しんり）

【名】眞理；正確的道理

仏教で教えている真理を探究する。
研究佛教教義中的眞理。

□侵略
（しんりゃく）

【名、他サ】侵略

侵略戦争を起こされた。
引發侵略戰爭。

□診療
（しんりょう）

【名、他サ】診療，診察治療

診療時間は、九時から五時までです。

醫療時間，從九點到五點。

【比較看看】

◎「志向」是以某事爲目標而作打算。

「指向」朝向已決定的方向。

◎「資産」做爲資本的公司或個人所擁有的財物、土地。

「資本」作爲事業或生意上之本金的財物。

「資金」做事業所需要的金錢；用於特殊目地的特別資金。

◎「修業」學習學問、技術、技藝等等。

「終業」工作結束，學完課程。

「就業」是開始工作；有職業的意思。

◎「収集」把各種東西收集起來。

「収拾」是收拾、整頓凌亂的東西。

◎「収容」收容、容納；把人或物放進某一場所，並加以管理。

「収用」是徵收並加以使用之意。又，國家等爲了公共利益，
將特定的物件強制取得其所有權，並加以使用。

◎「修了」是學完一定的課程、學業或技術。

「終了」是完全結束。完成所有預定的內容。

## す

□粋
(すい)

【名】精華；通曉人情世故

<ruby>最先端技術<rt>さいせんたんぎじゅつ</rt></ruby>の<ruby>粋<rt>すい</rt></ruby>を<ruby>集<rt>あつ</rt></ruby>めたコンピューター。

結合先端科技精華的電腦。

□水源
(すいげん)

【名】水源

<ruby>川<rt>かわ</rt></ruby>の<ruby>水源<rt>すいげん</rt></ruby>まで<ruby>歩<rt>ある</rt></ruby>いてみましょう。

溯游到河川的源頭看看。

□推進
(すいしん)

【名、他サ】推進，推動

<ruby>身近<rt>みぢか</rt></ruby>なリサイクル<ruby>運動<rt>うんどう</rt></ruby>を<ruby>推進<rt>すいしん</rt></ruby>しています。

推動周遭資源再利用運動。

□水洗
(すいせん)

【名、他サ】水洗；用水沖洗

<ruby>水洗<rt>すいせん</rt></ruby>トイレが<ruby>完備<rt>かんび</rt></ruby>しています。

備有水洗廁所。

□吹奏
(すいそう)

【名、他サ】吹奏

<ruby>吹奏<rt>すいそう</rt></ruby><ruby>楽団<rt>がくだん</rt></ruby>で、トランペットを<ruby>吹<rt>ふ</rt></ruby>いています。

樂隊吹奏小喇叭。

□推測
(すいそく)

【名、他サ】推測，猜測

<ruby>証拠<rt>しょうこ</rt></ruby>もなく、<ruby>推測<rt>すいそく</rt></ruby>で<ruby>人<rt>ひと</rt></ruby>を<ruby>裁<rt>さば</rt></ruby>けない。

沒有證據，光憑推測是無法制裁他人的。

□水田
(すいでん)

【名】水田

どこまでも<ruby>水田<rt>すいでん</rt></ruby>が<ruby>続<rt>つづ</rt></ruby>いている。

無邊無際的水田。

N1 單字

N1 單字

N1 單字

N1 單字

N1 單字

N1 單字

N1 單字

N1 單字

N1 單字

N1 單字

N1 單字

N1 單字

N1 單字

N1 單字

N1 單字

N1 單字

N1 單字

N1 單字

N1 單字

N1 單字

□推理
（すいり）

【名、他サ】推理

推理を働かせたら、犯人がわかった。
運用推理，得知犯人是誰了？

□数詞
（すうし）

【名】數詞

日本語の数詞は、覚えるのが難しい。
日語的數詞很難背。

□崇拝
（すうはい）

【名、他サ】崇拜；信仰

その宗教では、偶像崇拝が禁じられている。
那個宗教禁止偶像崇拜。

□進み
（すすみ）

【名】前進；進展；進步

仕事の進みはどうですか？
工作進展得怎麼樣？

□勧め
（すすめ）

【名】勸告；鼓勵；推薦

先生の勧めで、音楽大学を受けることにしました。
由於老師的鼓勵，而決定報考音樂大學。

□裾
（すそ）

【名】下擺；下襟；山腳

ズボンのすそが汚れてしまった。
褲子的下擺髒了。

□スタジオ
（studio）

【名】工作室；攝影棚

ダンス・スタジオで、ジャズダンスを習っています。
在跳舞練習場，練習爵士舞。

□スチーム　　　　【名】蒸汽
(steam)

うちのアイロンは、スチームがついていま
す。
我家的熨斗附有蒸汽。

□ストライキ／スト　【名、自サ】罷工
(strike)

今日は鉄道のストなので、電車が止まって
います。
今天鐵路罷工，所以電車停開。

□ストレス　　　　【名】壓力
(stress)

ストレスがたまって、病気になりました。
由於壓力太大，而生病了。

□ストロー　　　　【名】吸管
(straw)

ジュースを飲みたいので、ストローをくだ
さい。
我想喝果汁，請給我吸管。

□ストロボ　　　　【名】閃光燈
(strobo)

今、ストロボが光りましたか？
剛剛閃光燈是不是閃了一下。

□スプリング　　　【名】春天；彈簧
(spring)

ベッドのスプリングがおかしくなりました。
床墊有點奇怪。

□スペース　　　　【名】空間；宇宙空間；空白
(space)

荷物を置くスペースはありますか？
有放行李的空間嗎？

□ずぶ濡れ 【名】全身濕透
（ずぶぬれ）
突如雨が降ってずぶ濡れになってしまった。
被突如其來的雨，淋得濕答答。

□スポーツカー 【名】跑車
（sports car）
赤いスポーツカーがほしいけど、僕にとっては高嶺の花だ。
想要輛跑車，但對我而言真可望而不可及。

□スラックス 【名】運動褲，女褲
（slacks）
イタリア製のスラックスを購入した。
買了義大利製的運動褲。

□滑 【名】（意見等）不一致，分歧
（ずれ）
彼の考え方には、ずれがあります。
他的想法有些偏差。

□擦れ違い 【名】交錯，錯過去
（すれちがい）
お母さんと駅ですれ違いになった。
跟母親在車站錯身而過了。

**【比較看看】**

◎「情勢」事物變化的情況。不僅是現在，也包括最近會有的動向、趨勢。

「形勢」變化的局勢、趨勢。使用在比賽、戰爭、裁判等等有對立的敵手之情況下。

# せ

---

□生育・成育
(せいいく)

【名、自他サ】成長，發育

今季の稲の生育は順調だ。
<ruby>今<rt>こん</rt></ruby>季の<ruby>稲<rt>いね</rt></ruby>の<ruby>生育<rt>せいいく</rt></ruby>は<ruby>順調<rt>じゅんちょう</rt></ruby>だ。
這一季稻子生長順利。

---

□成果
(せいか)

【名】成果，成績

<ruby>練習<rt>れんしゅう</rt></ruby>の<ruby>成果<rt>せいか</rt></ruby>を<ruby>見<rt>み</rt></ruby>せましょう。
讓我看看練習的成績。

---

□正解
(せいかい)

【名、他サ】正確的理解，正確答案。

<ruby>問題<rt>もんだい</rt></ruby>の<ruby>正解<rt>せいかい</rt></ruby>はどこに<ruby>書<rt>か</rt></ruby>いてありますか？
問題的正確答案寫在哪裡？

---

□正規
(せいき)

【名】正規，道義；正確的意思

<ruby>私<rt>わたし</rt></ruby>は<ruby>正規<rt>せいき</rt></ruby>の<ruby>学生<rt>がくせい</rt></ruby>ではなく、<ruby>聴講生<rt>ちょうこうせい</rt></ruby>です。
我不是正式生，而是旁聽生。

---

□正義
(せいぎ)

【名】正義，道義；正確的意思

<ruby>金<rt>かね</rt></ruby>のためではなく、<ruby>正義<rt>せいぎ</rt></ruby>のために<ruby>働<rt>はたら</rt></ruby>いているのだ。
我不是為錢，而是為正義奮鬥的。

---

□生計
(せいけい)

【名】謀生，生活

これから<ruby>何<rt>なん</rt></ruby>で<ruby>生計<rt>せいけい</rt></ruby>を<ruby>立<rt>た</rt></ruby>てていくつもりですか？
今後你準備怎麼過活？

---

□政権
（せいけん）

【名】政權；參政權

次の選挙では、政権が交替するかもしれない。

下次的選舉，政權可能會交替。

---

□精巧
（せいこう）

【名】精巧；精密

精巧な軍艦模型だ。

真是精巧的軍艦模型。

---

□星座
（せいざ）

【名】星座

私の星座は、ふたご座です。

我的星座是雙子座。

---

□制裁
（せいさい）

【名、他サ】制裁，懲治

校則に違反して制裁を受けた。

違反校規而受到處罰。

---

□政策
（せいさく）

【名、他サ】政策，策略

小泉 首相は内部改革政策を打ち出した。

小泉首相提出內部改革政策。

---

□精算
（せいさん）

【名、他サ】結算；清理財產；結束

乗り越して降車駅で精算した。

車子坐過頭，到站補票。

---

□生死
（せいし）

【名】生死；死活

父は、外国に行ったまま生死もわからない。

父親到外國就一去不回，是死是活也不知道。

□静止
（せいし）

【名、自サ】靜止

虎はターゲットを睨んで、静止してチャン
スを待っている。
老虎盯住獵物，而靜待機會。

□誠実
（せいじつ）

【名、形動】誠實，眞誠

結婚したい相手は誠実な人柄であればいい。
結婚對象只要爲人誠實就好。

□成熟
（せいじゅく）

【名、自サ】成熟；熟練

彼はもう成熟した大人です。
他已經是一個成熟的大人了。

□青春
（せいしゅん）

【名】春季；青春；歲月

青春時代に日本に留学した。
青春時代到過日本留學。

□清純
（せいじゅん）

【名、形動】清純，純眞

清純な女性が好きだ。
我喜歡清純的女性。

□聖書
（せいしょ）

【名】聖經，聖典

旧約聖書を読んでいる。
我在唸舊約聖經。

□正常
（せいじょう）

【名、形動】正常

試合中には常に正常な心理状態でいるよう
にしている。
比賽時我都盡量保持平常心。

□整然
（せいぜん）

【名、形動】整齊；有條不紊

林さんの書斎の本棚には本が整然と並んでいる。

林先生書房裡的書架，書擺得整整齊齊。

□盛装
（せいそう）

【名、自サ】盛裝

パーティに来ていた人たちは、みんな盛装でした。

參加派對的人，都穿戴整齊。

□盛大
（せいだい）

【名、形動】盛大；隆重

盛大な結婚披露宴だ。

盛大的結婚宴會。

□清濁
（せいだく）

【名】清濁；正邪，善惡

夜には水の清濁がよくわからない。

夜晚水的清濁一目了然。

□制定
（せいてい）

【名、他サ】制定

憲法を制定する。

制訂憲法。

□製鉄
（せいてつ）

【名】練鐵。

製鉄会社に勤めている。

我在製鐵公司上班。

□晴天
（せいてん）

【名】晴天

運動会は晴天に恵まれた。

天公做美，運動會當天天氣良好。

□正当　　　　　　【名、形動】正當
（せいとう）
これは国民の<ruby>正当<rt>せいとう</rt></ruby>な<ruby>権利<rt>けんり</rt></ruby>だ。
<ruby>国民<rt>こくみん</rt></ruby>
這是國民的正當權利。

□成年　　　　　　【名】成年
（せいねん）
<ruby>成年<rt>せいねん</rt></ruby>に<ruby>達<rt>たっ</rt></ruby>する。
已到成年。

□生年月日　　　　【名】生年月日
（せいねんがっぴ）
<ruby>生年月日<rt>せいねんがっぴ</rt></ruby>は<ruby>西暦<rt>せいれき</rt></ruby>で<ruby>書<rt>か</rt></ruby>いてください。
生年月日請用西曆寫。

□制服　　　　　　【名】制服
（せいふく）
<ruby>会社<rt>かいしゃ</rt></ruby>の<ruby>制服<rt>せいふく</rt></ruby>を<ruby>注文<rt>ちゅうもん</rt></ruby>して<ruby>作<rt>つく</rt></ruby>る。
訂做公司制服。

□征服　　　　　　【名、他サ】征服，克服，戰勝
（せいふく）
<ruby>他国<rt>たこく</rt></ruby>を<ruby>武力<rt>ぶりょく</rt></ruby>で<ruby>征服<rt>せいふく</rt></ruby>する。
用武力征服其它國家。

□製法　　　　　　【名】製法，作法
（せいほう）
みそ<ruby>汁<rt>しる</rt></ruby>の<ruby>製法<rt>せいほう</rt></ruby>を<ruby>教<rt>おそ</rt></ruby>わる。
學到味噌湯的作法。

□精密　　　　　　【名、形動】精密，精確
（せいみつ）
<ruby>精密<rt>せいみつ</rt></ruby><ruby>機械<rt>きかい</rt></ruby>の<ruby>展示会<rt>てんじかい</rt></ruby>は<ruby>明日<rt>あす</rt></ruby>よりビッグサイトで<ruby>行<rt>おこな</rt></ruby>われる。
明天東京展示場，有精密機器展。

□税務署　【名】稅捐處
（ぜいむしょ）
ぜいむしょ　　　　しょとくしんこく
税務署で所得申告をする。
在稅捐處申報所得。

□声明　【名、自サ】聲明
（せいめい）
こんかい　　ひさん　　じけん　　ひゃくめいいじょう　　ふしょうしゃ
今回の悲惨な事件で百名以上の負傷者が
　　　　　　　　　　せいめい
あったとの声明があった。
據聲明表示，這次的慘事有百名以上的人受
傷。

□姓名　【名】姓名
（せいめい）
せいめいがく　　けんきゅう
姓名学の研究をする。
研究姓名學。

□制約　【名、自サ】必要的條件，規定
（せいやく）
こくひりゅうがくせい　　だいがくいん　　しんがく　　ひと
国費留学生は大学院に進学する人のみとい
　せいやく
う制約がある。
按規定國費留學生，以報考碩士以上的人爲限。

□生理　【名】生理；月經
（せいり）
やこう　どうぶつ　　せいり　げんしょう　　　　けんきゅうはっぴょう
夜行動物の生理現象について研究 発表す
る。
發表有關夜間行動的動物之生理現象。

□勢力　【名】勢力，權勢，實力
（せいりょく）
くに　　いませいりょく
あの国は今 勢力があります。
那個國家現在很有勢力。

□整列　【名、自他サ】整隊，排隊
（せいれつ）
じゅしょうしゃ　　せいれつ
受賞者たちが整列している。
得獎人排成一列。

361

□セール 【名】拍賣，大減價
(sale)
今日はバーゲンセールの最終日だ。
今天是大減價的最後一天。

□倅 【名】犬子；小傢伙
(せがれ)
せがれは今年の三月に大学卒業だ。
犬子今年三月大學畢業。

□責務 【名】職責，任務
(せきむ)
サラリーマンをするなら、責務を果たせ。
想當上班族，就得盡忠職守。

□セクション 【名】部分，區劃；區域
(section)
隣のセクションに新入社員が入ってきました。
隔壁的部門有新人進來。

□世辞 【名】奉承，恭維
(せじ)
あなたはお世辞がじょうずですね。
你真會恭維。

□世帯 【名】家庭，戶
(せたい)
世帯主は父です。
父親是一家之長。

□是正 【名、他サ】糾正，訂正
(ぜせい)
不祥事が多発して、歪んでいる風潮を是正すべきだ。
接二連三的醜聞，這種扭曲的風潮必須加以糾正。

□世代
（せだい）

【名】世代，一代；一帶人

両親の世代の考えることはわからない。

父母輩的想法我真不懂。

□節
（せつ）

【名】時候；季節；短句

お伺いいたしました、その節はお世話になりました。

上回拜訪您時，蒙您關照了。

□切開
（せっかい）

【名、他サ】切開，開刀

生物の授業で蛙のお腹を切開した。

上生物課解剖青蛙的肚子。

□セックス
（sex）

【名】性，性別；性交

最近は、セックスの記事が多すぎる。

最近跟性有關的報導太多了。

□接触
（せっしょく）

【名、自サ】接觸，交往

病人との接触が、感染の原因です。

感染的原因是跟病人的接觸。

□接続詞
（せつぞくし）

【名】接續詞

文と文をつなぐ言葉が接続詞です。

連接句子跟句子的叫接續詞。

□設置
（せっち）

【名、他サ】設置，安裝；設立

非常ベルの設置が決まりました。

決定安裝安全警鈴。

□折衷
（せっちゅう）

【名、他サ】折中

我が家の食事は、和洋折衷です。

我家飲食是和洋折衷式的。

□設定
（せってい）

【名、他サ】制定；設立

コンピューターの設定を、元に戻してください。

請把電腦設定改回原來的。

---

□説得
（せっとく）

【名、他サ】說服，勸導

彼は、両親の説得にも従わなかった。

他不聽從父母的勸告。

---

□絶版
（ぜっぱん）

【名】絕版

私のほしかった本は、もう絶版のようです。

我要的書好像絕版了。

---

□絶望
（ぜつぼう）

【名、自サ】絕望，無望

強烈な爆発でビルの中の生存者は絶望的だ。

由於爆炸強烈，大樓裡恐怕很難有人能活了。

---

□設立
（せつりつ）

【名、他サ】設立，成立

私も会社の設立に参加しました。

成立公司我也要參加一份。

---

□ゼリー
（jelly）

【名】果凍；膠狀物；果醬

コーヒーゼリーとオレンジゼリーがあります。

有咖啡果凍跟橘子果凍。

---

□セレモニー
（ceremony）

【名】典禮，儀式

盛大なセレモニーが行われた。

舉行盛大的儀式。

| | |
|---|---|
| □世論<br>（せろん） | 【名】世論<br>世論を無視してはいけない。<br>不可以無視世論。 |
| □先<br>（せん） | 【名】領先，在前；以前<br>試験の結果なら、先からわかってるよ。<br>考試的結果，我先前就知道了。 |
| □繊維<br>（せんい） | 【名】纖維<br>イタリアは繊維製品で有名だ。<br>義大利的纖維產品很有名。 |
| □全快<br>（ぜんかい） | 【名、自サ】痊癒，病全好<br>三ヶ月半入院してやっと全快した。<br>住院三個月半終於痊癒了。 |
| □選挙<br>（せんきょ） | 【名、他サ】選舉，推選<br>今年の年末に総選挙が行われる。<br>今年年底舉行總選舉。 |
| □宣教<br>（せんきょう） | 【名、自サ】傳教<br>キリスト教を広めるため宣教師になった。<br>為了宣傳基督教，而成為宣教師。 |
| □宣言<br>（せんげん） | 【名、他サ】宣言；宣布<br>禁煙宣言をしたから、もうタバコは吸えない。<br>我已經宣布要戒煙了，所以不抽煙了。 |
| □先行<br>（せんこう） | 【名、自サ】先走；先施行<br>社長の思考は時代に先行する。<br>社長的想法領先時代。 |

あいうえおかきくけこさしすせそたちってとなにぬねのはひふへほまみむめもやゆよらりるれろわ

□選考
（せんこう）

【名、他サ】選拔

ミス・コンテストに応募したが、第一次
選考で落ちてしまった。
我去報名選美，但初選就落選了。

□戦災
（せんさい）

【名】戦争災害，戦禍

この町は、戦災で焼けてしまった。
這個城鎮因戰禍而燒毀了。

□専修
（せんしゅう）

【名、他サ】主修，專攻

専修科目の単位は十八個とらなければなら
ない。
主修科目得修十八個學分。

□戦術
（せんじゅつ）

【名】戦術；策略；方法

バレーボールの試合前にみんなで戦術を決
める。
排球比賽前，大家一起決定戰術。

□センス
（sense）

【名】感覺；判斷力

彼女の服装はセンスがない。
她的服飾品味真差。

□潜水
（せんすい）

【名、自サ】潜水

プールで潜水して二十メートルも泳げる。
在游泳池潛水，能游二十公尺。

□全盛
（ぜんせい）

【名】全盛，極盛

イチローは今や全盛を極めている。
一朗現在可說是極盛期。

□先代
（せんだい）

【名】上一代；以前的主人

先代の実力で立派な店になった。
由於上一代的實力，而讓店面很具規模。

□先だって
（せんだって）

【名】前幾天，以前

先だって受けたコンテストの結果はどうなりましたか？
前幾天比賽的結果如何了？

□先着
（せんちゃく）

【名、自サ】先到達，先來到

先着200名にプレゼントします。
送禮物給先到的200位。

□前提
（ぜんてい）

【名】前提，前提條件

みんなの同意を得たという前提があれば、この計画が進められる。
如果有大家的同意為前提，這個計畫就可以進行。

□前途
（ぜんと）

【名】前途，將來；去路

彼は前途のある青年だ。
他是個前途有為的青年。

□戦闘
（せんとう）

【名、自サ】戰鬥

戦闘力のない選手は除く。
除掉缺乏戰鬥力的選手。

□潜入
（せんにゅう）

【名、自サ】潛入，打進

敵の基地に潜入する。
潛入敵人基地。

□船舶
（せんぱく）

【名】船舶，船隻

港を、たくさんの船舶が航行している。

港灣裡有許多船隻在跑。

□全滅
（ぜんめつ）

【名、自他サ】全滅，徹底消滅

英語も数学もひどい点数で、もう全滅だ。

英語跟數學分數都超低的，全完了。

□専用
（せんよう）

【名、他サ】專用，專門使用

会員専用のプールですから、一般の方は泳
げません。

這是會員專用的游泳池，一般人不可以游。

□占領
（せんりょう）

【名、他サ】佔領；佔據

アメリカ占領時代の日本について研究して
います。

就美軍佔領下的日本進行研究。

□善良
（ぜんりょう）

【名】善良

政治家は平気で善良な市民を騙す。

政治家面不改色地欺騙善良的老百姓。

□戦力
（せんりょく）

【名】戰鬥力；工作能力強的人

みなさんには、会社の戦力としてがんばっ
てほしいです。

希望大家都當公司的強人，好好加油。

□前例
（ぜんれい）

【名】前例，慣例；前面舉的例子

前例がなくても、必要なことならやります。

如果是必要的事，即使沒有前例也要做。

# そ

---

□相
（そう）

【名】外表；看相；互相

あなたには、水難の相がありますよ。

以你的相貌來看沖犯到水。

---

□僧
（そう）

【名】僧侶，出家人

この寺では、たくさんの若い僧が修行をしている。

這家寺廟，有許多小僧在修行。

---

□像
（ぞう）

【名】形象，影像

丘の上に建っているのは、何の像ですか？

蓋在山丘上的是什麼雕像？

---

□相応
（そうおう）

【名、自サ、形動】適合，相稱

私にはこのぐらいの服が身分相応と言えるだろう。

這樣的衣服可說適合我的身份吧！

---

□総会
（そうかい）

【名】總會，全體大會

来週、株主総会が行なわれる。

下個禮拜舉行股東大會。

---

□創刊
（そうかん）

【名、他サ】創刊

この雑誌の創刊号は、まだありますか？

還有這本雜誌的創刊號嗎？

---

あいうえおかきくけこさしすせそたちつてとなにぬねのはひふへほまみむめもやゆよらりるれろわ

□雑木　　　　【名】雑樹
（ぞうき）
　　　　　　田んぼのまわりの雑木を切って、たき火を
　　　　　　する。
　　　　　　除去稻田附近的雜草，拿來生火。

□早急　　　　【名】迅速，趕快
（そうきゅう/
　さっきゅう）その事件は早急に解決するべきだ。
　　　　　　那個事件應該盡早解決。

□増強　　　　【名、他サ】增強，加強
（ぞうきょう）
　　　　　　金属をさらに加工すると硬度を増強するこ
　　　　　　とができる。
　　　　　　金屬再加工，就可以增強硬度。

□送金　　　　【名、自サ】匯錢，寄錢
（そうきん）
　　　　　　留学していたとき実家からの送金を受けた。
　　　　　　留學時期，是由家裡寄錢來的。

□走行　　　　【名、自サ】（汽車等）行車，行駛
（そうこう）
　　　　　　新幹線の「のぞみ号」の走行速度は三百キ
　　　　　　ロを越える。
　　　　　　新幹線的「望號」，行車速度超過三百公里。

□総合　　　　【名、他サ】綜合，總合
（そうごう）
　　　　　　行政業務はたいてい総合センターで行う。
　　　　　　行政業務大都在綜合中心進行。

□捜査　　　　【名、他サ】查訪；搜查（犯人等）
（そうさ）
　　　　　　殺人の犯行現場では警察は厳密に捜査をす
　　　　　　る。
　　　　　　警察嚴密搜查殺人現場。

| | |
|---|---|
| □搜索<br>（そうさく） | 【名、他サ】尋找，搜索<br>殺人事件の犯人を捜索する。<br>捜索殺人犯。 |
| □操縦<br>（そうじゅう） | 【名、他サ】操縱，駕馭<br>飛行機の操縦はできますか？<br>你會開飛機嗎？ |
| □蔵相<br>（ぞうしょう） | 【名】財政部長<br>今度の蔵相は誰ですか？<br>下次的財政部長是誰？ |
| □装飾<br>（そうしょく） | 【名、他サ】裝飾<br>部屋を装飾した。<br>裝潢房子。 |
| □増進<br>（ぞうしん） | 【名、自他サ】增進，增加<br>ウナギ弁当なら食欲が増進する。<br>鰻魚便當可以增進食慾。 |
| □創造<br>（そうぞう） | 【名、他サ】創造<br>人によって創造力は異なる。<br>創造力因人而異。 |
| □相対<br>（そうたい） | 【名】對面，相對<br>田舎の学生は相対的に大人しい。<br>鄉下來的學生，相對的比較老實。 |

あ<br>い<br>う<br>え<br>お<br>か<br>き<br>く<br>け<br>こ<br>さ<br>し<br>す<br>せ<br>そ<br>た<br>ち<br>つ<br>て<br>と<br>な<br>に<br>ぬ<br>ね<br>の<br>は<br>ひ<br>ふ<br>へ<br>ほ<br>ま<br>み<br>む<br>め<br>も<br>や<br>ゆ<br>よ<br>ら<br>り<br>る<br>れ<br>ろ<br>わ

□壮大
（そうだい）

【名、形動】雄壯，宏大

百人<ruby>百人<rt>ひゃくにん</rt></ruby>も<ruby>参画<rt>さんかく</rt></ruby>すれば<ruby>壮大<rt>そうだい</rt></ruby>な<ruby>計画<rt>けいかく</rt></ruby>ができないこととはない。

有一百個人參加的話，大型的計畫沒有什麼不能做的。

□騒動
（そうどう）

【名、自サ】騷動，鬧事，暴亂

ニューヨークで<ruby>大<rt>おお</rt></ruby>きな<ruby>騒動<rt>そうどう</rt></ruby>が<ruby>起<rt>お</rt></ruby>こった。

紐約發生了大暴亂。

□遭難
（そうなん）

【名、自サ】罹難，遇險了

<ruby>家族<rt>かぞく</rt></ruby>の<ruby>皆<rt>みな</rt></ruby>さんが、<ruby>遭難<rt>そうなん</rt></ruby><ruby>現場<rt>げんば</rt></ruby>に<ruby>向<rt>む</rt></ruby>かっています。

家屬們正趕往遇難現場。

□相場
（そうば）

【名】行情；投機買賣；老規矩

<ruby>同時<rt>どうじ</rt></ruby><ruby>通訳<rt>つうやく</rt></ruby>の<ruby>相場<rt>そうば</rt></ruby>としては<ruby>一時間<rt>いちじかん</rt></ruby><ruby>五千円<rt>えん</rt></ruby>だ。

即時翻譯的行情，一個小時五千日圓。

□装備
（そうび）

【名、他サ】裝備，配備

<ruby>十分<rt>じゅうぶん</rt></ruby>な<ruby>装備<rt>そうび</rt></ruby>を<ruby>調<rt>ととの</rt></ruby>えて<ruby>登山<rt>とざん</rt></ruby>に<ruby>出<rt>で</rt></ruby>かける。

裝備準備齊全，爬山去。

□創立
（そうりつ）

【名、他サ】創立，創見，創辦

<ruby>本日<rt>ほんじつ</rt></ruby>は<ruby>創立<rt>そうりつ</rt></ruby><ruby>五十周年<rt>しゅうねん</rt></ruby>だ。

今天是創立五十週年。

□ソース
(sauce)

【名】調味汁

<ruby>特殊<rt>とくしゅ</rt></ruby>な<ruby>ソース<rt></rt></ruby>を<ruby>豚<rt>とん</rt></ruby>カツにかけるとおいしい。

豬排加上特殊的調味汁，就很好吃了。

□促進
（そくしん）
【名、他サ】促進
野菜の消化を促進する働きがある。
蔬菜有促進消化的功能。

□束縛
（そくばく）
【名、他サ】束縛，限制
家庭内では子供を束縛してはならない。
家裡不可以束縛孩子。

□側面
（そくめん）
【名】側面；旁邊
様々な側面から検討してみた。
從各方面來探討。

□其処ら
（そこら）
【名】那一帶；普通；大約
そこらに俺のジャケットがあるはずだ。
那裡應該有我的夾克。

□素材
（そざい）
【名】素材，原材料；題材
料理は、素材の新鮮さが大事です。
料理重在材料的新鮮。

□阻止
（そし）
【名、他サ】阻止，擋住
混雑する街でガードマンが通行を阻止している。
在一片混亂的市街上，警備人員進行交通管制。

□訴訟
（そしょう）
【名】訴訟，起訴
騒音の問題で、訴訟を起こすつもりです。
預備針對噪音問題來起訴。

□措置
（そち）
【名、他サ】措施，處理方法
なんらかの措置を講じましょう。
多少尋求個處理方法吧！

□ソックス　【名】短襪
　(socks)

寒いので、厚いソックスをはいた。
很冷，所以穿厚襪子。

□外方　　　【名】外邊，別處
　(そっぽ)

気に入らないと、いつもそっぽを向く。
一不喜歡，臉就往外轉。

□ソフト　　【名】柔軟，柔和
　(soft)

コンピューターに最も重要なのはソフト
ウェアだ。
電腦最重要的是軟體。

□橇　　　　【名】雪橇
　(そり)

雪の上でそりに乗る。
用雪橇在雪上雪滑。

□揃い　　　【名、自サ】齊全；成套
　(そろい)

子どもたちは、みな揃いの黄色い服を着て
いる。
小孩們都穿黃色的衣服。

□ぞんざい　【名、自サ】粗率，潦草；不禮貌，粗魯

目上の人にぞんざいな口をきいてはいけま
せん。
對上面的人講話不可以不禮貌。

□損失　　　【名、自サ】損失
　(そんしつ)

火事による損失は、どのぐらいですか？
因火災的損失，大概有多少？

□存続
（そんぞく）

【名、自他サ】繼續存在

<ruby>会社<rt>かいしゃ</rt></ruby>の<ruby>存続<rt>そんぞく</rt></ruby>が<ruby>危<rt>あや</rt></ruby>ぶまれる。

危害到公司的存亡問題。

---

【比較看看】

◎「設置」安裝設備，設立組織。

「設立」成立新的公司或組織等，以及設立新的制度。

「設定」成為基準、基礎的規則之制定。

「設計」為建造土木建築物等時所做的計畫。又，將之做成圖面謂之。

◎「選挙」選擇議員、市長等候選人。

「選択」是從二個以上的東西裡挑選好的。

「選考」是從多數人，詳細調查其能力、人品，進而作選拔。

◎「先行」比別人先走，走在別人面前。又有，先舉辦、先發表之意。

「先攻」棒球等運動先進攻的一方。

◎「創造」神創造宇宙、萬物之意。又，憑自己的想像或技術製出新的東西。

「想像」並無實際經驗過的事情或事物，只在心中描繪、想像。

◎「促進」是促使事物的進展更快。

「前進」往前進。

「推進」加上力量使其前進。

# た

---

□ 隊
(たい)

【名、自サ】隊；部隊

探検隊に参加した。

參加探險隊。

---

□ 対応
(たいおう)

【名、自サ】相對；應對

彼の対応がよかったので、客を怒らせずに済んだ。

他應對得體，沒有讓客人生氣，就把事情解決了。

---

□ 大家
(たいか)

【名、自サ】大房子；權威

佐藤さんは、文芸批評の大家です。

佐藤先生是文藝評論大師。

---

□ 退化
(たいか)

【名、自サ】退步，倒退，退化

年に連れて体力は退化する。

隨著年紀的增長，體力也跟著衰退。

---

□ 大概
(たいがい)

【名】大概，大略，大部分

大概のサラリーマンは「現代」という雑誌が好きだ。

大部分的上班族，都很喜歡一本叫「現代」的雜誌。

---

□ 体格
(たいかく)

【名】體格；（詩的風格）

最近の子どもは体格があまりよくない。

最近的小孩，體格都不怎麼好。

---

□退学
（たいがく）

【名、自サ】退學

悪<sub>わる</sub>いことばかりするので、退学<sub>たいがく</sub>になりました。

因爲老做壞事，所以被退學了。

□大金
（たいきん）

【名】巨款

大金<sub>たいきん</sub>を費<sub>つい</sub>やして買<sub>か</sub>ったのだから、絶対手放<sub>ぜったい てばな</sub>さない。

我花了巨款買的，一定不會丟掉的。

□待遇
（たいぐう）

【名、他サ】對待，接待；工資

入社<sub>にゅうしゃ</sub>するかどうかは、待遇<sub>たいぐう</sub>を見<sub>み</sub>て決<sub>き</sub>めます。

要不要上班，要看待遇來決定。

□対決
（たいけつ）

【名、自サ】對證；較量

今夜<sub>こんや</sub>は、プロレスの世紀<sub>せいき</sub>の対決<sub>たいけつ</sub>が行<sub>おこ</sub>なわれる。

今天晚上，舉辦摔角世紀大對決。

□体験
（たいけん）

【名、他サ】體驗，體會

戦争<sub>せんそう</sub>の体験<sub>たいけん</sub>を、子<sub>こ</sub>どもたちに伝<sub>つた</sub>えたいと思<sub>おも</sub>う。

我想讓小孩體驗戰爭的感受。

□対抗
（たいこう）

【名、自サ】對抗，相手，對立

父<sub>ちち</sub>は、隣<sub>となり</sub>のおじさんに対抗意識<sub>たいこう いしき</sub>を持<sub>も</sub>っている。

父親對隔壁的老先生有對立意識。

□退治
（たいじ）

【名、他サ】打退，消滅；治療

ごきぶり退治<sub>たいじ</sub>には、この薬<sub>くすり</sub>が効<sub>き</sub>きますよ。

這種藥對撲滅蟑螂很有效。

□**大衆**
(たいしゅう)

【名】大眾，群眾

<ruby>我々<rt>われわれ</rt></ruby>の<ruby>雑誌<rt>ざっし</rt></ruby>は、<ruby>大衆<rt>たいしゅう</rt></ruby>の<ruby>喜<rt>よろこ</rt></ruby>ぶ<ruby>記事<rt>きじ</rt></ruby>を<ruby>載<rt>の</rt></ruby>せている。

我們的雜誌刊有大眾喜愛的消息。

---

□**対処**
(たいしょ)

【名、自サ】妥善處置，應付

<ruby>対処<rt>たいしょ</rt></ruby>の<ruby>仕方<rt>しかた</rt></ruby>が<ruby>悪<rt>わる</rt></ruby>いと、<ruby>病気<rt>びょうき</rt></ruby>が<ruby>悪化<rt>あっか</rt></ruby>しますよ。

治療的方式不好，會讓病情惡化的。

---

□**退職**
(たいしょく)

【名、自サ】退職

<ruby>退職<rt>たいしょく</rt></ruby><ruby>金<rt>きん</rt></ruby>は、いくらぐらいもらえましたか？

你拿了多少退休金？

---

□**態勢**
(たいせい)

【名】姿態，樣子

<ruby>態勢<rt>たいせい</rt></ruby>を<ruby>整<rt>ととの</rt></ruby>えてから、もう<ruby>一度挑戦<rt>いちどちょうせん</rt></ruby>します。

重新調整好姿勢，再來挑戰一次。

---

□**対談**
(たいだん)

【名、自サ】對談，交談

<ruby>首相<rt>しゅしょう</rt></ruby>との<ruby>対談<rt>たいだん</rt></ruby>を<ruby>計画<rt>けいかく</rt></ruby>しています。

進行與首相對談的計畫。

---

□**大胆**
(だいたん)

【名】大膽，有勇氣

<ruby>渋谷<rt>しぶや</rt></ruby>の<ruby>子<rt>こ</rt></ruby>たちは<ruby>大胆<rt>だいたん</rt></ruby>な<ruby>服装<rt>ふくそう</rt></ruby>で<ruby>街<rt>まち</rt></ruby>を<ruby>歩<rt>ある</rt></ruby>いている。

澀谷年輕人穿著大膽，在街上晃蕩。

---

□**対等**
(たいとう)

【名】對等，平等

<ruby>対等<rt>たいとう</rt></ruby>な<ruby>立場<rt>たちば</rt></ruby>で<ruby>話<rt>はな</rt></ruby>し<ruby>合<rt>あ</rt></ruby>う。

以平等的立場進行磋商。

□タイトル
(title)

【名】題目；職稱

本のタイトルは、何と言いますか？
書名叫什麼呢？

---

□台無
(だいなし)

【名】弄壞，毀損，完蛋

せっかくの努力が台無しだ。
煞費苦心的努力都泡湯了。

---

□滞納
(たいのう)

【名、他サ】滯納，拖欠

滞納金は、いつ払ってもらえるの？
你什麼時候能支付拖欠的款項？

---

□対比
(たいひ)

【名、他サ】對比，對照

隣の国と対比して考える。
思考的時候，以鄰國來做比較。

---

□タイピスト
(typist)

【名】打字員

タイピストを一人雇うつもりです。
我準備雇用一個打字員。

---

□大部
(たいぶ)

【名】大部頭的書籍；大部分

大部の本を読んだので、疲れてしまった。
大部分的書都看完了，真是筋疲力竭。

---

□大便
(だいべん)

【名】大便，糞便

大便の検査をしましょう。
檢查大便吧！

---

□代弁
(だいべん)

【名、他サ】替人辯解，代言

弁護士を雇って代弁してもらう。
雇用律師代言。

---

□待望
（たいぼう）

【名、他サ】期待，渴望

待望の赤ちゃんが生まれた。

渴望已久的嬰兒終於出生了。

---

□台本
（だいほん）

【名】腳本，劇本

今度の芝居の台本を受け取った。

拿到了下回戲劇的腳本。

---

□タイマー
（timer）

【名】碼表，計時器

クーラーのタイマーをかけた。

把冷氣定時。

---

□怠慢
（たいまん）

【名】怠慢，鬆懈

そんな怠慢なことでどうする。

你那麼鬆懈，該怎麼辦好？

---

□タイミング
（timing）

【名】時機，事實；計時

タイミングが悪くて、また彼に会えなかった。

時機不恰當，又沒能跟他碰面了。

---

□タイム
（time）

【名】時間；暫停

今は休憩タイムです。

現在是休息時間。

---

□対面
（たいめん）

【名、自サ】會面，見面

感動的な親子の対面だった。

真是感人的親子會面。

---

□代用
（だいよう）

【名、他サ】代用

もしなかったら、代用品としてこれを使ってください。

如果沒有，請把這個當代用品試試看。

□体力
（たいりょく）

【名】體力

<ruby>体力<rt>たいりょく</rt></ruby>をつけるため、<ruby>毎日走<rt>まいにちはし</rt></ruby>っている。

為了增強體力，每天跑步。

---

□タイル
(tile)

【名】磁磚

<ruby>風呂<rt>ふろ</rt></ruby>のタイルは、<ruby>何色<rt>なにいろ</rt></ruby>にしますか？

浴室磁磚，貼什麼顏色？

---

□対話
（たいわ）

【名、自サ】對話，會話

<ruby>親子<rt>おやこ</rt></ruby>の<ruby>対話<rt>たいわ</rt></ruby>が<ruby>少<rt>すく</rt></ruby>ないのは<ruby>問題<rt>もんだい</rt></ruby>ですね。

問題在親子間對話太少了。

---

□ダウン
(down)

【名、自他サ】倒下

ノックアウトされて、ダウンした。

被擊倒了。

---

□打開
（だかい）

【名、他サ】打開，解決

<ruby>打開<rt>だかい</rt></ruby><ruby>策<rt>さく</rt></ruby>を<ruby>何<rt>なに</rt></ruby>か<ruby>考<rt>かんが</rt></ruby>えてほしい。

希望能想出解決對策。

---

□焚火
（たきび）

【名】爐火；（用火）燒落葉

<ruby>落<rt>お</rt></ruby>ち<ruby>葉<rt>ば</rt></ruby>を<ruby>集<rt>あつ</rt></ruby>めて<ruby>焚火<rt>たきひ</rt></ruby>をしましょう。

掃集落葉，來起火吧！

---

□妥協
（だきょう）

【名、自サ】妥協，和解

<ruby>今回<rt>こんかい</rt></ruby>の<ruby>件<rt>けん</rt></ruby>については、<ruby>妥協<rt>だきょう</rt></ruby>は<ruby>許<rt>ゆる</rt></ruby>されない。

關於這次的事情，絕不妥協。

---

□巧み
（たくみ）

【名】技巧；詭計；巧妙

<ruby>巧<rt>たく</rt></ruby>みな<ruby>作品<rt>さくひん</rt></ruby>を<ruby>作<rt>つく</rt></ruby>る。

創作精巧的作品。

□丈
（たけ）

【名】身高，高度；尺寸

ずいぶん丈の高い草ですね。

好高的草。

□打撃
（だげき）

【名】打擊，衝擊

原料が値上がりしたため、メーカーは打撃を受けた。

原料上漲，廠商受到很大的打擊。

□妥結
（だけつ）

【名、自サ】妥協，談妥

交渉の妥結を図るために、双方が努力している。

為求交涉能獲得妥協，雙方都很努力。

□駄作
（ださく）

【名】拙劣的作品

いい作品は一つだけで、あとは全部駄作だ。

只有一個好作品，其餘全都不行。

□足算
（たしざん）

【名】加法

単純に足算すれば、全部で25個あることになります。

單純計算的話，全部有25個。

□多数決
（たすうけつ）

【名】多數決定

しかたがないから、多数決で決めましょう。

沒辦法，就以少數服從多數來表決吧！

□助け
（たすけ）

【名】幫助，救助

助けを求めても、誰も来てくれなかった。

求救了，但沒有任何人來幫忙。

| □抱っこ<br>（だっこ） | 【名、他サ】抱<br>赤ちゃんは、みんな抱っこが大好きです。<br>嬰兒都很喜歡被抱。 |
|---|---|
| □脱出<br>（だっしゅつ） | 【名、自サ】逃出，逃脱<br>サラリーマンを脱出して自営業をする。<br>逃脱上班族，自己創業。 |
| □達成<br>（たっせい） | 【名、他サ】達成，完成<br>この仕事は達成感があるから好きです。<br>這工作很有成就感，所以喜歡。 |
| □脱退<br>（だったい） | 【名、自サ】退出；脱離<br>たくさんの会員の脱退によって、会はつぶれてしまった。<br>由於許多會員退出，這個會就告終了。 |
| □盾<br>（たて） | 【名】盾；後盾<br>左手に盾、右手に剣を持って戦った。<br>左手拿盾，右手拿箭打戰。 |
| □建前<br>（たてまえ） | 【名】外表；主義，方針，主張<br>建前からそう言いましたが、現実は違います。<br>表面上雖那麼說，但現實是不一樣的。 |
| □他動詞<br>（たどうし） | 【名】他動詞<br>他動詞には、目的語があります。<br>他動詞有目的語。 |

□例え
（たとえ）

【名】比喩，例子

例えを引いて説明しましょう。

舉例說明吧！

□ダブル
（double）

【名】二倍；雙人床

ウイスキーをダブルでお願いします。

給我雙份威士忌。

□他方
（たほう）

【名】另一方面

成功はしましたが、他方で借金が膨らみました。

雖然成功了，但另一方面債務也增加了。

□多忙
（たぼう）

【名】繁忙

社長は、三つも会社を持っていてとても多忙だ。

社長擁有三家公司，相當忙碌。

□溜まり
（たまり）

【名】積存；休息室

あそこの喫茶店が、仲間の溜まり場です。

那家咖啡店是大家經常聚集的地方。

□多様
（たよう）

【名】各式各樣

現代は、価値観の多様化がさまざまなところで起こっている。

現代多樣化的價值觀，可從各個地方看出來。

□弛み
（たるみ）

【名】鬆弛，鬆懈

カセットテープにたるみがあるので、直しましょう。

卡帶鬆了，修理一下吧！

□タレント
(talent)

【名】才能；播音員；藝人

彼<sub>かれ</sub>らは、13歳<sub>さい</sub>のときにタレント活動<sub>かつどう</sub>を始<sub>はじ</sub>め
たそうです。
據說他們13歲就開始從事演藝活動了。

□タワー
(tower)

【名】塔

東京<sub>とうきょう</sub>タワーに上<sub>のぼ</sub>ったことがありますか？
你上過東京鐵塔嗎？

□単一
(たんいつ)

【名】單一，單獨；單純

単一民族<sub>たんいつみんぞく</sub>の国<sub>くに</sub>というのはあり得<sub>え</sub>ない。
絕對沒有單一民族國家。

□短歌
(たんか)

【名】短歌

初<sub>はじ</sub>めて短歌<sub>たんか</sub>を作<sub>つく</sub>ったのは十三歳<sub>じゅうさんさい</sub>の春<sub>はる</sub>だ。
初次寫短歌是在十三歲的春天。

□担架
(たんか)

【名】擔架

けが人<sub>にん</sub>が出<sub>で</sub>たので、担架<sub>たんか</sub>を持<sub>も</sub>ってきてくだ
さい。
有人受傷了，拿擔架來。

□短気
(たんき)

【名】沒耐性，性急

父<sub>ちち</sub>はとても短気<sub>たんき</sub>だ。
父親很性急。

□団結
(だんけつ)

【名、自サ】團結

みんなが団結<sub>だんけつ</sub>すれば大<sub>おお</sub>きな力<sub>ちから</sub>になる。
大家只要團結，就能凝聚巨大的力量。

□探検
（たんけん）

【名、他サ】探險，探查

<ruby>南<rt>みなみ</rt></ruby>の<ruby>島<rt>しま</rt></ruby>を<ruby>探検<rt>たんけん</rt></ruby>する。

到南國去探險。

---

□断言
（だんげん）

【名、他サ】斷言，斷定，肯定

<ruby>私<rt>わたし</rt></ruby>なら、<ruby>絶対<rt>ぜったい</rt></ruby>できると<ruby>断言<rt>だんげん</rt></ruby>できます。

我的話，可以肯定絕對沒問題的。

---

□短縮
（たんしゅく）

【名、他サ】縮短，縮減

スピードをアップして<ruby>時間<rt>じかん</rt></ruby>を<ruby>短縮<rt>たんしゅく</rt></ruby>する。

加快速度來節省時間。

---

□炭素
（たんそ）

【名】碳

<ruby>炭素<rt>たんそ</rt></ruby>は<ruby>元素<rt>げんそ</rt></ruby>の<ruby>一種<rt>いっしゅ</rt></ruby>だ。

碳是元素的一種。

---

□短大
（たんだい）

【名】短期大學

<ruby>短大<rt>たんだい</rt></ruby><ruby>卒<rt>そつ</rt></ruby>で<ruby>就職<rt>しゅうしょく</rt></ruby>したが、その<ruby>後<rt>ご</rt></ruby>すぐ<ruby>結婚<rt>けっこん</rt></ruby>した。

短大畢業後上班，但之後又馬上結婚了。

---

□単調
（たんちょう）

【名】單調，無變化

<ruby>日本語<rt>にほんご</rt></ruby>のイントネーションは<ruby>単調<rt>たんちょう</rt></ruby>だと<ruby>思<rt>おも</rt></ruby>います。

我覺得日語的聲調很單調。

---

□単独
（たんどく）

【名】單獨行動

どうやらこの<ruby>事件<rt>じけん</rt></ruby>は<ruby>単独<rt>たんどく</rt></ruby><ruby>犯<rt>はん</rt></ruby>ではない。

這件事大概不是單獨犯所幹的。

---

□旦那
（だんな）

【名】主人；老公；先生

<ruby>彼女<rt>かのじょ</rt></ruby>の<ruby>旦那<rt>だんな</rt></ruby>は、<ruby>大学<rt>だいがく</rt></ruby>の<ruby>先生<rt>せんせい</rt></ruby>なの。

她先生是大學老師。

□短波
（たんぱ）

【名】短波

毎晩<ruby>短波<rt>たんぱ</rt></ruby>放送を聞いています。
每天晚上收聽收音機。

□蛋白質
（たんぱくしつ）

【名】蛋白質

<ruby>蛋白質<rt>たんぱくしつ</rt></ruby>は、<ruby>身体<rt>からだ</rt></ruby>にとってとても<ruby>大切<rt>たいせつ</rt></ruby>です。
蛋白質對身體很重要。

□ダンプ
（dump）

【名】傾卸車

ダンプの<ruby>運転<rt>うんてん</rt></ruby>はできますか？
你會開傾卸車嗎？

□断面
（だんめん）

【名】斷面，剖面；側面

<ruby>地球<rt>ちきゅう</rt></ruby>の<ruby>断面<rt>だんめん</rt></ruby><ruby>図<rt>ず</rt></ruby>のイラストを<ruby>描<rt>えが</rt></ruby>く。
描繪地球剖面圖插圖。

□弾力
（だんりょく）

【名】彈力

このクッションは、<ruby>弾力<rt>だんりょく</rt></ruby>があって<ruby>気持<rt>きも</rt></ruby>ちがいい。
這個彈簧很有彈性，真舒服。

---

【比較看看】

◎「存続」指法律、組織、國家等繼續存在之意。
　「持続」某一狀態一直持續著。
　「相続」是繼承的意思，特別是指繼承去世之人的財產等。
◎「態勢」對某一事物或狀況等所持的姿態。
　「体勢」是體態、姿勢。

# ち

□ 治安
（ちあん）

【名】治安

東京は、だんだん治安が悪くなっている。
東京治安越來越差。

□ チームワーク
（teamwork）

【名】團隊精神

スポーツは、チームワークが大切です。
運動著重在團隊精神。

□ チェンジ
（change）

【名、自他サ】交換，兌換；變化

お金のチェンジをしたい。
我想兌換錢幣。

□ 畜産
（ちくさん）

【名】家畜；畜産

我が家は、畜産農家です。
我是家畜農戶。

□ 畜生
（ちくしょう）

【名】牲畜；畜生（罵人）

あいつは本当に畜生のようなやつだ。
他是個畜生。

□ 蓄積
（ちくせき）

【名、他サ】積蓄；儲備

今まで蓄積した知識を活用したいです。
活用過去所積蓄的知識。

□ 地形
（ちけい）

【名】地形，地勢

このあたりは地形がたいへん複雑です。
這附近地形很複雜。

□知性
（ちせい）
【名】理智，才能
彼女の目は、知性を感じさせる。
她的眼睛，讓人覺得深具知性。

□乳
（ちち）
【名】奶水；乳房
朝起きて、牛の乳をしぼります。
早上起來，擠牛奶。

□秩序
（ちつじょ）
【名】秩序，次序
社会の秩序を守ることが大切です。
遵守社會秩序很重要。

□窒息
（ちっそく）
【名、自サ】窒息
口を押さえられて、窒息しそうになった。
被摀住口，快窒息了。

□チャイム
（chime）
【名】組鐘；門鈴
チャイムが鳴って、授業が終わった。
鐘聲響起，下課了。

□着手
（ちゃくしゅ）
【名、自サ】著手，動手；下手
どの仕事から着手しましょうか？
從哪件工作開始著手呢？

□着色
（ちゃくしょく）
【名、自サ】塗顏色
モノクロの写真に、後で着色しました。
黑白照片，過後再上色。

□着席
（ちゃくせき）
【名、自サ】就坐，入席
それでは、みなさん、着席してください。
那麼，請各位就坐。

□着目
（ちゃくもく）

【名、自サ】著眼，注目；著眼點

両国の文化の違いに着目しています。
著眼於兩國文化的不同點。

□着陸
（ちゃくりく）

【名、自サ】降落，著陸

飛行機は、着陸態勢に入りました。
飛機進入降落的階段。

□着工
（ちゃっこう）

【名、自サ】開工，動工

ビルの着工はいつになりますか？
大樓什麼時候動工？

□茶の間
（ちゃのま）

【名】茶室；（家裡的）餐廳

このタレントは、茶の間の人気者です。
他是茶餘飯後，最受歡迎的演員。

□茶の湯
（ちゃのゆ）

【名】茶道；沏茶用的開水

茶の湯の勉強をしてみたいのですが。
我想學茶道。

□ちやほや

【名、他サ】溺愛；奉承

みんなで子どもをちやほやしている。
大家都太溺愛小孩了。

□チャンネル
（channel）

【名】頻道

チャンネルを変えてもいいですか？
可以轉台嗎？

□宙返り
（ちゅうがえり）

【名、自サ】（在空中）旋轉；翻筋斗

彼は、宙返りを三回するのに成功した。
他的三次旋轉，成功了。

□中継
（ちゅうけい）

【名、他サ】中繼站，轉播站

現場から、中継でお送りしています。

從現場轉播中。

□忠告
（ちゅうこく）

【名、自他サ】忠告，勸告

みなさんの忠告はありがたいが、やっぱり
私はやってみたいです。

很感謝大家的勸告，但我還是想做看看。

□忠実
（ちゅうじつ）

【名】忠實，忠誠

私はあなたの忠実な部下です。

我是你忠實的部屬。

□中傷
（ちゅうしょう）

【名、他サ】重傷，毀謗

同僚の中傷によって、退職させられた。

由於同事的中傷，而被辭職了。

□中枢
（ちゅうすう）

【名】中樞，中心

国家の中枢で働いている。

在國家中樞工作。

□抽選
（ちゅうせん）

【名】抽籤

抽選で三名に、車が当たります。

三位抽中車子。

□中断
（ちゅうだん）

【名、自他サ】中斷，中輟

放送の中断があったため、試合の経過がわ

からなくなった。

因為播送中斷，而無法得知比賽經過。

□中毒
（ちゅうどく）

【名、自サ】中毒

あの人は、仕事中毒じゃありませんか？
那人是不是工作中毒了？

□中腹
（ちゅうふく）

【名】半山腰

山の中腹に、村があります。
半山腰有村莊。

□中立
（ちゅうりつ）

【名、自サ】中立

私は中立の立場なので、誰の味方もしません。
我站在中間，不祖護任何人。

□中和
（ちゅうわ）

【名、自サ】中和，平衡

アルカリと酸を混ぜて中和する。
摻入鹼酸來中和。

□腸
（ちょう）

【名】腸，腸子

腸の調子が悪いです。
胃腸不好。

□蝶
（ちょう）

【名】蝴蝶

台湾には、美しい蝶がたくさんいるそうで
すね。
聽說台灣有許多美麗的蝴蝶。

□調印
（ちょういん）

【名、他サ】簽字，簽署

調印式はいつ行なわれますか？
什麼時候舉行簽字儀式。

□聴覚
（ちょうかく）

【名】聽覺

聴覚検査では、問題はありませんでした。
聽覺檢查沒有問題。

□長官
（ちょうかん）

【名】長官

長官と話があるのですが。

有話跟長官說。

□聴講
（ちょうこう）

【名、他サ】聽講，聽課

私は聴講生で、この大学の学生ではありません。

我是旁聽生，不是這所學校的學生。

□徴収
（ちょうしゅう）

【名、他サ】徵收，收費

今月の家賃は、未徴収です。

這個月的房租，還沒來收。

□聴診器
（ちょうしんき）

【名】聽診器

医者は、胸に聴診器を当てて診察する。

醫生拿聽診器診斷胸部。

□挑戦
（ちょうせん）

【名、自サ】挑戰

新たな挑戦を開始する。

開始新的挑戰。

□調停
（ちょうてい）

【名、他サ】調停

裁判所による調停が行なわれている。

在法庭進行調停。

□重複
（ちょうふく）

【名、自サ】重複

同じ言葉の重複が気になります。

很在意重說的話。

□長編
（ちょうへん）

【名】長篇；長篇小說

今、長編小説を書いています。

現在正著手寫長篇小說。

□重宝
（ちょうほう）

【名、他サ】珍寶，至寶

たいへん重宝な品物です。
極珍貴的東西。

□調理
（ちょうり）

【名、他サ】烹調；調理，整理

もう調理済みですから、電子レンジで暖め
てください。
已經烹調過了，拿到微波爐烤一下吧！

□調和
（ちょうわ）

【名、自サ】調和，協調

音楽とデザインが調和している。
音樂跟設計很協調。

□直面
（ちょくめん）

【名、自サ】面對，面臨

たいへんな困難に直面した。
面臨很大的困難。

□著書
（ちょしょ）

【名】著書，著作

あなたの著書を拝見しました。
拜讀了您的大作。

□貯蓄
（ちょちく）

【名、他サ】儲蓄，積蓄

貯蓄は、どのぐらいありますか？
你有多少積蓄。

□直感
（ちょっかん）

【名、他サ】直接觀察到；直覺

考えないで、直感で答えなさい。
別想，用直覺回答。

□塵
（ちり）

【名】灰塵，垃圾；污點

棚の上に塵がたまっている。
架上積有灰塵。

□塵取
（ちりとり）

【名】畚斗

掃除をするので、ほうきとちりとりを持ってきてください。

我要打掃，幫我拿掃把跟畚斗來。

□治療
（ちりょう）

【名、他サ】治療，醫治

大学病院で治療を受けています。

我在大學附屬醫院接受治療。

□賃金
（ちんぎん）

【名】租金

今月の賃金が、まだ支払われていない。

這個月的房租還沒付。

□沈殿
（ちんでん）

【名、自サ】沈澱

コップの底の沈殿物が何かを、調べてみましょう。

杯底倒底有什麼沈澱物，查一下。

□沈没
（ちんぼつ）

【名、自サ】沈沒

大きな船が沈没した。

大船沈沒了。

□沈黙
（ちんもく）

【名、自サ】沈默

事件について、みんな沈黙を守っている。

那個案件，大家都保持沈默。

□陳列
（ちんれつ）

【名、他サ】陳列

陳列物に手を触れないでください。

請不要觸摸展覽品。

□対
(つい)

【名】成雙，成對；對句

この人形は、男と女が対になっている。

這個玩偶是男女成對的。

□追及
(ついきゅう)

【名、他サ】追上，追究

過去のことだから追求しません。

已經是過去的事，不再追究了。

□追跡
(ついせき)

【名、他サ】追蹤，追緝

あのタクシーの跡を追跡してください。

追蹤那輛計程車的行蹤。

□追放
(ついほう)

【名、他サ】流逐；流放；開除

犯罪を繰り返したため、とうとう国外追放
になった。

一而再再而三的犯罪，終於被放逐到國外。

□墜落
(ついらく)

【名、自サ】墜落

墜落事故があったのは、どこですか？

哪裡發生墜機事故？

□痛感
(つうかん)

【名、他サ】深切地感受到

練習不足を痛感した。

深切地感受到練習不足。

□通常
(つうじょう)

【名】通常，普通

通常は一日三回の服用で十分です。

平常一天服用三次就可以了。

| | |
|---|---|
| □杖<br>（つえ） | 【名】枴杖；靠山<br>杖(つえ)がないと歩(ある)けない。<br>沒有枴杖就沒辦法走路。 |
| □使い道<br>（つかいみち） | 【名】用途，用處<br>お小遣(こづか)いの使(つか)い道(みち)を言(い)いなさい。<br>你給我說你零用錢用到哪裡去？ |
| □束の間<br>（つかのま） | 【名】一瞬間<br>彼女(かのじょ)にとっては、ほんの束(つか)の間(ま)の幸(しあわ)せでした。<br>對她而言，只是一瞬間的幸福。 |
| □月並み<br>（つきなみ） | 【名】平凡，平庸；每月；每月的例會<br>月並(つきな)みな感想(かんそう)ですが、とても感動(かんどう)しました。<br>雖然是平凡的感想，但很受到感動。 |
| □継ぎ目<br>（つぎめ） | 【名】接頭；骨頭的關節<br>部品(ぶひん)の継(つ)ぎ目(め)がとれてしまった。<br>零件的接頭掉了。 |
| □作り・造り<br>（つくり） | 【名】構造，樣式<br>この家(いえ)は、作(つく)りがとてもしっかりしている。<br>這棟房子構造很堅固。 |
| □辻褄<br>（つじつま） | 【名】邏輯，條理，道理<br>彼(かれ)の話(はなし)は辻褄(つじつま)が合(あ)わない。<br>她的話不合邏輯。 |

□筒
（つつ）

【名】筒，管

大事な証書だから、筒の中に入れておきま
しょう。
因為是重要的證書，所以就放到筒裡收好了。

□勤め先
（つとめさき）

【名】工作地點

勤め先の電話番号を教えてください。
請告訴我你上班地方的電話。

□努めて
（つとめて）

【名、副】盡力；盡可能；清晨

努めて平静を装いました。
盡可能裝出平靜的樣子。

□津波
（つなみ）

【名】海嘯

地震の後は、津波に気をつけましょう。
地震後要注意海嘯。

□角
（つの）

【名】角，犄角

年に一回、鹿の角を切ります。
把一年長一次鹿角給切掉了。

□唾
（つば）

【名】唾液，口水

梅干を見ていたら、口が唾でいっぱいに
なった。
看到梅乾，口水直流。

□呟き
（つぶやき）

【名】牢騷；自言自語的聲音

彼の「いやになっちゃう」という呟きが聞
こえた。
我聽到他喃喃自語地說；「真討厭」。

□壷
(つぼ)

【名】罐；壺；要點

これは<ruby>中国<rt>ちゅうごく</rt></ruby>で<ruby>買<rt>か</rt></ruby>った<ruby>壷<rt>つぼ</rt></ruby>です。
這是中國買的壺。

□蕾
(つぼみ)

【名】花蕾，花苞

<ruby>蕾<rt>つぼみ</rt></ruby>がたくさんついていますね。
長出許多花蕾了。

□露
(つゆ)

【名】露水；淚

<ruby>葉<rt>は</rt></ruby>っぱに<ruby>露<rt>つゆ</rt></ruby>がおりています。
葉子沾有露水。

□釣鐘
(つりがね)

【名】吊鐘

<ruby>近所<rt>きんじょ</rt></ruby>の<ruby>寺<rt>てら</rt></ruby>で、<ruby>釣鐘<rt>つりがね</rt></ruby>をついた。
附近的寺院，鐘響了。

□吊革
(つりかわ)

【名】吊環，吊帶

<ruby>揺<rt>ゆ</rt></ruby>れるから、<ruby>吊革<rt>つりかわ</rt></ruby>につかまってください。
車身搖晃，請抓好吊帶。

---

【比較看看】

◎「知性」有常識、懂得許多事物。思考事物加以理解、判斷的能力。

「理知」不感情用事，想法、判斷都很有理性。

「機知」能迅速據不同場合作不同的應變。機智。

# て

□手当
（てあて）

【名】醫療，治療；準備；津貼

早く手当をしないと、手遅れになります。

不趕快治療，就來不及了。

---

□定義
（ていぎ）

【名、他サ】定義

説明の前に、言葉の定義をしておきましょう。

説明前先解釋生字的意思吧！

---

□提供
（ていきょう）

【名、他サ】提供，供給

この番組の提供は、どこの会社ですか？

這齣電視劇是由那家公司提供的？

---

□提携
（ていけい）

【名、自サ】提攜，合作

うちの会社は、アメリカの会社と技術提携をしています。

我們公司跟美國公司進行技術合作。

---

□体裁
（ていさい）

【名】外表，外貌；體面

体裁なんか気にしないで、思いっきりやりなさい。

別在意體面，就放手去做吧！

---

□提示
（ていじ）

【名、他サ】提示，出示

身分証明書の提示が、求められます。

對方要求提示身份證明。

□ティッシュペーパー 【名】衛生紙
(tissue paper)

ティッシュペーパーで鼻をかんだ。
用衛生紙擦鼻涕。

□定食 【名】客飯
（ていしょく）

この店の定食は、おいしいですよ。
這家商店的定食很好吃。

□訂正 【名、他サ】訂正
（ていせい）

間違っているから、訂正してください。
有錯誤，請訂正。

□停滞 【名、自サ】停滯；滯銷
（ていたい）

台風が、東の海上に停滞しています。
颱風滯留在東方海上。

□邸宅 【名】宅邸；公館
（ていたく）

あの大邸宅には、誰が住んでいますか？
是誰住在那個大宅邸？

□定年 【名】退休年齡
（ていねん）

定年になったら、世界中を旅行しようと思う。
退休的話，我想到周遊世界。

□堤防 【名】堤防
（ていぼう）

堤防が崩れて、洪水になった。
堤防崩垮，洪水倒灌。

□データ
(data)

【名】論據；資料；數據

コンピューターのデータが全部消えてし
まった。

電腦裡的資料全都被消掉了。

□手遅れ
（ておくれ）

【名】爲時已晚，耽誤

手遅れにならないうちに、病院に行きま
しょう。

別耽誤了，趕快到醫院去吧！

□手掛かり
（てがかり）

【名】線索

何か、手がかりはありませんか？

有什麼線索嗎？

□手数
（てかず）

【名】手續；麻煩

手数がかかるので、面倒くさいです。

手續太繁瑣，眞是麻煩。

□適応
（てきおう）

【名、自サ】適應，適合，順應

彼は、どんな国でもすぐに適応してしまう。

他無論到哪個國家，都能馬上適應。

□適性
（てきせい）

【名】適合某人的性質、才能

あなたは、この仕事に適性がないですね。

你不適合從事這項工作。

□出来物
（できもの）

【名】疙瘩，腫塊；出色的人

顔に出来物ができた。

我臉上長出東西來了。

| | |
|---|---|
| □手際<br>（てぎわ） | 【名】手法，技巧；本領<br>彼女は、手際よく仕事を片付ける。<br>她很靈巧的把工作做完了。 |
| □デザイン<br>（design） | 【名、自他サ】設計；圖案<br>デザインはいいけれど、使いにくそうだ。<br>設計雖然很不錯，但是不好使用。 |
| □手順<br>（てじゅん） | 【名】工作的次序，步驟<br>やり方の手順を説明してください。<br>請說明一下，操縱的步驟。 |
| □手錠<br>（てじょう） | 【名】手銬<br>犯人は、手錠をかけられた。<br>犯人被戴上手銬。 |
| □手数<br>（てすう） | 【名】費事；麻煩<br>お手数おかけします。<br>麻煩你了。 |
| □デコレーション<br>（decoration） | 【名】裝潢，裝飾<br>子どもの誕生日に、デコレーションケーキを買った。<br>小孩生日買花式蛋糕來祝賀。 |
| □デザート<br>（dessert） | 【名】西餐餐後點心<br>デザートは、アイスクリームとケーキとどちらがいいですか？<br>點心您要冰淇淋還是蛋糕？ |

□手近
（てぢか）

【名】手邊，身旁；常見

材料がそろわないから、手近なもので代用しよう。

材料沒有準備齊全，用手邊的東西來代替。

□鉄鋼
（てっこう）

【名】鋼鐵

この町は、鉄鋼の生産で有名です。

這個市鎮，以生產鋼鐵著名。

□デッサン
（法 dessin）

【名】草圖，素描

美術の時間に、デッサンの練習をした。

美術課練習素描。

□てっぺん

【名】頭頂

山のてっぺんまで登りましょう。

爬到山頂。

□鉄棒
（てつぼう）

【名】鐵棒，鐵棍；（體育）單槓

鉄棒は得意ですか？

你擅長單桿嗎？

□出直し
（でなおし）

【名】回去再來，重出來

失敗したから、もう一度出直しです。

失敗了，我回去再重來。

□掌
（てのひら）

【名】手掌

掌にのるぐらい小さいです。

小到可以放在手上。

□手配
（てはい）

【名、自他サ】籌備，安排；布置

宿泊場所の手配をお願いします。

請幫我安排住宿的地方。

| □手筈<br>（てはず） | 【名】程序；事前的準備<br>手筈はすべて整えました。<br>事前準備都做好了。 |
|---|---|
| □手引<br>（てびき） | 【名、他サ】用手拉；引路；入門<br>使い方の手引きを読みながら機械を動かした。<br>邊看使用說明書，邊啓動機器。 |
| □手本<br>（てほん） | 【名】字帖；模範；標準<br>子どもたちの手本になるようにがんばります。<br>我要加油，成爲小孩的模範。 |
| □手回し<br>（てまわし） | 【名】用手搖；準備，安排<br>もう準備しているなんて、手回しがいいですね。<br>都準備好了啊，手腳眞是俐落。 |
| □手元<br>（てもと） | 【名】手邊，手法，技巧<br>手元が狂って、変な字になってしまった。<br>手下一亂，字就變樣了。 |
| □デモンストレーション<br>(demonstration) | 【名】示威活動；（運動會上正式比賽項目以外的）公開表演<br>宣伝のためのデモンストレーションを行ないます。<br>爲了宣傳，舉辦公開表演。 |

□テレックス　　【名】電報，電傳
　(telex)
以前は、テレックスで海外と通信すること
が多かった。
以前常用電報跟國外聯絡。

□手分　　　　　【名、自サ】分頭做，分工
　(てわけ)
迷子の子どもを、手分をして探しました。
分頭找迷路的小孩。

□天　　　　　　【名】天，天空；天國
　(てん)
これは天の助けでしょうか？
這是天在助我的嗎？

□田園　　　　　【名】田園，田地
　(でんえん)
田園の生活に憧れています。
嚮往田園生活。

□天下　　　　　【名】天底下；全國；世間
　(てんか)
天下を取ったような気分になった。
如取得天下般的感覺。

□点火　　　　　【名】點火
　(てんか)
今、聖火台に点火されました。
現在聖火台上的火被點燃了。

□転回　　　　　【名、自他サ】回轉；轉變
　(てんかい)
図形を180度転回しました。
圖形被轉了180度。

□転換　　　　　【名、自他サ】轉換；轉變
　(てんかん)
世界経済が、転換期を迎えている。
世界經濟迎向轉換期。

□転居
（てんきょ）

【名、自サ】搬家，遷居

転居通知を受け取った。
收到搬家通知。

□転勤
（てんきん）

【名、自サ】調職，調動工作

田中さんは転勤で大阪へ行くそうです。

聽說田中被調派到大阪。

□点検
（てんけん）

【名・自他サ】檢查

機械の定期点検をする。
做機器的定期檢查。

□電源
（でんげん）

【名】電力資源，電源

電源を切る。
關掉電源。

□転校
（てんこう）

【名・自他サ】轉校，轉學

転校生の林君も名簿に載せるべきだ。
也將轉學生的林同學記載名簿上。

□天国
（てんごく）

【名】天國，天堂，樂園

この道は歩行者天国になっている。
這條道路是行人專用道。

□伝言
（でんごん）

【名】口信，帶口信

先生への伝言を頼まれる。
有人要我轉話給老師。

□天才
（てんさい）

【名】天才

この子は言語の天才だ。
這孩子是語言天才。

| | |
|---|---|
| □天災<br>（てんさい） | 【名】天災，自然災害<br>天災はいつも突然襲ってくる。<br>天災總是突然襲擊而來。 |
| □展示<br>（てんじ） | 【名・自他サ】展示，陳列<br>今週の月曜日からコンピューターの展示会がおこなわれる。<br>這禮拜一開始有電腦展。 |
| □伝説<br>（でんせつ） | 【名】傳說，口傳<br>あの方は伝説の作家だ。<br>那位是傳說中的作家。 |
| □点線<br>（てんせん） | 【名】點線，虛線<br>ノートに点線のけいが引いてある。<br>筆記簿上有畫虛線。。 |
| □天体<br>（てんたい） | 【名】天象<br>地球や月は天体の一部である。<br>地球和月亮是天象的一員。 |
| □伝達<br>（でんたつ） | 【名・自他サ】傳達，轉達<br>彼は伝達係だ。<br>他是傳達專員。 |
| □天地<br>（てんち） | 【名】天和地，宇宙，上下<br>新しい天地を求めるため旅立つ。<br>出發尋找新天地。 |
| □転任<br>（てんにん） | 【名・自他サ】轉任，調動工作<br>転任先は北海道である。<br>外調的地方是北海道。 |

□展望
（てんぼう）

【名・自他サ】展望，眺望

展望台から景色がパノラマのように見える。
在展望台上可看三百六十度的視野。

□伝来
（でんらい）

【名・自他サ】傳來，傳入，祖傳

先祖伝来の茶碗を大切にしている。
小心翼翼地保存祖先傳下來的碗。

□転落
（てんらく）

【名・自他サ】掉落，滾下，暴跌

山頂から転落した。
從山頂掉下來。

---

【比較看看】

◎「追及」追上。又，追查到底以譴責對方的過失。
「追究」對不明白的事物，作徹底的探求，使其清楚明白。
「追求」為得到手鍀而不捨的追求。

◎「適性」是適合某人的性質、才能。適合某種工作的性質之意。「適正」是適當，恰當，公平，合理之意。

# と

□土
（ど）

【名】（國）土

この地図で見ると日本の領土はここまでだ。
從這地圖上來看，日本的領土到這裡。

□棟
（とう）

【名】（建築物等）棟

私立病院には六棟の病棟がある。
市立醫院裡有六棟病房。

□当〜
（とう〜）

【名】當（值日生）

明日は、山田君の当番だ。
明天你當值日生。

□胴
（どう）

【名】軀體，鎧甲，中間部分

胴の周りを測ってください。
請量中間的長度。

□同意
（どうい）

【名・自他サ】同意，同一意見

お客様の同意を求める。
徵求顧客的同意。

□動員
（どういん）

【名・自他サ】動員，調動

動員令を出すのは省庁のトップだけの権限だ。
只有中央部省才有發佈動員令的權限。

□同感
（どうかん）

【名・自他サ】同感，同情

同感を示す。
表示同感。

□陶器
（とうき）

【名】陶器，陶瓷

中国の陶器を展示する。

展示中國傳統陶器。

---

□討議
（とうぎ）

【名・自他サ】討論

改めて討議を行う。

重新議論。

---

□動機
（どうき）

【名】動機

別の動機がある。

有其它的動機。

---

□等級
（とうきゅう）

【名】等級，等位

はっきりと等級を分ける。

劃分清楚等級。

---

□同級
（どうきゅう）

【名】同等級，同年級

彼と僕 同級 生だ。

他和我是同學。

---

□同居
（どうきょ）

【名・自他サ】同住；同居

同居者の名前を書いてください。

請書寫同居人的姓名。

---

□登校
（とうこう）

【名・自他サ】上學校，到校

現在不登校の学生が増え続いている。

不願上學的學生現在還陸續增加。

---

□統合
（とうごう）

【名・自他サ】統一，集中

組合の統合を勧める。

勧告將工會統一起來。

□動向　　　【名】動向，趨勢
（どうこう）
かぶしきしじょう　どうこう　ぶんせき
株式市場の動向を分析する。
分析股市動向。

□倒産　　　【名・自他サ】破産，倒閉
（とうさん）
とうさん　きき　さ　　　　いっしょうけんめい　はたら
倒産の危機を避けるため一生懸命に働く。
為了避開倒閉的危機賣力地工作。

□投資　　　【名・自他サ】投資
（とうし）
おおもの　とうし　か　あら
大物の投資家が現われた。
出現了大投資家。

□同士　　　【名】伙伴，同類
（どうし）
がくせい　どうし　だんけつ　　おお　ちから　う
学生同士が団結して大きな力が生まれる。
學生們團結起來成了一股很大的力量。

□同志　　　【名】同志，同夥，伙伴
（どうし）
どうし　あつ　　　にほんご　きょうざい　つく
同志を集めて日本語の教材を作る。
結合志同道合的伙伴製作日語教材。

□同情　　　【名・自他サ】同情
（どうじょう）
こ　めずら　　　どうじょうしん　だ
あの子は珍しく同情心を出した。
那孩子竟然表露了同情心，好難得喔！

□道場　　　【名】道場，練武場
（どうじょう）
どうじょう　からて　けいこ
道場で空手の稽古をする。
在練武裡練空手道。

□統制　　　【名・自他サ】統歸；控制能力；統管
（とうせい）
ぶっか　とうせい　　　　はな　あ
物価の統制について話し合う。
洽談統一物價。

□当選
（とうせん）

【名・自他サ】當選

当選者の名が新聞に掲載された。
報紙上刊登了當選名單。

□逃走
（とうそう）

【名・自他サ】逃走，逃跑

警察は逃走犯を追いかけている。
警察追逐逃犯。

□統率
（とうそつ）

【名・自他サ】統率

あのチームは統率のとれたチームだ。
那是一個有紀律的隊伍。

□到達
（とうたつ）

【名・自他サ】到達，達到

到達点を決める。
決定目的地。

□統治
（とうち）

【名・自他サ】統治

大統領は国の統治者だ。
總統是一國的統治者。

□同調
（どうちょう）

【名・自他サ】同調，同一步調；同意

同調者は何人いますか？
贊成的人數有多少？

□到底
（とうてい）

【副】無論如何也，怎麼也

こんな分量では到底一人ではやりきれない。
無論如何一個人也無法做完這樣的工作量。

□同等
（どうとう）

【名】同等，相等；等價

男女同等の条件で採用する。
男女採用的條件是平等的。

あいうえおかきくけこさしすせそたちつてとなにぬねのはひふへほまみむめもやゆよらりるれろわ

□堂々
（どうどう）

【名】（儀表等）堂堂；光明正大

堂々とした様子でステージに上がった。

他不畏不懼地登上台。

□投入
（とうにゅう）

【名・自他サ】投入，投進

この事業に多額の資金を投入した。

在這事業上投下很多資金。

□導入
（どうにゅう）

【名・自他サ】引進，引入

とうとう会社側は外国からの技術導入を始めた。

公司終於開始引進新技術了。

□当人
（とうにん）

【名】當事人，本人

当人の希望通りにした。

比照當事人的期望。

□同封
（どうふう）

【名・自他サ】隨信附寄

返信用の切手を同封する。

隨信附寄回郵郵票。

□逃亡
（とうぼう）

【名・自他サ】逃走，逃跑

逃亡者は今朝駅でつかまった。

今天早上在車站逮捕了逃犯。

□冬眠
（とうみん）

【名・自他サ】冬眠

冬眠していた動物たちはどんどん起きてきた。

冬眠的動物陸續醒來。

□同盟
（どうめい）

【名・自他サ】同盟，聯合

同盟条約を結ぶ。

締結同盟條約。

| | |
|---|---|
| □動揺<br>（どうよう） | 【名・自他サ】動搖，異動；（心情）不安<br>ひとびと あいだ はげ どうよう お<br>人々の間に激しい動揺が起こった。<br>人與人之間起了嚴重的動搖。 |
| □動力<br>（どうりょく） | 【名・自他サ】動力，功率<br>どうりょく くるま うご<br>動力で車を動かす。<br>利用動力啓動車子。 |
| □登録<br>（とうろく） | 【名・自他サ】登記，註冊<br>とうろくしゃ いちばん なら<br>登録者は一番のカウンターに並んでください。<br>請登記的人在一號窗口排隊。 |
| □討論<br>（とうろん） | 【名・自他サ】討論<br>とうろんかい へいかいしき ほんじつ ごじ おこな<br>討論会の閉会式は本日の五時より行われます。<br>研討會的閉幕儀式在今天下午五點舉行。 |
| □遠回り<br>（とおまわり） | 【名・自他サ】使其繞道；繞彎<br>たにん けいけん き とおまわ もくひょう<br>他人の経験を聞いて、遠回りせずに目標を<br>たっせい<br>達成する。<br>借用他人的經驗，操近路達成目標。 |
| □トーン<br>(tone) | 【名】色調，音調<br>おどろ こえ あ<br>驚いたので声のトーンが上がった。<br>因為驚嚇而聲調提高。 |
| □特技<br>（とくぎ） | 【名】特殊技能<br>とくぎ も<br>特技を持つ。<br>擁有特殊技能。 |
| □独裁<br>（どくさい） | 【名・自他サ】獨裁，獨斷<br>どくさいしゃ い<br>独裁者と言えばドイツのヒットラーだ。<br>說到獨裁者就想起德國的希特勒。 |

□特産
（とくさん）

【名】特産，土産

この土地の特産は焼き物だ。

這裡的特產是陶瓷類。

□独自
（どくじ）

【名】獨自，獨特

独自の方法で日本語をマスターした。

運用獨特的方法學成日語。

□読者
（どくしゃ）

【名】讀者

読者にアンケートを送った。

郵寄問卷調查表給讀者。

□特集
（とくしゅう）

【名】特輯，專業

今月の特集は日本のお城に関するものだ。

本月的特輯是有關日本城堡。

□独占
（どくせん）

【名・自他サ】獨佔，獨斷

話題を独占する。

獨佔了話題。

□独創
（どくそう）

【名・自他サ】獨創

この作品は私の独創です。

這個作品是我獨創的。

□得点
（とくてん）

【名】得分

後半戦の得点はゼロだ。

下半場得了零分。

□特派
（とくは）

【名・自他サ】特派，特別派遣

彼は海外特派員だ。

他是國外特派記者。

□ 特有
（とくゆう）

【名・自他サ】特有

<ruby>特有<rt>とくゆう</rt></ruby>の<ruby>味<rt>あじ</rt></ruby>がある。
擁有獨特的味道。

---

□ 年頃
（としごろ）

【名】大致的年齡；妙齡

<ruby>年頃<rt>としごろ</rt></ruby>のお<ruby>嬢<rt>じょう</rt></ruby>さんですね。
眞是個妙齡女孩啊！。

---

□ 戸締まり
（とじまり）

【名・自他サ】關門窗

<ruby>戸<rt>とじ</rt></ruby>締まりを<ruby>厳重<rt>げんじゅう</rt></ruby>にして<ruby>出<rt>で</rt></ruby>かける。
仔細關了門窗之後才出門。

---

□ 途上
（とじょう）

【名】路上，途中

<ruby>発展途上国<rt>はってんとじょうこく</rt></ruby>で、ボランティアをしている。
到開發中國家當義工。

---

□ 土台
（どだい）

【名】土台，地基，基礎

<ruby>過去<rt>かこ</rt></ruby>の<ruby>経験<rt>けいけん</rt></ruby>を<ruby>土台<rt>どだい</rt></ruby>にして<ruby>事業<rt>じぎょう</rt></ruby>を<ruby>始<rt>はじ</rt></ruby>めた。
以過去的經驗爲基礎創業。

---

□ 特許
（とっきょ）

【名・自他サ】特別許可，專利

デザインした<ruby>絵<rt>え</rt></ruby>は<ruby>特許<rt>とっきょ</rt></ruby>をとった。
所設計的圖案取得專利。

---

□ 特権
（とっけん）

【名】特權

<ruby>あの人<rt>ひと</rt></ruby>たちはこのゴルフ<ruby>場<rt>じょう</rt></ruby>を<ruby>使用<rt>しよう</rt></ruby>する<ruby>特権<rt>とっけん</rt></ruby>がある。
那些人擁有使用高爾夫球場的特權。

---

□ 突破
（とっぱ）

【名・自他サ】突破；超過

<ruby>今年<rt>ことし</rt></ruby>の<ruby>合格率<rt>ごうかくりつ</rt></ruby>は<ruby>七十<rt>ななじゅう</rt></ruby>パーセントを<ruby>突破<rt>とっぱ</rt></ruby>した。
今年的合格率超過了百分之七十。

□土手
（どて）
【名】河堤
川の水が溢れて土手は破壊された。
河水溢出來，破壞了河堤。

□届け
（とどけ）
【名】申報，申請
市役所に結婚届を出す。
向市公所提出結婚登記申請書。

□殿様
（とのさま）
【名】老爺，大人
殿様は能楽の稽古をしています。
老爺正在演練「能樂」。

□土俵
（どひょう）
【名】土袋子；（相撲）比賽場
力士たちは土俵で戦う。
大力士們在賽場上競技。

□扉
（とびら）
【名】門，門扇
傾いた扉を直す。
修理傾斜的門。

□溝
（どぶ）
【名】水溝；深坑
団地のまわりの溝を掃除する。
清掃住宅區附近的水溝。

□徒歩
（とほ）
【名・自他サ】步行，徒步
息子はいつも徒歩で通学した。
我兒子經常徒步上學。

□土木
（どぼく）
【名】土木；土木工程
彼はこの土木工事の担当社だ。
他是這土木工程的負責人。

| □富<br>（とみ） | 【名・自他サ】財富；資源<br>富とみと名声めいせいを追おいかける人ひとたち。<br>追求財富跟名譽的人們。 |
|---|---|
| □共稼ぎ<br>（ともかせぎ） | 【名・自他サ】夫妻都上班<br>妻つまと共稼ともかせぎをしている。<br>我跟妻子都在上班賺錢。 |
| □共働き<br>（ともばたらき） | 【名・自他サ】夫妻都工作<br>父ちちとは母ははは共働ともばたらきしている。<br>家父母同時都在上班。 |
| □ドライ<br>（dry） | 【名】乾燥；冷冰冰<br>ドライフルーツはスーパーにたくさん並ならんでいる。<br>很多冷凍水果排列在超商裡。 |
| □ドライクリー<br>ニング<br>（dry cleaning） | 【名】乾洗<br>ドライクリーニングの仕事しごとに従事じゅうじしている。<br>從事乾洗的工作。 |
| □ドライバー<br>（driver） | 【名】司機<br>あのドライバーは新車しんしゃを運転うんてんしている。<br>那個司機開新車。 |
| □ドライブイン<br>（美 drive-in） | 【名】汽車旅館<br>国道一号こくどういちごうのドライブインで昼食ちゅうしょくを済すませた。<br>在國道一號上的汽車旅館用過中餐。 |
| □トラブル<br>（trouble） | 【名】糾紛，麻煩；故障<br>新あらたなトラブルが起おこった。<br>新的問題發生了。 |

□トランジスター 【名】電晶體；小型
(transistor)

トランジスターラジオを買った。
買電晶體收音機。

□取り扱い 【名・自他サ】處理，辦理；對待
(とりあつかい)

こわれやすいから取り扱いに気をつけてください。
容易損毀，所以請小心處理。

□鳥居 【名】牌坊
(とりい)

ちちは鳥居の前でおじぎする。
家父在牌坊前行禮致敬。

□取り替え 【名・自他サ】交換
(とりかえ)

不良品の取り替え業務はしていない。
沒有做不良品交換的業務。

□取り締まり 【名・自他サ】管理；取締；監督
(とりしまり)

交通違反の取り締まりが始まった。
開始取締違反交通規則。

□取引 【名・自他サ】交易，貿易
(とりひき)

取引先は海外で有名な会社だ。
將進行交易的是海外有名的公司。

□ドリル 【名・自他サ】鑽頭
(drill)

ドリルで穴を掘る。
用鑽頭鑽洞。

□鈍感
（どんかん）

【名・形動】鈍感，不敏感

あの子は愛情に関する感情が鈍感だ。

那女孩對愛情的感覺遲鈍。

□度忘れ
（どわすれ）

【名・自他サ】（一時）記不起來

あんたは度忘れの名人だ。

你是個容易遺忘出名的。

□問屋
（とんや）

【名】批發商

この問屋の社長は同級生のお父さんだ。

這間批發商的老闆是我同學的父親。

---

**【比較看看】**

◎「転回」回轉。轉變方向等等。旋轉身體。

「展開」是開展、展開。展現。擴展。密集的隊伍散開之意。

◎「伝記」記載個人一生事蹟的傳。

「伝奇」記載奇特不可思議的傳說。又指小說中虛構的故事。

## な

□内閣
(ないかく)

【名】内閣，政府

新しい内閣が発足した。
あたら　　　ないかく　　ほっそく

新內閣開始運行。

□内緒
(ないしょ)

【名】秘密，内部

内緒で副業をした。
ないしょ　ふくぎょう

暗地裡做副業。

□内心
(ないしん)

【名】内心，心中

内心冷や冷やしながら吊り橋を渡った。
ないしん　ひ　ひ　　　　　　　　　　つ　ばし　わた

提心吊膽地走過吊橋。

□内臓
(ないぞう)

【名】内臓

内臓が悪くて、入院した。
ないぞう　わる　　　　　にゅういん

內臟不好住院了。

□ナイター
(nighter)

【名】夜間棒球賽

ナイターを観戦した。
かんせん

觀戰夜間棒球賽。

□内部
(ないぶ)

【名】内部；内情

会社内部の人事を管理している。
かいしゃ ないぶ　　じんじ　　かんり

管理公司內部的人事。

□内乱
(ないらん)

【名】内亂，叛亂

この年、内乱が起こった。
とし　ないらん　お

這一年起了內亂。

□内陸
（ないりく）

【名】內陸，內地

内陸<ruby>内陸<rt>ないりく</rt></ruby>で<ruby>雨<rt>あめ</rt></ruby>が<ruby>降<rt>ふ</rt></ruby>るでしょう。

內陸估計會下雨。

□苗
（なえ）

【名】苗，秧子，稻秧

<ruby>稲<rt>いね</rt></ruby>の<ruby>苗<rt>なえ</rt></ruby>を<ruby>植<rt>う</rt></ruby>える。

種植稻子的秧苗。

□流し
（ながし）

【名】流，流理台

<ruby>新品<rt>しんぴん</rt></ruby>の<ruby>流<rt>なが</rt></ruby>し<ruby>台<rt>だい</rt></ruby>を<ruby>汚<rt>よご</rt></ruby>した。

把新買的流理台給弄髒了。

□渚
（なぎさ）

【名】水濱，岸邊

<ruby>渚<rt>なぎさ</rt></ruby>で<ruby>貝<rt>かい</rt></ruby>を<ruby>拾<rt>ひろ</rt></ruby>った。

在岸邊檢貝殼。

□仲人
（なこうど）

【名】媒人，月下老人

<ruby>昔<rt>むかし</rt></ruby>の<ruby>女<rt>おんな</rt></ruby>の<ruby>結婚式<rt>けっこんしき</rt></ruby>で<ruby>仲人<rt>なこうど</rt></ruby>をした。

在以前的女友的婚禮裡當媒人。

□名残
（なごり）

【名】殘餘，遺跡

<ruby>富士山<rt>ふじさん</rt></ruby>の<ruby>七合目<rt>ななごうめ</rt></ruby>には<ruby>名残<rt>なごり</rt></ruby>の<ruby>雪<rt>ゆき</rt></ruby>が<ruby>残<rt>のこ</rt></ruby>っている。

在富士山的「七合目」上有雪留下的痕跡。

□情け
（なさけ）

【名】同情；人情，愛情

<ruby>人<rt>ひと</rt></ruby>の<ruby>情<rt>なさ</rt></ruby>けにすがる。

仰仗人情（做事等）。

□雪崩
（なだれ）

【名】雪崩；傾斜

<ruby>山<rt>やま</rt></ruby>は、<ruby>三寒四温<rt>さんかんしおん</rt></ruby>の<ruby>天気<rt>てんき</rt></ruby>なので<ruby>雪崩<rt>なだれ</rt></ruby>の<ruby>恐<rt>おそ</rt></ruby>れがある。

在忽冷忽熱的天氣裡山上很容易雪崩。

□ 何より
（なにより）
【副・形動】最好
元気で何よりだ。
健康最好。

□ ナプキン
(napkin)
【名】餐巾
新しいナプキンを販売しはじめた。
新的餐巾開始賣了。

□ 名札
（なふだ）
【名】姓名牌，名牌
名札に従ってお座りになってください。
請依照名牌就座。

□ 生身
（なまみ）
【名】活人；活生生
彼女だって、生身の人間です。
他是個活生生的人。

□ 鉛
（なまり）
【名】鉛
鉛で作った模型だ。
用鉛做的模型。

□ 並み
（なみ）
【名】普通，一般，次等
プロ並みの道具を揃えた。
裝備跟職業水準一樣。

□ 悩み
（なやみ）
【名】煩惱，苦惱，病
恋の悩みには口が挟めない。
感情的苦惱，我就無能為力了。

□ 慣れ
（なれ）
【名】習慣，熟習
何事にも慣れが必要だ。
任何事都需要習慣。

| □難<br>（なん） | 【名】困難，災難，責難<br><ruby>難<rt>なん</rt></ruby>を<ruby>免<rt>まぬが</rt></ruby>れる。<br>倖免於難。 |
|---|---|
| □ナンセンス<br>(nonsense) | 【名】無意義的，荒謬的<br><ruby>言<rt>い</rt></ruby>ってることがナンセンスだ。<br>你淨說些荒誕無稽的話。 |

あ<br>い<br>う<br>え<br>お<br>か<br>き<br>く<br>け<br>こ<br>さ<br>し<br>す<br>せ<br>そ<br>た<br>ち<br>つ<br>て<br>と<br>な<br>に<br>ぬ<br>ね<br>の<br>は<br>ひ<br>ふ<br>へ<br>ほ<br>ま<br>み<br>む<br>め<br>も<br>や<br>ゆ<br>よ<br>ら<br>り<br>る<br>れ<br>ろ<br>わ

# に

□荷
（に）

【名】行李，負擔

荷を運ぶ。
搬運行李。

□面皰
（にきび）

【名】青春痘，粉刺

面皰に効果のある薬。
治療青春痘有效的藥。

□憎しみ
（にくしみ）

【名】憎恨，憎惡

憎しみを覚える。
記仇。

□肉親
（にくしん）

【名】親骨肉，親人

肉親のみ残ってください。
請親屬留下來。

□肉体
（にくたい）

【名】肉體

肉体労働による疲労は回復が早い。
要恢復肢體勞動的疲勞是很快的。

□西日
（にしび）

【名】西照太陽，夕陽

西日が強く射し込んでいる。
下午強烈的陽光照了進來。

□贗物
（にせもの）

【名】假冒的東西

にせものをつかまされる。
冒牌貨被抓了。

□日夜
(にちや)
【名】日夜，總是；每天

受験のため、日夜勉強に励む。
爲了考試，不分日夜用功唸書。

□荷造り
(にづくり)
【名、自他サ】準備行李

旅行の前日の夜にひとりで荷造りした。
旅行的前晚上一個人準備行李。

□ニュアンス
(法 nuance)
【名】語氣；神韻

日本語のニュアンスをつかむのが難しい。
要掌握日語的神韻，是很困難的。

□入手
(にゅうしゅ)
【名、他サ】得到，到手

これは入手困難な品です。
這個產品得來不易。

□入賞
(にゅうしょう)
【名、自サ】得獎，受賞

展覧会で入賞した作品はどちらですか？
哪一個是展覽會上得獎的作品？

□入浴
(にゅうよく)
【名、自サ】淋浴，洗澡

運動した直後の入浴は禁物だ。
運動後，最好不要馬上洗澡。

□尿
(にょう)
【名】尿，小便

尿を検査する。
驗尿。

□認識
(にんしき)
【名、他サ】認識，理解

認識を深める。
加深認識。

あいうえおかきくけこさしすせそたちつてとな**に**ぬねのはひふへほまみむめもやゆよらりるれろわ

427

□人情　　　　　　【名】人情味，同情心
（にんじょう）

となりのおばあさんは人情にあつい。
隔壁的老婆婆不但有人情味，人也很好。

□妊娠　　　　　　【名、自サ】懷孕
（にんしん）

妻は二度目の妊娠だ。
這是內人第二回懷孕。

□任務　　　　　　【名】任務，職責
（にんむ）

任務の進行には団結が必要だ。
實行任務，需要團結。

□任命　　　　　　【名、他サ】任命
（にんめい）

新しい外務大臣を任命する。
任命新外交大臣。

ぬ

□主
（ぬし）

【名】（一家人的）主人；物主；丈夫

シロの飼い主は誰ですか？

誰是小白的主人？

□盗み
（ぬすみ）

【名】偷盜，竊盜

どこで盗みを覚えたのか？

你到底是在哪裡學會偷東西的？

□沼
（ぬま）

【名】池沼，沼澤

この辺は、沼地が三十パーセントを占める。

這附近有百分之三十是沼澤地。

# ね

□音
(ね)

【名】聲音，音響，音樂

夜になると、きれいな笛の音が流れてくる。
一到夜裡就有優美的笛聲傳過來。

□音色
(ねいろ)

【名】音色

ギターと三味線は音色が違う。
吉他和三絃的音色不同。

□ネガ
(negative)

【名】軟片，底片

ネガで焼き増しをする。
用底片沖洗照片。

□ねじまわし

【名】螺絲起子

このねじまわしはドイツ製だ。
這支螺絲起子是德國製的。

□熱意
(ねつい)

【名】熱情，熱忱

会場のみなさんの反応には熱意が感じられ
ない。
會場上感受不到聽眾熱烈的反應。

□熱湯
(ねっとう)

【名】熱水，開水

不注意で熱湯でやけどした。
不小心被熱水燙傷。

□熱量
(ねつりょう)

【名】熱量

熱量の単位はキロカロリーだ。
熱量單位是千卡路里。

□粘り
（ねばり）

【名】黏性；堅韌；頑強

この営業マンは粘りがある。
這位營業員很有耐力。

□値引き
（ねびき）

【名、他サ】打折，減價

少し値引きしてくださいよ。
算我便宜一點吧！

□根回し
（ねまわし）

【名】砍掉一部份樹根；事先協調

関係筋に根回しした。
跟有關人士進行協調。

□念
（ねん）

【名】念頭；宿願

念のためにもう一度確認しましょう。
爲了（安全）起見，請再次確認。

□年賀
（ねんが）

【名】賀年，拜年

毎年お正月に年賀状を出している。
每年的新年都寄賀年卡。

□年鑑
（ねんかん）

【名】年鑑

新しい企業年鑑を刊行した。
發行新的企業年鑑。

□念願
（ねんがん）

【名、他サ】願望，心願

念願かなって入学試験に合格した。
終於如願以償地考上了。

□年号
（ねんごう）

【名】年號

新しい年号は「平成」と決まった。
決定以「平成」爲新的年號。

□燃焼　　　　【名、自サ】燃燒；竭盡全力
（ねんしょう）
　　　　　　とくべつ　じょうざい　たいない　しぼう　　ねんしょう
　　　　　　特別な錠剤で体内の脂肪を燃焼させる。
　　　　　　用特別的藥劑，燃燒體內的脂肪。

□年長　　　　【名】年長，年歲大
（ねんちょう）
　　　　　　ねんちょうしゃ　たい　　れいぎ　たいせつ
　　　　　　年長者に対する礼儀が大切だ。
　　　　　　對長輩要有禮貌。

□燃料　　　　【名】燃料
（ねんりょう）
　　　　　　げんつき　ねんりょう
　　　　　　この原付の燃料はレギュラーのガソリンだ。
　　　　　　這台機車的燃料是汽油。

□年輪　　　　【名】年輪
（ねんりん）
　　　　　　き　　ねんりん　　かぞ
　　　　　　木の年輪を数える。
　　　　　　數樹木的年輪。

の

| □ノイローゼ<br>(德 Neurose) | 【名】神經衰弱<br>子どもの教育で、ノイローゼになっている。<br>教育小孩，使得神經有些衰弱。 |
|---|---|
| □脳<br>(のう) | 【名】腦部<br>先生は脳の解剖図を説明してくれた。<br>老師為我們說明腦部的剖面圖。 |
| □農耕<br>(のうこう) | 【名】農耕，耕作<br>農耕に使う水牛。<br>用水牛耕田。 |
| □農場<br>(のうじょう) | 【名】農場<br>峠にある農場。<br>山腰有一座農場。 |
| □農地<br>(のうち) | 【名】農地，農耕<br>農地を団地にした。<br>將農地變更成住宅地。 |
| □納入<br>(のうにゅう) | 【名、他サ】繳納，交納<br>商品を納入する。<br>進貨。 |
| □軒並み<br>(のきなみ) | 【名】成排的屋簷<br>軒並み泥棒にやられた。<br>被樑上君子擺了一道。 |

# は

□刃
(は)

【名】刀刃

カンナの刃を研ぐ。
研磨刨刀的刀刃。

□バー
(bar)

【名】小酒吧；棒棍

バーでアルバイトをする。
在小酒吧裡打工。

□把握
(はあく)

【名、他サ】掌握，充分理解

問題の意味を把握する。
掌握問題的意思。

□パート
(part)

【名】部份；零工；計時工

主婦はスーパーでパートを始めた。
主婦在超商打零工。

□肺
(はい)

【名】肺

動物の呼吸器官は肺だ。
肺是動物的呼吸器官。

□敗
(はい)

【名】失敗

巨人は連敗している。
巨人連敗中。

□廃棄
(はいき)

【名、他サ】廢棄

産業廃棄物に関する処理が第一の課題だ。
最大的課題是，有關產業廢棄物的處理。

□配給　【名、他サ】配給
（はいきゅう）
軍隊では配給制度を実施している。
軍隊實施配給制度。

□黴菌　【名】細菌
（ばいきん）
夏はばい菌が繁殖する最良の時期だ。
夏天是細菌蔓延最佳時期。

□配偶者　【名】配偶；夫婦當中的一方
（はいぐうしゃ）
配偶者の欄には奥さんの名前を書いてください。
請在配偶欄上填寫夫人的姓名。

□拝啓　【名】敬啓者（書信用語）
（はいけい）
「拝啓」は手紙の文の書き出しの言葉だ。
「拝啓」是寫信的開頭語。

□背景　【名】背景；布景
（はいけい）
この文章は日本の留学生活を背景にしている。
這篇文章以日本留學生活為背景。

□背後　【名】背後；暗地
（はいご）
容疑者の背後の交友関係を調べる。
調查嫌疑犯背後的交友關係。

□廃止　【名、他サ】廢止，作廢
（はいし）
国会でこの法律を廃止した。
據國會的決定，而廢除這條法律。

□拝借　【名、他サ】拜借
（はいしゃく）
パスポートを拝借します。
請讓我看您的護照。

□排除
（はいじょ）

【名、他サ】排除，消除

しょうがいぶつ　はいじょ
障害物を排除する。
拿掉障礙物。

□賠償
（ばいしょう）

【名、他サ】賠償

こっかばいしょう　もと
国家賠償を求める。
要求國家賠償。

□排水
（はいすい）

【名、自サ】排水

はいすいかん　つ
排水管が詰まっているから、掃除しなけれ

そうじ

ばならない。
因為排水管塞住了，所以得修理。

□敗戦
（はいせん）

【名、自サ】戰敗

はいせん　ごじゅうねん　め　あつ
敗戦五十年目の集まりだ。
戰敗後第五十年的集會。

□配置
（はいち）

【名、他サ】配置，配備；分派點

せいかく　はいち　ろんぎ
正確な配置を論議する。
討論如何正確的去部署。

□配布
（はいふ）

【名、他サ】散發

はいふ
ビラを配布する。
散發傳單。

□配分
（はいぶん）

【名、他サ】分配，分割

ねんかん　りえき　かぶぬし　はいぶん
年間の利益を株主に配分する。
將整年的總利益分給股東們。

□敗北
（はいぼく）

【名、自サ】敗北，戰敗；敗逃

きょじん　はいぼく
巨人はまたまた敗北した。
巨人隊又輸了。

□倍率
（ばいりつ）

【名】倍率，放大或縮小倍數

今年（ことし）の入試（にゅうし）の倍率（ばいりつ）は三年（さんねん）ぶりに２０倍（ばい）を超（こ）えた。

今年入學考試的合格率，三年來首次超過二十倍。

□配慮
（はいりょ）

【名、他サ】關懷，照料

慎重（しんちょう）な配慮（はいりょ）を欠（か）くことはできない。

慎重的考量，是不可欠缺的。

□配列
（はいれつ）

【名、他サ】排列

展示物（てんじぶつ）の配列（はいれつ）を考（かんが）え直（なお）す。

重新考慮展示品的佈置方式。

□破壊
（はかい）

【名、自他サ】破壞

台風（たいふう）で新（あたら）しく建（た）てられた図書館（としょかん）が破壊（はかい）された。

新蓋的圖書館，被颱風給破壞了。

□破棄
（はき）

【名、他サ】撕毀，廢棄

引（ひ）っ越（こ）しの時（とき）に古（ふる）いものを全（すべ）て破棄（はき）した。

搬家時，將老舊的東西全丟掉了。

□迫害
（はくがい）

【名、他サ】迫害

社会主義国家（しゃかいしゅぎこっか）では人権（じんけん）を迫害（はくがい）する問題（もんだい）が続（つづ）いている。

在社會主義國家仍持續迫害人民的權利。

□薄弱
（はくじゃく）

【名、形動】薄弱，不強；不明確

仕事（しごと）に対（たい）する熱意（ねつい）が薄弱（はくじゃく）だ。

對工作毫無熱忱。

□白状
（はくじょう）

【名、自サ】坦白，招供

その件（けん）について白状（はくじょう）して欲（ほ）しい。

那件事情希望你能坦誠說出。

□漠然　　　【形動】含糊，籠統，曖昧
（ばくぜん）

　　　　　　自分の未来への希望を漠然と抱く。
　　　　　　對自己的未來，抱持茫然的態度。

□爆弾　　　【名】炸彈
（ばくだん）

　　　　　　プラスチック爆弾を郵便箱に詰め込んだ。
　　　　　　塑膠炸彈被裝進信箱裡。

□爆破　　　【名、他サ】爆破，炸毀
（ばくは）

　　　　　　トンネルを掘るため、山を爆破した。
　　　　　　爲了挖山洞，而炸山。

□暴露　　　【名、自他サ】曝曬；暴露；揭露
（ばくろ）

　　　　　　横領事件の真相を暴露する。
　　　　　　盜用公款的事件眞相，被揭發了。

□派遣　　　【名、他サ】派遣；派出
（はけん）

　　　　　　救援のため、人材を派遣する。
　　　　　　爲了救援，派人員前往。

□恥　　　　【名】羞恥，丟臉
（はじ）

　　　　　　海外で恥をかいた。
　　　　　　在國外丟人現眼。

□パジャマ　【名】睡衣
（pajamas）

　　　　　　舶来品のパジャマを購入した。
　　　　　　購買外國製的睡衣。

□橋渡し　　【名、他サ】架橋；臨時代理人
（はしわたし）

　　　　　　彼は日中両国の橋渡し役をしている。
　　　　　　他扮演日中兩國橋樑的角色。

| | |
|---|---|
| □バス<br>(bath) | 【名】浴室<br>新しいバスルームを作った。<br>蓋了最新式的浴室。 |
| □破損<br>(はそん) | 【名、自他サ】破損，損壞<br>船積み後の破損品は返品できない。<br>裝船後的不良品，是無法退貨的。 |
| □裸足<br>(はだし) | 【名】赤腳<br>子どもの頃、よく裸足で田んぼを走り回った。<br>小時候經常赤腳在田野間四處跑。 |
| □蜂蜜<br>(はちみつ) | 【名】蜂蜜<br>蜂蜜を採集するおじさんが蜂に刺された。<br>採集蜂蜜的阿伯被蜜蜂給刺了。 |
| □パチンコ | 【名】柏青哥<br>年中パチンコをしている。<br>從年頭到年底都在打柏青哥。 |
| □罰<br>(ばつ) | 【名】罰，處罰<br>罪を犯したら、罰を与える。<br>犯了罪，就會被罰。 |
| □発育<br>(はついく) | 【名、自サ】發育，成長<br>発育不全の稲を取り除く。<br>除去發育不良的稻子。 |
| □発芽<br>(はつが) | 【名、自サ】發芽<br>豆が発芽しました。<br>豆子發芽了。 |

□発掘
（はっくつ）

【名、他サ】發掘，挖掘；發現

<ruby>湖<rt>みずうみ</rt></ruby>の<ruby>底<rt>そこ</rt></ruby>で<ruby>一万年前<rt>いちまんねんまえ</rt></ruby>の<ruby>土器<rt>どき</rt></ruby>を<ruby>発掘<rt>はっくつ</rt></ruby>した。
湖底挖掘到一萬年前的陶器。

□発言
（はつげん）

【名、自サ】發言

<ruby>傍聴席<rt>ぼうちょうせき</rt></ruby>も<ruby>発言権<rt>はつげんけん</rt></ruby>を<ruby>有<rt>ゆう</rt></ruby>する。
旁聽席也有發言權。

□バッジ
(badge)

【名】徽章

<ruby>会社<rt>かいしゃ</rt></ruby>のバッジを<ruby>胸<rt>むね</rt></ruby>につける。
胸前別上公司的徽章。

□発生
（はっせい）

【名、自サ】發生；出現，蔓延

<ruby>不思議<rt>ふしぎ</rt></ruby>な<ruby>現象<rt>げんしょう</rt></ruby>が<ruby>発生<rt>はっせい</rt></ruby>した。
發生不可思議的現象。

□バッテリー
(battery)

【名】電池，蓄電池

<ruby>長時間使<rt>ちょうじかんつか</rt></ruby>えるバッテリーを<ruby>発明<rt>はつめい</rt></ruby>した。
發明了使用時間長的電池。

□バット
(bat)

【名】球棒

アマチュアなら<ruby>金属製<rt>きんぞくせい</rt></ruby>のバットで<ruby>十分<rt>じゅうぶん</rt></ruby>だ。
對業餘的來說金屬的球棒，就綽綽有餘了。

□発病
（はつびょう）

【名、自サ】病發，得病

<ruby>突然<rt>とつぜん</rt></ruby>の<ruby>発病<rt>はつびょう</rt></ruby>で<ruby>救急車<rt>きゅうきゅうしゃ</rt></ruby>で<ruby>運<rt>はこ</rt></ruby>ばれた。
突然病發叫救護車載走了。

□初耳
（はつみみ）

【名】初聞，初次聽到

<ruby>君<rt>きみ</rt></ruby>が<ruby>雪<rt>ゆき</rt></ruby>さんと<ruby>結婚<rt>けっこん</rt></ruby>するなんて<ruby>初耳<rt>はつみみ</rt></ruby>だ。
你要和雪小姐結婚，我還是頭一回聽說呢。

□果て
(はて)

【名】邊際；止境；結果

父は長い間考えた果てに、日本への留学を許してくれた。

爸爸考慮了很久，終於准許我去日本留學。

□パトカー
(patrol car)

【名】警車

猛スピードでパトカーが犯人を追いかけている。

警車飛奔著追逐逃犯。

□花弁
(はなびら)

【名】花瓣

桜の花びらが風にのって飛んでいる。

櫻花的花瓣隨風飄去。

□浜
(はま)

【名】海濱，河岸

浜に沿った道を散歩する。

在河岸旁的道路散步。

□浜辺
(はまべ)

【名】海濱，湖濱

浜辺に波が打ち寄せる。

浪拍打著海濱。

□原っぱ
(はらっぱ)

【名】雜草叢生的曠野；空地

原っぱで野球をする。

在空地上打棒球。

□張り紙
(はりがみ)

【名】貼紙；廣告

パートタイム募集の張り紙が掲示板に張ってある。

看板上張貼著找工讀生的廣告。

□破裂
(はれつ)

【名、自サ】破裂

あまりの水圧に水道管が破裂した。

因爲水壓太大，導致水管破裂。

□班
(はん)

【名】班，組，集團

いくつかの班に分かれて作業をした。

分成幾個班作業。

□判
(はん)

【名】判斷，圖章

宅急便の伝票に判を押す。

在宅急便的傳票上蓋章。

□版
(はん)

【名】版本，版面

印刷のため版を組む。

爲了印刷製版。

□繁栄
(はんえい)

【名、自サ】繁榮，興旺

この町は随分繁栄した。

這個城市非常繁榮。

□版画
(はんが)

【名】版畫，木刻

毎年のクリスマスカードは版画で作っている。

每年我都用版畫製作聖誕卡。

□ハンガー
(hanger)

【名】衣架

大勢の客が来るので、ハンガーをたくさん準備する。

很多客人要來，多準備幾個衣架。

□反感
（はんかん）

【名】反感

あの新入社員たちは互いに反感を抱いているようだ。

那些新進員工彼此印象都不好。

□反響
（はんきょう）

【名】反感

作品に対する反響が大きい。

這一作品有熱烈反應。

□パンク
（puncture）

【名】爆胎，破胎

大きな音を立てて車がパンクした。

一聲巨響，車胎就爆炸了。

□反撃
（はんげき）

【名、自サ】反擊，反攻

リングの上でボクサーは反撃もできずに敗北した。

拳擊台上拳擊手根本無法還手就被打敗了。

□判決
（はんけつ）

【名、他サ】判斷；判決

十年の実刑判決を言い渡された。

被判了十年的刑罰。

□反射
（はんしゃ）

【名、自他サ】折射，反射

君は反射神経がよくないね。

你的反射神經不好。

□繁盛
（はんじょう）

【名、自サ】繁榮，興隆

商売繁盛を神社で祈願した。

到神社祈求生意興隆。

□繁殖　　　【名、自サ】繁殖；滋生
（はんしょく）
この種類の小鳥は繁殖不能で絶滅するおそ
れがある。
這種小鳥無法繁殖，恐怕會絕種。

□判定　　　【名、他サ】判定，判斷
（はんてい）
松井選手はルールに違反して、退場の判定
を受けた。
松井選手違反規則後被判出場。

□万人　　　【名】萬人，眾人
（ばんにん）
私の演説に万人の熱い反響があった。
有一萬人對我的演講反應熱烈。

□晩年　　　【名】晩年；暮年
（ばんねん）
彼は晩年は学者の道を歩み続けた。
他晚年持續走他的學術路線。

□反応　　　【名、自サ】效果，反應
（はんのう）
アンケートで住民の反応を調べる。
用問卷調查查居民的反應。

□万能　　　【名】萬能，全才
（ばんのう）
これはなんでも効く万能薬です。
這是能治百病的萬能藥。

□半端　　　【名、形動】零頭；不徹底
（はんぱ）
半端なことをするな。
做事別虎頭蛇尾。

□ 反発
（はんぱつ）

【名、自他サ】排斥；反抗

思春期<sub></sub>の子供たちは親に反発するのが通常だ。

思春期的小孩，反抗父母是很一般的。

□ 反乱
（はんらん）

【名、自サ】叛亂，反亂

反乱軍が逮捕された。

叛亂軍被捕了。

□ 氾濫
（はんらん）

【名、自サ】氾濫；過多

大雨で川が氾濫した。

大雨造成河水氾濫。

---

【比較看看】

◎「崩壊」是崩潰，損壞，垮台之意。這是無意加以損壞的。
「破壊」相反是建設。這是有意破壞的。
「破棄」是廢除、撕毀約定、契約之意。

◎「発育」是養育漸漸長大。「発芽」（植物）發芽、出芽。又轉為萌發感情之意。「発掘」挖掘土中的東西。又轉為發現人才之意。

あいうえおかきくけこさしすせそたちつてとなにぬねのはひふへほまみむめもやゆよらりるれろわ

# ひ

□碑
（ひ）

【名】碑

<ruby>記念<rt>きねん</rt></ruby>碑<rt>ひ</rt>を<ruby>立<rt>た</rt></ruby>てる。
建立紀念碑。

□被
（ひ）

【名】被～

被<rt>ひ</rt><ruby>害者<rt>がいしゃ</rt></ruby>は<ruby>人権<rt>じんけん</rt></ruby>を<ruby>訴<rt>うった</rt></ruby>える。
被害人提出人權的控訴。

□美
（び）

【名】美

美<rt>び</rt><ruby>人<rt>じん</rt></ruby><ruby>姉妹<rt>しまい</rt></ruby>がテレビで<ruby>手品<rt>てじな</rt></ruby>を<ruby>披露<rt>ひろう</rt></ruby>した。
美麗的兩姊妹，在電視上表演魔術。

□ビールス
（德 Virus）

【名】病毒

<ruby>蔓延<rt>まんえん</rt></ruby>しているビールスを<ruby>退治<rt>たいじ</rt></ruby>する<ruby>薬<rt>くすり</rt></ruby>はない。
沒有良藥可以治療正在蔓延的病毒。

□控え室
（ひかえしつ）

【名】休憩室

<ruby>芸能人<rt>げいのうじん</rt></ruby>は<ruby>控<rt>ひか</rt></ruby>え<ruby>室<rt>しつ</rt></ruby>で<ruby>出演<rt>しゅつえん</rt></ruby>の<ruby>準備<rt>じゅんび</rt></ruby>をする。
藝人在休憩室準備上場演出。

□悲観
（ひかん）

【名、他サ】悲觀

<ruby>受験<rt>じゅけん</rt></ruby>に<ruby>落<rt>お</rt></ruby>ちて<ruby>悲観<rt>ひかん</rt></ruby>している。
考試沒考上非常喪氣。

□否決
（ひけつ）

【名、他サ】否決

<ruby>新米<rt>しんまい</rt></ruby><ruby>代議士<rt>だいぎし</rt></ruby>によって<ruby>提出<rt>ていしゅつ</rt></ruby>された<ruby>法案<rt>ほうあん</rt></ruby>は否決<rt>ひけつ</rt>された。
新上任的議員，所提出的法案被否決了。

□非行
（ひこう）

【名】不正當行為

未成年の非行を防ぐ。
防範青少年的不法行為。

---

□日頃
（ひごろ）

【名】平常，平時，平日

日頃からカラオケをする若者が多いようだ。
平常似乎就有許多年輕人在唱卡拉OK了。

---

□悲惨
（ひさん）

【名】悲慘，悽慘

一生懸命やったのに、悲惨な結果になって
しまった。
雖然盡力了，結果卻很悲慘。

---

□ビジネス
（business）

【名】商業，生意

うまくビジネスを動かすのに最も重要のは
マーケティングだ。
事業運轉要順利，就要注意市場性。

---

□比重
（ひじゅう）

【名】比重，比例

水と砂糖の比重をはかっている。
量水跟糖的比例。

---

□美術
（びじゅつ）

【名】美術

娘は美術大学に入学する。
女兒要念美術大學。

---

□秘書
（ひしょ）

【名】秘書

秘書になるには英語と日本語が必要だ。
要當一個秘書就要懂英語和日語。

□微笑　　　　【名、自サ】微笑
（びしょう）
うちの<ruby>先生<rt>せんせい</rt></ruby>は<ruby>日頃<rt>ひごろ</rt></ruby>から<ruby>微笑<rt>びしょう</rt></ruby>を<ruby>絶<rt>た</rt></ruby>やさない。
老師經常保持微笑。

□左利き　　　【名】左撇子
（ひだりきき）
この<ruby>事件<rt>じけん</rt></ruby>は<ruby>左利<rt>ひだりき</rt></ruby>きの<ruby>人<rt>ひと</rt></ruby>の<ruby>犯行<rt>はんこう</rt></ruby>だ。
這是左撇子犯下的案子。

□必修　　　　【名、他サ】必修
（ひっしゅう）
<ruby>必修<rt>ひっしゅう</rt></ruby><ruby>科目<rt>かもく</rt></ruby>が<ruby>再履修<rt>さいりしゅう</rt></ruby>となってしまった。
必修科目得再重修。

□必然　　　　【名】必然
（ひつぜん）
<ruby>交通<rt>こうつう</rt></ruby><ruby>違反<rt>いはん</rt></ruby>をしたから<ruby>必然<rt>ひつぜん</rt></ruby><ruby>的<rt>てき</rt></ruby>に<ruby>罰<rt>ばっ</rt></ruby>せられる。
違反交通規則，勢必要受罰的。

□匹敵　　　　【名、自サ】匹敵，比得上
（ひってき）
この<ruby>二<rt>ふた</rt></ruby>つの<ruby>作品<rt>さくひん</rt></ruby>はプロの<ruby>作品<rt>さくひん</rt></ruby>にも<ruby>匹敵<rt>ひってき</rt></ruby>する。
這兩項作品真可媲美專業作品。

□一息　　　　【名】一口氣；喘口氣；一把勁
（ひといき）
<ruby>一息<rt>ひといき</rt></ruby><ruby>入<rt>い</rt></ruby>れてまた<ruby>頑張<rt>がんば</rt></ruby>ろう。
先喘一口氣，再加油。

□人影　　　　【名】人影，人
（ひとかげ）
<ruby>真夜中<rt>まよなか</rt></ruby>に<ruby>外<rt>そと</rt></ruby>に<ruby>人影<rt>ひとかげ</rt></ruby>が<ruby>見<rt>み</rt></ruby>えた。
半夜看到有人在外面。

□人柄　　　　【名】人品，人格
（ひとがら）
あの<ruby>人<rt>ひと</rt></ruby>は<ruby>人柄<rt>ひとがら</rt></ruby>が<ruby>悪<rt>わる</rt></ruby>い。
那個人人品很差。

| | |
|---|---|
| □人気<br>（ひとけ） | 【名】人的聲息<br>この部屋には人気が感じられない。<br>這個房間沒有人住的感覺。 |
| □一頃<br>（ひところ） | 【名】前些日子，曾有一時<br>あの方は一頃有名な学者だった。<br>那位學者曾有一時極富盛名。 |
| □人質<br>（ひとじち） | 【名】人質<br>強盗は人質を取って社長のオフィスに立てこもった。<br>強盜挾持人質並佔據社長辦公室。 |
| □一筋<br>（ひとすじ） | 【名】一條，一根<br>僕は愛情一筋だ。<br>我很專情。 |
| □人目<br>（ひとめ） | 【名】看一眼，一眼看到<br>人目を構わずに悪いことをする。<br>不在意別人的眼光作壞事。 |
| □日取り<br>（ひどり） | 【名】規定的日期；日程<br>結婚披露宴の日取りを決める。<br>決定結婚日期。 |
| □雛<br>（ひな） | 【名】雛鳥，古裝偶人<br>雛は口を大きく開けて餌を待っている。<br>雛鳥張大嘴巴等待餌。 |
| □雛祭り<br>（ひなまつり） | 【名】女兒節，偶人節<br>まいとしの雛祭りにパーティーをする。<br>每年的女兒節開派對。 |

□日向
（ひなた）
【名】向陽處，處於順境的人
日向<ruby>日向<rt>ひなた</rt></ruby>においた<ruby>盆栽<rt>ぼんさい</rt></ruby>はすくすく<ruby>育<rt>そだ</rt></ruby>つ。
陽光普照下的盆栽，成長迅速。

□非難
（ひなん）
【名、他サ】責備，譴責
<ruby>消費税<rt>しょうひぜい</rt></ruby>が上がって<ruby>政府<rt>せいふ</rt></ruby>は<ruby>国民<rt>こくみん</rt></ruby>の<ruby>非難<rt>ひなん</rt></ruby>を<ruby>浴<rt>あ</rt></ruby>びた。
政府提高消費稅，被國民嚴厲譴責。

□避難
（ひなん）
【名、他サ】避難
<ruby>安全<rt>あんぜん</rt></ruby>な<ruby>場所<rt>ばしょ</rt></ruby>に<ruby>避難<rt>ひなん</rt></ruby>する。
到安全的地方避難。

□日の丸
（ひのまる）
【名】太陽形；日本國旗
<ruby>日本<rt>にほん</rt></ruby>の<ruby>国旗<rt>こっき</rt></ruby>は<ruby>日<rt>ひ</rt></ruby>の<ruby>丸<rt>まる</rt></ruby>である。
日本的國旗是一個太陽。

□火花
（ひばな）
【名】火星，火花
ライバルとの<ruby>間<rt>あいだ</rt></ruby>に<ruby>闘志<rt>とうし</rt></ruby>の<ruby>火花<rt>ひばな</rt></ruby>を<ruby>散<rt>ち</rt></ruby>らす。
與競爭對手間，冒出戰鬥之火。

□悲鳴
（ひめい）
【名】悲鳴，哀鳴；驚叫
<ruby>自転車<rt>じてんしゃ</rt></ruby>の<ruby>練習<rt>れんしゅう</rt></ruby>で<ruby>転<rt>ころ</rt></ruby>んで、<ruby>悲鳴<rt>ひめい</rt></ruby>を<ruby>上<rt>あ</rt></ruby>げた。
練習腳踏車而跌倒，痛叫一聲。

□日焼け
（ひやけ）
【名、自サ】曬黑，被曬乾
<ruby>夏<rt>なつ</rt></ruby>の<ruby>日<rt>ひ</rt></ruby>に<ruby>海辺<rt>うみべ</rt></ruby>で<ruby>日焼<rt>ひや</rt></ruby>けした。
夏天在海邊曬黑了。

□百科辞典・百科事典
（ひゃっかじてん）
【名】百科事典
ほとんどの<ruby>家庭<rt>かてい</rt></ruby>には<ruby>百科事典<rt>ひゃっかじてん</rt></ruby>がある。
很多家庭幾乎都有百科事典。

| | |
|---|---|
| □票<br>（ひょう） | 【名】票，選票<br>こんかい　せんきょ　　とくひょうすう<br>今回の選挙では得票数は相手の半分しかない。<br>這一次的得票數只有對方的一半。 |
| □標語<br>（ひょうご） | 【名】標語<br>ひょうご　は<br>わけのわからない標語を貼っているんですね。<br>貼了一些莫名其妙的標語。 |
| □描写<br>（びょうしゃ） | 【名、他サ】描寫，描繪<br>さっか　　びょうしゃ　たいへんすぐ<br>この作家の描写は大変優れている。<br>這位作家擅於描寫。 |
| □びら | 【名】廣告，傳單<br>げきやす<br>激安のびらをまく。<br>發大減價的廣告。 |
| □平たい<br>（ひらたい） | 【形】平，平坦；平易<br>おとこ　ひら　　かお<br>あの男は平たい顔をしている。<br>那個男人的臉是平的。 |
| □びり | 【名】最後，倒數第一名<br>しあい　　じゅんい<br>試合の順位はいつもびりだ。<br>比賽總是倒數第一名。 |
| □比率<br>（ひりつ） | 【名】比率，比<br>だんじょ　ひりつ　ちょうさ<br>男女の比率を調査する。<br>調查男女的比率。 |

451

□肥料
（ひりょう）

【名】肥料

植えた植物に肥料を与える。
幫植物施肥。

□微量
（びりょう）

【名】微量，少量

微量の砂糖を入れる。
放入少量的糖。

□昼飯
（ひるめし）

【名】午飯

高級レストランで昼飯を済ませた。
午餐在高級餐廳解決。

□比例
（ひれい）

【名、自サ】比例；相稱

選挙で比例制が採用された。
採用比例選舉制度。

□疲労
（ひろう）

【名、自サ】疲勞，疲乏

残業が続いたため疲労で入院してしまった。
因接連加班，而導致疲勞過度住院。

□敏感
（びんかん）

【名、形動】敏感

わずかな音に彼は敏感に反応する。
微弱的聲音，他就能敏感反應了。

□貧困
（ひんこん）

【名、形動】貧困

貧困生活が続いた。
持續困苦的生活。

□品質
（ひんしつ）

【名】品質

品質管理を厳格にしている。
對品質管制很嚴格。

| | |
|---|---|
| □貧弱<br>（ひんじゃく） | 【名】軟弱，瘦弱；貧乏<br>貧弱な身体だなあ。<br>身體真是虛弱。 |
| □品種<br>（ひんしゅ） | 【名】品種<br>珍しい品種の植物を植える。<br>種植品種稀奇的植物。 |
| □ヒント<br>（hint） | 【名】暗示，啟示<br>クイズにヒントを与えない。<br>猜謎不給提示。 |
| □頻繁<br>（ひんぱん） | 【名、形動】頻繁<br>頻繁にミスをしてはいけない。<br>不可以接二連三的犯錯。 |
| □貧乏<br>（びんぼう） | 【名、自サ】貧窮，貧苦<br>貧乏のあげくに罪を犯した。<br>窮得走投無路，最後走上犯罪之路。 |

---

### 【比較看看】

◎「人影」映照在東西上的人影。也指人。

「人柄」當人所具備的人格、人品之意。

「人気」是人的氣息，有人在的感覺。如果念「にんき」的話，則是有人緣，有人望的意思。

# ふ

□ ファイト
(fight)

【名】戰鬥精神

佐藤さんはリング下で「ファイト」と大き
いな声で叫んだ。

佐藤先生在台下大叫「戰鬥」。

---

□ ファイル
(file)

【名、他サ】文件夾；檔案

書類はファイルに整理する。

將文件整理到文件夾裡。

---

□ ファン
(美 fan)

【名】電扇；影歌迷

木村拓哉のファンクラブはいつも彼を応援
する。

木村拓哉的歌迷俱樂部，始終支持著他。

---

□ 不意
(ふい)

【名】意外，突然

不意に友人に呼ばれてびっくりした。

朋友突然叫我，嚇了一大跳。

---

□ フィルター
(filter)

【名】過濾網，濾光器

フィルターを定期的にそうじすべきだ。

過濾網必須定時清洗。

---

□ 封
(ふう)

【名】封口，封條

重要な書類はここに入れて封をする。

重要文件放進這裡，再封起來。

---

□ 封鎖
(ふうさ)

【名、他サ】封鎖，凍結

工事のためこの先の道路を封鎖する。

這條道路由於施工而被封鎖。

□風車　【名】風車
（ふうしゃ）
風車といえばオランダを思い出す。
說到風車就想起荷蘭。

□風習　【名】風俗習慣
（ふうしゅう）
特殊な風習を持つ。
擁有特殊的風俗習慣。

□風俗　【名】風俗
（ふうぞく）
沖縄の風俗を研究する。
研究沖繩的風俗。

□ブーツ　【名】長筒鞋，馬鞋
（boots）
革製のブーツは冬に最適だ。
皮製的馬鞋最適合冬天穿。

□風土　【名】風土，水土
（ふうど）
農林水産省は各地の風土に合うように稲の品種を改良する。
農林水產省為了能適應各地的水土，而改良稻子品種。

□ブーム　【名】突然出現的景氣，熱潮
（美 boom）
浜崎あゆみのニューアルバムで新たなブームが巻き起こった。
濱崎步發行的新專輯，引起一股新熱潮。

□フェリー　【名】渡口，渡船
（ferry）
このフェリーは五百台の車と千人以上の客が乗れる。
這艘渡船可容納五百輛車，跟一千人多名乘客。

□フォーム 　【名】形式；姿勢；月台
　(form)

きれいな**フォーム**でボーリングをする。
優美的姿勢打保齡球。

---

□部下 　【名】部下，屬下
　(ぶか)

ぶか　　　　　はたら
**部下**の働きぶりをチェックする。
考核部下的工作情形。

---

□不可欠 　【名】不可缺，必須
　(ふかけつ)

くるま　　　　　　　　　　　　　　ふかけつ　　もの
**車にはガソリンは不可欠な物だ。**
車子不能沒有汽油。

---

□不吉 　【名、形動】不吉利，不吉祥
　(ふきつ)

せいよう　　　　　じゅうさんにちきんようび　　　ふきつ　ひ
**西洋では十三日金曜日は不吉な日だ。**
十三號星期五，在西方是一個不吉利的日子。

---

□不況 　【名】不景氣，蕭條
　(ふきょう)

ふきょう　　かいしゃ　つぎつぎ　　とうさん
**不況で会社が次々と倒産した。**
因為不景氣，導致公司相繼倒閉。

---

□布巾 　【名】抹布
　(ふきん)

しんしょうひん　ふきん　かんたん　いち　　　　　　みず　す
**新商品の布巾は簡単に一リットルの水を吸**
**うことができる。**
新的抹布，可以吸乾一公升的水。

---

□福 　【名】福，幸福，幸運
　(ふく)

おに　そと　ふく　うち
**鬼は外、福は内。**
魔鬼出，福氣來。

---

□複合 　【名】複合，合成
　(ふくごう)

かわ　　　ふくごう　おせん
**この川は複合汚染されている。**
這條河川，遭受多層的污染。

□福祉
（ふくし）

【名】福利，福祉

代議士は社会福祉のため一生懸命議論している。

議員們努力討論跟社會福祉有關的事。

□覆面
（ふくめん）

【名】蒙上臉；不出面

覆面をした男が街角の銀行を襲った。

蒙面的男人，搶了街角的銀行。

□不景気
（ふけいき）

【名、形動】不景氣，蕭條

新内閣が不景気を乗り切る政策を打ち出した。

内閣提出了抒解不景氣的政策。

□富豪
（ふごう）

【名】富豪，百萬富翁

この町に世界級の大富豪が何人か住んでいる。

這個地方住了幾位世界級的大富豪。

□布告
（ふこく）

【名、他サ】佈告，公告，宣告

新しい条例を布告する。

公布新的條例。

□ブザー
（buzzer）

【名】按鈴

降りる方はブザーを押してください。

要下車的人請按鈴。

□負債
（ふさい）

【名】負債，欠債

会社の負債額は資本金の三倍に増えた。

公司的債務增加到資本的三倍。

□不在
（ふざい）

【名】不在，不在家

社員旅行に行くので、来週の金曜日まで
不在となります。

因為參加公司的員工旅行，所以到下星期五
為止都不在公司。

□不順
（ふじゅん）

【名】不順，異常，不服從

今年の天候は不順で雨が多い。

今年多雨天候不順。

□負傷
（ふしょう）

【名、自サ】負傷，受傷

高速で事故が起きて、今の時点で負傷者は
三十名に増えた。

高速公路發生的交通事故，到目前為止受傷
人數增加到三十人。

□侮辱
（ぶじょく）

【名、他サ】侮辱，凌辱

私を侮辱しないでください。

請別侮辱我。

□不審
（ふしん）

【名】懷疑，可疑

不審な人物を発見したら、警察に知らせて
ください。

如果發現可疑人物請立刻通知警察。

□不振
（ふしん）

【名】不好，蕭條

夏バテで食欲不振になる。

夏天中暑食慾不振。

□武装
（ぶそう）

【名、自サ】武裝，軍事裝備

兵士が武装して演習に出かけた。

士兵武裝起來出去演習了。

□札
（ふだ）

【名】牌子，告示牌；紙牌

机においた名札に従って着席してください。

請依照桌上的名牌就位。

□負担
（ふたん）

【名、他サ】背負；負擔

注文した本の郵送料は自己負担となる。

訂購書的郵資要本人負擔。

□不調
（ふちょう）

【名】（談判等）破裂；不順利

巨人の不調で連敗している。

球隊一時不振，巨人隊連敗中。

□復活
（ふっかつ）

【名、自他サ】復活，再生；恢復

やっと巨人復活のチャンスが来た。

巨人隊重整雄風的機會終於來了。

□物議
（ぶつぎ）

【名】群眾的批評

外務大臣のやり方が、物議を醸している。

外交部長的作風引起群眾議論紛紛。

□復旧
（ふっきゅう）

【名、自他サ】恢復原狀；修復

地震の復旧作業が続いている。

地震後的重整工作仍持續中。

□復興
（ふっこう）

【名】復興，恢復原狀

地震でやられた町を復興する。

復興被地震破壞的市街。

□物資
（ぶっし）

【名】物資

救援物資をヘリコプターで運ぶ。

利用直昇機搬運救援物資。

□仏像
（ぶつぞう）

【名】佛像

五千年前以上の仏像が発掘された。
發掘了五千年前的佛像。

□物体
（ぶったい）

【名】物體，物質

ビデオカメラで取った不明物体。
攝影機拍下來的不明物體。

□沸騰
（ふっとう）

【名、自サ】沸騰；群情激昂

お湯が沸騰した。
開水開了。

□不当
（ふとう）

【名】不正當，不合理

不当な要求を突きつける。
拒絕他不合理的要求。

□不動産
（ふどうさん）

【名】不動產

たくさんの不動産を持つ。
擁有許多不動產。

□無難
（ぶなん）

【名】無災無難；無可非議

無難な文章を書き上げる。
完成了一篇無可厚非的文章。

□赴任
（ふにん）

【名、自サ】赴任，上任

ニューヨークに赴任する。
到紐約上任。

□腐敗
（ふはい）

【名、自サ】腐壞；腐敗，墮落

腐敗している政府に批判の声が上がる。
譴責腐敗政府的聲浪高漲。

□不評
（ふひょう）

【名】聲譽不佳，名譽壞

会議に提出したプロジェクトは思ったより不評だ。

會議中提出的計畫案比想像中的還要差。

□不服
（ふふく）

【名】不服；抗議

判決に不服申し立てをする。

對判決提出抗議。

□普遍
（ふへん）

【名】普遍

これはこの世の普遍的な考え方だ。

這是世人一般人的想法。

□不明
（ふめい）

【名】不清楚；盲目

先週の土曜日から行方不明となっている。

上個星期六起就行蹤不明了。

□部門
（ぶもん）

【名】部門，部類，方面

各部門の代表を選出する。

選出各部門的代表。

□扶養
（ふよう）

【名、他サ】扶養，撫育

扶養家族は三人いる。

扶養親屬共三人。

□振
（ふり）

【名】擺動，樣子；假裝

知らない振で席に戻った。

裝作不知道就回座位上。

□振り出し
（ふりだし）

【名】出發點；開始

小切手には振り出し人の名前を書き忘れな
いように。
請別忘了填寫開票人的姓名。

□不良
（ふりょう）

【名】不好；流氓

不良債権は未だに解決する事ができない。
到目前為止仍然無法解決呆帳問題。

□浮力
（ふりょく）

【名】浮力

船は浮力を使っている。
船隻利用水的浮力。

□武力
（ぶりょく）

【名】武力，兵力

武力の行使はやむを得ない。
行使武力是迫不得已的。

□プリント
（print）

【名】列印；講義紙張

プリントを百枚用意して学生に配った。
準備一百張的講義，發給學生。

□ブルー
（blue）

【名】青，藍色；情緒低落

月曜日はよくブルーマンデーと言われてい
る。
星期一常有星期一症候群的說法。

□ブレーキ
（brake）

【名】煞車

高速で急ブレーキを踏むのは危険だ。
在高速公路上緊急煞車是很危險的。

□無礼
（ぶれい）

【名】沒禮貌

先日（せんじつ）の無礼（ぶれい）をお詫（わ）びいたします。
上回非常抱歉對您失禮了。

□付録
（ふろく）

【名】附錄；臨時增刊

会員（かいいん）の連絡先（れんらくさき）は付録（ふろく）に載（の）っている。
會員聯絡簿刊載在後面的附錄。

□フロント
（front）

【名】前面；服務台

フロントでチェックインとチェックアウト
を行（おこな）う。
在櫃臺辦理住宿登記和退房登記。

□憤慨
（ふんがい）

【名、自他サ】憤慨，氣憤

親友（しんゆう）に裏切（うらぎ）られて憤慨（ふんがい）した。
被好友背叛感到氣憤。

□文化財
（ぶんかざい）

【名】文物，文化遺產

重要（じゅうよう）文化財（ぶんかざい）に指定（してい）する。
指定為國家的重要文物。

□分業
（ぶんぎょう）

【名、他サ】分工；專業分工

重要（じゅうよう）な仕事（しごと）を分業（ぶんぎょう）でやってよい結果（けっか）を出（だ）す。
重要工作分工合作，而得到好結果。

□文語
（ぶんご）

【名】文言；文章語言

日本語（にほんご）の文語（ぶんご）体（たい）について研究（けんきゅう）する。
研究日語的文言體。

□分散 【名、自サ】分散，開散
（ぶんさん）

リスクを分散するのが、保険の概念の始ま
りだ。
分散危機是保險的基本概念。

□分子 【名】分子
（ぶんし）

水は水の分子の集まりだ。
水是水分子結合而成的。

□紛失 【名、自他サ】遺失，失落
（ふんしつ）

物をなくしたから紛失届を出す。
東西丟了，於是向警察申報物品遺失。

□噴出 【名、自他サ】噴出，射出
（ふんしゅつ）

火山灰が噴出した。
噴出火山灰。

□文書 【名】文書，公文，文件
（ぶんしょ）

この文書を保存してください。
請保存這份文件。

□紛争 【名、自サ】紛爭，糾紛
（ふんそう）

領土を巡って両国の紛争が続いた。
針對領土問題，兩國仍在紛爭中。

□ふんだん 【名】很多；大量

ふんだんに金を使う。
大量花錢。

□分担 【名、他サ】分擔
（ぶんたん）

責任を分担する。
分擔責任。

| □奮闘<br>（ふんとう） | 【名、自サ】奮鬥；奮戰<br>成功するまで奮闘する。<br>直到成功爲止奮鬥到底。 |
|---|---|
| □分配<br>（ぶんぱい） | 【名、他サ】分配，分給<br>もらった蜜柑はみんなに公平に分配する。<br>人家送的橘子，公平的分給大家。 |
| □分母<br>（ぶんぼ） | 【名】分母<br>分母はいくつですか？<br>分母是多少？ |
| □粉末<br>（ふんまつ） | 【名】粉末<br>錠剤を粉末にして飲みやすくする。<br>爲了容易吞食，而將藥丸磨成粉狀。 |
| □分離<br>（ぶんり） | 【名、自他サ】分離，分開<br>海水から塩分を分離する。<br>從海水中分離鹽分。 |
| □分裂<br>（ぶんれつ） | 【名、他サ】分裂，裂變<br>韓国は第二次大戦で南北に分裂した。<br>第二次大戰後韓國分裂成一南一北。 |

**【比較看看】**

◎「不可欠」是無論如何都不可缺少的。

「不可能」是不可能，做不到，辦不到之意。

「不況」是世上或社會景氣不好。跟「不景気」意同。

## へ

□ペア
(pair)

【名】一雙，一對

彼女（かのじょ）とペアのＴシャツを買（か）う。
跟女朋友同時買了情人裝。

□兵器
（へいき）

【名】兵器，武器

核（かく）兵器（へいき）を廃止（はいし）すべきだと訴（うった）える。
高唱廢止核子武器。

□並行
（へいこう）

【名、自サ】並行；並進

平行（へいこう）線（せん）に線（せん）を二本（にほん）引（ひ）いてください。
請劃兩條平行線。

□閉口
（へいこう）

【名、自サ】閉口無言；為難；認輸

授業中（じゅぎょうちゅう）、生徒（せいと）のいたずらに閉口（へいこう）している。
課堂中讓調皮的學生給打敗了。

□閉鎖
（へいさ）

【名、自他サ】封閉，關閉

図書館（としょかん）は今日（きょう）から閉鎖（へいさ）される。
圖書館從今天開始關閉。

□兵士
（へいし）

【名】兵士，戰士

男女（だんじょ）を問（と）わず兵士（へいし）にならざるをえない。
無論是男是女都要當兵。

□平常
（へいじょう）

【名】平常，普通

よく平常（へいじょう）心（しん）でいられるね。
你真的好冷靜喔。

□平方
（へいほう）

【名】平方

この土地は約 百 平方メートルぐらいある。
這片土地大概有一百平方公尺。

□並列
（へいれつ）

【名、自他サ】並列，並排

電池を並列につないだ。
電池並排的接起來。

□ベース
(base)

【名】基礎；根據地

東京をベースに仕事をしている。
以東京為根據地打拼事業。

□辟易
（へきえき）

【名、自他サ】退縮；感到為難

彼のなかなか終わらない話に辟易した。
他說話總是沒完沒了的，真是傷腦筋。

□ベスト
(best)

【名】最好，全力

文法から入るより単語と例文で学ぶのがベ
ストだ。
與其從文法學習，還不如從單字跟例句開始。

□ベストセラー
(best seller)

【名】最暢銷書

夏目漱石の本はいつもベストセラーである。
夏目漱石的書，經常是暢銷書。

□縁
（へり）

【名】邊緣；鑲邊

川の縁に小屋を造る。
在河川旁蓋了一間小木屋。

□弁解
（べんかい）

【名、自他サ】辯解；分辨

そのことに関しては弁解の余地がありません。

對於那件事 ，我沒有辯解的餘地。

□変革
（へんかく）

【名、自他サ】變革，改革

歪んでいる社会現象を変革しようとする政治家が多い。

有很多政治家想要改革這扭曲的社會現象。

□返還
（へんかん）

【名、他サ】退還，歸還

去年の優勝旗を返還する。

歸還去年的冠軍旗子。

□便宜
（べんぎ）

【名】方便；權宜

一生懸命便宜をはかっている。

極力謀求便利之道。

□偏見
（へんけん）

【名】偏見

違う人種に対して偏見を持ってはいけない。

對其它種族不應該持有任何偏見。

□弁護
（べんご）

【名、他サ】辯護；辯解

依頼人の弁護は弁護士の義務だ。

替委託人辯解是律師的義務。

□返済
（へんさい）

【名、他サ】償還，還債

月末にはマイホームのローンを返済する。

月底支付房屋貸款。

□弁償
（べんしょう）

【名、他サ】賠償

壊<ruby>壊<rt>こわ</rt></ruby>したものは必<ruby>必<rt>かなら</rt></ruby>ず弁償<ruby>弁償<rt>べんしょう</rt></ruby>してもらいたい。

弄壞的東西請一定要賠償。

□変遷
（へんせん）

【名、自サ】變遷

図表<ruby>図表<rt>ずひょう</rt></ruby>で歴代<ruby>歴代<rt>れきだい</rt></ruby>の文化<ruby>文化<rt>ぶんか</rt></ruby>の変遷<ruby>変遷<rt>へんせん</rt></ruby>を比較<ruby>比較<rt>ひかく</rt></ruby>する。

利用圖表比較歷代文化的變遷。

□返答
（へんとう）

【名、他サ】回答

質問<ruby>質問<rt>しつもん</rt></ruby>に返答<ruby>返答<rt>へんとう</rt></ruby>する。

回答問題。

□変動
（へんどう）

【名、自サ】變動，改變

地殻<ruby>地殻<rt>ちかく</rt></ruby>が変動<ruby>変動<rt>へんどう</rt></ruby>した。

地殼變動了。

□弁論
（べんろん）

【名、自サ】辯論；辯護

外国人<ruby>外国人<rt>がいこくじん</rt></ruby>の日本語<ruby>日本語<rt>にほんご</rt></ruby>弁論<ruby>弁論<rt>べんろん</rt></ruby>大会<ruby>大会<rt>たいかい</rt></ruby>に出席<ruby>出席<rt>しゅっせき</rt></ruby>する。

參加外國人演講比賽。

---

**【比較看看】**

◎「平行」同一平面上二直線並行沒有交差。又，議論或想法，
　總是無法一致之意。

　「並行」並排而行。同時舉行之意。

◎「弁解」是爭辯，辯解。

　「弁護」是爲保護、袒護而代爲說明原因。

# ほ

□穂
(ほ)

【名、自他サ】穗；尖端；

落ち穂を拾う。

拾穗。

□保育
(ほいく)

【名、他サ】保育

子供は公立の保育園に預ける。

把孩子寄放在育幼院。

□ボイコット
(boycott)

【名、他サ】抵制，拒絕交易

生徒たちはクラスをボイコットする。

學生罷課。

□ポイント
(point)

【名】重點；地點；得分

期末試験のポイントは掲示板に貼ってある。

期末考試的成績，張貼在公佈欄上。

□法案
(ほうあん)

【名】法安，法律草案

国会で新法案を審議する。

國會審議新法案。

□防衛
(ぼうえい)

【名、他サ】防衛，保衛

建国記念日には防衛力を示すパレードをした。

國慶日舉辦誇示防衛能力的遊行。

□防火
(ぼうか)

【名、自サ】防火

学校の校内で防火訓練をする。

在校內舉行消防演習。

□崩壊
（ほうかい）

【名、自サ】崩潰，垮台

ベルリンの壁が崩壊した。

柏林牆倒塌了。

---

□妨害
（ぼうがい）

【名、他サ】妨礙；干擾

試合を妨害しないでください。

請別妨害比賽。

---

□法学
（ほうがく）

【名】法學，法律學

僕は法学の研究をしている。

我從事法學研究。

---

□放棄
（ほうき）

【名、他サ】放棄，喪失

権力を放棄する。

放棄權利。

---

□封建
（ほうけん）

【名】封建

封建的な思想はもう時代遅れだ。

封建思想已經過時了。

---

□豊作
（ほうさく）

【名】豐收

本年度も豊作だ。

今年也大豐收。

---

□方策
（ほうさく）

【名】方法

自然災害に対する方策はない。

沒有防範自然災害的方法。

---

□奉仕
（ほうし）

【名、自サ】服務；廉價賣貨

学校では奉仕活動をする。

在學校裡從事義工活動。

□方式
（ほうしき）

【名】方式；手續

新しい方式を試みる。
嘗試新的方法。

□放射
（ほうしゃ）

【名、他サ】放射，輻射

放射線治療は最先端医療技術だ。
放射線治療是最先進的醫療技術。

□放射能
（ほうしゃのう）

【名】放射線

放射能で被爆した。
被輻射能照射到。

□報酬
（ほうしゅう）

【名】報酬，收益

仕事に見合う報酬をくれた。
領到符合工作的報酬。

□放出
（ほうしゅつ）

【名、自他サ】開放；放出

ダムの水を放出する。
水庫的水被放出。

□紡績
（ぼうせき）

【名】紡織，紡紗

紡績機で糸を紡ぐ。
用紡織機紡紗。

□呆然
（ぼうぜん）

【名】茫然，呆呆地

あまりの驚きに呆然と立っていた。
被嚇得呆立不動。

□放置
（ほうち）

【名、他サ】放置不理

川沿いに放置されたゴミは目立つ。
河邊放置的垃圾，很顯目。

□膨脹
（ぼうちょう）
【名、自サ】膨脹；增大
熱により金属が膨脹する。
金屬因爲加熱而膨脹。

□法廷
（ほうてい）
【名】法庭
法廷で裁判を行う。
法院辦理訴訟案件。

□報道
（ほうどう）
【名、他サ】報導
メディアの報道は社会に影響を与える。
媒體的報導會影響到社會。

□冒頭
（ぼうとう）
【名】前言；開頭
本の冒頭に前書きを書いた。
書的前面寫有前言。

□暴動
（ぼうどう）
【名】暴動
暴動が治まった。
暴動被控制住了。

□褒美
（ほうび）
【名】褒獎；獎賞
よくできたからご褒美をくれた。
做得好所以被讚美。

□暴風
（ぼうふう）
【名】暴風
今晩の八時より暴風域にはいる。
今晚八點將進入暴風圈。

□暴力
（ぼうりょく）
【名】暴力，武力
暴力を振うのはいけない。
行使暴力是不行的。

あ い う え お か き く け こ さ し す せ そ た ち つ て と な に ぬ ね の は ひ ふ へ ほ ま み む め も や ゆ よ ら り る れ ろ わ

| □飽和<br>（ほうわ） | 【名、自サ】飽和；最大限定<br>日本の人口は飽和状態だ。<br>日本人口已呈飽和狀態。 |
|---|---|
| □ホース<br>（荷 hoos） | 【名】膠皮管；水管<br>ホースで庭に水をまく。<br>拉水管灑庭院。 |
| □ポーズ<br>（pose） | 【名】姿勢；擺樣子<br>写真を撮るだけで一生懸命ポーズを考えて<br>いる。<br>只是拍張照，就拼命想如何擺姿勢。 |
| □ホール<br>（hall） | 【名】大廳；會場<br>ダンスホールに行った。<br>去了舞廳。 |
| □保温<br>（ほおん） | 【名、自サ】保溫<br>魔法瓶で水を保温する。<br>利用溫水瓶保溫。 |
| □捕獲<br>（ほかく） | 【名、他サ】捕獲<br>見なれない動物を捕獲した。<br>捕獲了沒看過的動物。 |
| □保管<br>（ほかん） | 【名、他サ】保管<br>自転車は駅前の駐車場で保管してくれた。<br>腳踏車寄放在車站前的停車場。 |
| □補給<br>（ほきゅう） | 【名、他サ】供應，補給<br>先端技術の飛行機は空中で燃料を補給する。<br>擁有尖端技術的飛機可以在空中補給燃料。 |

□補強
（ほきょう）

【名、他サ】增強，強化

建物の基礎を補強する。

增強建築物的根基。

□募金
（ぼきん）

【名、自サ】募捐

駅前で募金活動をする。

在車站前舉行樂捐活動。

□牧師
（ぼくし）

【名】牧師

将来有名な牧師になるつもりだ。

將來想當有名的牧師。

□捕鯨
（ほげい）

【名】捕鯨魚

このあたりでは捕鯨は禁止されている。

在這附近禁止獵鯨魚。

□保険
（ほけん）

【名】保險；保證

何歳になっても保険をかけるのは遅くない。

無論幾歲買保險都不遲。

□保護
（ほご）

【名、他サ】保護

保護者の同伴を要求する。

請求監護人同行。

□母校
（ぼこう）

【名】母校

二十年ぶりで田舎にある母校を訪ねた。

二十年後拜訪鄉下的母校。

□母国
（ぼこく）

【名】祖國

三十年ぶりで母国に帰った。

三十年後回到了祖國。

□ポジション 　　【名】地位，職位
　(position)

しゅび　　　　　　　　 き
守備のポジションを決める。
決定守備位子。

---

□干物 　　　　　【名】曬乾物；晾曬的衣服
　(ほしもの)

ほしもの
おかあさんは干物をしている。
母親在晾衣服。

---

□保守 　　　　　【名、他サ】保守；保養
　(ほしゅ)

かれ　　　　　　　 ほしゅ てき
彼はいつも保守的だ。
他總是很保守。

---

□補充 　　　　　【名、他サ】補充
　(ほじゅう)

けついん　　 ほじゅう　　 ようきゅう
欠員の補充を要求される。
被要求補充缺額。

---

□補助 　　　　　【名、他サ】補助
　(ほじょ)

りゅうがくせい　　　　がくひ　　 ほ じょ
留学生のため学費を補助する。
補助留學生學費。

---

□保障 　　　　　【名、他サ】保障
　(ほしょう)

こくみん　　 き ほんてきじんけん　 ほしょう
国民の基本的人権を保障すべきだ。
國民的基本人權應該受到保障。

---

□補償 　　　　　【名、他サ】補償，賠償
　(ほしょう)

さいがい ち いき　　 ほしょうきん　 で
災害地域に補償金が出た。
撥出了受害地區的補助金。

---

□舗装 　　　　　【名、他サ】鋪路
　(ほそう)

まち　　　　　　　　 どうろ　 か おく　 ほ そう
きれいな町にするのに道路や家屋の舗装が
ひつよう
必要だ。
為了美化市街修補道路及房屋是需要的。

| | |
|---|---|
| □補足<br>（ほそく） | 【名、他サ】補足，補充<br>このプロジェクトの説明について補足する。<br>補充說明這項計畫。 |
| □墓地<br>（ぼち） | 【名】墓地，墳地<br>団地を作るため、墓地を他に移す。<br>為了蓋住宅區而遷移墓地。 |
| □発作<br>（ほっさ） | 【名】發作<br>激しい運動をして、心臓発作を起こす。<br>激烈的運動之後，引起心臟病發作。 |
| □没収<br>（ぼっしゅう） | 【名、他サ】沒收<br>禁止された品物を持ち込もうとしたときに、税関に没収された。<br>帶違禁物品通關時，被海關給沒收了。 |
| □発足<br>（ほっそく） | 【名、自サ】動身；開始活動<br>新内閣が本日発足した。<br>新內閣本日開始運作。 |
| □ポット<br>（pot） | 【名】壺；熱水瓶<br>抽選会でコーヒーポットが当たった。<br>抽籤大會上抽中咖啡爐。 |
| □ほっぺた | 【名】面頰，臉蛋<br>おいしくてほっぺたが落ちそうだ。<br>好吃得不得了。 |
| □没落<br>（ぼつらく） | 【名、自サ】沒落；破產<br>長者の家が没落した。<br>富豪家道中落了。 |

□辺
（ほとり）

【名】邊，畔，旁邊

川のほとりを散歩する。

在河邊散步。

□保養
（ほよう）

【名、自サ】保養

おいしい空気の山で保養する。

在空氣新鮮的山中休養。

□捕虜
（ほりょ）

【名】俘虜

第二次世界大戦中に使った捕虜収容所を見学した。

參觀二次大戰中的俘虜收容所。

□ボルト
（bolt）

【名】螺絲釘

車のボルトが緩む。

車子的螺絲鬆了。

□本格
（ほんかく）

【名】正式

いよいよ本格的な攻撃が始まった。

正式攻擊終於開始了。

□本館
（ほんかん）

【名】主要的樓房；此樓

本館は市内の中心部にあります。

本館在市中心。

□本気
（ほんき）

【名】眞的；認眞

リング上のボクサーは本気で怒った。

拳擊台上的拳擊手生氣了。

□本国
（ほんごく）

【名】本國，祖國；故鄉

海外の国際競技で金メダルをとって本国に帰る。

在國外的比賽中得了金牌，光榮回國。

□本質
（ほんしつ）

【名】本質

本質を見極める。

看清事物的本質。

□本体
（ほんたい）

【名】本來面目；本體，主要部份

シャトルは打ち上げて三分たっても本体と離れないのはどうしてですか？

爲什麼太空梭發射過了三分鐘還不脫離本體呢？

□本音
（ほんね）

【名】眞正面色；眞心話

とうとう本音を言ったね。

終於說出眞心話了。

□本能
（ほんのう）

【名】本能

本能的に一歩下がった。

不知不覺往後退一步。

□本場
（ほんば）

【名】正宗產地；發源地

中国は中華料理の本場だ。

中國是中國菜的發源地。

□ポンプ
（荷 pomp）

【名】抽水機

ポンプで水を汲み上げる。

用抽水機打水上來。

□本文　　　　　【名】本文，正文
（ほんぶん）
本文（ほんぶん）を読（よ）み上（あ）げる。
朗誦正文。

□本名　　　　　【名】本名，眞名
（ほんみょう）
木村拓哉（きむらたくや）は本名（ほんみょう）だそうだ。
聽說木村拓哉是本名。

【比較看看】

◎「方式」作事情時一定的作法、形式、手續。
　「法式」是典禮、儀式等既定的方式。又有條例、規範、規章之意。
◎「暴力」粗暴的行爲，蠻橫的力量。
　「乱暴」粗暴，粗野；蠻不講理；動手打人。
◎「保障」爲不受障礙而保。又，約定負責保護對方，不使其權力、地位受損害。
　「補償」損失等的補償、賠償。用金錢來補償所受的損害。
　「補足」補充不夠的地方。

# ま

□マーク
(mark)

【名、他サ】記號；商標

わからないところにマークをする。
不懂的地方做個記號。

---

□マイ
(my)

【代名】我

マイホームをローンで買った。
分期買了自用住宅。

---

□マイクロホン
(microphone)

【名、自他サ】麥克風

マイクロホンで学生の名を呼び出す。
用麥克風呼叫學生。

---

□埋蔵
(まいぞう)

【名、他サ】埋藏

石油の埋蔵量を計算する。
計算石油的儲藏量。

---

□真上
(まうえ)

【名、自他サ】正上方，正當頭

僕の彼女の部屋はちょうどこの真上に当たる。
我女朋友就住在這正上方的樓上。

---

□前売り
(まえうり)

【名、自サ】預售

SMAPのコンサートの前売り券は完売した。
SMAP演唱會預售票已經賣完了。

---

□前置き
(まえおき)

【名、自サ】前言，開場白

会議上の前置きはなるべく短くしてください。
會議上的開場白請盡量簡短。

□前もって
（まえもって）

【副】預先，事先

お客さんを訪問する際に、前もってアポを
とってください。
拜訪客戶之前請事先預約。

□膜
（まく）

【名】膜；薄膜

最近は角膜をレーザーで手術をするそうだ。
聽說最近眼角膜是用雷射治療的。

□真心
（まごころ）

【名】真心，誠心

友人は真心を込めて私を説得した。
朋友用誠心說服了我。

□誠
（まこと）

【名】真實，真誠

誠を尽くしたら、わかってくれた。
真的盡力了，對方一定能諒解的。

□誠に
（まことに）

【副】誠然，實在

誠にありがとうございました。
真的非常謝謝。

□増
（まし）

【名、形動】增加；勝過

深夜のタクシーの乗車料は三割り増しだ。
深夜搭乘計程車要加三成車資。

□真下
（ました）

【名】正下方，正下面

真下の地下街は来週営業開始する。
正下方的地下商店，下星期開始營業。

□麻酔
（ますい）

【名】麻醉

手術する前に麻酔をかける。
手術前打麻醉藥。

□マスコミ 【名】媒體
(mass
communication)
マスコミの力で参議院議員に当選した。
運用媒體的力量，當選參議院議員。

□股 【名】股，胯
（また）
またを広げて座る。
張開兩腳坐下。

□待ち合わせ 【名、他サ】等候會見
（まちあわせ）
友人と街角のセブンイレブンで待ち合わせ
をする。
跟朋友約在街角的7-11超商碰面。

□末 【名】末，底
（まつ）
週末には海外へ旅行する予定だ。
預定週末去國外旅行。

□末期 【名】末期，最後的時期
（まっき）
清朝末期の壺には一億の値が付いている。
清朝末年的茶壺被標價一億元。

□マッサージ 【名、他サ】按摩，指壓
(massage)
母の肩をマッサージしてあげる。
幫媽媽按摩肩膀。

□真っ二つ 【名】兩半
（まっぷたつ）
不注意でスイカが床に落ちて真っ二つにわ
れた。
西瓜不小心掉到地上，破成兩半。

□的
（まと）

【名】的

矢が的の真ん中に当たった。
弓箭射中把的正中央。

□纏まり
（まとまり）

【名】解決；統一

このプロジェクトはまとまりがついた。
解決了這項計畫。

□招き
（まねき）

【名】招待，邀請

フランス政府の招きで、パリへ行った。
接受法國政府的招待，去了一趟巴黎。

□瞬き
（まばたき）

【名、自サ】轉瞬，眨眼

意味ありげに瞬きする。
意味深長地眨了一下眼。

□麻痺
（まひ）

【名、自サ】麻痺，麻木

長い時間正座をしたので、足が麻痺して動
かない。
長時間跪坐，腳都麻痺了。

□眉
（まゆ）

【名】眉毛，眼眉

美容院で細い眉にしてくれた。
美容院幫我把眉毛修細。

□鞠
（まり）

【名】（皮革、布等做的）球

女の子がまりをついて嬉しそうに遊んでい
る。
小女孩玩球玩得好開心。

□丸ごと
（まるごと）
【副】完全，全部地
蛇は卵を丸ごとのんでしまった。
<ruby>蛇<rt>へび</rt></ruby>は<ruby>卵<rt>たまご</rt></ruby>を<ruby>丸<rt>まる</rt></ruby>ごとのんでしまった。
蛇吞下了整個雞蛋。

□丸々
（まるまる）
【名、副】全部，整整
<ruby>家<rt>いえ</rt></ruby>を<ruby>離<rt>はな</rt></ruby>れてまるまる<ruby>五年<rt>ごねん</rt></ruby><ruby>経<rt>た</rt></ruby>った。
離家整整五年了。

□満月
（まんげつ）
【名】滿月，圓月
<ruby>父<rt>ちち</rt></ruby>は<ruby>満月<rt>まんげつ</rt></ruby>の<ruby>夜<rt>よる</rt></ruby><ruby>家<rt>いえ</rt></ruby>に<ruby>帰<rt>かえ</rt></ruby>ってきた。
父親在滿月的夜晚回來了。

□満場
（まんじょう）
【名】全場，滿場
<ruby>満場<rt>まんじょう</rt></ruby><ruby>一致<rt>いっち</rt></ruby>で<ruby>決<rt>き</rt></ruby>まった。
全場一致通過。

□真前
（まんまえ）
【名】正前方
<ruby>駅<rt>えき</rt></ruby>のまん<ruby>前<rt>まえ</rt></ruby>においしい<ruby>寿司屋<rt>すしや</rt></ruby>がある。
車站前有家好吃的壽司店。

# み

□味
（み）

【名】味道

<ruby>中華料理<rt>ちゅうかりょうり</rt></ruby>は<ruby>世界<rt>せかい</rt></ruby>の<ruby>珍味<rt>ちんみ</rt></ruby>だ。

中國菜是世界稀有的美味。

---

□見合
（みあい）

【名】相親

もう<ruby>年<rt>とし</rt></ruby>だし、<ruby>見合<rt>みあ</rt></ruby>いで<ruby>結婚<rt>けっこん</rt></ruby>しちゃおうっと。

年紀大了，相親算了。

---

□未開
（みかい）

【名】不開化；未開墾

この<ruby>山<rt>やま</rt></ruby>は<ruby>未開<rt>みかい</rt></ruby>だから、<ruby>自然<rt>しぜん</rt></ruby>のままを<ruby>保護<rt>ほご</rt></ruby>している。

這座山尚未開發，為了維護自然就這樣保持著。

---

□味覚
（みかく）

【名】味覺

<ruby>風邪<rt>かぜ</rt></ruby>を<ruby>引<rt>ひ</rt></ruby>いて<ruby>味覚<rt>みかく</rt></ruby>を<ruby>失<rt>うしな</rt></ruby>った。

因感冒而沒有味覺。

---

□幹
（みき）

【名】樹幹；事物的主要部分

<ruby>木<rt>き</rt></ruby>の<ruby>幹<rt>みき</rt></ruby>に<ruby>寄<rt>よ</rt></ruby>りかかって<ruby>休<rt>やす</rt></ruby>んだ。

靠著樹幹休息。

---

□見込み
（みこみ）

【名】希望；可能性；預料

<ruby>来年<rt>らいねん</rt></ruby>の<ruby>春<rt>はる</rt></ruby>は<ruby>大学<rt>だいがく</rt></ruby>を<ruby>卒業<rt>そつぎょう</rt></ruby>する<ruby>見込<rt>みこ</rt></ruby>みだ。

明年春天預定大學畢業。

---

□未婚
（みこん）

【名】未婚

<ruby>三十歳<rt>さんじゅうさい</rt></ruby>になっても<ruby>未婚<rt>みこん</rt></ruby>だ。

到了三十歲還是未婚。

| | |
|---|---|
| □未熟<br>（みじゅく） | 【名】不成熟；不熟練<br>三十歳になっても考え方は未熟だ。<br>三十歳了，想法還是很幼稚。 |
| □微塵<br>（みじん） | 【名】微塵<br>ガラスが落ちて微塵に砕けた。<br>玻璃掉落，粉碎了。 |
| □ミス<br>(Miss) | 【名】小姐，姑娘<br>ミス日本コンテストは明日開催されます。<br>明天舉行日本小姐選拔。 |
| □水気<br>（みずけ） | 【名】水分<br>水気の多い果物だ。<br>水分豐富的水果。 |
| □ミスプリント<br>(misprint) | 【名】印刷錯誤<br>ミスプリントで同僚に大きな迷惑をかけた。<br>因為印刷錯誤，給同事添加許多麻煩。 |
| □ミセス<br>(Mrs.) | 【名】女士，太太；已婚婦女<br>ミセススミスはアメリカ人です。<br>史密斯女士是美國人。 |
| □見せ物<br>（みせもの） | 【名】雜耍；被眾人要弄的對象<br>みんなの前で見せ物になるものが大好きだ。<br>喜歡在大眾面前要寶。 |
| □溝<br>（みぞ） | 【名】水溝，分歧<br>兄弟の間に溝ができる。<br>兄弟之間意見分歧。 |

あ<br>い<br>う<br>え<br>お<br>か<br>き<br>く<br>け<br>こ<br>さ<br>し<br>す<br>せ<br>そ<br>た<br>ち<br>つ<br>て<br>と<br>な<br>に<br>ぬ<br>ね<br>の<br>は<br>ひ<br>ふ<br>へ<br>ほ<br>ま<br>み<br>む<br>め<br>も<br>や<br>ゆ<br>よ<br>ら<br>り<br>る<br>れ<br>ろ<br>わ

□未知
（みち）

【名】未定，未決定

彼は未知の世界に飛び出した。
他飛向未知的世界。

□身近
（みぢか）

【名】切身；身邊，身旁

身近な人に意見を伺う。
聽取周遭人的意見。

□密集
（みっしゅう）

【名、自サ】密集，雲集

人口は都心に密集している。
人口聚集在都心。

□密接
（みっせつ）

【名、自サ】密接；密切

両者は密接な関係がある。
兩者有密切的關係。

□密度
（みつど）

【名】密度

台北市内の人口密度は高い。
台北市內人口密度很高。

□見積
（みつもり）

【名】估計，估量

注文したものの見積書を要求する。
請求訂購物品的估價單。

□未定
（みてい）

【名】未定，未決定

旅行先はまだ未定だ。
旅行地點還沒決定。

□見通
（みとおし）

【名】一直，看下去；預料

将来の見通しがない。
沒有將來性。

□源
（みなもと）
【名】水源；根源
漢字の源は中国にある。
漢字源自中國。

□身なり
（みなり）
【名】裝束；打扮
きちんとした身なりで出かける。
穿戴整齊出門去。

□峰
（みね）
【名】山峰；刀背
富士の峰に雲が集まっている。
富士山峰，有雲層聚集。

□身の上
（みのうえ）
【名】境遇，身世；命運
留学している弟の身の上を案ずる。
擔心留學中的弟弟的安否。

□身の回り
（みのまわり）
【名】身邊衣物；日常生活
身の回り品しか持っていない。
只帶隨身衣物。

□見晴らし
（みはらし）
【名】眺望，遠望
見晴らしのいい山麓で休憩する。
在景色優美的山麓休息。

□身振り
（みぶり）
【名】（表示意志、感情的）姿態；（身體的）動作
特徴のある身振りだ。
有特色的動作。

□脈
（みゃく）

【名】脈；脈搏

人間の体には動脈と静脈がある。
人體有動脈跟靜脈。

□ミュージック
(music)

【名】音樂，樂曲

毎日クラシックミュージックを聞く。
每天聽古典樂。

□未練
（みれん）

【名】不熟練；依戀

昔の男にまだ未練がある。
還依戀著以前的男友。

□民宿
（みんしゅく）

【名】民宿

山中湖の民宿に宿泊する。
住山中湖的民宿。

□民族
（みんぞく）

【名】民族

異なる民族は当然文化も違う。
不同民族文化當然也不同。

□民俗
（みんぞく）

【名】民俗，民間風俗

大学院で民俗学を研究する。
在大學院研究民俗學。

# む

□無意味
（むいみ）

【名】無意義，沒價值

そんなに頑張っても無意味だ。

那麼努力也沒意義。

□ムード
（mood）

【名】氣氛；情趣

オリンピックの開会式のムードを盛り上げる。

奧林匹克開會儀式熱鬧非常。

□無口
（むくち）

【名】沈默寡言

クラスのなかで一番無口のは林君だ。

班上最沈默寡言的是林君。

□婿
（むこ）

【名】女婿

この家のお婿さんは日本人だ。

這家的女婿是日本人。

□無効
（むこう）

【名】無效

書き換えの時期が過ぎて、免許が無効となった。

超過換照日期，駕照無效了。

□無言
（むごん）

【名】無言，沈默

会議は無言のままで坐っていた。

會上不發一言地坐著。

□無邪気
（むじゃき）

【名】天眞，幼稚

赤ちゃんが無邪気な顔で寝ている。

嬰兒睡著，一臉天眞無邪。

□結び
（むすび）

【名】末尾，終結；連結，結合

宴会の結びのことばを社長が述べた。

宴會結束由社長致辭。

---

□無線
（むせん）

【名】無線，不用電線

無線で仲間と連絡する。

用無線電跟同伴連絡。

---

□無駄遣い
（むだづかい）

【名、自他サ】浪費，亂花錢

今日から無駄遣いをやめよう。

從今天開始別再亂花錢了。

---

□無断
（むだん）

【名】擅自

公のものだから、無断で持ち出すことがで
きない。

這是公家的東西，不可以擅自拿出去。

---

□無知
（むち）

【名】沒知識，愚笨

君は無知だなあ。

你真沒知識。

---

□無茶
（むちゃ）

【名】毫無道理；胡亂；過分

無茶なことを言うんじゃない。

別胡說八道。

---

□無茶苦茶
（むちゃくちゃ）

【名】毫無道理；亂七八糟

むちゃくちゃな話をするな。

別淨說些廢話。

---

| □無念<br>（むねん） | 【名】悔恨；遺憾<br>もう少しのところで優勝できたのに、無念だ。<br>差一點就贏了，眞可恨！ |
|---|---|
| □無能<br>（むのう） | 【名】無能，無才<br>こんな事もできないなんて無能のあかしだ。<br>這種事也沒辦法作，不是無能是什麼？ |
| □無闇に<br>（むやみに） | 【名、自他サ】胡亂，隨便；過度<br>あいつは無闇に親の金を使う。<br>那傢伙亂花父母的錢。 |
| □無用<br>（むよう） | 【名】不起作用，沒必要；無事<br>入会金は無用です。<br>不需要入會金。 |
| □斑<br>（むら） | 【名】有斑點；不齊<br>壁を斑のないように塗る。<br>擦上油漆去除牆上的斑點。 |
| □無論<br>（むろん） | 【名、自他サ】當然，不用說<br>あなたの結婚披露宴には無論 出席する。<br>我當然會出席你的婚禮。 |

# め

□名産
（めいさん）

【名】名産

<ruby>国<rt>くに</rt></ruby>の<ruby>名産<rt>めいさん</rt></ruby>を<ruby>日本<rt>にほん</rt></ruby>の<ruby>友人<rt>ゆうじん</rt></ruby>に<ruby>差<rt>さ</rt></ruby>し<ruby>上<rt>あ</rt></ruby>げる。
送我國名產給日本友人。

□名称
（めいしょう）

【名】名稱；名聲

<ruby>目立<rt>めだ</rt></ruby>つ<ruby>名称<rt>めいしょう</rt></ruby>を<ruby>考<rt>かんが</rt></ruby>える。
想一個響亮的名稱。

□命中
（めいちゅう）

【名、自サ】命中

<ruby>的<rt>まと</rt></ruby>の<ruby>中心<rt>ちゅうしん</rt></ruby>に<ruby>見事<rt>みごと</rt></ruby>に<ruby>命中<rt>めいちゅう</rt></ruby>した。
準確地擊中目標。

□明白
（めいはく）

【名】明白，明顯

この<ruby>事件<rt>じけん</rt></ruby>には<ruby>明白<rt>めいはく</rt></ruby>な<ruby>証拠<rt>しょうこ</rt></ruby>がある。
這個案子有明確著證據。

□名簿
（めいぼ）

【名】名簿，名冊

<ruby>会員<rt>かいいん</rt></ruby><ruby>名簿<rt>めいぼ</rt></ruby>を<ruby>作<rt>つく</rt></ruby>り<ruby>直<rt>なお</rt></ruby>す。
重作會員名簿。

□名誉
（めいよ）

【名】名譽；榮譽

そんなこと<ruby>言<rt>い</rt></ruby>うなら<ruby>名誉<rt>めいよ</rt></ruby><ruby>損害<rt>そんがい</rt></ruby>で<ruby>訴<rt>うった</rt></ruby>える。
你那麼說我要告你損壞名譽。

□明瞭
（めいりょう）

【名】明白，明瞭

NHKのアナウンサーたちは<ruby>明瞭<rt>めいりょう</rt></ruby>な<ruby>発音<rt>はつおん</rt></ruby>で<ruby>話<rt>はな</rt></ruby>す。
NHK的播音員口齒清晰。

□明朗
（めいろう）

【名】明朗；光明正大

あの子がみんなに好かれる原因は明朗な性格だ。

個性開朗，是她被大家喜歡的原因。

□メーカー
（maker）

【名】製造商

彼女はトラブルメーカーだ。

她一天到晚製造問題。

□目方
（めかた）

【名】重量，分量

目方が重い。

份量很重。

□恵み
（めぐみ）

【名】恩惠，恩澤

自然の恵みを受けて成長する。

受惠於自然，而成長。

□目付き
（めつき）

【名】眼神

刑事さんたちは鋭い目つきだ。

刑警們目光銳利。

□メッセージ
（message）

【名】通訊；口信；祝詞

社長から結婚祝いのメッセージが届いた。

收到社長發的結婚祝電。

□滅亡
（めつぼう）

【名、自サ】滅亡

環境汚染が続けば人間はいつか滅亡するだろう。

環境繼續污染下去，人類總有一天會滅亡的。

☐ メディア 【名】手段，媒體
(media)

妹は<ruby>妹<rt>いもうと</rt></ruby>はメディア<ruby>関係<rt>かんけい</rt></ruby>に<ruby>就職<rt>しゅうしょく</rt></ruby>する。
妹妹在與媒體有關的地方上班。

☐ 目途 【名】目標；頭緒
(めど)

<ruby>新<rt>しん</rt></ruby>プロジェクトを<ruby>遂行<rt>すいこう</rt></ruby>できる<ruby>目途<rt>めど</rt></ruby>が<ruby>立<rt>た</rt></ruby>った。
完成新企畫有頭緒了。

☐ 目盛 【名】度數，刻度
(めもり)

この<ruby>体重計<rt>たいじゅうけい</rt></ruby>の<ruby>目盛<rt>めも</rt></ruby>りはおかしい。
這體重機的刻度有問題。

☐ メロディー 【名】旋律；美麗的音樂
(melody)

ハワイのピーチで<ruby>日本的<rt>にほんてき</rt></ruby>なメロディーが<ruby>流<rt>なが</rt></ruby>れている。
夏威夷的海灘播放日本風的音樂。

☐ 面会 【名、自サ】會見，會面
(めんかい)

<ruby>台湾<rt>たいわん</rt></ruby>の<ruby>病院<rt>びょういん</rt></ruby>では<ruby>面会<rt>めんかい</rt></ruby><ruby>時間<rt>じかん</rt></ruby>が<ruby>制限<rt>せいげん</rt></ruby>されていない。
台灣的醫院並沒有限制會客時間。

☐ 免除 【名、他サ】免除
(めんじょ)

<ruby>国費留学生<rt>こくひりゅうがくせい</rt></ruby>は<ruby>授業料<rt>じゅぎょうりょう</rt></ruby>が<ruby>免除<rt>めんじょ</rt></ruby>されている。
國費留學生不必交學費。

☐ 面目 【名】臉面；面目；樣子
(めんぼく/
めんもく)

<ruby>不祥事<rt>ふしょうじ</rt></ruby>が<ruby>起<rt>お</rt></ruby>こって、<ruby>弊社<rt>へいしゃ</rt></ruby>としては<ruby>面目<rt>めんぼく</rt></ruby>がございません。
發生這樣的醜聞，敝社真是沒有面子。

| | |
|---|---|
| □申込<br>（もうしこみ） | 【名】提議；申請；預約<br><ruby>本日<rt>ほんじつ</rt></ruby>より<ruby>一週間<rt>いっしゅうかん</rt></ruby><ruby>入学試験<rt>にゅうがくしけん</rt></ruby>の<ruby>申込<rt>もうしこみ</rt></ruby>ができる。<br>從今天起一個禮拜之內，可以申請入學考試。 |
| □申し出<br>（もうしで） | 【名】建議；要求；聲名<br><ruby>援助<rt>えんじょ</rt></ruby>の<ruby>申<rt>もう</rt></ruby>し<ruby>出<rt>で</rt></ruby>を<ruby>断<rt>ことわ</rt></ruby>られた。<br>申請救助，被拒絕了。 |
| □申し分<br>（もうしぶん） | 【名】缺點；意見<br><ruby>彼<rt>かれ</rt></ruby>の<ruby>成績<rt>せいせき</rt></ruby>は<ruby>申<rt>もう</rt></ruby>し<ruby>分<rt>ぶん</rt></ruby>ない。<br>他的成績真是沒話說。 |
| □盲点<br>（もうてん） | 【名】盲點；暗點<br>この<ruby>辺<rt>へん</rt></ruby>は<ruby>治安<rt>ちあん</rt></ruby>の<ruby>盲点<rt>もうてん</rt></ruby>だ。<br>這附近是治安的盲點。 |
| □猛烈<br>（もうれつ） | 【名】猛烈；激烈<br><ruby>審判<rt>しんぱん</rt></ruby>の<ruby>誤判<rt>ごはん</rt></ruby>で<ruby>傍聴席<rt>ぼうちょうせき</rt></ruby>から<ruby>猛烈<rt>もうれつ</rt></ruby>な<ruby>反発<rt>はんぱつ</rt></ruby>の<ruby>声<rt>こえ</rt></ruby>が<ruby>浴<rt>あ</rt></ruby>びせられる。<br>由於法官的誤判，旁聽席上的聽眾大聲攻擊。 |
| □モーテル<br>（美 motel） | 【名】汽車旅館<br><ruby>旅行<rt>りょこう</rt></ruby>する<ruby>人口<rt>じんこう</rt></ruby>が<ruby>増<rt>ふ</rt></ruby>えたゆえにモーテルも<ruby>彼方此方<rt>あっちこっち</rt></ruby>に<ruby>建<rt>た</rt></ruby>てられる。<br>由於旅行人口激增，汽車旅館也一間接著一間的開了。 |

□目録
（もくろく）

【名】目次；目録

これが、我が家の財産目録です。

這是我家的財産目録。

□目論見
（もくろみ）

【名】計畫，意圖，企圖

目論見を立てずにどうやって仕事をするの
ですか？

沒有事先計畫，怎麼工作？

□模型
（もけい）

【名】模型

戦艦の模型を作る。

製作戰見模型。

□模索
（もさく）

【名、他サ】摸索；探尋

試合で攻撃策を模索する。

比賽中摸索攻擊的策略。

□目下
（もっか）

【名】當前，目前

弟は目下テレビゲームに夢中になっている。

弟弟迷上最新的電玩。

□モニター
（monitor）

【名】監視器；監聽員

込んでいる競馬場の外でみんなモニターに
注目する。

擁擠的賽馬場外，大家目不轉睛地看著螢幕。

□物
（もの）

【名】物品；事情；道理

食べ物を無駄にするな。

不要浪費食物。

| | |
|---|---|
| □模範<br>（もはん） | 【名】模範，榜樣<br>君<sub></sub>はみんなの模範<sub></sub>である。<br>你是大家的榜樣。 |

□模範
（もはん）

【名】模範，榜樣

君<ruby>君<rt>きみ</rt></ruby>はみんなの<ruby>模範<rt>もはん</rt></ruby>である。

你是大家的榜樣。

□模倣
（もほう）

【名、他サ】模仿，仿照

<ruby>師匠<rt>ししょう</rt></ruby>の<ruby>芸<rt>げい</rt></ruby>を<ruby>模倣<rt>もほう</rt></ruby>する。

模仿師傅的技術。

□股・腿
（もも）

【名】股，大腿

<ruby>股<rt>もも</rt></ruby>の<ruby>筋肉<rt>きんにく</rt></ruby>を<ruby>鍛<rt>きた</rt></ruby>えるためジムに<ruby>通<rt>かよ</rt></ruby>う。

到健身中心，為的是鍛鍊大腿肌肉。

**【比較看看】**

◎「民族」是民間的風俗習慣。

　「民俗」是因語言、文化、宗教、風俗習慣等相同而結合的集團。

◎「無効」沒有效果，沒有用。又有法律、約定等其效力已失去之意。

　「無功」沒有得到任何結果；沒有功勞之意。

◎「明白」很明白、明顯，沒有可疑之處。

　「明瞭」發音、發言、判斷、意思很清楚明確之意。

　「明朗」性格活潑開朗。另外，也有公正無私，光明正大的意思。

□矢
(や)

【名】箭；指針

<ruby>矢<rt>や</rt></ruby><ruby>印<rt>じるし</rt></ruby>のところで<ruby>曲<rt>ま</rt></ruby>がる。
在箭頭處轉彎。

□野外
(やがい)

【名】野外，郊外

<ruby>今週<rt>こんしゅう</rt></ruby>の<ruby>日曜<rt>にちよう</rt></ruby>、<ruby>上野<rt>うえの</rt></ruby>の<ruby>公園<rt>こうえん</rt></ruby>で<ruby>野外<rt>やがい</rt></ruby>コンサートを<ruby>行<rt>おこな</rt></ruby>う。
這個星期日，上野公園舉辦野外演唱會。

□薬
(やく)

【名】藥

<ruby>常<rt>つね</rt></ruby>に<ruby>睡眠薬<rt>すいみんやく</rt></ruby>を<ruby>服用<rt>ふくよう</rt></ruby>してはいけない。
不可以常用安眠藥。

□夜具
(やぐ)

【名】寢具，臥具

ボーナスをもらって<ruby>夜具<rt>やぐ</rt></ruby>の<ruby>買<rt>か</rt></ruby>い<ruby>換<rt>か</rt></ruby>えをする。
領到年終獎金以後，就買新床把舊的床給換了。

□役職
(やくしょく)

【名】官職；職務

<ruby>不祥事<rt>ふしょうじ</rt></ruby>で<ruby>役職<rt>やくしょく</rt></ruby>を<ruby>失<rt>うしな</rt></ruby>った。
因醜聞而丟了官職。

□役場
(やくば)

【名】區，鄉公所；辦事處

<ruby>町<rt>まち</rt></ruby><ruby>役場<rt>やくば</rt></ruby>で<ruby>戸籍謄本<rt>こせきとうほん</rt></ruby>を<ruby>申<rt>もう</rt></ruby>し<ruby>込<rt>こ</rt></ruby>む。
在鄉公所申請戶籍謄本。

□屋敷
(やしき)

【名】宅地；宅邸

<ruby>百年前<rt>ひゃくねんまえ</rt></ruby>に<ruby>建<rt>た</rt></ruby>てられた<ruby>屋敷<rt>やしき</rt></ruby>だ。
這棟宅邸是一百年前蓋的。

□野心
(やしん)

【名】野心；雄心

この若者は野心を抱きすぎだ。
わかもの　　やしん　　いだ

這年輕人野心太大了。

---

□野生
(やせい)

【名、自サ】野生

野生動物に気を付けましょう。
やせいどうぶつ　　き　　つ

小心野生動物。

---

□奴
(やつ)

【名】傢伙，那小子

やつはどう言っても話を聞かない。
い　　　　はなし　き

那傢伙不管怎麼勸，就是不聽。

---

□野党
(やとう)

【名】野黨

国のため与野党は連合して頑張っている。
くに　　　　よ やとう　れんごう　　がんば

朝野政黨聯合起來爲國家賣力。

---

□闇
(やみ)

【名】黑暗，黑市；辨別不清

闇献金の風潮はまだ続いている。
やみけんきん　ふうちょう　　　つづ

暗地裡獻金的風潮還持續著。

---

□ヤング
(young)

【名】年輕人，年青一代

年寄りの思考はヤングにかなわない。
としよ　　しこう

年長者的想法趕不上年輕人。

# ゆ

□油
(ゆ)

【名】油

日本製のしょう油は天下一品だ。

日製醬油天下第一。

---

□優
(ゆう)

【名】優秀；十足

となりの子は優等生で卒業したそうだ。

聽說隔壁小孩，以模範生畢業。

---

□優位
(ゆうい)

【名】優勢；優越地位

Aチームの優位のままで試合が終わった。

A隊一路領先，直到比賽結束。

---

□憂鬱
(ゆううつ)

【名】憂鬱；愁悶

入学試験のことを考えると憂鬱だ。

一想到聯考就鬱悶。

---

□有益
(ゆうえき)

【名】有益，有意義

有益な本を読むべきだ。

必須唸有意義的書。

---

□優越
(ゆうえつ)

【名、自サ】優越

林君は常にトップの成績なので、優越感を
持っている。

林君經常名列前茅，所以很有優越感。

---

□勇敢
(ゆうかん)

【名】勇敢

強いチームを相手に勇敢に戦っている。

勇敢地跟強隊奮戰到底。

□有機
（ゆうき）
【名】有機；有生命力
<ruby>有機<rt>ゆうき</rt></ruby><ruby>栽培<rt>さいばい</rt></ruby>がはやっている。
流行有機物的栽培。

□夕暮
（ゆうぐれ）
【名】黃昏；傍晚
<ruby>淡水<rt>たんすい</rt></ruby>の<ruby>夕暮<rt>ゆうぐ</rt></ruby>れの<ruby>景色<rt>けいしき</rt></ruby>は<ruby>天下<rt>てんか</rt></ruby><ruby>一品<rt>いっぴん</rt></ruby>だ。
淡水的暮色是天下第一景。

□融資
（ゆうし）
【名、自サ】通融資金；貸款
<ruby>信用<rt>しんよう</rt></ruby>のない<ruby>会社<rt>かいしゃ</rt></ruby>には<ruby>銀行<rt>ぎんこう</rt></ruby>は<ruby>融資<rt>ゆうし</rt></ruby>しない。
銀行不借錢給沒有信用的公司。

□優勢
（ゆうせい）
【名】優勢
わがチームの<ruby>優勢<rt>ゆうせい</rt></ruby>を<ruby>相手<rt>あいて</rt></ruby>のチームにひっく<ruby>り返<rt>かえ</rt></ruby>された。
我隊的優勢被對方破壞了。

□優先
（ゆうせん）
【名、自サ】優先
お<ruby>年寄<rt>としよ</rt></ruby>りや<ruby>子<rt>こ</rt></ruby>どもを<ruby>優先<rt>ゆうせん</rt></ruby>する<ruby>社会<rt>しゃかい</rt></ruby>。
以老年人跟小孩爲優先的社會。

□誘導
（ゆうどう）
【名、他サ】引導；誘導
この<ruby>検察官<rt>けんさつかん</rt></ruby>はよく<ruby>誘導<rt>ゆうどう</rt></ruby><ruby>尋問<rt>じんもん</rt></ruby>の<ruby>手法<rt>しゅほう</rt></ruby>を<ruby>心得<rt>こころえ</rt></ruby>ている。
這位法官擅長用誘導的方式詢問。

□融通
（ゆうずう）
【名、自他サ】暢通；通融；腦筋靈活
<ruby>銀行<rt>ぎんこう</rt></ruby>が<ruby>資本金<rt>しほんきん</rt></ruby>を<ruby>融通<rt>ゆうずう</rt></ruby>する。
資金跟銀行借。

□ 優美　【名】優美
（ゆうび）

優美な脚線に惚れた。
喜歡她那雙腿的曲線美。

□ 有望　【名】有望；有前途
（ゆうぼう）

頑張っている人は将来有望だ。
努力的人將來一定有前途。

□ 遊牧　【名、自サ】游牧
（ゆうぼく）

遊牧民族は季節の変化によって移動する。
游牧民族隨著季節移動。

□ 夕焼け　【名】晚霞
（ゆうやけ）

彼は夕焼けの景色をとるカメラマンだ。
他是專拍夕陽景色的攝影師。

□ 有力　【名】有努力；有效力；有希望
（ゆうりょく）

今回の選挙は彼が有力だ。
這次的選舉他最看好。

□ 幽霊　【名】幽靈；亡魂
（ゆうれい）

幽霊の存在を信じる人はかなりいる。
相信幽靈存在的人還真不少。

□ 誘惑　【名、他サ】誘惑；引誘
（ゆうわく）

賭け事の誘惑に負けて生活がボロボロになった。
禁不起賭博的誘惑，把生活搞得亂七八糟。

| □ユニフォーム<br>(uniform) | 【名】制服；運動服<br><br>チームはみんな同じユニフォームを着ている。<br>隊員全都穿一樣的制服。 |
|---|---|
| □弓<br>(ゆみ) | 【名】弓；箭；弓形物<br><br>弓で矢を射る。<br>以弓射箭。 |

**【比較看看】**

◎「要求」希望能這樣，強烈的要求。
「要望」請求的態度沒有「要求」那麼強烈，較為有禮貌的期望。「要請」必要的事情，有禮貌的請求，多用在公共的場合。

## よ

□世
（よ）

【名】世界；一生；時代

世の中は甘くないんだ。

這世界沒有你想像的那麼簡單。

□洋
（よう）

【名】海洋，西餐

洋食レストランで昼食をとる。

在西餐廳吃午飯。

□要因
（よういん）

【名】主要原因

高速で起こった惨事の要因を調査する。

調查高速公路發生事故的主因。

□溶液
（ようえき）

【名】溶液

沸騰している湯に砂糖を入れ、溶液を作る。

把糖放入滾水中，調製溶液。

□用件
（ようけん）

【名】事情

来客の用件を伺う。

詢問客人的事情。

□養護
（ようご）

【名、他サ】護養；扶養

養護教諭になる。

成爲養護教師。

□用紙
（ようし）

【名】規定用紙

申し込み用紙を三枚ください。

給我三張申請表格。

□様式
（ようしき）

【名】様式；格式；類型

書類の様式を教えてください。
告訴我資料的格式。

□要請
（ようせい）

【名、他サ】要求；請求

災害地域に救援隊の出動を要請する。
請求出動救援隊救助災害地區。

□養成
（ようせい）

【名、他サ】培養；培訓

日本語の先生になるための養成講座を受け
る。
上專為培訓日語教師的日語教師培訓講座。

□様相
（ようそう）

【名】様子；情況；模様

ナイターは延長戦になりそうな様相だ。
棒球夜場賽看來要延長了。

□用品
（ようひん）

【名】用品，用具

日常生活用品のリストを書き上げる。
填寫日常用品的清單。

□洋風
（ようふう）

【名】西式；西洋風格

洋風と和風の部屋なら、私は和風の方がい
い。
西式跟日式的房間，我比較喜歡日式的。

□用法
（ようほう）

【名】用法

用法をよく読んでお使いください。
請仔細閱讀操作方法再使用。

□要望
（ようぼう）

【名、他サ】要求；希望

県代議士は県民代表の要望を聞く。

縣議員聽取縣民代表的要求。

□余暇
（よか）

【名】閒暇

余暇を使って海外旅行をする。

利用閒暇到國外旅行。

□予感
（よかん）

【名、他サ】預感，先知

いやな予感がする。

我有不好的預感。

□余興
（よきょう）

【名、自他サ】餘興

同窓会の余興で林君は踊りを披露した。

同學會的餘興節目，由小林表演舞蹈。

□預金
（よきん）

【名、自他サ】存款

預金通帳を銀行のフロントに置き忘れた。

存摺放在銀行櫃臺，忘了帶回來。

□欲
（よく）

【名】欲望；貪心

欲深い人は不幸な人だと言われる。

人家說貪心不足的人會不幸的。

□抑圧
（よくあつ）

【名、他サ】壓制，壓迫

表現の自由を抑圧する。

壓制言論自由。

□浴室
（よくしつ）

【名】浴室

浴室を改装する。

重新裝潢浴室。

| □抑制 <br> （よくせい） | 【名、他サ】抑制；制止 <br> しょくよく よくせい くすり で <br> 食欲を抑制する薬が出た。 <br> 控制食慾的藥上市了。 |
| --- | --- |
| □欲望 <br> （よくぼう） | 【名】慾望；欲求 <br> かね たい よくぼう <br> お金に対する欲望がおさえられない。 <br> 無法控制對錢的慾望。 |
| □予言 <br> （よげん） | 【名、他サ】預言，預告 <br> ひゃくねんご ちきゅう ほろ よげん <br> 百年後に地球が滅びると予言した。 <br> 根據預言，百年以後地球會毀滅。 |
| □横綱 <br> （よこづな） | 【名】橫綱；手屈一指 <br> よこづな わかのはな いんたい <br> 横綱若乃花は引退した。 <br> 橫綱若乃花引退了。 |
| □汚れ <br> （よごれ） | 【名】污穢，污物 <br> よご <br> スカートに汚れがつきました。 <br> 裙子弄髒了。 |
| □善し悪し <br> （よしあし） | 【名】善惡；好壞；有利有弊 <br> ものごと よ あ はんだん <br> 物事の善し悪しを判断できない。 <br> 無法判斷事物的善惡。 |
| □予想 <br> （よそう） | 【名、自サ】預料；預測 <br> よそう けっか <br> 予想もできない結果となった。 <br> 造成始料所不及的結果。 |
| □余所見 <br> （よそみ） | 【名、自サ】往旁處看 <br> くんれんちゅう よそみ <br> 訓練中には余所見をしてはいけない。 <br> 訓練中不可以左顧右盼。 |

□余地　　　　　【名】容地；餘地
（よち）

　　　　　　　　はんろん　　　よ　ち
　　　　　　　　反論する余地がなかった。
　　　　　　　　沒有辯論的餘地。

□与党　　　　　【名】執政黨
（よとう）

　　　　　　　　よ　とう　だ　　　かいかくほうあん　　さんせい
　　　　　　　　与党が出した改革法案に賛成できない。
　　　　　　　　我無法贊成執政黨所提出的改革方案。

□夜更かし　　　【名、自サ】熬夜
（よふかし）

　　　　　　　　べんきょう　　よ　ふ　　　　　　　　あさ　お
　　　　　　　　勉強で夜更かしすると朝起きるのがつらい。
　　　　　　　　熬夜讀書，早上就爬不起來了。

□夜更け　　　　【名】深夜，深更半夜
（よふけ）

　　　　　　　　よ　ふ　　　　ぼうそうぞく　　そうおん　お
　　　　　　　　夜更けに暴走族の騒音で起こされた。
　　　　　　　　半夜被飆車族的噪音給吵醒了。

□余程　　　　　【名、自他サ】幾乎，很
（よほど）

　　　　　　　　うんどうかい　　　　　　　　　　　　　　　　かぎ　　ちゅうし
　　　　　　　　運動会はよほどのことがない限り中止する
　　　　　　　　ことができない。
　　　　　　　　如果不是發生重大的事情，運動會是不會中
　　　　　　　　止的。

□寄り　　　　　【名】聚會，集會
（より）

　　　　　　　　みぎ　よ　　　　た　　　　　　　　　いもうと
　　　　　　　　右寄りに立っているのが妹です。
　　　　　　　　靠右邊站的是我妹妹。

□輿論・世論　　【名】輿論
（よろん／せろん）

　　　　　　　　せ　ろん　ちから　　む　し
　　　　　　　　世論の力を無視してはいけない。
　　　　　　　　不可忽視輿論的力量。

# ら

---

□来場
(らいじょう)

【名、自サ】到場，出席

本日の来場 客数は五万人に達した。
今天到場的客人高達五萬人。

---

□ライス
(rice)

【名】飯

パンですか？ライスですか？
要麵包？還是白飯？

---

□酪農
(らくのう)

【名】酪農

公務員を定年退職して酪農を営んでいる。
公務員退休後，經營酪農。

---

□落下
(らっか)

【名、自サ】下降；從高處落下

積んだ荷物が落下した。
堆積的行李掉了下來。

---

□楽観
(らっかん)

【名、他サ】樂觀

林君は楽観的な性格を持つ。
林君生性樂觀。

---

□ラベル
(label)

【名】標籤，籤條

お得意さまの住所をラベルにした。
把主顧的住址做成標籤。

---

□ランプ
(荷 lamp)

【名】燈；煤油燈，電燈

十六世紀に作られたランプは競売にかけられた。
製於十六世紀的煤油燈，被拍賣了。

---

□ 濫用　　　　　　【名、他サ】濫用，亂用
（らんよう）
　　　　　　　　　薬剤の濫用は危険だ。
　　　　　　　　　亂用藥物是很危險的。

---

## 【比較看看】

◎「予言」推測未來。也指預言的話。

　「予見」還沒有發生的事件等等，能事先預知。

◎「予想」事前的預料、預測。

　「予期」事前的期待。

◎「領地」所持有的土地。領地。

　「料地」是為某一目的而使用的土地。

◎「履歷」到現在為止，畢業於哪所學校，曾在哪家公司上班的經歷。

　「経歴」意思較廣，除了有履歷的意思之外，還有體驗、閱歷、經驗等意思。

# り

□リード
(lead)

【名、他サ】領導；帶領；領先

今のところ巨人がリードしている。

現在是巨人領先。

□理屈
(りくつ)

【名】理由，道理；歪理，藉口

理屈ぽい部下を持つとたいへんだ。

手下有那種愛講歪理的，就很傷腦筋。

□利子
(りし)

【名】利息

高い利子で銀行に融資を受けた。

跟銀行貸了高利息的錢。

□利潤
(りじゅん)

【名】利潤，紅利

理想だけでなく、利潤も考えないといけません。

不可以光談理想，也要考慮到利潤。

□理性
(りせい)

【名】理性

つい理性を失ってしまった。

最後失去了理智。

□利息
(りそく)

【名】利息

銀行預金に利息がついた。

銀行存款附有利息。

□立体
(りったい)

【名】立體

立体図の描き方を教わった。

教我描繪立體圖。

あいうえおかきくけこさしすせそたちってとなにぬねのはひふへほまみむめもやゆよらりるれろわ

□立方
（りっぽう）

【名】立方

体積は三立方メートルある。

體積有三立方公尺。

□立法
（りっぽう）

【名】立法

日本の立法機関は国会である。

日本的立法機構是國會。

□利点
（りてん）

【名】優點，長處

利点と欠点を明記する。

明確記下優點跟缺點。

□略奪
（りゃくだつ）

【名】掠奪，搶奪

コンビニで金銭を略奪した。

便利商店被搶了。

□略語
（りゃくご）

【名】略語；簡語

スーパーマーケットの略語はスーパーだ。

超級市場簡稱超商。

□流通
（りゅうつう）

【名、自サ】物流

流通企業と新たな契約をする。

跟物流企業簽訂新契約。

□領域
（りょういき）

【名】領域

ここからは神の領域だ。

從這裡開始是上帝的領域。

□了解
（りょうかい）

【名、自他サ】了解；諒解

年会費の値上げを了解してもらう。

請對方諒解年費上漲一事。

□領海
（りょうかい）

【名】領海

<ruby>漁船<rt>ぎょせん</rt></ruby>が<ruby>領海<rt>りょうかい</rt></ruby>を<ruby>侵<rt>おか</rt></ruby>している。

漁船侵犯了別人的領海。

□両極
（りょうきょく）

【名】兩極，南北極

<ruby>地球<rt>ちきゅう</rt></ruby>の<ruby>両極<rt>りょうきょく</rt></ruby>。

地球的兩極。

□良好
（りょうこう）

【名】良好，優秀

<ruby>健康状態<rt>けんこうじょうたい</rt></ruby>は<ruby>良好<rt>りょうこう</rt></ruby>だ。

健康狀況良好。

□良識
（りょうしき）

【名】正確見識

<ruby>良識<rt>りょうしき</rt></ruby>のあるあなたなら、わかってくれるで
しょう。

明理的你，一定能明白吧！

□良質
（りょうしつ）

【名】質量良好；上等

<ruby>弊社<rt>へいしゃ</rt></ruby>の<ruby>商品<rt>しょうひん</rt></ruby>はすべて<ruby>良質<rt>りょうしつ</rt></ruby>な<ruby>原料<rt>げんりょう</rt></ruby>を<ruby>使<rt>つか</rt></ruby>ってお
ります。

敝公司的產品，都是用上等原料。

□了承
（りょうしょう）

【名、自他サ】知道；諒解

<ruby>お客様<rt>きゃくさま</rt></ruby>の<ruby>申<rt>もう</rt></ruby>し<ruby>入<rt>い</rt></ruby>れを<ruby>了承<rt>りょうしょう</rt></ruby>する。

體諒顧客的要求。

□良心
（りょうしん）

【名】良心

<ruby>悪<rt>わる</rt></ruby>いことをしたら、<ruby>良心<rt>りょうしん</rt></ruby>がとがめる。

做壞事，會受良心譴責的。

□領地　　　　　【名】領土
（りょうち）
この山の向こうは他国の領地だ。
這座山的那邊，是另一個國家的領域。

□領土　　　　　【名】領土
（りょうど）
領土のため、戦争が起こった。
為了領土而引起戰爭。

□両立　　　　　【名、自サ】兩立，並存
（りょうりつ）
夢と現実を両立させるのは難しい。
夢想跟現實很難兩全。

□旅客　　　　　【名】旅客
（りょかく）
税関の窓口の前に大勢の旅客が並んでいる。
海關的櫃臺前，排著許多旅客。

□旅券　　　　　【名】護照
（りょけん）
旅券のナンバーをおっしゃってください。
請告訴我你的護照號碼。

□履歴　　　　　【名】履歷，經歷
（りれき）
履歴書を書くのは難しい。
寫履歷表很難。

□理論　　　　　【名】理論；論爭
（りろん）
あなたの理論はゆがんでいる。
你的理論有偏頗。

□林業　　　　　【名】林業
（りんぎょう）
この国の林業は盛んである。
這個國家林業非常興盛。

# る

---

□類
（るい）

【名、自他サ】類；同類

この類の植物は珍しい。
這類的植物很稀少。

---

□類推
（るいすい）

【名、自サ】類推；類比推理

実例に基づいて類推すればよい。
根據實例推理就好了。

---

□類似
（るいじ）

【名、自サ】類似，相似

類似したものを一つにまとめる。
類似的東西，歸為一類。

---

□ルーズ
（loose）

【形動】鬆懈，散漫

彼は時間にルーズだ。
他沒有時間觀念。

---

□ルール
（rule）

【名】規章，章程

ルールを守るのは常識だ。
遵守規則是一般的常識。

---

# れ

□冷酷　【名】冷酷無情
（れいこく）

ミスをして、会社の同僚たちに冷酷な仕打ちを受けた。

做錯事，受到同事冷酷的對待。

□冷蔵　【名、他サ】冷藏，冷凍
（れいぞう）

食べ物や飲み物などは冷蔵して保存した方がいい。

食物或飲料最好冷藏保存。

□冷淡　【名、】冷淡；不熱情
（れいたん）

君は本当に冷淡な人だね。

你眞是個冷淡的人。

□レース　【名】競賽；競選
（race）

自動車レースに参加して金メダルを取った。

參加賽車拿到金牌。

□レギュラー　【名】正式成員；正規兵；規則的
（regular）

彼はこの番組のレギュラーである。

他是這個節目的常客。

□レッスン　【名】一課；課程；學習
（lesson）

日本語のレッスンを受ける。

上日語課。

□レディー　【名】貴婦人；淑女；婦女
（lady）

レディーファーストでいきましょう。

我們就來個女士優先吧！

□レバー　【名】杆；操縱桿
(lever)
レバーを回して押せば入れる。
旋轉杆子再押一下，就可以進去了。

□恋愛　【名、自サ】戀愛
(れんあい)
彼女は恋愛して、一段ときれいになった。
她談戀愛，變得更漂亮。

□連休　【名】連假
(れんきゅう)
来週の連休は海外旅行する予定だ。
下星期的連假，準備到國外旅行。

□レンジ　【名】範圍
(range)
冷凍食品を電子レンジでチンした。
冷凍食品用微波爐加熱。

□連日　【名】連日；接連幾天
(れんじつ)
連日の雨で干し物が乾かない。
連日的雨，曬的衣物都沒乾。

□連帯　【名、自サ】團結；協同；連帶
(れんたい)
賃貸契約を結ぶのに連帯保証人が必要だ。
簽承租契約要有連帶保證人。

□レンタカー　【名】出租汽車
(rent-a-car)
レンタカーで市内観光をする。
租車遊覽市內。

□連中　【名】伙伴；一群人；成員們
(れんちゅう)
いつもの連中と遊んでいる。
跟常在一起的伙伴玩。

☐レントゲン　　　【名】X光線
　(röntgen)
放射線室でレントゲンをとった。
在放射線室照x光。

☐連邦　　　　　　【名】聯邦
　（れんぽう）
地図のこの辺の小さな国が集まって連邦
国家になった。
地圖上這邊的小國家，集合起來成為聯邦國家。

☐連盟　　　　　　【名】聯盟
　（れんめい）
ボーリング連盟を設立した。
設立保齡球聯盟。

【比較看看】

◎「連休」連續的休息日，連續的假日。
　「連日」每天每日，接連幾天。
　「連帯」二人以上協力合作，責任也共同負責。另外也指日本
　國營鐵路和私營鐵路的聯運。
　「連中」是伙伴，同夥，一群人的意思。
◎第一人稱的說法有：わたくし。わたし。あたし。あたい。お
　れ。おら。おいら。われ。こちら。こっち。こちとら。うち。
　手前。手前ども。自分。僕。我輩。予。拙者。小生。不肖。

# ろ

□老衰
（ろうすい）

【名、自サ】衰老

長年飼っていた猫は老衰で歩けなくなった。
養了好幾年的貓，已衰老到無法走路了。

□朗読
（ろうどく）

【名、他サ】朗讀；朗誦

朗読法を教わった。
教我朗誦的方法。

□浪費
（ろうひ）

【名、他サ】浪費；糟蹋

勉強をせず、テレビばっかり見ているのは
時間の浪費だ。
不讀書，老看電視就是浪費時間。

□労力
（ろうりょく）

【名】勞力；費力

大きな仕事を遂行するため多大な労力と
時間を費やした。
完成浩大的工程，需耗費大量的精力跟時間。

□ロープウェイ
(rope-way)

【名】纜車

ロープウェイで山と山が繋がれた。
纜車把山與山連了起來。

□ロープ
(rope)

【名】繩索

ロープで荷物を結んだ。
用繩子捆綁行李

□ろくな・に

【名、自他サ】很好地

夕べはろくな食べ物を食べなかった。
昨天沒有好好吃東西。

| □露骨<br>（ろこつ） | 【名】露骨，坦率；毫不客氣<br>こいびと ろこつ かんじょう あらわ<br>恋人に露骨な感情を現してはいけない。<br>跟情人情感不可以表現得太露骨。 |

| □ロマンチック<br>(romantic) | 【形動】浪漫<br>ごじかん<br>ロマンチックなコーヒーショップで五時間<br>もおしゃべりをした。<br>在一間浪漫的咖啡店，聊了五個小時。 |

| □論議<br>（ろんぎ） | 【名、他サ】議論，辯論<br>はげ ろんぎ はじ<br>激しい論議が始まった。<br>展開激烈的辯論。 |

| □論理<br>（ろんり） | 【名、自他サ】邏輯，道理；情理<br>ろんり むり<br>その論理には無理があった。<br>那個理論有不合情理的地方。 |

# わ

□枠
（わく）

【名】框；範圍；邊線

予算の枠内でショッピングしよう。

在預算之內買東西吧。

□惑星
（わくせい）

【名】行星

惑星の研究をする。

從事行星研究。

□技
（わざ）

【名】技術；本領；招數

料理の技を磨く。

磨練做菜的手藝。

□渡鳥
（わたりどり）

【名】候鳥

渡り鳥のようにてんてんと仕事を換える。

工作一個接著一個的換，像候鳥一樣。

□ワット
(watt)

【名】瓦特，瓦

四十ワットの電球をください。

給我四十瓦特的電燈泡。

□詫び
（わび）

【名】賠不是

心からお詫びを申し上げます。

致上我衷心的歉意。

□和風
（わふう）

【名】日式風格

このレストランには洋風と和風の料理がある。

這家餐廳有洋式和和式的。

□和文　　　　【名】日語文章，日文
（わぶん）
わぶんちゅうやく
和文中訳をしている。
我從事日翻中的翻譯工作。

□藁　　　　　【名】稻草；麥桿
（わら）
わら　つく　　こ や
藁で造った小屋だ。
稻草製造的房屋。

□割り　　　　【名】比例；得失
（わり）
しちょうりつ　　さん わ
視聴率が三割りアップした。
收視率上升了三成。

□割り当て　　【名、自他サ】分配；分擔
（わりあて）
てんらんかい　かか　　わ あ　　き
展覧会の係りの割り当てが決まった。
展覽會的職責分配已經決定了。

□悪者　　　　【名】壞人，壞傢伙
（わるもの）
なん　　　　　　　わたし わるもの
何でいつも私が悪者にさせられるの。
爲什麼我老是扮黑臉呢？

□我　　　　　【名】我，自己
（われ）
われ　うみ　こ
我は海の子。
我是大海之子。

新日檢系列：07

# 絕對合格！N1.N2單字

合著／哈福編輯部、渡邊由里
出版者／哈福企業有限公司
地址／新北市中和區景新街 347 號 11 樓之 6
電話／(02) 2945-6285　傳真／(02) 2945-6986
郵政劃撥／31598840　戶名／哈福企業有限公司
出版日期／2015 年 5 月
定價／NT$ 399 元 (附 MP3)

全球華文國際市場總代理／采舍國際有限公司
地址／新北市中和區中山路 2 段 366 巷 10 號 3 樓
電話／(02) 8245-8786　傳真／(02) 8245-8718
網址／www.silkbook.com 新絲路華文網

香港澳門總經銷／和平圖書有限公司
地址／香港柴灣嘉業街 12 號百樂門大廈 17 樓
電話／(852) 2804-6687　傳真／(852) 2804-6409
定價／港幣 133 元 (附 MP3)

email ／ haanet68@Gmail.com
網址／ Haa-net.com
facebook ／ Haa-net 哈福網路商城

郵撥打九折，郵撥未滿 500 元，酌收 1 成運費，
滿 500 元以上者免運費
新日檢一次過關 -N5 單字
Plus
新日檢一次過關 -N4 單字
雙書合一

國家圖書館出版品預行編目資料

絕對合格！N1. N2單字 / 哈福編輯部、渡邊由里／合著. —
初版. — 新北市：哈福企業, 2015.05
　面；　公分. — (新日檢系列；07)

ISBN 978-986-5616-09-0 (平裝附光碟片)

1.日本語言-字彙

803.11